세라피나와 뒤틀린 지팡이

SERAFINA and the TWISTED STAFF

세라피나와 뒤틀린 지팡이

SERAFINA and the TWISTED STAFF

로버트 비티 지음 / 김지연 옮김

세라피나 빌트모어의 최고 쥐잡이 책임자. 눈이 밝아 어두운 곳에서도 잘 본다. 다채로운 빛깔의 머리카락을 가졌다. 광대뼈는 도드라졌고, 두 눈은 호박색이다. 빌트모어 대저택의 지하실에 숨어 살았으나, 검은 망토로부터 아이들을 구하며 그 존재가 드러났다. 그 과정에서 혼자였던 세라피나에게 브레이든이라는 친구가 생겼다.

수상한 남자 검은 망토를 물리친 지 한 달도 안 되었을 때, 숲속에 나타난 노인. 사냥개 무리를 거느리고 뒤틀린 지팡이를 들고 다닌다. 그와의 첫 만남에서부터 세라피나는 죽음의 그림자와 맞닥뜨린다.

세라피나의 사람들

세라피나 아빠 빌트모어의 수리공. 빌트모어 대저택 공사에 참여했으며, 저택에 있는 모든 기계 장치를 수리하는 일을 맡았다. 숲속에 버려진 세라피나를 데려와 정성껏 길렀다. 무뚝뚝하고 투박한 성격이라 잘 표현하지 못하지만, 사실 그 누구보다 세라피나를 사랑하고 있다.

세라피나 엄마 십이 년 만에 만난 세라피나의 엄마. 검은 망토에 흡수되어 십이 년 동안 갇혀 있었다. 인간과 퓨마로 변신할 수 있다.

웨이사 갈색 퓨마. 세라피나의 엄마처럼 웨이사 역시 인간과 퓨마로 변신이 가능하다. 위험에 처한 세라피나를 여러 차례 구해 준다.

빌트모어의 사람들

브레이든 밴더빌트 밴더빌트 가문의 도련님. 어릴 때 부모님을 잃고 삼촌인 조지 밴더빌트의 집에서 함께 산다. 사람보다는 말, 강아지 같은 동물들과 함께 있는 시간을 좋아한다. 세라피나는 브레이든에게 첫 사람 친구이다.

기디언 커다란 도베르만. 브레이든의 충견이자 든든한 친구이다.

세드릭 흰색과 갈색이 섞인 세인트버나드. 조지 밴더빌트의 애견이다.

조지 밴더빌트 브레이든 밴더빌트의 삼촌. 미국 최고의 부호이자 빌트모어 대저택의 주인. 물려받은 유산으로 노스캐롤라이나주 서쪽 깊은 숲속에 대저택을 지었다. 미국에서 가장 크고 웅장한 저택을 말이다. 각계각층의 사람들을 초대하여 저택은 항상 손님들로 붐빈다.

로웨나 도도한 영국 소녀. 곱게 자란 공주님 행세를 하며 자신을 '레이디 로웨나'라고 불러 달라고 한다. 하지만 보이는 것과 다른 의외의 면을 가지고 있다.

그레이선 토른의 실종 사건을 조사하기 위해 빌트모어를 찾은 탐정. 이것저것 캐물으며 저택을 살핀다.

에시 빌트모어에서 가장 어린 하녀. 상냥한 얼굴에 검은 머리카락을 한 사랑스러운 여자아이이다. 세라피나에게 호의적이다.

빌트모어 대저택

노스캐롤라이나주 애쉬빌

1899년

검은 망토를 무찌르고

3주가 흐른 뒤.

세라피나는 달빛이 내리쬐는 수풀 사이로 은밀히 움직였다. 바닥에 몸을 한껏 낮춘 자세로 시선을 사냥감에 고정했다. 불과 1미터쯤 떨어진 곳에는 흙 속에서 찾아낸 딱정벌레를 갉아 먹느라 온통 정신이 팔린 커다란 들쥐 한 마리가 있었다. 세라피나의 심장이 두근두근 일정한 속도로 힘차게 뛰었다. 그러나 들쥐에게 서서히 다가가는 세라피나의 움직임은 조용하고 은밀했다. 온몸의 근육이 찌릿하며 덮칠 준비를 했다. 그러나 세라피나는 서두르지 않았다. 어깨를 앞뒤로 흔들면서 적당한 공격 각도를 찾은 다음 적절한 순간이 찾아오길 기다렸다. 그리고 마침내 들쥐가 또 다른 딱정벌레를 잡으려고 몸을 숙이던 찰나 세라피나는 몸을 날렸다.

거의 동시에 들쥐는 곁눈질로 자신을 덮쳐 오는 세라피나의 존재를 포착했다. 세라피나는 사냥을 하면서 도무지 이해되지 않는 것이 하나 있었다. 아무리 무서워도 그렇지 왜 그토록 많은 야생 동물이 지금 같은 순간에 꼼짝도 하지 않는지 말이다. 어둠 속에서 난데없이 맹수가 습격해 올 때, 세라피나라면 목숨을 걸고 맞서 싸우거나 하다못해 도망이라도 가거나 무엇이든지 할 텐데 말이다. 쥐나 토끼나 다람쥐 같은 조그만 야생 동물이 아무리 담대함과는 거리가 멀기로서니 그렇다고 절체절명의 순간에 얼어붙어 버리면 도대체 어쩌자는 걸까?

세라피나가 몸을 날리자마자 들쥐는 눈 깜짝할 새에 세라피나의 손아귀에 붙잡혔다. 들쥐는 몸을 이리저리 비틀며 물어도 보고 할퀴어도 보았지만 이미 때는 늦었다. 뱀처럼 꿈틀꿈틀대는 털북숭이 몸 안에서 조그만 심장이 튀어나올 듯 세차게 뛰었다. *그렇지.* 맨손바닥을 타고 전해지는 *콩닥콩닥*거리는 들쥐의 심장 박동을 고스란히 느끼며 세라피나가 속으로 생각했다. *이제야 싸울 마음이 드나 보군.* 덩달아 세라피나의 맥박도 빨라졌다. 온몸의 감각이 예민해졌다. 갑자기 주변을 둘러싼 숲속의 모든 것이 보이고 들리기 시작했다. 10미터쯤 뒤에서 통나무 위를 폴짝폴짝 뛰어다니는 청개구리의 움직임도, 저 멀리서 가냘피 우는 외로운 도요새의 울음소리도, 울창한 나무 사이를 뚫고 날아올라 별이 총총 박힌 밤하늘을 날아가는 박쥐의 그림자도 전부 다 느낄 수 있었다.

물론 세라피나가 숲속을 돌아다니다가 발견한 사냥감을 덮치는 건 오로지 사냥 기술을 연습하기 위해서일 뿐 결코 죽이지는 않았다. 그럴 필요가 없었다. 하지만 정작 사냥감들이 그 사실을 몰라준다는 점이 문제였다. 에잇! 세라피나도 공포스러운 존재였다! 세라피나도 죽음을 가져다줄 수 있는 존재였다! 그런데 도대체 왜 사냥감들은 세라피나가 덮치는 순간에 제자리에서 꼼짝도 않는 것일까? 왜 도망가지 않는 걸까?

세라피나는 이리저리 구부러진 이끼 낀 떡갈나무 고목에 등을 기대고 바닥에 풀썩 엉덩이를 깔고 앉았다. 그러고 나서 들쥐를 쥐고 있는 손을 무릎에 올려놓았다.

이윽고 세라피나는 천천히 손아귀에 힘을 풀었다.

이때다 싶어 들쥐가 잽싸게 탈출을 시도했지만 세라피나가 더 빨랐다. 세라피나는 도망가려던 들쥐를 다시 낚아채 무릎 위에 올려놓았다.

몇 초 동안 들쥐를 잡은 손에 힘을 꽉 주고 있던 세라피나가 다시 한 번 서서히 손에 힘을 풀었다.

들쥐는 이번에는 달아나지 않았다. 지치고 혼란스러운 기색으로 세라피나의 손바닥 위에서 몸을 바들거리며 숨을 몰아쉴 뿐이었다.

세라피나는 손바닥을 약간 들어 올린 다음 고개를 기울여 겁에 질린 들쥐를 관찰했다. 산에서 잡은 이 들쥐는 빌트모어 대저택 지하실을 돌아다니는 못된 회색 시궁쥐들과는 사뭇 달랐다. 특히 왼쪽 귀에 난 상처가 눈에 띄었다. 이전에 단단히 곤혹을 치른 적이 있는 모양이었다. 게다가 까맣고 작은 두 눈, 길고 뾰족한 코, 바르르 떨리는 수염을 가진 갈색 들쥐는 세라피나에게 최고 쥐잡이 책임자라는 직함을 안겨 준 회색 시궁쥐보다 훨씬 오동통하고 귀여웠다. 머릿속에서 눈앞에 있는 이 들쥐가 모자를 쓰고 조끼를 입은 모습이 자연스럽게 그려질 정도였다. 그러자 갑자기 극심한 죄책감이 엄습했다. 하지만 들쥐가 또다시 탈출을 시도한다면 이번에도 어김없이 손이 먼저 나갈 것이다. 머리로 생각하고 내리는 결정이 아니었다. 본능이었다.

조그만 들쥐가 숨을 고르면서 눈동자를 요리조리 굴렸다. 도망갈 궁리를 하는 눈치였다. 그러나 감히 실행에 옮기지는 못했다. 들쥐는 알고 있었다. 도망가자마자 어차피 다시 잡혀 오리라는 사실을, 앞발로 툭툭 건드리고 발톱으로 할퀴며 가지고 놀다가 결국에는 숨통을 끊는 것이 세라피나 같은 종족의 본능이라는 사실을.

그러나 세라피나는 들쥐를 바라만 보다가 바닥에 놓아주었다. "미안해, 꼬마 친구야. 그냥 사냥 기술을 연습하느라 그랬어."

들쥐는 이게 지금 무슨 상황인지 이해가 되지 않는다는 듯 세라피나를 올려다보았다.

"얼른 가." 세라피나가 부드럽게 말했다.

들쥐가 엉겅퀴 덤불 쪽을 힐끗 쳐다보았다.

“속임수 같은 거 없어.” 세라피나가 말했다.

들쥐는 세라피나 말을 믿지 않는 것 같았다.

“이제 집에 가도 돼.” 세라피나가 말했다. “처음에는 천천히 가, 너무 빠르지 않게. 그리고 다음번에는 꼭 눈이랑 귀를 열고 있으렴. 눈앞에 아무리 맛있는 딱정벌레가 있더라도 말이야, 알겠지? 이 숲속에는 나보다 훨씬 못된 존재들이 많거든.”

귀에 상처가 있는 들쥐는 믿기지 않는다는 듯 조그마한 손으로 연신 얼굴을 비비며 고개를 까딱거렸다. 마치 고맙다고 절이라도 하는 것 같았다. 세라피나가 코끝으로 작게 웃었다. 그 웃음소리에 화들짝 정신이 돌아온 듯 들쥐는 엉겅퀴 덤불 속으로 잽싸게 자취를 감추었다.

“좋은 저녁 보내!” 세라피나가 들쥐의 뒤꽁무니에다 대고 인사를 했다. 아무래도 세라피나 덕택에 오늘 저녁 식사 자리에서 아내와 아이들에게 늘어놓을 무용담 하나가 생겼다는 듯 멀어지는 들쥐의 뒷모습이 갈수록 의기양양해졌다. 들쥐가 가족들을 모아 놓고 오늘 일어난 일을 과장되게 떠벌리는 모습을 상상하니 웃음이 나왔다. 아마도 숲속에서 딱정벌레를 갉아 먹느라 정신이 팔린 사이 웬 맹수의 공격을 받고 죽을힘을 다해 싸우다가 가까스로 살아났다고 허풍을 떨겠지. 세라피나는 문득 들쥐가 늘어놓는 무용담 속에서 자신이 어떤 존재로 등장할지가 궁금했다. 들쥐는 세라피나를 무시무시한 맹수로 묘사할까 아니면 그냥 평범한 인간 소녀로 묘사할까.

그때 나무 위로 가을바람이 지나가는 듯한 소리가 났다. 그러나 오늘은 바람 한 점 없는 날씨였다. 한밤의 공기는 쌀쌀하고 고요하고 잠잠하기만 했다. 마치 하느님이 일부러 숨을 참고 있는 것처럼.

세라피나의 귀에 들릴 듯 말 듯 속삭임에 가까운 중얼거림이 들려왔다. 고개를 들어 올려다보았지만 보이는 건 오직 나뭇가지뿐이었다. 세라피나는 벌떡 일어나 입고 있던 수수한 초록색 드레스에 묻은 흙을 툭툭 털어 냈다. 바로 어제 밴더빌트 부인에게 선물로 받은 드레스였다. 세라피나는 소리가 나는 방향을 가늠해 보려 했다. 고개를 왼쪽으로도 기울여 보고 오른쪽으로도 기울여 보았지만 도무지 소리가 어디서 나는지 알 수 없었다. 세라피나는 울퉁불퉁 바위투성이 절벽으로 걸음을 옮겼다. 깎아지른 듯한 절벽 밑으로 숲이 우거진 계곡이 펼쳐졌다. 여기서는 저 멀리 반대편에 안개에 싸여 흐릿하게 보이는 블루리지산맥까지 한눈에 들어왔다. 은빛이 감도는 얇고 새하얀 새털구름이 달 앞으로 느릿느릿 지나갔다. 달에서 번진 거대한 달무리가 새털구름을 뚫고 세라피나의 등 뒤로 긴 그림자를 삐죽 드리웠다.

세라피나는 절벽 가장자리에 서서 눈앞에 펼쳐진 계곡을 훑어보았다. 저 멀리 어두운 숲 사이로 삐죽이 솟은 빌트모어 대저택의 탑과 슬레이트 지붕이 보였다. 전설 속 야수 석상과 고대 전사 조각이 연회색 석회암으로 지어진 외벽을 수

놓고 있었다. 기울어진 창틀 위로 별빛이 부서져 내렸다. 지붕 가장자리를 장식한 황동 테두리가 달빛 아래 금색으로 빛났다. 저기 빌트모어 대저택 2층에는 지금 밴더빌트 부부와 그들의 조카이자 세라피나의 친구인 브레이든 밴더빌트가 단잠에 빠져 있었다. 3층에는 다른 도시에서 놀러 온 친척, 사업가, 고위 공직자, 유명 예술가 등 밴더빌트가를 방문한 손님들이 저마다 호화롭게 꾸며진 방에서 깊은 잠에 빠져 있었다.

세라피나의 아빠는 증기난방 시설, 발전기, 회전식 가죽끈으로 움직이는 세탁기 등 빌트모어 대저택에 있는 모든 최신 기계를 맡아서 관리하는 일을 하고 있었다. 세라피나와 아빠는 주방과 세탁실과 창고를 지나 복도 끝에 있는 지하 작업실에 살았다. 세라피나가 아는 모든 사람, 그리고 세라피나가 사랑하는 모든 사람이 잠든 이 시간에 세라피나는 혼자만 깨어 있었다. 세라피나는 밤이 아닌 낮에 지하실의 구석진 그늘이나 창가에 웅크리고 누워 쪽잠을 자곤 했다. 모두가 잠든 밤에는 빌트모어 대저택 위층과 지하실 복도를 살금살금 돌아다니곤 했다. 세라피나는 들리지 않고 보이지 않는 파수꾼이었다. 밤이면 빌트모어의 드넓은 정원에 난 구불구불한 미로와 빌트모어를 둘러싼 어두운 숲속 골짜기 사이사이에서 탐험하거나 사냥을 하곤 했다.

세라피나는 열두 살 난 소녀였다. 세라피나 본인을 제외하곤 아무도 평범하다고 여기지 않을 그런 삶을 살아왔다. 세라피나는 쥐를 잡느라 빌트모어 대저택 지하실을 남몰래 돌아다니며 시간을 보냈다. 아빠는 농담 반 진담 반으로 세라피나를 빌트모어 대저택의 C.R.C. 즉 최고 쥐잡이 책임자(Chief Rat Catcher)라고 불렀다. 그러나 세라피나는 그 직함이 자랑스러웠다.

아빠는 방식은 조금 거칠었을지 몰라도 언제나 변함없는 사랑으로 최선을 다해서 세라피나를 키웠다. 세라피나는 저녁마다 아빠와 함께 밥을 먹고 밤마다 어둠 속에서 남몰래 이 호화로운 대저택에 사는 쥐들을 사냥하는 삶을 단 한번도 불행하다고 느낀 적이 없었다. 하지만 마음속 깊은 곳에서는 아주 조금 외로웠고, 아주 많이 혼란스러웠다. 세라피나는 왜 사람들은 대부분 어둠 속에서 랜턴을 들고 다니는지, 왜 걸을 때마다 그렇게 큰 소리를 내는지, 왜 세상 만물이 가장 아름다운 자태를 뽐내는 시간인 밤에 쿨쿨 잠만 자는지 알 수 없었다. 빌트모어를 방문한 수많은 어린이 손님을 남몰래 따라다니며 관찰하고 나서야 세라피나는 깨달았다. 자신은 그 아이들과는 달랐다. 거울을 보면 그 안에는 커다란 호박색 눈에, 툭 튀어나온 광대뼈에, 갈기처럼 덥수룩하고 얼룩덜룩한 머리칼을 한 여자아이가 있었다. 그렇다. 세라피나는 항상 볼 수 있는 아이가 아니었다. 낮에는 볼 수 없는 아이였다. 세라피나는 밤의 존재였다.

세라피나는 절벽 가장자리에 서서 귀를 기울였다. 또다시 자신을 여기로 이끈 소리가 들려왔다. 하늘 저 높은 곳에서 바람에 실려 멀어지는 속삭임처럼 부드러운 날갯짓 소리 같았다. 깜깜한 밤하늘에 걸린 수많은 별과 행성은 마치 영혼을 가진 살아 있는 존재처럼 반짝였지만 이 의문스러운 소리의 정체가 무엇인지는 알려 주지 않았다.

그때 달 앞으로 작고 어두운 형체 하나가 휙 지나갔다. 심장이 쿵 떨어졌다. 방금 뭐가 지나간 거지?

세라피나는 눈을 떼지 않고 계속 관찰했다. 또 다른 형체가 나타났다 사라졌다. 곧이어 또 하나가 나타났다 사라졌다. 처음에는 박쥐가 아닐까 의심했지만 박쥐는 저렇게 일직선으로 비행하지 않았다.

세라피나는 인상을 찌푸렸다. 혼란스러움과 호기심이 동시에 밀려왔다.

조그마한 형체들이 줄지어 달 앞을 지나갔다. 세라피나의 두 눈이 놀라움으로 휘둥그레졌다. 그러나 이리저리 눈을 찡그리다 보니 사라지는 별인 줄 알았던 것의 정체가 서서히 뚜렷하게 보이기 시작했다. 새 떼였다. 어마어마한 새 떼가 계곡 위를 줄지어 날아가고 있었다. 한두 마리가 아니었다. 끝이 보이지 않을 만큼 기나긴 행렬이 그야말로 하늘을 가득 메웠다. 가을 여행길에 오른 수많은 참새, 굴뚝새, 여새의 조그만 날갯짓이 만들어 내는 부드럽고 나지막한 소리가 귓가를 울렸다. 초록빛과 금빛, 노란빛과 검은빛, 줄무늬와 물방울무늬 등 가지각색의 새들은 꼭 하늘을 수놓은 보석 같았다. 따뜻한 남쪽 나라에서 겨울을 나기 위해 이동하기에는 조금 늦은 감이 없잖아 있었다. 하지만 어찌 됐든 새들은 조그만 날개를 열심히 파닥거리며 서두르고 있었다. 아래로는 산등성이를 지도 삼아, 위로는 별빛을 등불 삼아, 새들은 매에게 사냥당할 위험이 높은 낮 시간을 피해서 한밤중에 몰래 길을 재촉하고 있었다.

새들이 파닥파닥거리는 모습을 볼 때면 세라피나는 온몸이 간질거리고 맥박이 빨라지곤 했다. 하지만 이번에는 달랐다. 오늘 밤만큼은 산등성이를 따라 이동하는 작은 철새들의 용감함과 아름다움이 마음속으로 흘러들었다. 일생에 한 번 볼까 말까 한 장관을 눈앞에서 목격하고 있는 듯한 기분이었다. 그러다 문득 세라피나는 깨달았다. 저 새들은 엄마 아빠 그리고 할머니 할아버지가 대대로 가르쳐 준 길을 따라 날아가고 있다는 사실을. 이건 세라피나 입장에서만 '일생에 한 번' 볼까 말까 한 장관일 뿐이었다. 그러자 또 다른 감동이 밀려왔다.

날아가는 새들을 바라보며 세라피나는 브레이든을 떠올렸다. 브레이든은 새를 사랑했다. 비단 새뿐만 아니라 모든 동물을 사랑했다.

"너도 같이 봤으면 좋았을 텐데." 세라피나는 수 킬로미터 떨어진 곳에 있는 브레이든이 지금쯤 침대에서 일어나 자신의 말을 듣고 있기라도 한 것처럼 중얼거렸다. 이 아름다운 순간을 친구인 브레이든과 공유하고 싶은 마음이 간절했다. 지금 이 자리에 나란히 서서 밤하늘을 수놓은 저 아름다운 별과 새와 은색 테두리를 두른 구름과 빛나는 달을 함께 바라보고 싶었다. 물론 다음번에 만나면 오늘 보았던 이 모든 광경을 이야기해 주겠지만 낮의 언어로는 결코 밤의 아름다움을 온전히 담아낼 수 없었다.

몇 주 전 세라피나와 브레이든은 검은 망토 입은 남자를 무찌르고 검은 망토를 갈기갈기 찢어 없앴다. 세라피나와 브레이든은 같은 편이자 친구였다. 그러나 브레이든을 며칠째 만나지 못했다는 사실을 떠올리자 마음이 또다시 깊이깊이 가라앉았다. 밤마다 세라피나는 브레이든이 작업실에 놀러 와 주길 기다렸다. 그러나 아침마다 실망스러운 마음만 안고 잠자리에 들었다. 그런 나날이 이어지자 세라피나의 마음속에서는 별의별 생각이 다 들었다. 브레이든은 뭘 하고 있을까? 세라피나를 찾아오지 못하도록 방해하는 일이라도 생긴 걸까? 아니면 혹시 일부러 피하고 있는 걸까? 세라피나는 마침내 마음을 터놓고 이야기할 친구가 생겼다는 사실에 한껏 들떠 있었다. 그런데 브레이든에게 세라피나는 그저 신기해서 잠깐 흥미를 가졌다가 이내 시들해져 버린 존재일지도 모른다고 생각하면, 그래서 이제 다시 한밤중에 홀로 배회하던 외로운 시절로 돌아와 버린 것일지도 모른다고 생각하면, 심장이 타들어 가는 것만 같았다. 세라피나와 브레이든은 친구였다. 그것만큼은 확신할 수 있었다. 하지만 세라피나는 자신이 과연 낮 동안 빌트모어 대저택 위층에 사는 사람들이 사는 방식에 적응할 수 있을지 걱정이 됐다. 그곳은 세라피나가 속한 곳이 아니었다. 브레이든이 자신의 존재를 너무나도 빨리 잊어버리면 어쩌지?

새 떼가 점점 멀어지더니 어느덧 점이 되어 사라졌다. 세라피나는 계곡을 내려다보며 생각에 잠겼다. 검은 망토 입은 남자를 무찌른 뒤로 세라피나는 스스로를 악마와 사악한 존재에게서 빌트모어 대저택을 지키는 수호자라고 생각했다. 저택 현관 양쪽으로 늠름하게 서 있는 대리석 사자상처럼 네 발 달린 조그만 쥐뿐만 아니라 그 어떤 침입자라도 막아 내는 C.R.C.라고 생각했다. 아빠는 바깥세상에는 세라피나의 영혼을 집어삼킬지도 모르는 위험이 도사리고 있다고 항상 경고했다. 검은 망토 사건을 겪고 나니 세라피나도 비로소 세상에는 수많은 악마가 존재한다는 사실을 깨달았다.

세라피나는 지금 몇 주째 망루에서 보초를 서는 파수꾼처럼 저택 주변을 살피며 다가올 위험을 기다리고 있었다. 그러나 악마가 언제 어떤 모습으로 나타날지 짐작조차 할 수 없었다. 솔직히 세라피나는 자신이 과연 다가오는 위험에 맞설 수 있을 만큼 강하고 똑똑한지 자신이 없었다. 가슴속 깊은 곳에는 사냥꾼이 아니라 사냥감이 돼 버리면 어쩌지 하는 두려움이 있었다. 어쩌면 들쥐나 다람쥐 같은 조그만 동물들은 죽음이 가까운 곳에 있다는 사실을 항상 염두에 두고 있을지도 몰랐다. 걔네는 스스로를 사냥감이라고 생각할까? 어쩌면 항상 죽음을 예상하고 있거나 준비하고 있는지도 몰랐다. 하지만 세라피나는 절대 그렇지 않았다. 세라피나에게는 해야 할 일이 있었다.

브레이든과는 이제 막 우정을 쌓기 시작한 단계였다. 고작 장애물을 하나 만났다고 해서 우정을 포기해 버릴 생각은 없었다. 게다가 세라피나는 이제 막 숲과 자신 사이에 어떤 연결 고리가 있는지, 자신이 누구이며 무엇인지 이해하기 시작한 단계였다. 게다가 최근에 밴더빌트 부부와 서로 얼굴을 보고 인사를 나눈 뒤로 아빠는 세라피나에게 이제부터는 평범한 낮의 소녀처럼 행동해야 한다고 잔소리를 늘어놓기 시작했다. 밴더빌트 부인은 언제나 세라피나에게 다정한 말을 건네면서 세심한 배려를 아끼지 않았다. 이제 세라피나는 지하실과 위층과 숲속을 자유로이 오갈 수 있게 되었다. 아빠랑 단둘뿐이던 삶에 갑자기 너무 많은 사람이 들어와 세라피나를 세 갈래로 잡아당기고 있었다. 그러나 평생 가족이라곤 아빠밖에 없었을 때보다는 지금이 훨씬 좋았다.

다 괜찮고 다 좋았다. 그저 위험이 닥쳤을 때 맞서 싸울 수 있기만을 바랄 뿐이었다. 세라피나는 살고 싶었다. 누군들 그렇지 않겠는가? 하지만 만약 미처 알아차릴 새도 없이 위험이 들이닥친다면? 올빼미가 쥐를 덮칠 때처럼 아무것도 모르는 무방비 상태에서 어느 날 갑자기 하늘에서 날아든 발톱에 채어 죽음을 맞이한다면? 만약 진짜 위험은 상대가 누구든지 간에 맞서 싸우냐 마느냐의 문제가 아니라 너무 늦기 전에 알아차리느냐 마느냐의 문제라면?

조금 전 하늘을 날아가던 새 떼를 떠올리면 떠올릴수록 세라피나는 불안감을 떨칠 수가 없었다. 12월치고는 아직 꽤나 따듯했지만 철새가 이동하기에는 너무 늦은 시기였다. 세라피나는 인상을 찌푸린 채 북극성을 찾아 하늘을 두리번거렸다. 그리고 북극성을 발견했을 때는 새들이 심지어 틀린 방향으로 날아갔다는 사실을 깨달았다. 솔직히 아까 본 새들이 겨울마다 남쪽으로 떠나는 철새가 맞는지 아닌지도 아리송했다.

절벽 가장자리에 선 세라피나는 뼛속 깊이 파고드는 불길함에 몸을 떨었다.

새들이 날아간 방향을 한번 보았다가 고개를 돌려 새들이 날아온 방향을 바라보았다. 어둠이 내려앉은 숲의 꼭대기를 멀리 응시한 채 세라피나는 곰곰 생각에 잠겼다. 그러자 마침내 상황이 제대로 보이기 시작했다.

새들은 따뜻한 남쪽 나라로 떠난 것이 아니었다.

새들은 *달아나고* 있던 것이었다.

세라피나는 숨을 길게, 깊이 들이마시며 자세를 가다듬었다. 심장이 두근거리기 시작했다. 팔과 다리 근육에 힘이 들어갔다.

정체 모를 무언가가 다가오고 있었다.

바로 지금.

잠시 후 저 멀리서 정체 모를 소리 하나가 귓가를 간지럽혔다. 조금 전 이 세상 것이 아닌 듯 낯설었던 새들의 날갯짓 소리와는 달리 이번에는 어딘가 귀에 익은 소리였다. 세라피나는 고개를 갸웃거리며 다시 귀를 기울였다. 소리는 계곡 아래에서 나는 듯했다.

세라피나는 소리가 들려오는 쪽을 마주 보고 서서 양손을 둥글게 말아 귓가에 가져다 댔다. 멀리서 나는 소리를 잘 듣는 박쥐를 흉내 내어 터득한 요령이었다.

쨍그랑쨍그랑 마구(말을 탈 때 쓰는 기구) 소리와 또각또각 말발굽 소리가 어렴풋이 들려왔다. 심장이 철렁했다. 이 밤중에 마차 소리라니 너무 이상했다. 빌트모어 대저택까지 5킬로미터 정도 이어진 길을 따라 달려오는 마차 한 대가 시야에 들어왔다. 낮이라면 하나도 이상하지 않았다. 그러나 밤이라면 이야기가 달랐다. 무언가 잘못되지 않고서야 아무도 한밤중에 빌트모어를 방문하진 않았다. 나쁜 소식을 전하려는 사람인가? 누군가 죽기라도 했나? 아니면 또다시 남북 전쟁이 일어나기라도 했나? 어떤 재앙이 세상을 덮친 거지?

세라피나는 절벽 가장자리에서 물러나 서둘러 계곡으로 내려갔다. 그리고 개울 위로 가로놓인 아치형 돌다리 근처에 몸을 숨겼다. 마차가 지나가는 길목이었다. 야생 철쭉 이파리로 몸을 가린 채 숨어 있는 세라피나 앞으로 흙먼지를 뒤집어쓴 오래된 마차 한 대가 지나갔다. 보통 마차처럼 말 한두 마리가 아니라 무려 네 마리가 마차를 끌고 달리고 있었다. 그것도 근육질에 힘이 아주 세 보이는 혈통 좋은 종마였다. 땀에 젖은 진갈색 털이 달빛에 반짝거렸고 콧구멍이 벌렁거렸다.

세라피나는 침을 꼴깍 삼켰다. *소식을 전하러 온 마차가 아니야.*

종마는 사나워서 다루기 힘들기로 악명 높다고 브레이든에게 들은 적이 있었다. 종마는 길들이려는 사람을 발로 차고 물어 버린다고 했다. 더군다나 같은 종마끼리는 서로를 아주 싫어한다고 했다. 그런데 여기 무려 종마 네 마리가 사이좋게 마차 한 대를 끌고 달리고 있었다.

누가 마차를 몰고 있는지 보려고 고개를 돌린 순간 세라피나는 목덜미에 난 털이 곤두서는 것을 느꼈다. 마부석은 텅 비어 있었다. 종마 네 마리는 마치 누군가 고삐를 당기고 있는 것처럼 박자를 맞춰 힘차게 질주하고 있었지만 정작 마부의 모습은 어디에도 보이지 않았다.

세라피나는 이를 악물었다. 모든 게 어긋나 있었다. 직감이 그렇게 말하고 있었다. 마차는 곧장 빌트모어를 향해 내달리고 있었다. 빌트모어에 있는 사람들은 이 사실을 까맣게 모른 채 모두 깊은 잠에 빠져 있을 것이다.

마차가 모퉁이를 돌아 시야에서 사라졌다. 세라피나는 덤불 속에서 튀어나와 마차를 뒤쫓았다.

세라피나는 마차를 쫓아 굽이진 숲길을 내달렸다. 밴더빌트 부인이 선물해 준 드레스는 재질이 천인 데다가 길이도 그다지 길지 않아서 달릴 때 크게 불편하지 않았다. 하지만 말이 달리는 속도를 따라잡기란 생각보다 훨씬 힘들었다. 세라피나는 쓰러진 통나무와 고사리 덤불을 뛰어넘으며 숲길을 내달렸다. 도랑이 나타나면 건너뛰고 오르막길이 나타나면 뛰어올랐다. 마차가 지나는 길이 구불구불하다는 점을 이용해 지름길만 골라서 달렸다. 숨이 턱 끝까지 차올랐다. 방금 전까지 느꼈던 공포가 무색할 만큼 세라피나는 당장 눈앞에 보이는 말을 따라잡는 일이 즐거웠다. 미소가 이내 웃음으로 바뀌었다. 달리면서 웃느라 숨은 더 가빴지만 세라피나는 목표물을 쫓아 달릴 때 느껴지는 이 긴장감이 이루 말할 수 없이 좋았다.

그런데 그때 갑자기 말들이 속도를 늦췄다.

당황한 세라피나가 진달래 덤불 아래로 황급히 숨었다.

말들이 완전히 멈춰 섰다.

마차는 엎어지면 코 닿을 거리에 있었다. 행여 들킬세라 세라피나는 숨도 쉬지 않았다.

마차가 왜 멈춘 거지?

말들이 불안한 듯이 앞발을 이리저리 움직이며 뜨거운 콧김을 내뿜었다.

숨어서 마차를 바라보고 있는 세라피나의 심장이 두방망이질 쳤다.

마차 문손잡이가 돌아가기 시작했다.

세라피나는 땅바닥에 더욱 납작 엎드렸다.

천천히 마차 문이 열렸다.

마차 안으로 얼핏 그림자 두 개가 보인 것 같았다. 그런데 그때 한 번도 본 적 없는 어둠의 소용돌이가 눈앞을 스쳐 지나갔다. 칠흑 같은 그림자 하나가 세라피나의 시력으로도 정체를 분간할 수 없을 만큼 빠르게 지나갔다.

곧이어 키가 크고 몸집이 단단해 보이는 남자 하나가 마차에서 내렸다. 남자는 챙이 넓은 가죽 모자를 쓰고 낡디낡은 짙은 색 외투를 입고 있었다. 하얗게 센 길게 땋아 내린 머리카락과 콧수염, 턱수염을 보니 앙상한 고목에 거꾸로 매달린 나방 한 마리가 떠올랐다. 마차에서 내린 남자는 길에 서서 숲속을 뚫어져라 응시했다. 그 손에는 기묘하게 뒤틀린 지팡이 하나가 들려 있었다.

남자의 뒤로 사납게 생긴 사냥개 한 마리가 마차에서 나와 땅으로 뛰어내렸다. 곧이어 또 한 마리가 뛰어내렸다. 사냥개들은 덩치가 크고 몸은 가늘었다. 머리통은 거대했고 눈은 까맸고 어두운 회색 털은 잔뜩 헝클어져 있었다. 마차에서 나온 사냥개는 총 다섯 마리였다. 사냥개 무리는 남자 옆에 서서 사냥감이라도 찾는 듯 숲속을 두리번거렸다.

아주 조그마한 소리라도 낼까 봐 세라피나는 최대한 조용히, 느릿느릿 조심스레 숨을 들이마셨다. 심장이 미친 듯이 날뛰었다. 도망치고 싶은 마음이 굴뚝같았다. *그냥 가만히 있어.* 세라피나는 스스로에게 되뇌었다. *절대 움직이면 안 돼.* 세라피나는 먼저 뛰쳐나가지만 않는다면 들킬 염려는 없으리라 확신했다.

마차에서 내린 남자의 정체는 아리송했다. 그저 낡고 닳은 긴 외투와 마차의 상태로 짐작건대 남자는 먼 길을 여행한 것 같았다. 남자가 갑자기 마차 문을 닫고 몇 발짝 걸음을 떼더니 말들을 가만히 쳐다보았다. 다음 순간 깜짝 놀랄 일이 벌어졌다. 말들이 누군가 채찍이라도 휘두른 것처럼 갑자기 내달리기 시작했다. 마차는 수염이 덥수룩한 남자와 사냥개 다섯 마리를 숲속에 남겨 둔 채 순식간에 빌트모어 대저택으로 이어진 길 너머로 사라졌다. 남자는 한밤중에 숲속에 홀로 남겨졌는데도 전혀 당황해하거나 불안해하지 않았다. 마치 마땅히 머무르고 싶은 곳에 남겨졌다는 듯한 태도였다.

세라피나가 이해할 수 없는 말을 내뱉으며 남자는 사냥개들을 자신의 주위로 불러 모았다. 사냥개들은 거대한 앞발과 날카로운 발톱을 가진 맹수에 가까웠다. 킁킁 냄새를 맡으며 숲속을 탐험하는 일반 사냥개들과는 사뭇 달랐다. 사냥개 다섯 마리는 하나같이 주인의 명령이 떨어지기만을 기다리는 듯 남자를 올려다보았다. 남자의 얼굴은 구부러진 모자챙에 가려서 보이지 않았다. 그런데 남자가 고개를 들어 하늘에 있는 달을 올려다보는 순간 세라피나는 저도 모르게 숨을 삼켰다. 세월의 흔적이 역력한 남자의 얼굴에서 은색 눈동자가 기묘하게 빛나고 있었다. 남자는 달빛이라도 빨아들이려는 것처럼 천천히 입을 벌렸다. 무슨 말을 하려나 보다라고 생각하는 찰나 남자의 입에서는 세라피나가 지금까지 살면서 들은 어떤 소리보다도 더 소름 끼치는 소리가 흘러나왔다. 높고 갈라진 비명에 가까운 소리가 길게 이어졌다. 그 순간 숲속에서 유령처럼 흰색 가면올빼미 한 마리가 나타났다. 바로 머리 위를 날고 있는데도 날갯짓 소리 하나 나지 않았다. 가면올빼미는 남자의 부름에 온몸의 피가 얼어붙을 것 같은 오싹한 울음소리로 응답했다. 그 울음소리에 세라피나는 저절로 등골이 서늘해졌다. 이윽고 가면올빼미가 세라피나 바로 옆을 날아갔다. 마치 사냥감이라도 찾는 듯이 으스스하고 납작한 얼굴이 정면으로 세라피나를 향했다. 세라피나는 잔뜩 겁을 집어먹은 생쥐처럼 바닥에 몸을 더 바싹 밀착시켰다.

가면올빼미가 어슴푸레한 밤하늘 속으로 사라지자 세라피

나는 그제야 다시 빼꼼 고개를 들어 길 쪽을 쳐다보았다. 그 순간 세라피나는 심장의 피가 얼어붙는 것 같았다. 수염이 덥수룩한 남자와 사냥개 다섯 마리가 정확하게 세라피나가 숨어 있는 곳을 쳐다보고 있었다. 달을 등지고 서 있는데도 남자의 눈동자는 여전히 초자연적인 빛을 내뿜고 있었다. 세라피나는 애써 들켰을 리가 없다고 스스로를 다독였다. 그러나 저들이 세라피나의 위치를 정확히 알고 있을지도 모른다는 끔찍한 생각을 떨쳐 버릴 수가 없었다. 땅바닥에서 갑자기 정체 모를 습기가 올라와 미끌미끌해졌다. 숲 바닥에 깔린 담쟁이덩굴이 슬금슬금 움직였다. 어디선가 째깍째깍거리는 소리가 들려오더니 곧바로 쉭쉭거리는 쇳소리가 길게 이어졌다. 다음 순간 세라피나는 목덜미에 와 닿는 낯선 숨결에 기절초풍할 듯이 놀라 뒤를 돌아보았다. 그러나 뒤에는 아무도 없었다. 어둠뿐이었다.

남자가 앙상한 손을 주머니에 집어넣더니 찢어진 검은색 천 조각처럼 보이는 무언가를 꺼냈다.

"냄새를 맡아라." 남자가 사냥개들에게 명령했다. 낮고 음험한 목소리였다. 남자는 어딘지 모르게 애팔래치아 출신 같다는 인상을 풍겼다. 강인한 얼굴과 수염, 투박한 옷차림, 말투로 짐작건대 바로 여기 이 험준한 산골짜기에서 나고 자란 것 같았다.

첫 번째 사냥개가 검은색 천 조각에 코를 들이밀고 냄새를 맡았다. 냄새를 다 맡은 사냥개가 입을 벌리자 날카로운 송곳니가 드러났다. 그 사이로 침이 뚝뚝 떨어졌다. 사냥개가 으르렁거리기 시작했다. 뒤이어 나머지 사냥개도 차례로 냄새를 맡았다. 적의에 가득 차 으르렁거리는 사냥개 다섯 마리를 바라보는 세라피나는 공포로 간담이 서늘해졌다. 제발 사냥개들이 저 천 조각에서 나는 냄새를 쫓아 반대 방향으로 가 주길 바랄 뿐이었다.

남자가 사냥개 다섯 마리를 내려다보며 명령했다. "우리 사냥감은 가까운 곳에 있다." 위협적인 목소리였다. "냄새를 쫓아라! 검은 놈을 찾아라!"

명령이 떨어지기 무섭게 사냥개 다섯 마리가 야생 늑대처럼 울부짖더니 주인을 뒤로하고 숲속으로 무섭게 돌진해 오기 시작했다. 세라피나는 저도 모르게 움찔했다. 하마터면 본능적으로 벌떡 몸을 일으켜 달아날 뻔했다. 하지만 가까스로 참았다. 지금으로선 가만히 숨어 있는 것만이 유일한 살길이었다. 그러나 불길한 예감은 빗나가지 않았다. 사냥개 다섯 마리는 세라피나가 숨어 있는 곳을 향해 곧장 돌진해 오고 있었다.

세라피나는 지금 이 상황이 도무지 이해가 되지 않았다. 이대로 숨어 있어야 하나? 나가서 싸워야 하나? 도망쳐야 하나? 저 사냥개들에게 잡히면 갈기갈기 찢겨 죽을 것이다.

하지만 달아나야 한다는 사실을 깨달았을 때는 이미 늦었다. 기회를 놓친 것이다. 심장이 조여들었다. 다리가 움직이지 않았다. 공포로 온몸이 얼어붙었다.

안 돼! 안 돼! 안 돼! 이러지 마! 넌 생쥐가 아니야! 넌 다람쥐가 아니야! 움직여야 해!

세라피나는 죽음이 눈앞에 닥쳤을 때 현명한 동물이라면 할 법한 행동을 했다. 근처에 있던 나무 위로 3미터가량 뛰어오른 것이다. 나뭇가지 하나에 착지한 세라피나는 가지 끝으로 이동해 날다람쥐처럼 아슬아슬하게 옆에 있던 다른 나무로 건너뛰었다. 그러고 나서 다시 땅으로 내려와 젖 먹던 힘을 다해 달리기 시작했다.

사냥개 무리가 무섭게 으르렁거리며 맹렬한 기세로 세라피나를 추격했다. 마치 늑대 무리가 사슴 한 마리를 사냥하는 것 같았다. 하지만 상대는 늑대가 아니라 사냥개였다. 사냥개는 본디 사슴 같은 연약한 동물을 몰아서 죽이도록 태어난 존재가 아니었다. 사냥개는 늑대를 몰아서 죽이도록 태어난 존재였다.

세라피나는 달리면서 어깨 너머로 남자가 서 있는 길 쪽을 힐끗 바라보았다. 남자는 고개를 들어 하늘을 바라보고 있었다. 남자의 얼굴에서는 세월의 흔적이 느껴졌다. 아까 그 올빼미가 남자의 머리 위를 맴돌고 있었다. 그 순간 놀랍게도 남자는 들고 있던 지팡이를 공중으로 던져 올렸다. 지팡이가 빙글빙글 돌면서 올빼미를 향해 날아갔다. 그러나 올빼미를 맞추진 않았다. 지팡이는 형체가 점점 희미해지는가 싶더니 어둠 속으로 사라져 버렸다. 동시에 올빼미도 숲속으로 사라졌다. 세라피나는 도대체 저 남자의 정체가 무엇인지, 방금 무엇을 본 것인지 알 수 없었다. 하지만 지금 중요한 건 그게 아니었다. 살고 싶다면 뛰어야 했다.

이리저리 날뛰며 물고 뜯고 으르렁거리는 사냥개를 한 마리만 상대해도 벅찰 텐데 다섯 마리와 맞서 싸우는 건 아예 불가능이었다. 세라피나는 숲속을 전력 질주했다. 두려움으로 온몸의 근육에 힘이 들어갔다. 이 사나운 짐승들에게 호락호락 당하지만은 않을 작정이었다. 숲속의 차가운 밤공기가 허파를 파고들었다. 공포로 온몸의 감각이 곤두섰다. 선두에 서서 세라피나를 뒤쫓던 사냥개 한 마리가 목을 길게 빼고 이빨을 드러낸 채 달려들어 세라피나의 다리를 물었다. 송곳니가 살점을 파고드는 순간 세라피나는 타는 듯한 고통과 분노로 비명을 내지르며 몸을 돌려 사냥개를 쳐 냈다. 피 냄새가 퍼지자 뒤따르던 다른 사냥개들이 더욱 광분했다. 두 번째 사냥개가 세라피나에게로 달려들어 어깨를 물어뜯었다. 세라피나가 주먹으로 그 머리를 내리쳤지만 절대 놓지 않겠다는 듯 필사적으로 으르렁거렸다. 세 번째 사냥개가 세라피나의 손목에 송곳니를 박아 넣었다. 사냥개 세 마리가 동시에 공격을 해 오자 도저히 당해 낼 재간이 없었다. 결국 세라피나는 땅바닥에 쓰러져 질질 끌려갔다. 나머지 두 마리가 날카로운 송곳니를 드러내고 마지막 일격을 위해 세라피나의 목덜미로 곧장 달려들었다.

사냥개가 목덜미를 물어뜯으려고 달려드는 순간 세라피나는 팔로 목을 감쌌다. 덕분에 송곳니는 목구멍 대신 팔뚝에 내리꽂혔다. 뼈를 훑고 지나가는 극심한 고통에 세라피나가 비명을 내질렀다. 곧바로 또 다른 사냥개가 세라피나의 숨통을 끊으려고 달려들었다. 그런데 그때 어디선가 날아든 주먹만 한 돌멩이에 머리를 정통으로 맞은 사냥개가 나가떨어졌다. 또다시 날아든 돌멩이에 다른 사냥개가 맞았다. 갑작스런 돌팔매질 공격에 사냥개들은 정신없이 주변을 두리번거렸다.

“하아아아아아아아아아아아아아아아아!” 돌연 어둠 속에서 길고 부스스한 머리를 한 소년이 고함을 지르며 튀어나와 싸움에 가세했다. 치고 박고 할퀴고 팔을 마구 휘두르는 소년과 사냥개 다섯 마리가 한데 뒤엉켜 한바탕 싸움이 벌어졌다.

"일어나! 용기를 잃지 마!" 소년이 사냥개 두 마리를 공격하면서 세라피나가 도망갈 틈을 만들어 주었다.

소년의 외침에 세라피나가 비틀거리며 일어났다. 그런데 싸움이 세라피나와 소년에게 유리한 방향으로 흘러가고 있다고 생각한 순간, 그래서 어쩌면 사냥개들을 따돌리고 도망칠 수 있겠다고 생각한 순간, 갑자기 사냥개 한 마리가 소년의 가슴팍으로 뛰어들어 소년을 넘어뜨렸다. 소년과 사냥개는 엎치락뒤치락 바닥을 뒹굴며 이빨을 드러낸 채 서로를 물고 뜯었다.

다른 사냥개 한 마리는 세라피나에게로 돌진했다. 가까스로 피했지만 반대 방향에서 또 다른 사냥개가 달려들었다.

"이것들을 상대로 오랫동안 도망 다니긴 힘들어!" 소년이 외쳤다. "따돌려야 해!"

세라피나는 이빨을 드러낸 채 번갈아 가며 달려드는 사냥개 세 마리를 피해 이리저리 몸을 숙였지만 공격은 도저히 끝날 기미가 보이지 않았다. 세라피나가 정신없이 주먹으로 사냥개의 머리와 어깨를 마구 내리쳤지만 사냥개들은 지치지 않고 달려들었다.

다가오는 공격을 피해 뒷걸음질 치던 세라피나의 등 뒤로 딱딱한 암벽이 부딪쳤다. 더 이상 물러날 곳이 없었다. 세라피나는 몸을 구부려 공격 자세를 취하며 궁지에 몰린 쥐처럼 으르렁댔다.

사냥개 한 마리가 세라피나에게로 뛰어오르자마자 땅바닥으로 나동그라졌다.

"지금이야!" 소년이 고함을 질렀다. "올라가!"

세라피나는 몸을 돌려 울퉁불퉁한 암벽을 올라가려고 애썼지만 떨어지는 물줄기 때문에 너무 미끄러웠다. 탈출을 시도하려는 세라피나를 발견한 사냥개 두 마리가 지체 없이 달려들었다. 세라피나는 달려드는 사냥개의 머리를 발로 차고 주먹으로 때렸다.

"싸우지 말고 그냥 올라가, 이 바보야!" 소년이 소리를 질렀다. "도망가라고!"

소년의 말대로 세라피나가 암벽을 오르려고 몸을 돌리자마자 또 다른 사냥개가 달려들었다. 하지만 소년이 한 마리 야생 동물처럼 뒤에서 몸을 날려 세라피나에게 달려들던 사냥개를 물어뜯고 할퀴었다. 예상치 못한 공격에 화가 머리끝까지 난 사냥개가 몸을 돌려 소년에게 달려들었다. 땅바닥에 나동그라진 둘은 엎치락뒤치락하며 치열하게 싸웠다. 다른 사냥개 두 마리가 송곳니를 앞세워 가세하면서 한바탕 난투극이 벌어졌다.

그 틈을 타 세라피나는 몸을 날려 철쭉 가지를 잡은 다음 위로 몸을 끌어 올렸다. 그러고 나선 재빨리 다음 발 디딜 곳과 손으로 잡을 가지를 찾았다. 철쭉 가지를 사다리 삼아 세라피나는 최대한 빨리 암벽을 타고 올라갔다. *따라올 테면*

따라와 보시지, 이 손도 없는 멍멍이들아!

사냥개들이 더 이상 닿을 수 없는 높이까지 올라가고 나서야 세라피나는 아래를 내려다보았다. 암벽 아래에서 사냥개 두 마리가 마구 짖어 대면서 우왕좌왕 위로 올라갈 방법을 찾고 있는 모습이 눈에 들어왔다. 둘 중에 더 용감하고 무식한 놈 하나는 무턱대고 암벽을 타고 올라오려다 떨어지기를 무한 반복하고 있었다. "네 주인한테나 가 버려라, 이 지긋지긋한 놈들아!" 세라피나는 음침한 분위기를 풍기던 남자를 떠올리며 사냥개들에게 소리쳤다.

그러나 정작 세라피나가 숲속을 내려다보면서 눈으로 쫓고 있는 사람은 사냥개들의 주인이 아니었다. 나머지 사냥개 세 마리와 소년이 보이지 않았다. 세라피나가 마지막으로 보았을 때 소년은 힘겨운 싸움을 하고 있었다. 누가 이기고 누가 지고 있는지 분간할 수는 없었지만 소년이 한꺼번에 사냥개 세 마리를 상대로 싸워 이기기란 불가능해 보였다.

세라피나는 잠시 암벽 등반을 멈추고 숲속에서 들려오는 소리에 귀를 기울였다. 그러나 아무 소리도 들려오지 않았다. 암벽 아래에서 으르렁대던 사냥개 두 마리는 어디론가 사라지고 없었다. 다시 보니 절벽 아래에 있는 길을 따라 달리고 있었다. 저 똥개들이 여기로 올라오는 다른 길을 찾고 있구나. 그 모습을 본 세라피나가 속으로 생각했다.

너무 늦기 전에 달아나야 했다. 세라피나는 암벽 꼭대기까지 5미터 정도를 더 올라갔다.

마침내 꼭대기에 다다른 세라피나가 지쳐서 숨을 헐떡이며 땅바닥에 주저앉았다. 머리랑 팔이랑 종아리에서 피가 나고 있었다. 소년을 찾아서 암벽 아래 숲속을 훑어보았다.

보고 또 보았지만 아무런 움직임도 느껴지지 않았고 아무런 소리도 들리지 않았다. 어떻게 이렇게 순식간에 사라질 수가 있지? 그 소년은 괜찮은 걸까? 도망갔으려나? 다치진 않았을까?

그런 소년은 일찍이 본 적이 없었다. 아니 그렇게 움직이고 싸우는 존재는 본 적이 없었다. 세라피나는 소년의 구릿빛 피부와 유연하고 탄탄한 몸매와 길고 부스스한 밤갈색 머리보다 그 날렵함과 용맹함이 제일 충격적이었다. 세라피나의 아빠처럼 강인하기로 둘째가라면 서러운 이 산골짜기 출신이 아닐까도 생각했지만 사냥개들과 맞서 싸울 때 소년은 광포한 보브캣(고양잇과 야생 동물로 붉은스라소니라고도 한다_옮긴이)에 더 가까웠다. 소년에게는 마치 평생을 숲에서 살아온 것만 같은 야생적인 사나움이 있었다.

세라피나는 우두커니 서서 등 뒤로 펼쳐진 풍경을 바라보았다. 바위가 많고 나무 덤불이 무성한 편평한 지형이 펼쳐지다가 더 깊은 산골짜기로 이어졌다. 세라피나는 지금 여기가 어디고 집으로 돌아가는 길이 어딘지 충분히 가늠할 수 있었지만 다시 한 번 고개를 돌려 암반 아래를 굽어보았다. 야생 소년 덕분에 세라피나는 목숨을 건졌다. 그러니 어떻게 소년을 내버려 두고 나 몰라라 혼자 도망갈 수 있겠는가?

사냥개들이 물고 할퀴어서 생긴 상처가 타는 듯이 아팠다. 날카로운 철사에 생살이 찢긴 듯한 고통이었다. 머리에 난 상처에서 흐른 피가 눈으로 똑똑 떨어졌다. 집으로 돌아가야만 했다.

세라피나는 숲 꼭대기가 내려다보이는 절벽 위에서 소년을 마지막으로 목격했던 방향을 바라보았다. 세라피나는 가만히 서서 귀를 기울였다. 어디선가 싸우는 소리라도 들려올까 아니면 소년이 세라피나를 찾아 두리번거리는 모습이라도 눈에 띌까 싶어서였다. 혹시라도 그런 일이 있어선 안 되겠지만 온몸이 찢겨 피범벅이 된 채 바닥에 축 늘어져 있는 소년의 시체를 발견하게 될지도 모를 노릇이었다.

*싸우지 말고 그냥 올라가, 이 바보야!*라고 외치던 소년의 목소리가 아직도 생생히 귓가에 맴돌았다. *도망가!*라던 외침이 바로 옆에서 들리는 듯했다.

소년의 말을 따라 이대로 도망을 가야 할까 아니면 마음의 소리를 따라 소년을 찾아 나서야 할까?

세라피나는 소리를 내는 일이라면 질색했다. 숲속에 무엇이 도사리고 있을지도 모르는 마당에 소리를 내서 자신의 존재를 사방팔방에 알리고 싶지 않았다. 하지만 지금으로선 어쩔 도리가 없었다. 세라피나는 손을 모아 입가에 대고 암벽 아래로 내려다보이는 숲을 향해 속삭였다. "거기! 내 말 들려?"

그러고 나서 세라피나는 기다렸다.

귀뚜라미 우는 소리, 개구리 우는 소리 등 밤이면 숲에서 으레 들리는 소리 말고는 아무런 소리도 들리지 않았다.

세라피나는 싸움에서 입은 부상 때문에 심장 박동이 느려지고 호흡이 약해지고 팔다리가 무거워지는 걸 느낄 수 있었다. 집까지 무사히 돌아가려면 꾸물거릴 시간이 별로 없었다.

세라피나는 숲속에서 고군분투하고 있을 소년을 홀로 남겨두고 싶지 않았다. 세라피나는 위험에 빠진 친구를 나 몰라라 내버려 두고 도망가는 혹은 머릿속에서 지워 버리는 그런 부류가 아니었다.

세라피나는 소년을 만나 이야기를 나누고 싶었다. 이름은 무엇인지, 어디에 사는지 알고 싶었다. 아니면 최소한 무사한지만이라도 확인하고 싶었다. 그 소년은 도대체 누굴까? 누구길래 한밤중에 이 숲속에 있었던 걸까? 그리고 왜 사나운 사냥개들 사이로 뛰어들어 세라피나를 구해 준 걸까?

세라피나는 숲속을 향해 다시 한 번 속삭였다. "너 거기 있니?"

야생 소년을 기다리느라 너무 많은 시간을 허비했다는 사실을 깨달은 건 북쪽에서 맹렬하게 달려오는 사냥개 두 마리를 발견했을 때였다. 사냥개들은 마침내 암벽 위로 올라오는 다른 길을 찾은 모양이었다.

세라피나는 주위를 휙휙 둘러보았다. 나무 한 그루가 눈에 띄었다. 사냥개들을 피할 수 있을 만큼 충분히 높이 올라갈 수 있을지 가늠해 보았다. 다시 절벽 아래로 내려가 사냥개들을 혼란스럽게 만들어 볼까도 생각했다. 하지만 혼자서는 오래 버틸 수 없었다. *도망가!* 야생 소년은 세라피나에게 그렇게 외쳤었다.

세라피나는 마침내 마음을 굳혔다.

소년이 누구든지 간에 무사하기만을 바랐다. *힘내, 친구*

야.

세라피나는 사시사철 푸른 소나무와 전나무가 빼곡히 늘어선 숲속으로 몸을 비집고 들어갔다. 나무와 나무 사이가 너무 좁아서 마치 나무로 가득한 바닷속을 헤엄치는 듯한 기분이었다. 사냥개들을 따돌리려고 세라피나는 장기를 발휘해 좁은 나무 틈 사이를 지그재그를 그리며 달렸다. 다리가 계속 후들거렸고 눈은 초점이 잘 맞지 않았다. 손을 들어 머리를 만져 보고 나서야 세라피나는 두피가 찢긴 상처에서 여전히 피가 철철 흐르고 있다는 사실을 알아차렸다. 피가 이마를 타고 흘러 눈으로 들어갔다.

비틀거리는 걸음으로 나무의 바다를 헤쳐 나가면서 세라피나는 이제 더 이상 사냥개들을 따돌릴 길이 없다는 사실을 깨달았다. 팔다리에 난 상처가 욱신거렸다. 시야를 확보하려면 눈으로 흐르는 피를 계속 닦아 내야 했다. 고개를 들어 하늘을 보려 했지만 뾰족뾰족한 나뭇잎에 가려 달도 별도 볼 수 없었다. 달릴 때마다 발밑에서 나뭇가지가 와지끈 소리를 내며 부러졌다. 평소라면 소리 없이 달리려 애썼겠지만 지금은 아무래도 상관없었다. 일단 달려야 했다. 이렇게 죽기 살기로 달려 본 적은 처음이었다. 그런데 나무 사이사이를 정신없이 달려가는 와중에도 귓가에서는 야생 소년의 목소리가 떠나질 않았다. *이것들을 상대로 오랫동안 도망 다니긴 힘들어!* 세라피나는 몸을 돌려 사냥개들과 맞서 싸우고 싶었다. 하지만 이렇게 나무가 빽빽하게 늘어선 숲속에서 자칫 사냥개들이 세라피나를 먼저 발견하고 공격해 오기라도 한다면 꼼짝없이 당할 수밖에 별도리가 없었다. 그러면 목숨을 잃을 게 분명했다. 계속 달려야만 했다.

그때 갑자기 눈앞이 환해지면서 절벽이 나타났다. 하마터면 바위 사이사이로 거센 물살이 흐르고 있는 절벽 아래로 추락할 뻔했다. 놀란 세라피나가 숨을 들이쉬며 뒷걸음질로 나뭇가지를 움켜쥐었다.

절벽 아래를 내려다보니 여기서는 도저히 강을 건널 수 있는 방법이 없어 보였다. 절벽 아래는 까마득했고 물살은 너무 거셌다. *되는 일이 없네.* 세라피나는 몸을 숨겨야 한다는 사실을 알고 있었지만 그보다 먼저 자신의 냄새부터 지워야 했다.

세라피나는 절벽 가장자리를 따라 강가로 뛰어 내려갔다.

강줄기 아래에 다다라 가장 안전하고 얕아 보이는 지점을 골라 재빨리 건너가려고 했다. 세라피나는 평생 단 한 번도 수심이 깊은 물에 들어가 본 적이 없었고 수영도 할 줄 몰랐다. 무릎 높이까지 오는 거센 물살을 헤치고 사냥개들을 피해 필사적으로 강을 건너려 했다. 산속을 흐르는 강물은 너무 차가워서 물에 잠긴 종아리가 칼로 에인 듯 아팠다. 물살은 거세고 빨랐다. 급류에 떠밀리지 않으려고 안간힘을 쓰면서 한 발 한 발 옮겼다. 발밑에서 이끼로 뒤덮인 둥근 돌이 미끄덩하면서 빠져나갔다.

세라피나는 간신히 강 한가운데에 다다랐다. 물이 허벅지까지 차오르면서 물살을 헤치고 나아가기가 점점 더 어려워졌다. 그래도 세라피나는 꿋꿋이 앞으로 나아갔다. 마침내 강 반대편에 도착했다고 생각한 순간 거센 물살이 밀려와 몸이 붕 떠올랐다. 세라피나는 눈 깜짝할 새에 균형을 잃고 얼음장처럼 차가운 물속으로 휩쓸렸다. 세라피나는 필사적으로 버둥거리며 발 디딜 곳을 찾았지만 급류에 휩쓸려 수심이 깊은 곳으로 떠밀려 가는 바람에 바닥에 발이 닿지 않았다. 콜록콜록 입으로 들어간 물을 토하며 세라피나는 어푸어푸 물 밖으로 고개를 내밀려고 죽을힘을 다해 허우적거렸다. 강물에 떠밀려 아래로 아래로 내려가던 세라피나의 눈앞에 또 다른 급류가 나타났다.

세라피나의 몸이 거대한 바위 두 개 사이로 급류가 지나면서 생긴 소용돌이 속으로 휘말려 들어갔다. 그리고 다시 반대쪽으로 튕겨 나와 어두운 물속에서 빙그르르 굴렀다. 가까스로 물 밖으로 고개를 내밀고 숨을 한 번 들이마시기가 무섭게 또다시 강물에게 덜미를 잡혀 소용돌이치는 물속으로 끌려 들어갔다. 소용돌이 안으로 빨려 들어가면서 세라피나는 마음속으로 아빠에게 작별 인사를 고했다. 그런데 그 순간 튀어나온 바위에 몸이 부딪쳤다. 본능적으로 바위에 매달리려고 했지만 곧바로 거센 물살에 다시 휩쓸렸다. 세라피나는 언제나 스스로가 강하다고 생각했었지만 물의 힘 앞에서는 그저 새끼 고양이에 불과했다. 마구잡이로 세라피나를 끌고 다니던 거센 물살이 물결이 잔잔한 강 아랫목에 이르자 거의 내팽개치다시피 세라피나를 뱉어 냈다. 녹초가 된 세라피나는 비에 젖은 생쥐 꼴로 엉금엉금 기어 나와 자갈밭에 그대로 쓰러졌다.

마침내 강을 건넜다.

사냥개들이 강을 따라 내려오다가 여기 건너편에 있는 세라피나를 발견한다면 또다시 쫓아올 것이 뻔했다. 다시 일어나서 달아나야 했지만 팔다리가 움직이지 않았다. 고개를 들어 올릴 힘조차 남아 있지 않았다. 얼음장처럼 차가운 강물과 거센 물살이 그나마 있던 힘마저 모조리 빼앗아 버렸다. 물먹은 솜처럼 팔다리를 힘없이 늘어뜨린 채 축축한 자갈밭에 쓰러져 있는 세라피나에게 빌트모어를 지키기란 영영 불가능한 일처럼 보였다. 온몸이 녹초가 되어 수 킬로미터 떨어진 집으로 돌아가는 건 고사하고 당장 단 한 걸음도 옮길 수가 없었다. 날이 어두워지면서 세라피나가 쓰러져 있는 자갈밭 사이사이에 괸 작은 물웅덩이 위로 하나둘 그림자가 드리우기 시작했다. 한기가 들어 온몸이 오들오들 떨렸다.

세라피나는 야생 소년이 아까 그 숲속에서 치명상을 입고 쓰러져 있는 건 아닌지 아니면 아직까지도 사냥개들과 싸우고 있는 건 아닌지 궁금했다. 어쩌면 무사히 탈출했을지도 몰랐다. 머릿속에서는 소년의 목소리가 떠나질 않았다. *도망가!* 소년은 세라피나에게 도망가라고 고함을 질렀었다. *도망가!* 하지만 세라피나는 도망갈 수가 없었다. 몸이 움직이지 않았다.

고요한 어둠이 온몸을 훑고 지나가며 세라피나더러 눈을 감고 모든 걸 놓아 버리라고 속삭였다. 눈앞이 흐릿해졌다. 서서히 의식이 흐려졌다. 다 놓아 버리는 건 너무나도 쉬웠다. 하지만 세라피나의 마음속에서는 맹렬한 의지가 불타올랐다. *일어나!* 세라피나가 스스로에게 말했다. *달려! 집으로 돌아가!* 세라피나는 두 발로 일어서려고, 최소한 고개라도 들려고 낑낑거렸다.

실눈을 뜨고 흐르는 피 사이로 주변을 보았다. 세라피나가 쓰러져 있는 쪽 강가는 지대가 높고 자갈투성이인데 반해 강 건너편은 지대가 낮고 고사리와 자작나무로 뒤덮여 폭신폭신해 보였다. 그때 어둠 속에서 불빛 하나가 다가왔다. 처음에는 맑은 밤하늘을 수놓은 별빛이겠거니 했다. 그런데 불빛은 하나가 아니었다. 여러 개였다.

다가올 공격에 무방비로 노출된 세라피나가 절망감에 헉하고 숨을 들이켰다. 하지만 피어오르는 두려움 속에서도 세라피나는 저 불빛이 지난번처럼 자신을 찾으러 온 아빠가 든 횃불이나 랜턴이었으면 하는 희망의 끈을 놓지 않았다.

그러나 그 순간 세라피나는 똑똑히 보았다. 저 불빛은 흔들리는 랜턴에서 나오는 빛이 아니었다. 살아 있는 수많은 생명체가 내뿜는 빛이었다. 빛 무리가 공중에서 춤을 추듯 일렁이며 강을 따라 세라피나 쪽으로 내려왔다.

반딧불인가? 빛 무리가 점점 가까워졌다.

반딧불이라기에는 훨씬 크고 환한 초록색 불빛이 날갯짓

을 따라 하얀색으로 변했다가 다시 초록색으로 돌아왔다가를 반복하며 깜박거렸다. 날갯짓의 주인공은 야광 나비 같기도 했다.

아니, 야광 나비도 아니야. 세라피나는 미소를 지으며 생각했다. *달나방이야.*

달나방 수백 마리가 달빛 아래 저마다 연녹색 빛을 내뿜으며 강줄기를 따라 날아오고 있었다. 부드럽고 소리 없는 날갯짓이 지나간 자리마다 초록 불빛이 꼬리처럼 길게 남아 있었다.

어린 시절 한여름 밤에 빌트모어의 정원에서 세라피나는 달나방을 처음 보았다. 별빛만이 유일하게 어둠을 밝히던 시간, 손바닥에 올려놓은 달나방 한 마리가 아래위로 부드럽게 날개를 펄럭일 때마다 나오던 그 마법 같은 빛을 세라피나는 기억했다. 그런데 이렇게 많은 달나방이 한꺼번에 이동하는 모습은 너무 낯설었다. 지금 꿈을 꾸고 있는 건가? 죽음이 가까웠을 때 보이는 건가? 먼 과거의 기억들이 주마등처럼?

그런데 강물 위를 날아가는 달나방 무리를 보고 있노라니 세라피나는 다시 한 번 깨달았다. 달나방 수백 마리는 이 강물을 따라 다음 강으로, 또 다음 강으로, 또 다음 강으로, 그래서 이 산을 지나 바다까지 먼 길을 떠나고 있는 중이라는 것을. 달나방들도 이 숲을 떠나고 있었다. 아까 보았던 바로 그 새들처럼.

강 건너편 절벽에서 사냥개 두 마리가 목청껏 짖어 대는 소리가 들려왔다. 이쪽으로 오고 있었다.

달나방 무리가 마지막 한 마리까지 사라졌을 때 세라피나는 팔을 짚고 일어나려고 애를 썼다. 그러나 조금의 힘도 남아 있지 않았다. 두 발로 일어나 보려고 했지만 몸이 마음대로 움직이지 않았다.

하지만 세라피나는 달나방 무리가 아무 이유 없이 눈앞에 나타나진 않았을 거라고 생각했다. 분명히 무슨 이유가 있을 것이다.

몸을 숨길 장소를 찾아 이리저리 고개를 돌리던 세라피나의 눈에 몇 발자국만 가면 닿을 수 있는 거리에 자작나무 덤불이 보였다. 저기까지만 가면 되는데 어쩌지 고민하던 순간 어둠 속에서 번쩍거리는 눈동자 두 개가 나타났다.

정체 모를 눈동자는 거리를 좁혀 오지 않고 세라피나를 관찰했다.

세라피나는 눈동자를 똑바로 마주 보고서 최대한 고른 숨소리를 유지하려고 노력했다.

처음에는 벌써 강을 건넌 사냥개들에게 포위된 줄 알았다. 그러나 어둠 속에서 모습을 드러낸 눈동자는 사냥개들처럼 까맣지 않았다. 황금빛이 감도는 갈색 눈동자였다.

그 순간 안도감이 물밀듯이 밀려왔다.

저 눈동자가 누구 것인지 모를 수가 없었다.

"도와주세요." 세라피나가 힘없는 목소리로 속삭이다시피 말했다.

그런데 그 순간 숲속에서 모습을 드러낸 눈동자의 주인공을 본 세라피나는 공포로 숨이 멎을 뻔했다. 난생처음 보는 퓨마 한 마리가 세라피나를 향해 똑바로 다가왔다. 털 빛깔은 어두웠고 어려 보였다. 하지만 동시에 강인하고 용감해 보였다. 그리고 굶주린 듯했다. 세라피나의 기대는 산산이 무너졌다.

몸을 일으켜 맞서려고 했지만 소용이 없었다. 저 맹수에게 세라피나는 손쉬운 먹잇감이었다.

이 정체 모를 퓨마에게 어떻게든 맞설 궁리를 하던 찰나 또 다른 퓨마 한 마리가 나타났다.

그 모습을 보는 순간 세라피나는 비로소 안도의 한숨을 내쉬었다. 세라피나가 너무나도 잘 아는, 크고 강한 암컷 퓨마였다.

세라피나의 엄마는 퓨마의 모습일 때 가장 아름다웠다. 윤기가 흐르는 밤색 털, 거대한 앞발, 수많은 사냥으로 다져진 근육까지 흠잡을 곳이 없었다. 무엇보다 황금빛 눈동자는 지성으로 빛났다.

"엄마라서 너무너무 다행이에요." 절망의 끝에서 예상치 못한 엄마의 등장에 세라피나의 목소리가 울먹거렸다.

그러나 세라피나가 엄마의 눈에서 미처 대답을 읽을 새도 없이 엄마가 갑자기 고개를 휙 돌려 강 건너편을 바라보았다.

곧이어 세라피나도 들었다. 사냥개들이 바로 근처에 있었다. 게다가 두 마리가 아니었다. 다섯 마리가 전부 이빨을 드러낸 채 맹렬하게 짖으며 달려오고 있었다. 세라피나가 있는 곳에 도착하는 건 시간문제였다.

엄마는 재빨리 다가와 세라피나 옆에 몸을 엎드렸다. 세라피나는 엄마가 무얼 하는 건지 어리둥절했다. 그때 다른 갈색 퓨마가 다가와 머리로 세라피나의 몸을 밀었다. 세라피나는 엄마 퓨마랑 다른 퓨마가 자신의 냄새를 덮으려고 몸을 비벼 오는 줄 알았다. 그러나 곧 진짜 뜻을 알아차렸다.

세라피나는 엄마 퓨마 등에 올라타 목덜미와 어깨를 껴안았다. 엄마 퓨마가 세라피나를 등에 싣고 갈색 퓨마가 그 옆에 바짝 붙은 채 셋은 숲속으로 들어갔다. 처음에는 천천히, 그러다 점차 속도를 높였다. 세라피나는 엄마 등에 얼굴을 묻은 채 뺨에 와닿는 보드라운 털과 강인한 폐와 근육의 움직임을 느꼈다. 숲속에 들어서자 엄마는 점점 속도를 내는가 싶더니 이윽고 달리기 시작했다.

한밤중에 숲속을 이렇게 빠른 속도로 달리는 기분은 정말 이지 짜릿했다. 일정한 박자에 맞춰 엄마 퓨마는 다른 갈색 퓨마와 함께 강하고 빠르게 소리 없이 질주했다. 세라피나는 이렇게 달리면 어떤 기분일까 수도 없이 상상했지만 평생 동안 단 한 번도 이런 속도로 달려 보진 못했다. 부드럽고 민첩한 움직임, 방향과 속도를 바꿀 때의 순발력, 자유자재로 우아함과 힘을 조절하는 능력에는 감탄이 절로 나왔다.

높은 지대에 이르러 엄마 퓨마와 갈색 퓨마는 잠시 가던 길을 멈추고 강 아래를 내려다보았다. 세라피나의 냄새를 쫓아 강가에 이른 사냥개 다섯 마리가 코를 킁킁거리더니 강을 건넜다. 그러나 세라피나가 급류에 휘말려 강 아래로 떠밀려 내려갔다는 사실은 눈치채지 못했는지 사냥개들은 거기서 직진했다. 급류에 휩쓸려 떠내려갔을 때는 하늘이 무너지는 줄 알았는데 지금은 덕분에 목숨을 건졌다. 사냥개 다섯 마리는 땅바닥에 고개를 처박고 킁킁거리면서 빙글빙글 맴돌았다. 세라피나의 냄새가 없어진 것이다. 세라피나의 흔적을 찾아 강가를 이리저리 뛰어다닐수록 사냥개들은 더욱 혼란스러워했다.

날 찾을 수 없을 거야. 세라피나는 엄마 등에 매달려 미소를 띤 채 생각했다. *퓨마 냄새밖에 나지 않을 테니까.*

갑자기 엄마 퓨마와 갈색 퓨마가 다시 움직이기 시작했다. 둘은 골짜기와 개울을 넘고 양치식물을 헤치며 빠른 속도로 숲속을 질주했다. 나뭇가지와 밑동이 눈 옆을 휙휙 지나갔다. 바람 소리가 귓가를 윙윙 울렸다.

얼마나 오래 달렸을까, 세라피나는 저도 모르게 스르르 눈이 감겼다. 이제 느껴지는 거라곤 달리고 있는 엄마의 움직임과 몸 위로 와닿는 차가운 밤공기와 몸 아래로 느껴지는 따뜻한 엄마의 체온뿐이었다.

얼마나 잤을까, 눈을 떴을 때 세라피나는 달빛을 받아 반짝이는 폭신폭신한 연녹색 잔디 침대 위에 누워 있었다. 주둥이로 살갗을 파고드는 따뜻한 털 뭉치와 나직이 진동하는 갸르릉 소리가 느껴졌다. 새끼 퓨마 두 마리가 세라피나를 다시 만나 반가웠는지 등 뒤에 바짝 달라붙어 앞발로 세라피나를 꾹꾹 누르고 있었다. 세라피나는 저도 모르게 웃음이 났다. 새끼 퓨마들이 앙증맞은 코로 어깨를 비벼 오는 바람에 목덜미에 와닿은 수염이 간지러웠다. 지난 몇 주 동안 엄마를 만나러 숲속에 있는 굴을 들락날락하면서 세라피나는 비록 아빠는 달랐지만 새끼 퓨마 남매와 정이 담뿍 들었다. 새끼 퓨마들도 다르지 않은 모양이었다.

세라피나는 머리에 난 상처를 만져 보았다. 지혈과 진통

효과가 있는 약초로 소독이 되어 있었다. 팔다리에 난 상처에도 짓이긴 약초가 붙어 있었다. 세라피나는 그러고 싶진 않았지만 이제 필요하다면 몸을 움직일 수 있을 것 같았다. 고통을 느끼면 움직임이 느려지는 보통 사람들과는 달리 자신은 그렇지 않다는 걸 세라피나는 예전에 깨달았다. 그래서 아빠를 놀래 준 적이 한두 번이 아니었다. 날씨가 아무리 추워도 세라피나에게는 전혀 문제가 되지 않았다. 동족들과 마찬가지로 세라피나도 아무리 피투성이에 녹초가 되어도 포기하지 않는 강인함과 끈기를 타고난 것 같았다. 그렇지만 물리고 찢긴 상처에 덧바른 약초는 큰 도움이 되었다.

어깨에 닿는 부드러운 손길에 세라피나가 고개를 들자 그곳에는 인간의 모습을 한 엄마가 있었다. 고양이를 닮은 엄마의 눈동자는 황금빛이었고 광대뼈는 유난히 도드라졌으며 긴 머리카락은 옅은 갈색이었다.

"이제 안전하단다, 세라피나." 엄마가 세라피나의 머리에 난 상처를 살펴보며 말했다.

"엄마." 세라피나가 약하고 갈라진 목소리로 엄마를 불렀다.

주변을 둘러보니 엄마가 세라피나를 데려온 곳은 아주 오래된 공동묘지를 지나 깊은 숲속에 자리 잡은 천사 조각상이 있는 빈터였다. 공동묘지를 뒤덮은 이리저리 비틀리고 구부러진 나뭇가지 아래에는 여기저기 금이 간 채 넝쿨과 이끼에 가린 묘비가 즐비했다. 죽은 나뭇가지에서는 제멋대로 자라

난 이끼가 드리워져 있었고 어두컴컴한 땅바닥에서는 유령 같은 아지랑이가 피어올랐다. 그러나 아지랑이는 천사 조각상이 있는 빈터로는 침범해 들어오지 않았다. 동그란 빈터에는 언제나, 심지어 겨울에도 푸릇푸릇한 풀밭이 완벽한 자태를 뽐냈다. 빈터 정중앙에는 돌로 된 천사 조각상이 아름다운 날개를 펼치고 한 손에는 번쩍거리는 진검을 쥔 채 우뚝 서 있었다. 마치 천사 조각상이 시간의 흐름에 맞서 영원한 봄이 계속되도록 이 빈터를 지키고 있는 것만 같았다.

엄마는 바로 여기 이 빈터 가장자리에 있는 거대한 버드나무 뿌리 아래 굴에서, 태어난 지 얼마 안 된 새끼 퓨마 남매를 키우고 있었다. 그리고 오늘 밤과는 전혀 달랐던 어느 날 밤에 바로 여기 이 빈터에서 세라피나와 친구들은 검은 망토를 입은 토른 씨를 무찔렀다.

검은 놈을 찾아라! 수염이 덥수룩한 수상한 남자는 사냥개들에게 분명히 이렇게 말했다. 세라피나는 자신이 천사 조각상이 들고 있는 칼로 갈기갈기 찢어 버렸던 검은 망토의 조각이 혹시나 어딘가에 남아 있는 건 아닐까 주변을 둘러보았다. 분명히 없애 버리긴 했지만 불안한 마음에 검은 망토에 달려 있던 은색 고리 장식도 박살 내 버리고 나머지 헝겊 조각도 불태워 없애 버릴걸 하는 후회가 밀려왔다. 세라피나는 기울어진 묘비와 부서진 관이 어지러이 널브러진 공동묘지를 바라보며 검은 망토의 잔해는 어떻게 됐을까 생각했다.

세라피나는 아주아주 오랜 시간을 혼자서 깜깜한 빌트모어 대저택의 복도를 돌아다니며 사냥을 했다. 세라피나는 기억할 수 있는 생애 첫 순간부터 지금까지 평생 사냥을 했다. 세라피나에게 사냥은 곧 본능이었다. 세라피나는 왜 자신만 척추가 길고 휘어져 있는지, 왜 쇄골이 다른 뼈와 분리되어 있는지, 왜 발가락이 네 개씩 여덟 개밖에 없는지 알지 못한 채 살아왔다. 세라피나는 왜 자신은 어둠 속에서도 사물이 잘 보이는데 다른 사람들은 그렇지 않은지 알지 못한 채 살아왔다. 그러다가 마침내 엄마를 만났을 때 세라피나는 비로소 깨달았다. 엄마는 인간으로 변신할 수 있는 *야생 산고양이*였던 것이다. 세라피나는 평범한 인간 소녀가 아니였다. *새끼 동물*이기도 했다.

세라피나는 자신이 누구인지 더 알고 싶은 마음에 지난 몇 주 동안 밤마다 숲에서 엄마를 따라다니며 사냥을 했다. 숲 속의 법칙뿐만 아니라 야생 산고양이로 산다는 것의 의미도 배우기 위해서였다. 세라피나는 엄마의 가르침에 열심히 귀를 기울였고 퓨마 모습일 때의 엄마를 유심히 관찰했다. 세라피나는 온 마음과 정신을 집중해서 배웠고 엄마 역시 온 마음과 정신을 집중해서 가르쳤다. 야생 산고양이로 변신하면 어떤 모습일지, 어떤 느낌일지 수도 없이 머릿속으로 그려 보았지만 아무 일도 일어나지 않았다. 무슨 수를 써도 변신할 수 없었다. 원래 모습 그대로였다. 세라피나는 지금 이 순간에도 엄마에게 변신하는 법을 가르쳐 달라고 하고 싶었지만 엄마가 거절하리라는 사실을 알기에 우울했다.

새끼 퓨마 남매가 어슬렁어슬렁 세라피나 주변을 맴돌며 얼굴에다가 코를 비볐다. 세라피나는 동생들을 쓰다듬어 주다가 두 손으로 귀를 뒤로 넘겨 얼굴을 부여잡고 꼭 끌어안았다. 새끼 퓨마 남매는 온전한 퓨마일 뿐 인간으로 변신할 수 없었다. 하지만 둘은 첫 만남 때부터 세라피나를 있는 그대로 받아 주었다. 세라피나에게는 긴 송곳니도 없고 꼬리도 없다는 사실 따윈 전혀 개의치 않는 듯했다.

문득 그 갈색 퓨마는 어디로 갔는지 궁금했다. 새끼 퓨마 남매의 아빠라기엔 너무 어려 보이던데 그럼 왜 엄마랑 같이 있었던 거지?

"엄마, 다른 퓨마는 누구였어요? 그 어려 보이던……." 세라피나가 물었다.

"신경 쓰지 마라." 엄마가 위협적으로 말했다. "그쪽한테도 우리에게, 특히 너한테 가까이 오지 말라고 이야기해 뒀다. 그쪽도 여긴 자기 영역이 아니라는 사실은 알고 있으니까. 나머지 무리와 함께일 때만 지나갈 수 있어."

세라피나가 놀라서 고개를 번쩍 들고 엄마를 보았다. "나머지 누구요?"

엄마가 세라피나의 볼을 쓰다듬었다. "아가, 넌 지금 쉬어야 돼." 이렇게 말한 엄마는 등을 돌려 걸어가기 시작했다.

"엄마 제발, 지금 무슨 일이 벌어지고 있는 건지 말씀해 주세요." 세라피나가 엄마의 팔을 붙잡고 애원했다. "나머지 무리라니 누구를 말씀하시는 거예요? 왜 동물들이 숲을 떠나는 거예요? 숲속에 있던 그 남자는 누구예요? 여기에는 무슨 일로 온 거래요?"

엄마가 다시 몸을 돌려 세라피나의 눈을 들여다보며 대답했다. "숲속에서 절대 누구의 눈에도 띄어서는 안 된다, 세라피나. 항상 자세를 낮추고 조용히 있어야 된다. 네 안전이 제일이야."

"하지만 전 *안전*하게만 있고 싶지 않아요. 무슨 일이 일어나고 있는지 알고 싶다고요." 세라피나는 입 밖으로 말을 내뱉고 나서야 자신이 어린애처럼 떼를 쓰고 있다는 사실을 깨달았다.

"네 호기심 나도 이해해. 정말이야." 엄마가 손을 뻗어 세라피나의 팔을 어루만지며 부드러운 목소리로 말했다. "하지만 아가, 목숨이 여러 개가 아니잖니? 이 숲은 네겐 너무 위험하단다. 오늘처럼 내가 때맞춰 널 구하러 가지 못하는 밤이 있을 수도 있어."

"저도 엄마처럼 변신하고 싶어요."

"알다마다, 아가." 엄마가 세라피나의 뺨을 쓰다듬었다.

"제가 뭘 어떻게 하면 되는지 알려 주세요." 세라피나가 애원했다. "계속 연습할게요."

엄마가 절레절레 고개를 저었다. "야생 산고양이 새끼는 아주아주 어렸을 때부터, 걷거나 뛰거나 말하기도 전에 엄마를 따라 변신하는 법을 먼저 배운단다. 그 과정이 너무나도 자연스러운 나머지 기억조차 못하지. 스스로를 야생 산고양이라고 생각하고 변신했을 때 모습을 떠올리니까. 네가 어렸을 때 옆에서 변신하는 방법을 가르쳐 주지 못해서 미안하구나.”

“지금 가르쳐 주면 되잖아요, 엄마.”

“매일 밤 함께 노력했잖아. 너도 알잖니.” 엄마가 말했다. “하지만 변신하는 법을 배우기에는 이미 늦어 버린 게 아닐까 싶구나. 어쩌면 평생 변신하지 못할지도 몰라.”

그 말에 크게 실망하고 상처받은 세라피나가 사납게 고개를 저으며 엄마에게 거의 으르렁거리다시피 말했다. “난 내가 할 수 있다는 걸 알아요. 절 포기하지 마세요.”

“이 숲은 네가 있기에 너무 위험해.” 엄마가 말했다. 엄마의 눈에는 슬픔이 가득했다.

“그럼 엄마가 인간으로 변신해서 나랑 빌트모어로 가면 되겠네요.” 상상만으로도 신이 난 세라피나가 말했다. “그럼 함께 있을 수 있잖아요.”

“세라피나야.” 엄마의 목소리는 부드러웠지만 단호했다. 엄마는 세라피나가 느끼는 야생 산고양이로서의 본능과 혼란을 이미 알고 있는 것 같았다. “난 십이 년 동안이나 퓨마의 모습으로 갇혀 지냈어. 다시 인간 세계로 돌아가는 건 상상조차 할 수 없단다. 아직은 아니야. 네가 이해해 줘야 해. 내 영혼은 쪼개졌었잖니. 치유되려면, 내가 누군지 이해하려면 시간이 필요해. 미안하구나. 지금 엄마가 있어야 할 곳은 이 숲속이란다. 내겐 돌봐야 할 새끼 퓨마들도 있잖니.”

"그렇지만……." 세라피나가 무언가 말을 하려고 했다.

"잠시만." 엄마가 부드럽게 말했다. "내 말부터 들으렴. 이 말은 꼭 해 줘야겠구나." 엄마는 감정이 북받치는지 잠시 말을 멈추었다. "내가 퓨마의 모습에 갇혀 있던 지난 십이 년 동안 너도 나처럼 인간의 모습에 갇혀 있었던 거야." 엄마의 눈에서 눈물이 흘렀다. "그게 지금 네 모습이야. 지금 그 모습으로 자란 거야. 넌 인간이고 난 야생 산고양이야." 엄마는 눈을 내리깔고 기나긴 한숨을 쉬었다. 그러고 나선 고개를 들어 세라피나의 눈을 마주 보았다. "난 우리가 함께하는 지금 이 시간이 너무나 감사하단다. 덕분에 널 알아 가고 네가 얼마나 훌륭한 소녀로 자랐는지 볼 수 있으니 말이야. 정말이지 세라피나 널 너무너무 사랑한다. 하지만 너한테 어떻게 엄마 노릇을 해야 하는지 알면서도 그렇게 못하는 나를 좀 이해해 주렴."

"엄마, 제발요……." 세라피나가 매달렸다.

"그럴 순 없어, 세라피나." 엄마가 떨리는 손으로 세라피나를 붙잡으며 말했다. "잘 들어라. 오늘 밤 넌 죽을 수도 있었어. 네가 혼자 이 숲속을 돌아다니게 놔두면 안 되는 거였는데. 하마터면 널 잃을 뻔했잖니." 엄마의 목소리가 갈라졌다. "네가 나한테 얼마나 소중한지 아마 넌 짐작도 못할 거야. 지금 이곳에 드리운 어둠의 힘이 얼마나 무서운지도. 엄마는 네가 빌트모어로 돌아가서 거기 머물렀으면 좋겠어. 거기가 네 집이란다. 그 안에 있으면 안전할 거야. 여기는 상황이 급

변하고 있어. 나도 새끼들을 데리고 떠나야만 한단다. 이 숲은 너한테 너무 위험해. 특히 지금은 말이야."

세라피나는 엄마를 올려다보았다. "엄마도 떠난다고요? '특히 지금은'이라니, 그게 무슨 뜻이에요? 무슨 일이 벌어지고 있는 건지 말 좀 해 주세요, 엄마. 도대체 왜 동물들이 전부 이 숲을 떠나는 거예요?"

"이건 세라피나 네가 감당할 수 있는 싸움이 아니야. 네 두 다리로는 이 위험을 벗어날 수 있을 만큼 빨리 달릴 수 없단다. 게다가 네 발톱도 충분히 강하지 않고. 한잠 자고 집으로 돌아가렴. 정말로 조심해야 한다. 눈에 보이는 건 전부 다 경계해야 해. 한눈팔지 말고 빌트모어로 곧장 돌아가렴."

세라피나는 울지 않으려고 안간힘을 썼다. "엄마, 나도 그냥 엄마랑 여기 숲속에 남으면 안 되나요. 제발요."

"세라피나, 여긴 네가 속한……"

"그 말 좀 그만하세요!"

"내 말 들어야 해." 엄마 목소리가 한층 엄격해졌다. "여긴 네가 속한 곳이 아니야, 세라피나!"

세라피나는 분을 이기지 못하고 흘러내린 눈물을 벅벅 문질러 닦았다. 세라피나는 어디든 소속되길 바랐다. 그 무엇보다 간절히 바랐다. 그래서 세라피나는 엄마 말에 심장이 두 동강 나는 듯이 아팠다. 대들고 싶었지만 엄마는 더 이상 아무 말도 하지 않을 것 같았다.

엄마는 세라피나의 머리를 풀밭에 누였다. "숙면에 도움이 되는 약초를 먹였단다. 자고 일어나면 몸이 훨씬 가뿐할 거야."

세라피나는 엄마가 시키는 대로 얌전히 누웠다. 하지만 여전히 혼란스러운 것투성이였다. 빌트모어 대저택이든 숲속이든 세라피나는 어딘가에 소속되고 싶었다. 지금은 친구도 친구가 아닌 것 같았고, 가족도 가족이 아닌 것만 같았다. 검은 망토가 서서히 세라피나의 영혼을 휘감았을 때처럼 숲속에서 생겨난 어둠의 힘이 세라피나의 심장으로 서서히 침투하는 듯한 기분이었다.

천사 조각상 발치에 누워서 세라피나는 깊고 어두운 잠 속으로 빠져들었다. 끝이 보이지 않는 구덩이 안으로 한없이 떨어지는 것 같았다. 하지만 세라피나가 할 수 있는 일은 아무것도 없었다.

몇 시간 뒤 눈을 떴을 때 세라피나가 누워 있는 곳은 더 이상 풀밭이 아니었다. 사방이 칠흑처럼 깜깜했다. 위에도 밑에도 옆에도, 온몸이 온통 흙투성이였다.

지금 누워 있는 곳이 버드나무 뿌리 아래에 있는 엄마의 굴이라는 사실을 깨닫기까지는 조금 시간이 걸렸다. 엄마가 잠든 세라피나를 안아다가 굴 안으로 데려다 놓은 모양이었다.

엄마 말대로 한숨 자고 일어났더니 몸이 한결 따뜻하고 가벼웠다. 세라피나는 손바닥과 무릎으로 땅을 짚고 엉금엉금 기어서 굴 밖으로 나왔다. 달빛을 받으며 천사 조각상이 있는 빈터에 서서 하늘에 있는 별들을 올려다보았다. 서너 시간쯤 지난 것 같았다.

상처에서 피도 멈췄고 아픔도 덜했다. 그런데 주위를 둘러보는 순간 세라피나의 심장이 덜컹 내려앉았다. 엄마와 새끼 퓨마 남매가 보이지 않았다. 세라피나만 남겨 두고 떠나 버린 것이다.

땅바닥에는 글자가 적혀 있었다.

겨울이든 봄이든 가을이든, 내가 필요하다면 언제든,
기어오르는 곳이 바닥이 되고 비가 벽이 되는 곳으로 찾아오렴.

세라피나는 얼굴을 찡그렸다. 땅바닥에 적힌 글자가 무슨 뜻인지도 모르겠거니와 자신에게 남긴 것이 맞는지도 아리송했다.

세라피나는 빈터를 한번 둘러본 뒤에 이번에는 숲속을 바라보았다. 물기를 머금고 반짝이는 나뭇가지 사이로 피어오르는 아지랑이를 빼면 숲속은 정적 그 자체였다. 살아 있는 생명체의 소리라곤 단 하나도 들려오지 않았다. 마치 빈터 밖에 있는 세계가 한꺼번에 사라져 버린 듯했다.

세라피나는 엄마와 새끼 퓨마 남매와 갈색 퓨마를 생각했다. 그리고 엄마가 했던 말을 떠올렸다. *여긴 네가 속한 곳이 아니야, 세라피나!* 다른 어떤 상처보다도 그 말이 가장 쓰라렸다.

이어서 세라피나는 브레이든과 아빠와 밴더빌트 부부를 생각했다. 세라피나와는 너무도 동떨어진, 빌트모어에서 낮의 시간을 살아가는 모든 사람을 떠올렸다.

거기도 네가 속한 곳이 아니야.

천사 조각상이 있는 빈터 중앙에 우두커니 서서 세라피나는 서서히 뼈아픈 현실과 마주했다.

세라피나는 또다시 혼자였다.

혼자.

세라피나는 결코 해낼 수 없을 거라던 엄마의 말을 떠올리자 심장이 무너져 내리는 듯 아파서 그저 주저앉아 울고만 싶었다. 세라피나는 혼란스러웠다. 불과 얼마 전까지만 해도 삶에서 일어난 모든 변화가 긍정적으로 느껴졌었는데 지금은 어느 세계에도 속하지 못한 채 중간에 낀, 이도 저도 아닌 존재가 되어 버린 것 같았다. 세라피나가 속한 세계는 숲도 저택도 아니었고, 밤도 낮도 아니었다.

한참을 그 자리에 서 있던 세라피나가 몸을 돌려 천사 조각상을 올려다보았다. 말없이 우아하고 강한 날개를 활짝 펼친 채 진짜 쇠로 된 장검을 손에 든 천사 조각상은 아름다웠다. 세라피나는 그 발치에 새겨진 글귀를 읽었다.

우리 인격을 결정짓는 것은
전투의 승패가 아니라
우리가 용감히 맞서 싸운 전투 그 자체이다.

세라피나는 다시 한 번 숲속을 바라보았다. 그리고 마음을 다잡았다. 변신을 할 수 있든 없든, 받아 주는 곳이 있든 없든, 자신은 여전히 빌트모어 대저택의 C.R.C.였다. 세라피나가 아는 건 거기까지였다. 그리고 오늘 밤 숲속에서 혼자 힘으로는 도저히 감당할 수 없는 일을 목격했다. 그 수염 난 남자가 누군지는 몰라도 동물들이 겁을 먹고 달아날 만큼 어둡고, 엄마조차 맞서 싸울 수 없다고 생각할 만큼 위험한 존재인 건 분명했다. 세상에서 가장 강력한 어둠의 힘이 숲에 도사리고 있다는 엄마의 믿음은 의심할 나위 없는 사실이었다. 그러나 세라피나는 빌트모어 대저택도 결코 어둠의 힘에서 안전하지 않다는 사실을 경험으로 알고 있었다. 마부도 없이 검은 말 네 마리가 끄는 마차가 빌트모어로 이어진 길을 따라 사라지던 모습이 눈앞에 떠올랐다. 마차 안에는 분명히 누군가 타고 있었다. 도대체 그 누군가는 어떤 모습으로 변장하고 밴더빌트 부부의 집이자 세라피나의 집으로 숨어들었을까? 그리고 도대체 무슨 목적으로 온 걸까? 도둑일까 아니면 스파이일까?

천사 조각상이 있는 빈터에 서서 세라피나는 결심했다. 빌트모어에 숨어든 쥐가 있다면 찾아내고야 말겠다고.

세라피나는 빌트모어 영지 안에 있는 호숫가에 서서 덤불 속에 몸을 숨기고 보초를 섰다.

가만히 기다리며 지켜보았다.

현재 위치에서는 별다른 수상한 낌새는 보이지 않았다. 겉으로는 모든 것이 평화롭고 고요했다.

어슴푸레 밝아 오는 하늘에서 모습을 감추기 전 마지막으로 희미하게 빛을 내는 별들이 거울처럼 잔잔한 수면 위로 반사됐다. 어디선가 날아온 백조 가족이 호수 위로 착지하더니 유유히 원을 그리며 헤엄을 치고 다니는 바람에 별 그림자가 산산조각 났다.

저 멀리 언덕 꼭대기에 웅장하게 자리 잡은 빌트모어 대저택은 마치 그 주위를 둘러싸고 있는 나무를 뚫고 솟아오른 듯이 보였다. 이제 막 떠오른 태양이 첫 아침 햇살로 빌트모어의 벽을 어루만지자 창틀이 반짝반짝 빛났다. 푸른 슬레이트 지붕과 우아한 곡선과 뾰족한 첨탑은 마치 모두가 잠든 밤 세라피나가 빌트모어의 도서관에서 읽었던 어느 동화 속에 나오는 오래된 성 같았다.

빌트모어 대저택을 바라보고 있자니 마음 한 켠이 따뜻해졌다. 집으로 무사히 돌아올 수 있어서 기뻤다. 세라피나는 브레이든과의 우정도 다지고 밴더빌트 부인에게도 드레스를 선물해 주셔서 감사하다는 인사를 전하겠노라 마음먹었다. 그리고 아빠에게도 더 상냥한 딸이 되겠노라 다짐했다. 그러나 무엇보다 간밤에 빌트모어에 도착한 수상한 손님이 있는지부터 알아보는 일이 우선이었다. 간밤에 입은 상처로 인한 고통은 많이 가셨지만 숲속에서 본 수염 난 남자와 마차 안에 타고 있던 또 다른 인물이 자아내던 섬뜩한 분위기는 머릿속에 생생히 남아 있었다. 간밤에 자신을 도와주고 사라진 야생 소년이 어떻게 됐는지도 궁금해서 견딜 수가 없었다.

세라피나는 커다란 나무가 드문드문 서 있는 드넓은 풀밭을 지나 빌트모어 대저택으로 이어진 언덕길을 올라갔다. 눈에 띄지 않으려고 나무에서 나무로 이동하면서 몸을 숨겼다.

멀리서 남자 두 명과 개 한 마리가 숲 가장자리를 향해 걸어오는 모습을 발견한 세라피나가 자세를 낮추고 몸을 숨겼다. 그중 늘씬하고 균형 잡힌 몸매와 검은 머리카락을 지닌 남자는 멀리서도 바로 알아볼 수 있었다. 종아리까지 오는 장화를 신고 산사람들이 입는 외투를 입고 중절모를 쓴 남자는 다름 아닌 빌트모어 대저택의 주인 밴더빌트 씨였다. 여느 신사들처럼 밴더빌트 씨도 공식적인 자리에 나갈 때는 세련된 지팡이를 들고 나가곤 했지만 오늘은 가죽 손잡이가 달리고 끝에 뾰족한 쇠붙이가 부착된 평범한 등산용 지팡이를 들고 있었다. 세드릭도 밴더빌트 씨 옆을 충성스럽게 따라서 걷고 있었다. 세드릭은 밴더빌트 씨가 키우는 강아지로 흰색과 갈색이 섞인 세인트버나드였다. 지난 몇 주 동안 세라피나는 밴더빌트 씨를 예전보다 훨씬 더 잘 알게 됐다. 여전히 이 과묵한 이 신사는 세라피나에게는 수수께끼투성이였다. 하지만 세라피나는 밴더빌트 씨를 인정하게 됐고 밴더빌트 씨도 그러길 바랐다. 이른 아침 산책을 나온 듯한 밴더빌트 씨의 모습에 세라피나는 안심이 됐다. 빌트모어에 별일이 없다는 신호이기도 했기 때문이다.

그런데 그때 밴더빌트 씨 옆에 있는 또 다른 남자가 눈에 들어왔다. 기다란 황갈색 외투를 입고 그 안에 연회색 신사용 정장을 입은 남자는 역시 지팡이를 들고 있었다. 남자가 걸음을 옮길 때마다 황동으로 된 지팡이 손잡이 부분이 아침 햇살을 받아 번쩍거렸다. 남자는 나이가 많아 보였고 머리가 벗겨졌으며 하얗게 센 수염이 덥수룩하게 나 있었다. 세라피나는 눈을 가늘게 뜨고 이 수상한 남자를 관찰했다. 지난밤 숲속에서 보았던, 눈동자가 은빛으로 빛나고 얼굴에서 세월의 흔적이 역력하게 느껴지던 소름 끼치는 남자의 모습이 떠올랐다. 두 사람은 신경에 거슬릴 정도로 닮은 구석이 있었다. 그러나 자세히 관찰해 보니 어젯밤 그 남자는 아닌 것 같았다.

밴더빌트 씨와 산책을 나온 이 남자는 나이가 더 많은 것 같았고, 움직임도 더 느렸으며, 어깨도 더 구부정했다. 얼굴은 자세히 보이지 않았으나 어딘지 모르게 익숙했다. 세라피나는 어젯밤 사냥개 무리와 함께 있던 남자가 마차에게 주술 같은 것을 걸어 빌트모어 쪽으로 보내던 모습을 떠올렸다. 저 낯선 남자가 어젯밤 마차에 타고 있던 동승자였을까? 어쩌면 빌트모어를 염탐하라고 그 수염 난 남자가 미리 보낸 첩자일지도 몰랐다. 아니면 검은 망토를 입은 남자처럼 악마 같은 존재일까? 어젯밤에 분명히 누군가가 빌트모어에 왔다는 사실을 세라피나는 알고 있었다. 그게 누군지 알아내야 했다.

세라피나는 거대한 호두나무 뒤에 몸을 숨기고 두 남자를 바라보았다. 두 사람은 천천히 숲속으로 걸어 들어갔다. 낯선 남자가 지팡이 끝으로 땅에 구멍을 냈다. 그러더니 무릎을 꿇고 앉아 어깨에 맨 가죽 가방에서 꺼낸 무언가를 구멍에 넣고 흙으로 덮었다. 그 모습을 지켜보던 세라피나는 굉장히 특이한 행동이라고 생각했다.

낯선 남자의 정체와 어젯밤 목격했던 남자와의 관계에 대한 의문만 남긴 채 두 사람과 세드릭은 숲속으로 모습을 감추었다.

세라피나는 방금 목격한 장면을 곱씹으면서 빌트모어로 가는 언덕을 올라갔다. 마구간 옆에서 말에 안장을 얹고 있는 브레이든을 본 순간 심장이 두근대기 시작했다.

친구가 안전하고 무사하다는 사실을 눈으로 확인한 세라피나의 얼굴에 미소가 번졌다. 잔뜩 긴장했던 몸도 한결 편안해졌다. 간밤에 누가 또는 무엇이 마차를 타고 빌트모어에 왔든지 간에 브레이든에게는 아무런 탈이 없었다. 세라피나는 가장 먼저 브레이든에게 어젯밤 숲속에서 일어난 일과 다가올 위험을 알려 줄 작정이었다.

브레이든은 평소처럼 흰색 셔츠에 갈색 승마용 재킷과 조끼를 입고 목에는 베이지색 스카프를 매고 있었다. 브레이든은 승마용 가죽 장화를 신고서도 편안하게 걸어 다녔다. 곱슬거리는 갈색 머리가 바람에 가볍게 흔들렸다. 그 옆에는 언제나처럼 브레이든이 키우는 도베르만인 기디언이 붙어 있었다. 브레이든은 어떤 동물과도 깊은 관계를 맺고 이어나가는 재주가 있는 것 같았다. 귀가 뾰족하고 털이 까만 기디언과도 몇 년 전 가족들과 독일 여행을 하던 중에 만나 친구가 되었다고 했다. 화재로 온 가족이 비극적인 죽음을 맞이한 뒤로 브레이든과 기디언은 더 애틋한 사이가 됐다. 어찌 보면 기디언은 삼촌이 있는 빌트모어로 오기 전 브레이든에게 남은 유일한 가족이었다. 게다가 빌트모어에 온 뒤로 브레이든은 친구를 거의 사귀지 않았다.

세라피나는 브레이든이 하루도 빠지지 않고 말을 탄다는 사실을 알고 있었다. 브레이든은 바람처럼 말을 달렸다. 브레이든의 말은 너무 빨라서 네 다리가 땅에 붙어 있지 않은 것처럼 보일 정도였다. 브레이든을 여기서 다시 만나다니 기분이 좋았다.

세라피나는 숨어 있던 곳에서 뛰쳐나와 달려가면서 브레이든에게 장난 삼아 달려들어 땅바닥에 넘어뜨려야겠다고 생각했다. 세라피나가 막 입을 떼고 *브레이든!*이라고 부르려던 찰나 말 뒤에서 또 다른 인물이 나타났다. 세라피나는 황급히 키가 큰 수풀 뒤로 몸을 숨겼다.

*저기 좀 봐, 수풀 뒤에 이상한 여자애 한 명이 있어!*라고 외치는 사람이 아무도 없다는 사실을 확인한 세라피나는 엉금엉금 기어서 근처에 있던 나무 밑동에 몸을 숨기고 상황을 엿보았다.

곱슬거리는 붉은 머리카락에 키가 크고 열네 살쯤 되어 보이는 소녀가 나타났다. 소녀는 브레이든이 자신이 올라탈 말의 안장을 조정해 주길 기다리면서 서 있었다. 소녀는 세모난 옷깃이 빳빳하게 서 있고 소매 뒤쪽으로 단추가 있는, 몸에 꼭 맞는 에메랄드색 벨벳 승마용 재킷을 입고 있었다. 소녀가 몸을 돌리거나 손목을 들어 올릴 때마다 햇빛에 금색 단추가 눈부시게 반짝거렸다. 소녀가 입고 있는 가장자리에 초록색과 흰색 줄무늬가 들어간 조끼와 긴치마는 승마용 재킷과 흠잡을 데 없이 잘 어울렸다.

세라피나는 짜증이 치밀었다. 브레이든은 보통 혼자 말을 타곤 했다. 밴더빌트 부부가 브레이든에게 빌트모어를 방문한 이 어린 숙녀를 즐겁게 해 주라고 부탁한 것이 틀림없었다. 그나저나 난 이제 어떡하지? 여기저기 찢기고 흙이랑 피로 얼룩덜룩한 데다가 이빨 자국까지 난 드레스 차림으로 걸어 나가 인사를 해야 하나? 세라피나는 난데없이 불쑥 나타나 영락없는 시골뜨기처럼 저 두 사람에게 인사를 건네는 자기 모습을 과장되게 상상해 보았다. *다들 좋은 아침. 난 간밤에 산에서 쥐를 좀 잡다가 이제 막 돌아오는 길인데, 하마터면 사냥개 무리한테 잡아먹힐 뻔했다는 거 아니겠소. 어째, 거기 두 사람은 안녕하신가?*

세라피나는 나가서 인사를 할까 말까 망설였다. 괜히 두 사람을 방해했다간 예의 없다고 환영받지도 못할 것 같았다.

판단이 잘 서질 않았다.

무엇보다 본능이 그냥 숨어서 지켜보라고 말하고 있었다.

소녀는 브레이든에게 도움을 받아 안장에 올라탄 다음 다리 위치를 조정하고 치맛자락을 말 왼편으로 가지런히 늘어뜨렸다. 그제야 소녀가 신고 있는 비둘기색 스웨이드 재질에 꽃무늬 자수가 들어간, 발목까지 오는 아름다운 장화가 눈에 띄었다. 승마할 때 저런 장화를 신다니 어처구니가 없었다. 특히 세라피나는 저렇게 섬세한 장화를 신고 숲속을 뛰어다니는 일은 상상조차 할 수 없었다. 하지만 정말이지 예쁘긴 예뻤다.

소녀는 화려한 옷차림과 안성맞춤인 고급스러운 승마용 지팡이도 들고 있었다. 은손잡이에 가죽으로 된 채찍이 달린 지팡이였다. 세라피나는 살짝 코웃음을 쳤다. 그러고 보니 부유한 사람들은 외출할 때마다 지팡이 같은 걸 들고 다니는 것 같았다. 하지만 세라피나는 양손이 항상 자유로운 편이 좋았다.

채찍을 본 브레이든이 말했다. "그런 건 필요하지 않아."

"하지만 내 옷이랑 잘 어울린단 말이야." 소녀가 고집을 피웠다.

"그렇다면야." 브레이든이 말했다. "하지만 그걸 말에게 휘두르진 말아 줘."

"그러도록 하지." 소녀는 고상하게 격식을 차려 말했다. 수준 높은 집안에서 수준 높은 교육을 받고 자랐다는 사실을 드러내고 싶어 하는 것 같았다. 그리고 소녀의 억양은 빌트모어의 하녀장인 킹 부인과 비슷했다. 킹 부인은 영국 출신이었다.

"그럼 이제 말해 봐. 이 야수가 나를 태우고 달아나기라도 하면 어떻게 멈출 수 있는지를 말이야." 소녀가 말했다.

세라피나는 울타리를 넘고 또 넘으며 쏜살같이 달리는 말 위에서 화려하게 치장한 소녀가 비명을 내지르다가 결국 진흙탕에 철퍼덕 처박히는 모습을 상상하며 혼자 낄낄거렸다.

"고삐를 살짝 당기기만 하면 돼." 브레이든이 친절하게 알려 줬다. 브레이든은 저 소녀와 친하지 않은 것이 분명했다.

이로써 브레이든이 삼촌과 숙모에게 등 떠밀려 저 소녀와 말을 타고 있는 것이라는 세라피나의 가설이 맞을 가능성이 한층 더 높아졌다.

그런데 저 소녀에게는 화려함이나 거만함을 떠나서 세라피나의 신경을 거슬리게 하는 무언가가 있었다. 저렇게 최신 유행하는 값비싼 옷을 입는 부류의 사람이 말 타는 법을 모른다는 게 말이 되지 않았다. 분명히 알면서도 모르는 척하는 것 같았다. 그렇다면 왜? 도대체 왜 승마라고는 전혀 모른다는 듯이 행동하는 걸까? 보통 여자애들이 남자애들의 관심을 끌려고 할 때 저러나?

그러나 브레이든은 소녀의 수작에는 관심 없다는 듯이 별다른 대꾸를 하지 않고 자기 말이 기다리고 있는 곳으로 걸어갔다. 브레이든은 안장도 얹지 않은 말 등에 너무나도 손쉽게 올라탔다. 일주일 전 브레이든은 세라피나에게 자신은 안장이나 고삐를 사용하지 않고 다리에 힘을 주거나 각도를 바꿔서 말에게 속도와 방향을 지시한다고 말해 줬다.

“자, 이제 출발하자. 너무 빨리 달려선 안 돼.” 소녀가 우아하게 말했다. 어린 신사 숙녀는 말을 타고 천천히 빌트모어의 영지를 거닐었다. 세라피나는 소녀가 말을 전혀 무서워하지도 않으면서 연약한 척하고 있다는 사실을 눈치챘다.

“사실 난 우리가 경주를 할 수 있지 않을까 생각했었어.” 브레이든이 장난스럽게 말했다.

브레이든이 온실 속 화초처럼 곱게 자란 공주님 행세에 넘어가지 않았다는 사실을 알아챈 영국 소녀가 손바닥 뒤집듯 재빨리 말투를 바꿨다.

"경주를 못 할 것도 없지." 소녀가 거드름을 피우며 말했다. "하지만 내가 말을 달려 너를 추월할 때 진흙이 온통 내 치마뿐만 아니라 네 얼굴에도 다 튈걸."

브레이든이 소리 내어 웃었다. 세라피나도 새어 나오는 웃음을 참을 수 없었다. 소녀는 보기와 달리 담력이 있는 모양이었다!

브레이든과 소녀가 함께 말을 타고 거닐며 서로 즐겁게 이야기를 나누는 소리가 세라피나에게는 멀리서도 들렸다. 브레이든은 자신이 키우는 말과 기디언에 대해 이야기했고, 소녀는 오늘 저녁 식사 자리에 입고 갈 드레스에 대해 일일이 설명을 늘어놓았다.

세라피나는 두 사람이 숲속으로 들어가면서 소녀가 주변을 경계하는 모습을 보았다. 도시에서만 자란 소녀는 야생적인 노스캐롤라이나주의 숲이 어둡고 불길한 곳이라고 생각하는 듯했다. 소녀는 말을 몰아 브레이든 옆으로 바짝 붙었다.

브레이든이 바로 옆으로 온 소녀를 바라보았다. 세라피나는 더 이상 브레이든이 그저 예의를 차리는 건지 아니면 소녀와 친구가 되고 싶은 건지 확신할 수 없었다. 하지만 두 사람이 시야에서 사라지자 초조한 기분이 들었다. 한번도 느껴보지 못한 이상한 감정이었다.

몰래 두 사람의 뒤를 밟으려면 얼마든지 밟을 수 있었지만 세라피나는 그러지 않았다. 할 일이 있었다.

어젯밤에 세라피나는 숲속에 있던 남자가 빌트모어로 마차를 보내는 모습을 똑똑히 목격했다. 그 마차에 타고 있던 침입자가 누구인지 알아보기 위해 가장 먼저 확인해야 할 곳은 마구간이라고 생각했다.

세라피나는 마구간 뒷문으로 살금살금 들어갔다. 마구간을 책임지고 있는 성질 더러운 이탈리아 출신 리날디 씨에게 들키면 곱게 넘어가지 않을 게 불 보듯 뻔했다. 하지만 먼지 한 톨 없는 돌바닥 위를 소리 없이 지나는 일은 세라피나에게는 그야말로 식은 죽 먹기였다. 마구간에는 낮에도 몸을 숨길 만한 장소가 곳곳에 널려 있었다. 마구간으로 들어서자 옻칠된 떡갈나무 판자로 지어진 축사가 늘어서 있었다. 떡갈나무 판자는 검은 강철 테두리를 둘렀고 그 위로는 곡선 형태의 검은 철창이 있었다. 세라피나는 축사를 한 칸 한 칸 살펴보기 시작했다. 밴더빌트 가문이 소유한 말이 열두 마리, 빌트모어를 방문한 손님들이 데려온 말이 열두 마리 있었다.

쾅!

갑작스런 굉음에 놀란 세라피나가 바닥에 주저앉았다. 심장이 쿵쾅거렸다. 누군가 커다란 망치로 판자를 내리치기라도 한 듯한 소리였다. 세라피나는 무슨 일이 벌어질지 전혀 예상하지 못한 채 마구간 중앙으로 난 복도를 가만히 쳐다보았다. 지진이라도 난 것처럼 천장부터 바닥까지 먼지가 자욱했지만 복도는 텅 비어 있었다. 마구간 끝에 있는 축사 네 개는 천장 꼭대기까지 빈틈없이 나무판자로 막혀 있었다. 그 안에 뭐가 있는지는 몰라도 도망갈 길을 아예 차단해 버리려는 것처럼 완전히 폐쇄되어 있었다.

비틀비틀 일어난 세라피나가 폐쇄된 축사가 있는 쪽으로 천천히 다가갔다. 손바닥에서 땀이 삐질삐질 새어 나왔다.

나무판자가 시야를 가로막아 축사 안이 잘 보이지 않았다. 세라피나는 얼굴을 더 바짝 붙이고 판자 틈 사이로 안을 들여다보았다.

사납고 거대한 짐승 한 마리가 나무판자에 스스로 몸을 부딪고 있었다. 그 바람에 나무판자가 흔들리면서 세라피나의 머리를 때렸다. 질겁한 세라피나가 뒷걸음질을 쳤다. 축사 안에 갇힌 야수는 콧김을 내뿜으며 나무판자를 앞발로 차고 어깨로 밀면서 날뛰었다. 그 힘과 무게에 못 이겨 나무판자가 구부러지고 삐걱거렸다.

마구간에서 한바탕 소동이 일자 리날디 씨를 비롯해 한 무리의 마부들이 허둥지둥 달려왔다. 이 소란을 일으킨 장본인인 세라피나는 부리나케 빈 축사를 찾아 그림자 속에 몸을 숨겼다.

세라피나는 숨소리를 삼키며 방금 본 야수의 정체를 되새김했다. 거대한 몸집과 까만 눈과 벌렁거리던 콧구멍과 판자를 내리찍던 발굽…….

수많은 질문이 폭풍처럼 세라피나의 머릿속에 휘몰아쳤다. 리날디 씨와 마부들이 복도로 우르르 몰려왔다. 축사 안의 끔찍한 야수는 여전히 콧김을 내뿜으며 발길질을 해 대고 있었다. 마구간 총책임자인 리날디 씨가 마부들에게 고함을 질러 축사를 지탱하는 판자를 덧대라고 지시했다. 세라피나는 들키기 전에 재빨리 축사 뒤로 기어 나와 도망쳤다.

숲에서 봤던 그 종마들이야! 이제 모든 게 확실해졌다. 어젯밤 마차에 타고 있던 두 번째 인물은 지금 여기 빌트모어에 있었다.

세라피나는 허둥지둥 저택 뒤편으로 가서 주춧돌을 따라 달렸다. 환기구가 나오자 그 안으로 몸을 밀어 넣은 다음 이리저리 얽힌 전선 더미를 치우며 엉금엉금 기어서 지하실로 들어갔다. 몇 주 전부터 밴더빌트 부부도 세라피나의 존재를 알게 되었으므로 이제 이론적으로는 세라피나도 보통 사람들처럼 문으로 드나들 수 있었다. 하지만 세라피나가 문을 이용하는 일은 드물었다.

세라피나는 지하실 복도를 따라 걸어가다가 문 하나를 열고 들어가 또 다른 복도를 걸어 내려갔다. 작업실 문을 열고 들어서자 아빠가 고개를 돌렸다.

"좋은 아침." 세라피나는 최대한 아무 일도 없는 척 태연하게 인사를 했지만 세라피나의 몰골을 본 아빠는 소스라치게 놀랐다. "맙소사! 딸아, 무슨 일이 있었던 거냐?" 아빠가 부드러운 손길로 세라피나를 잡아끌어다가 동그란 의자에 앉혔다. "세상에, 세라야." 아빠는 세라피나의 몸에 난 상처를 살펴보면서 말했다. "내가 밤에 너희 엄마를 만나러 숲에 들어가도 된다고 말한 건 맞지만 이런 몰골로 집에 돌아오다니 내 억장이 무너진다. 도대체 숲에서 뭘 한 게냐?"

세라피나가 태어나던 날 아빠는 우연히 숲에 들어갔다가 세라피나를 발견했다고 했다. 그러니 아빠는 세라피나가 무엇인지 대충 눈치를 채고 있는 것이 분명했다. 하지만 아빠는 악마나 변신술이나 밤의 존재에 관한 이야기를 하기를 꺼렸다. 아마도 입 밖으로 꺼내지 않는 한 현실이 되진 않는다고 생각하는 것 같았다. 세라피나는 밤마다 숲속에서 어떤 일을 겪었는지 아빠에게 시시콜콜 자세히 이야기하진 말자고 스스로에게 수없이 되뇌었다. 보통은 그 다짐을 잘 지키는 편이었지만 아빠가 이렇게 물어볼 때면 자기도 모르게 그동안 참았던 말들이 쏟아져 나오곤 했다.

"사냥개 무리와 싸우느라 죽을 뻔했어요, 아빠!" 세라피나는 말하다가 목이 메었다.

"이제 괜찮다, 세라야. 여긴 안전해." 아빠가 우람한 팔과 넓은 가슴으로 세라피나를 꼭 안아 주며 말했다. "그런데 무슨 사냥개 말이냐? 도련님이 키우는 개는 아니었지, 그렇지?"

"아니에요, 아빠. 기디언은 절대 절 해치지 않아요. 숲속에 어떤 수상한 남자가 사냥개 무리를 이끌고 나타났어요. 그 남자가 사냥개들을 시켜서 절 해치려 했어요!"

"그 남자는 어디서 나타난 게냐?" 아빠가 물었다. "혹시 곰 사냥꾼은 아니었고?"

세라피나는 고개를 저었다. "모르겠어요. 마차에서 내리더니 마차만 빌트모어 쪽으로 보냈어요. 마구간에서 그 마차를 끌던 말들을 본 것 같아요. 또 오늘 아침에 어떤 수상한 남자가 밴더빌트 씨와 함께 있는 모습을 봤어요. 어젯밤 늦게 누군가 수상한 사람이 빌트모어에 도착하지 않았나요?"

"하인들이 크리스마스 연휴를 맞아 빌트모어를 방문한 손님들에 대해서 이러쿵저러쿵 말하는 걸 듣긴 했다만 네가 본 남자가 밴더빌트가를 방문한 손님일 것 같진 않구나. 이 년 전에 나타났던 밀렵꾼들 중 한 놈이 아닐까 싶기도 한데."

아빠의 목소리에서 분노가 느껴졌다. 아빠는 자기 딸내미를 이렇게 만들어 놓은 놈에게 화가 난 것 같았다. 아빠는 세라피나의 머리에 난 딱지가 앉은 상처를 살펴보면서 말을 이었다. "일단 관리인 맥나미 씨에게 가서 이야기를 해야겠구나. 그놈이 누구든지 사람들을 모아서 본때를 보여 줘야지. 하지만 그전에 먼저 네 상처부터 치료해야겠다. 그런 다음에 눈 좀 붙여라. 수업 듣기 전까지."

"수업요?" 세라피나가 어리둥절한 표정으로 되물었다.

"식사 예절 수업 말이다."

"또 시작이에요? 아빠, 제발요. 빌트모어에 온 사람이 누군지 알아내야 한다고요!"

"말했잖니. 못이 깊이 박힐 때까지 망치로 때릴 거라고."

"그 못을 내 머릿속에 박겠다는 뜻인 거죠."

"그래, 네 머릿속. 그럼 머리로 배우지 어디로 배우냐? 이제 도련님과도 어울리는 사이니까 교양 있게 행동해야 하지 않겠냐."

"나도 교양 있게 행동하는 법이라면 웬만큼은 안다고요, 아빠."

"딸아, 네 교양은 겨우 족제비 수준이란다. 내가 너한테 위층 사람들이 어떻게 사는지를 더 가르쳤어야 했는데. 우리와는 전혀 다른 사람들이니 말이다."

"브레이든은 내 친구라고요, 아빠. 브레이든 때문이라면 관둬요. 브레이든은 지금 제 모습 그대로를 좋아해 주니까요." 세라피나가 말했다. 하지만 브레이든이 자신을 어떻게 생각하는지를 들먹이다 보니 아빠뿐만 아니라 스스로도 그렇게 속이고 있는 건 아닐까 하는 의심이 들었다. 진실은 이제 브레이든의 친구가 맞는지 아닌지 세라피나도 모른다는 것이었다. 하루하루 지날수록 자신감은 더욱 옅어졌다.

"내가 걱정하는 건 도련님이 아니야." 아빠가 깨끗한 헝겊을 적셔 와 세라피나의 상처를 살펴보기 시작했다. "밴더빌트 씨와 밴더빌트 부인이지. 특히 여길 방문하는 손님들은 죄다 도시 사람들이잖니. 냅킨과 테이블보의 차이도 모르면서 그 사람들과 어떻게 같은 식탁에서 밥을 먹겠다는 거냐."

"제가 왜 냅킨과 테이블보의 차이를 알아야 해요?"

"집사가 그러던데 밴더빌트 씨가 오늘 오후에 위층에서 널 잠시 보자고 한다더구나. 그리고 부엌에서는 오늘 밤에 있을 식사를 준비하느라 다들 난리고."

"식사요? 무슨 식사요? 그 수상한 사람도 거기 참석한대요? 무슨 식사 자리래요? 브레이든은요? 브레이든도 참석한대요?"

"대답해 줄 수 없는 질문만 한가득이구나." 아빠가 말했다. "솔직히 나도 몰라. 도련님이 아니라 밴더빌트 씨가 널 찾는 이유는 나도 도무지 짐작이 안 가는구나. 내가 아는 건 오늘 밤 아주 큰 잔치가 열린다는 것과 밴더빌트 씨가 널 보자고 했다만 그게 초대라기보다는 명령에 가까웠다는 것뿐이다."

"사람들이 식사라 그랬어요 아니면 잔치라 그랬어요, 아빠?"

세라피나는 헷갈려서 되물었다. 아무리 생각해도 밴더빌트 씨가 오늘 밤 있을 행사를 가리켜 식사나 잔치라는 단어를 사용했을 것 같진 않아서였다.

"위층 사람들에게는 그게 그거지, 안 그러냐?" 아빠가 대답했다.

세라피나는 아빠가 알려 준 행사에 자신도 참석해야겠다고 생각했다. 빌트모어에 새로 방문한 손님을 한자리에서 전부 만날 수 있는 절호의 기회였기 때문이다. 그런데 문득 문제가 하나 떠올랐다. "이런 몰골로 어떻게 위층에 올라가요, 아빠?!" 세라피나가 화들짝 놀라며 온통 물리고 긁힌 상처로 엉망진창인 팔다리를 내려다보았다. 보기보다 아프진 않았지만 보기에는 정말이지 심각했다.

"진흙부터 털어 내고 머리카락에 붙은 나뭇가지 좀 떼 내고 피 좀 닦아 내면 괜찮을 거다. 상처는 어차피 드레스가 가려 줄 거고."

"나보다 드레스에 난 구멍이 더 많은데요." 밴더빌트 부인이 선물해 준 드레스는 거의 누더기가 되어 있었다. 도저히 이 옷을 입고 위층에 올라갈 순 없었다.

"그 망할 똥개 새끼들이 작정을 하고 덤벼들었나 보구나." 아빠가 세라피나의 귓불에 난 상처를 살피며 말했다. "아프냐?"

"아뇨, 이젠 안 아파요." 마음이 다른 데 가 있는 세라피나가 건성으로 대답했다. "제가 예전에 입던 그 아빠 작업복 셔츠는 어딨어요?"

"진작에 갖다 버렸지. 밴더빌트 부인이 너한테 좋은 옷을 선물해 주는 걸 보자마자."

"아, 아빠, 그럼 이제 입을 게 하나도 없잖아요!"

"호들갑 떨지 마라. 여기 있는 걸로 뭐든 입을 만한 걸 만들어 줄 테니까."

세라피나는 말도 안 된다는 듯이 고개를 저었다. "여기 있는 거라곤 마대랑 사포뿐이잖아요!"

"봐라." 아빠가 세라피나의 어깨를 잡고 눈을 들여다보며 말했다. "넌 지금 살아 있어, 안 그러냐? 그러니 마음 굳게 먹어라. 하느님께 감사하면서 하루하루 살면 되는 거야. 네 평생에 언제 밴더빌트 씨가 위층으로 부른 적이 있었니? 없지 않냐. 그러니 아가씨, 밴더빌트 씨가 위층으로 불렀으면 가는 게 예의다. 이왕 가는 거 목에 방울도 달고."(파티에 초대를 받으면 장신구로 치장하고 참석하는 데서 유래한 관용 표현으로 '기꺼이' 또는 '성심성의껏'이라는 뜻이다_옮긴이)

"방울요?" 세라피나가 생각만 해도 끔찍하다는 듯이 되물었다. "왜 목에 방울을 달아야 하는데요?"

목에 방울을 달면 움직일 때마다 소리가 날 텐데 어떻게 몰래 숨어 다니란 거지? 설마 목이 아니라 발목에 다는 건가?

"그냥 으레 쓰는 표현일 뿐이란다, 딸아." 아빠가 절레절레 고개를 젓더니 혼잣말로 중얼거렸다. "적어도 내 생각엔 말이다."

아빠가 정성을 다해서 상처를 소독하고 붕대를 감아 주는 동안 세라피나는 분노와 좌절감을 억누르며 간이침대에 걸터앉아 있었다. 평소처럼 두 사람은 공구 선반과 작업대에 둘러싸여 있었다. 그러나 아빠는 세라피나에게 온통 신경이 쏠려 오전 일과도 잊은 듯했다.

작업대 위에는 부엌에서 음식을 보관할 때 사용하는 차가운 상자에서 나온 구리 배관과 황동 부속품이 어지러이 널려 있었다. 아빠가 어제 암모니아 냉각제니 흡입관이니 냉각 코일이니 뭐니 하면서 차가운 상자가 작동하는 원리를 설명해 줬지만 세라피나 귀에는 하나도 들어오지 않았다. 작업실에서 자랐는데도 세라피나는 기계 다루는 일에는 영 소질이 없었다. 이 차가운 상자가 복잡하고, 음식을 차갑게 보관해 주고, 미국 전체에 몇 개 없는 냉장 기계라는 사실 말고는 아무 것도 기억이 나지 않았다. 산마을 사람들은 개울로 흘러들어 가는 차가운 샘물에 음식을 보관했다. 세라피나에게는 그 방법이 훨씬 더 그럴듯해 보였다.

아빠에게서 풀려나자마자 세라피나는 아빠가 한숨 자라고 했던 말을 까먹었길 바라면서 침대에서 빠져나왔다. "다녀올 데가 있어요, 아빠." 세라피나가 말했다. "몰래 위층으로 올라가서 침입자가 누군지 알아보고 올게요."

"잠깐, 얘기 좀 듣고 가라." 아빠가 세라피나의 팔을 붙잡았다. "난 네가 위층 사람들 누구하고도 정면으로 맞닥뜨리지 않았으면 좋겠구나."

세라피나가 고개를 끄덕였다. "그럴게요, 아빠. 그냥 누가 새로 왔고 모두가 안전한지 확인만 하려는 거예요. 아무에게도 들키지 않고 다녀올 거예요."

"약속해라." 아빠가 말했다.

"약속할게요, 아빠."

아빠와 약속한 뒤 세라피나는 위층으로 숨어들었다. 여기저기 거닐거나 응접실에서 빈둥거리는 손님 몇 명이 눈에 띄었지만 딱히 수상한 사람은 없었다. 세라피나는 2층으로 올라갔다. 하지만 역시 수상한 점은 발견하지 못했다. 꼭대기부터 지하실까지 샅샅이 훑었지만 밴더빌트 씨와 함께 있던 낯선 남자도 보이지 않았고 마차에 타고 있던 두 번째 인물로 의심되는 사람도 보이지 않았다. 세라피나는 오늘 밤 연회장에서 열릴 행사를 준비하느라 분주한 하인들이 주고받는 이야기 소리에 귀를 기울였다. 하지만 요리사가 부엌에서 잔심부름을 하는 하녀에게 오이를 몇 개 가져오라는 둥, 집사가 심부름꾼 소년에게 은접시가 몇 개 필요하다는 둥 하는 소리 말고 별다른 이야기는 오고 가지 않았다.

세라피나는 혹시 놓친 단서가 있을까 싶어서 어젯밤 목격한 장면을 차근차근 되짚어 보았다. 그 수염 난 남자가 들고 있던 지팡이를 하늘에 있던 올빼미를 향해 던져 올렸을 때 정확히 무슨 일이 일어났지? 마차 안에 타고 있던 두 번째 인물은 누굴까? 오늘 아침에 밴더빌트 씨와 함께 산책을 하던 처음 본 그 남자인가? 세라피나를 도와준 그 야생 소년은 누굴까? 다시 만날 수 있는 방법이 있을까?

또다시 대답할 수 없는 질문만 한가득이네. 아빠의 말이 머릿속에서 맴돌았다. 세라피나는 막막했다.

그날 오후 늦게 작업실로 돌아온 세라피나에게 아빠가 물었다. "뭐 좀 찾았니?"

"전혀요." 세라피나가 툴툴거리며 대답했다. "수상한 사람이라곤 코빼기도 안 보이던데요."

"관리인 맥나미 씨한테는 내가 얘기해 뒀다. 최고로 실력 좋은 마부들만 골라서 밀렵꾼들을 소탕하러 보내겠다더구나." 아빠가 기름때 묻은 손을 헝겊에 닦으면서 말했다.

"엘리베이터는 다시 작동해요, 아빠?" 세라피나가 물었다.

아빠는 남부에서는 최초이자 최고인 전기식 엘리베이터가

빌트모어에 있다는 사실을 자랑스러워했지만 오늘은 어쩐 일인지 기계에 아주 조금, 진드기 한 마리 정도만큼 무신경했다.

“지하실에 있는 엘리베이터 기어가 4층에만 가면 말썽이야.” 아빠가 말했다. “누가 설치했는지는 몰라도 기계 축이 헐거워서 이리 움직이고 저리 움직이고 난리도 아니야. 장담하는데 전부 다 분해해서 다시 조립하지 않는 이상 제대로 작동하긴 글러 먹었어.” 아빠는 세라피나에게 가까이 오라고 손짓했다. “그런데 여기 와서 이것 좀 보거라. 이거 재밌네.” 아빠가 보여 준 건 얇은 강철 조각이었다. 강철 조각은 부러진 게 아니라 찢어져 있었다. 이상했다. 금속은 보통 저런 모양으로 찢어지지 않았다. 세라피나는 저게 가능한 건가 생각했다.

“그게 뭐예요, 아빠?” 세라피나가 물었다.

“여기 이 작은 받침쇠는 메인 기어가 제자리에 있도록 잡아 주는 역할을 해야 하는데, 이게 엘리베이터가 작동될 때마다 왔다 갔다 움직이고 있더라고. 보이지?” 아빠는 이렇게 말하면서 작은 강철 조각을 손가락으로 구부려서 움직이는 모양을 직접 보여 줬다. “이 강철은 처음에는 꽤 강하지. 절대 부러질 것 같지 않아 보이지. 안 그러냐? 그런데 이런 식으로 이리저리 반복해서 구부리다 보면 어떻게 되는지 봐라. 점점 약해지다가 어느 순간 부러지고 말지.” 아빠 말이 떨어지기가 무섭게 작은 강철 조각은 아빠 손가락 사이에서 툭

부러졌다. "봤지?"

세라피나는 아빠를 올려다보며 미소 지었다. 이럴 때면 아빠는 꼭 마법사 같았다.

세라피나는 다른 작업대도 살펴보았다. 엘리베이터도 수리해야 하고 차가운 상자도 고쳐야 하고 다른 할 일도 많은 와중에 아빠가 작업대 한 켠에서 마대 두 개와 쓰다 남은 가죽 조각을 모아서 만든 드레스가 눈에 들어왔다.

"아빠……." 작업대 위에 놓인 드레스를 발견한 세라피나가 질색을 했다.

"한번 입어 봐라." 작업할 때 입는 가죽 앞치마를 수선할 때 사용하는 가죽 공예용 바늘과 노끈으로 손수 만든 결과물이 내심 뿌듯한 듯 아빠가 자랑스러운 목소리로 말했다. 아빠는 자신이 무엇이든 만들고 고칠 수 있다는 사실에 자부심을 가지고 있었다.

세라피나는 터덜터덜 선반 뒤로 걸어가 누더기가 된 초록색 드레스를 벗고 아빠가 드레스랍시고 만들어 준 무언가를 입었다.

"이야, 그렇게 입으니 오늘이 꼭 일요일 아침 같구나."(미국에서는 보통 일요일에 교회 갈 때 가장 잘 차려입는다_옮긴이) 선반 뒤에서 걸어 나오는 세라피나를 보며 아빠가 명랑하게 말했다. 그러나 거짓말인 게 눈에 뻔히 보였다. 심지어 아빠조차도 지금 눈앞에서 걸어 다니는 작품이 세상에서 가장 못생겼다는 사실을 아는 듯했다. 하지만 입고 다니기에는 문제가 없었다. 아빠한테는 그게 중요했다. 아빠가 만든 드레스는 기능에 아주 충실했다. 세라피나의 몸을 완벽하게 가려 주었다. 긴 소매 덕분에 팔에 난 이빨 자국과 상처가 대부분 가려졌고 거의 턱 아래까지 올라오는 옷깃 덕분에 목에 난 끔찍한 상처가 일부분이나마 가려졌다. 최소한 오늘 밤 있을 잔치인지 식사인지에서 귀부인들이 살아 있는 게 용할 정도로 처참한 세라피나의 몰골에 졸도하는 일은 없을 것 같았다.

"이제, 여기 앉아라." 아빠가 말했다. "식사 예절을 알려 주마."

세라피나가 쭈뼛거리며 아빠가 준비해 둔 동그란 의자에 앉았다. 의자 앞에는 대연회장에 있는 12미터짜리 식탁을 대신해서 낡은 작업대가 하나 놓여 있었다.

"허리 펴고 똑바로 앉아라. 구부정하게 그러고 있지 말고." 아빠가 말했다.

세라피나가 허리를 폈다.

"고개도 들고. 걸신 들린 것처럼 음식만 뚫어져라 쳐다보고 있지 말고."

세라피나는 아빠 말대로 고분고분 고개도 들었다.

"팔꿈치도 식탁에 올려놓지 말고." 아빠가 말했다.

"내가 쥐예요 뭐예요, 아빠. 트집 좀 그만 잡아요."

"트집 잡는 게 아니라 가르쳐 주려는 거다. 배우는 학생이 이렇게 똥고집이어서야, 원."

"아빠 따라가려면 멀었죠." 세라피나가 맞받아쳤다.

"건방지게 굴지 마라. 자, 이제 집중. 식사를 할 때는 포크를 사용해야 한다. 여기 보이지? 이 드라이버처럼 생긴 것들이 포크야. 거기 시멘트 삽처럼 생긴 것들이 숟가락이고. 그리고 톱날처럼 생긴 것들이 나이프라는 거다. 내가 알기론 무얼 하느냐에 따라서 거기에 맞는 포크를 써야 한다."

"무얼 하다니요?" 세라피나는 혼란스러웠다.

"무얼 먹느냐에 따라서 말이다. 알아듣겠니?"

"아니요, 못 알아듣겠어요." 세라피나가 순순히 인정했다.

"앞에 똑바로 보고." 아빠가 말했다. "그렇게 금방이라도 사냥감을 덮칠 것처럼 눈 이리저리 굴리지 말고. 여기 바깥쪽에 놓인 포크는 샐러드 포크고 안쪽에 놓인 포크는 메인 요리를 먹을 때 쓰는 디너 포크야. 세라야, 듣고 있니?"

세라피나는 평소에는 아빠의 예절 교육을 그다지 즐기진 않았지만 지금 이 순간만큼은 안전하게, 무사히 집으로 돌아왔다는 사실에 기분이 좋았다. 비록 또다시 시작된 예절 교육 때문에 괴로울지라도 말이다.

"알아들었니?" 다양한 포크와 나이프 사용법 설명을 마친 아빠가 물었다.

"알아들었어요. 디너 포크가 안쪽. 샐러드 포크가 바깥쪽. 그런데 질문이 하나 있어요."

"뭔데?"

"샐러드가 뭐예요?"

"맙소사, 세라피나!"

"몰라서 물어보는 거잖아요!"

"그 그릇에 담긴 채소 같은, 알잖니, 양상추, 양배추, 당근 같은 것 말이다."

"아, 그러니까 토끼들이나 먹는 걸 말하는 거군요."

"아니요, 아가씨, 토끼들이나 먹는 게 아닙니다." 아빠가 단호하게 말했다.

"풀떼기 맞잖아요."

"아니래도."

"사냥감들이나 먹는 거 맞잖아요."

"더 이상 그런 식으로 말하는 건 용납 못 한다."

아빠에게 상류층의 식사 예절을 배우면서 세라피나는 아빠가 실은 밴더빌트 부부와 단 한 번도 함께 식사를 해 본 적이 없다는 사실을 깨달았다. 아빠가 실제 경험보다는 상상에 의존해서 설명해 주고 있는 것이 눈에 보였다. 게다가 아빠가 샐러드가 뭔지를 제대로 이해하고 있는지가 특히 의심스러웠다.

"왜 밴더빌트 가문처럼 부유하고 배운 사람들이 풀떼기나 먹고 있는 거예요? 더 좋은 걸 사 먹을 수 있는 여유가 있으면서? 왜 매일매일 닭고기를 먹지 않는대요? 저 같으면 뚱뚱해져서 느림보가 될 때까지 닭고기를 잔뜩 먹을 텐데."

"세라야, 제발 좀 진지하게 들어라."

"저 지금 진지하다고요!" 세라피나가 억울하다는 듯이 말했다.

“봐라, 넌 이제 도련님이랑 친구가 되었잖니. 그건 좋아. 근데 오랫동안 친구 사이로 남고 싶으면 기본적인 건 배워야 돼.”

“기본적인 거라니요?”

“낮의 소녀처럼 행동하는 법 말이다.”

“난 밴더빌트 가문 사람이 아니라고요, 아빠. 그건 브레이든도 알아요.”

“나도 안다. 그저 네가 위층에서 다른 사람들을……”

“다른 사람들을 뭐요? 제가 겁을 주기라도 할까 봐서요?”

“글쎄, 세라야, 너도 네가 정원에서 가장 아름다운 꽃이 아니란 사실을 알고 있잖니. 내가 널 아무리 사랑한다고 해도 그건 부인할 수 없는 사실이야. 먹잇감이니 쥐 사냥이니 이런 이야기를 하면 야생적으로 보일 수밖에. 나는 다 괜찮고 좋아. 하지만……”

“무슨 말인지 알겠어요, 아빠.” 세라피나가 풀 죽은 목소리로 아빠 말을 끊었다. “위층에 있을 때는 최대한 교양 있고 예의 바르게 행동할게요.”

그때 누군가 복도를 걸어 내려오는 소리가 들렸다. 그 소리에 세라피나가 반사적으로 움찔하며 달아나려 했다. 오랜 시간 숨어 지내 버릇해서 아직도 발소리만 가까워지면 몸이 먼저 움찔했다.

“누가 오고 있어요, 아빠.” 세라피나가 속삭였다.

“그럴 리가, 올 사람이 없는데. 내 말에나 집중해라. 이거다 하……"

"실례합니다, 선생님." 어린 하녀 한 명이 작업실로 들어서며 말했다.

"깜짝이야!" 고개를 돌려 작업실 문간에 서 있는 어린 하녀를 본 아빠가 소스라치게 놀랐다. "그렇게 사람을 놀라게 해서야 쓰나."

"죄송합니다, 선생님." 어린 하녀가 허리를 숙여 사과했다.

하녀는 세라피나보다 고작 한두 살쯤 더 많아 보이는 어린 소녀였다. 상냥한 얼굴에 검은 머리카락이 흰색 모자 아래로 곱슬거렸다. 다른 하녀들처럼 소녀도 빳빳한 흰색 옷깃과 소매가 있는 검은색 면 드레스를 입고 레이스가 달린 흰색 앞치마를 매고 있었다. 그러나 외모나 말투로 짐작건대 이곳 산마을 출신인 것 같았다.

"됐으니, 왜 왔는지나 말해 보거라." 아빠가 어린 하녀에게 말했다.

"네, 선생님." 소녀가 세라피나를 힐끗 쳐다보며 말했다. "도련님께서 여기 계신 아가씨에게 이 쪽지를 전해 주라고 하셨습니다."

그렇게 말하면서 하녀는 세라피나와 눈을 맞추었다. 어린 하녀는 세라피나의 이상하리만치 높이 솟은 광대뼈와 호박색 눈동자에서 쉽사리 눈을 떼지 못했다. 어쩌면 세라피나가 걸치고 있는 거적때기 아래로 삐죽 보이는 피 묻은 상처를 보고 있는 건지도 몰랐다. 뭐가 됐든 세라피나의 외모에서는 눈을 떼기 힘든 부분이 많았고 어린 하녀는 애써 눈길을 주지 않으려고 애썼다.

"아, 그렇군, 세라야." 아빠가 말했다. "거봐라, 내가 뭐랬니. 연습하길 잘했지. 도련님이 오늘 밤 식사에 널 정식으로 초대하는 초대장을 보내신 모양이구나."

"여기 있습니다, 아가씨." 어린 하녀가 마치 더 가까이 다가오고 싶지 않다는 듯이 팔을 쭉 뻗어 세라피나에게 쪽지를 건넸다.

"고마워." 세라피나가 나지막한 목소리로 말하고선 행여나 너무 빨리 쪽지를 낚아챘다가 어린 하녀가 놀랠세라 천천히 쪽지를 집어 들었다.

"감사합니다, 아가씨." 어린 하녀가 대답했다. 그런데 하녀는 자리를 뜨는 대신 그 자리에 얼어붙은 채로 세라피나의 얼룩덜룩한 머리카락과 이상한 옷차림을 뚫어져라 쳐다보았다.

"다른 볼일이 더 남은 거니?" 세라피나가 물었다.

"앗 아녜요, 죄송합니다. 실례가 많았습니다." 어린 하녀가 황급히 눈길을 거두고 당황한 듯 세라피나에게 고개를 숙였다. 그러고 나서 재빨리 문밖으로 사라졌다.

"그나저나 뭐라고 써 있는 게냐?" 아빠가 쪽지를 가리키며 물었다.

조그만 종이 쪽지를 펼치는 세라피나의 손이 가늘게 떨렸다. 뭐라고 적혀 있든지 간에 중요한 내용일 것 같은 느낌이

들었다. 브레이든이 쓴 쪽지를 읽어 내려가면서 가장 먼저 아빠의 짐작이 완전히 빗나갔음을 깨달았다. 세라피나가 받은 건 무도회 초대장도, 저녁 만찬 초대장도 아니었다. 쪽지는 훨씬 어두운 내용을 담고 있었다. 첫 번째 문장을 읽자마자 공포로 가슴이 죄어들었다. 불현듯 세라피나와 친구들의 공격을 받고 땅바닥에 쓰러져 죽은 검은 망토를 입은 토른 씨의 모습이 눈앞에 떠올랐다. 곧이어 또 다른 장면이 머릿속에 그려졌다. 바로 살인죄로 심판대에 올라 교수형에 처해진 자신과 브레이든의 모습이었다. 그러나 쪽지를 읽어 내려갈수록 두려움 말고도 또 다른 감정이 샘솟았다. 세라피나는 이 쪽지를 보낸 사람이 브레이든이라는 사실에 기뻤다. 시간이 좀 걸리긴 했지만 브레이든은 여전히 세라피나의 친구이자 같은 편이었다.

S에게.

살인 사건을 조사하는 탐정이 빌트모어에 와 있어. 내가 살면서 만났던 사람 중에 제일 이상한 사람이야. 토른 씨 실종 사건과 관련해서 오늘 오후 6시에 너랑 나를 심문할 예정이래. 조심해.

- B가 -

세라피나는 살인 사건을 조사하는 탐정이라는 이 사람이 마차에 타고 있던 두 번째 인물이 아닐까 하는 의심이 들었다. 상대가 세라피나를 먼저 찾아 주니 더 이상 찾아다니는 수고를 하지 않아도 될 것 같았다. 세라피나는 오늘 새벽에 밴더빌트 씨와 함께 있던 수상한 남자가 바로 이 탐정일 거라고 확신했다. 하지만 상대가 누구든지 간에 경찰에게 심문받는 일이 즐거울 리 없었다. 실종된 토른 씨에 대해서 물으면 뭐라고 둘러대지? "아, 그분요? 네, 기억나요. 제가 토른 씨를 저희 엄마가 있는 굴로 유인했고 제 친구들이 죽였어요. 거기가 어딘지 안내해 드릴까요?"

위층으로 이어진 불 꺼진 좁은 계단을 올라가면서 세라피나는 너무 많은 생각으로 머리가 터질 지경이었다.

시간은 오후 다섯 시 반을 지나고 있었다. 심문을 받으러 가기 전까지 저택을 염탐하고 단서를 모을 시간이 삼십 분쯤 있었다. 그러나 세라피나는 곧바로 장애물과 맞닥뜨렸다.

조금 전에 세라피나를 뚫어져라 쳐다보던 어린 하녀가 계단 끝에서 세라피나를 기다리고 있었다.

세라피나가 걸음을 멈추고 가늘게 뜬 눈으로 하녀를 바라보며 물었다. "원하는 게 뭐야?"

어린 하녀가 세라피나 쪽으로 성큼 다가오는 바람에 세라피나는 뒷걸음질을 쳤다.

"아가씨, 할 말이 있어서요."

세라피나는 아무 말도 하지 않았다.

"실례인 줄은 알지만……" 하녀가 계속해서 말했다. "그런 모습으로는 위층에 올라가고 싶지 않으실 거예요."

"난 원래 이렇게 생겼어." 세라피나가 하녀에게서 눈을 떼지 않은 채 사납게 대꾸했다.

"제 말은 드레스 말이에요, 아가씨." 하녀가 말했다.

"내가 가진 옷은 이것뿐인걸." 세라피나가 말했다.

어린 하녀가 이해한다는 듯이 고개를 끄덕거렸다. "그러면 제가 빌려드릴게요. 제가 쉬는 날에 입는 드레스 아니면 일요일에 입는 드레스나, 뭐든지요. 하지만 그 옷은 좀……."

"이 옷은 안 된다는 거지?" 세라피나가 입고 있는 거적때기를 가리키며 말했다.

"아가씨 아버님에 대해서는 온통 좋은 얘기밖에 못 들었어요.” 어린 하녀가 소심하게 말했다.

“사람들이 말하길 아가씨 아버님은 이 저택에 있는 건 뭐든지 고칠 수 있다고 하더라고요. 그런데 실례인 줄은 알지만 제 생각엔, 아가씨도 동의하실 것 같은데, 아버님이 드레스 디자인은 잘 못하시는 것 같아요.”

세라피나가 미소를 지었다. 어린 하녀의 말에 세라피나도 완전히 동의했다. “그럼 네가 날 좀 도와줄 수 있을까?” 세라피나가 머뭇거리며 물었다.

“원하신다면요.” 어린 하녀가 살짝 미소를 지으며 말했다.

“넌 이름이 뭐야?” 세라피나가 물었다.

“전 에시 워커예요.”

“난 세라피나야.”

“실종된 아이들을 찾아서 데려온 바로 그 소녀시군요.” 에시가 고개를 끄덕거리며 말했다. 에시는 세라피나가 누구인지 이미 알고 있었다. 그리고 세라피나를 만나게 되어 기뻐하는 것 같았다.

세라피나도 미소를 지으며 덩달아 고개를 끄덕거렸다.

T.G.W.B.T.C.B.(The Girl Who Brought The Children Back의 약자로 ‘실종된 아이들을 모두 찾아서 데려온 바로 그 소녀’라는 뜻_옮긴이)는 C.R.C.만큼 귀에 쏙 들어오진 않았지만 세라피나는 그렇게 불리는 것도 마음에 들었다.

세라피나는 에시를 자세히 관찰했다. 상냥한 얼굴에는 어떤 속임수나 거짓도 없어 보였다. 미소도 따뜻하고 친근했다.

"너희 동네 사람들은 죽으면 어디에 묻혀, 에시?" 세라피나가 에시에게 물었다. 아빠가 다른 산마을 사람들에게 고향이 어디냐고 물을 때 이런 표현을 쓰곤 했다.

"잘 모르겠어요." 에시가 대답했다. "저희 부모님은 제가 한 살인가 두 살 때 돌아가셨대요. 그 뒤로 한동안 절 키워 주신 아줌마, 아저씨는 월넛 근처에 있는 매디슨 카운티라는 동네에서 농장 일을 하셨는데 그분들도 돌아가셨어요. 오갈 데 없어진 저를 밴더빌트 부인이 거둬 주셨어요. 부인께 도움이 되는 일을 하고 싶다고 말씀드렸고요."

"빌트모어에서 일하는 하녀라기에는 너무 어려 보이는데." 세라피나가 말했다.

"역대 최고로 어린 하녀지요." 에시가 자랑스러운 듯이 미소 지었다. "이쪽으로 오세요. 가서 입을 만한 것이 있는지 찾아봐요." 에시가 손을 잡으려 했다. 에시가 가까이 오기도 전에 세라피나는 반사적으로 뒤로 펄쩍 물러났다.

그 번개처럼 재빠른 몸동작에 놀란 에시가 잠시 숨을 멈추었다.

"겁이 많으시군요, 그렇죠?" 에시가 말했다.

"미안해." 세라피나는 얼굴을 붉혔다.

"괜찮아요." 에시가 말했다. "누구나 겁내는 게 하나씩 있기 마련이니까요, 그렇죠? 하지만 얼른 이리 오세요. 시간이 없어요."

에시가 몸을 돌려 계단을 뛰어 올라가기 시작했다. 세라피나는 손쉽게 에시를 따라잡았다. 두 사람은 계단을 세 칸씩 올라가 뒤편 복도로 이어지는 작은 문을 지난 다음 4층으로 향하는 또 다른 계단을 뛰어 올라갔다. 에시는 북탑 아래로 이어진 좁은 통로로 세라피나를 안내했다. 두 사람은 하녀들이 머무는 방이 늘어선 복도를 지나 모퉁이를 돌아 여섯 발자국 더 간 다음에 하인들이 사용하는 휴게실을 통과했다. 휴게실에는 하녀 세 명과 심부름꾼 소녀가 벽난로 주변에 모여 앉아 담소를 나누고 있었다.

“우린 신경 쓰지 마세요.” 휴게실을 지나가며 에시가 말했다. 에시와 세라피나는 좁고 긴 복도를 날다시피 뛰어 내려갔다. 고딕 양식의 아치형 천장이 빌트모어 대저택의 경사진 지붕 바로 아래에 자리 잡고 있었다. 4층에는 하녀들과 다른 여성 관리인이 머무는 방이 총 스물한 개 있었다. 그중 오른쪽에서 세 번째가 에시의 방이었다.

“여기로 들어가면 돼요, 아가씨.” 에시가 앞장섰고 세라피나가 뒤를 따랐다.

밤 순찰을 돌 때면 세라피나는 가끔 하녀들이 복도 끝에 있는 수세식 화장실에 가기 위해 잠시 자리를 비운 틈을 타 몰래 하녀들의 방을 구경하곤 했다. 그래서 깨끗하고 평범한 방 풍경이 낯설지 않았다. 하지만 에시의 방에서는 단순한 흰색 철제 침대 위에 올려진 폭신폭신한 베개와 가을 느낌 물씬 나는 퀼트 이불이 눈길을 끌었다. 늦은 오후 따듯한 햇살 아래 웅크리고 누워 낮잠을 청하기에 정말이지 안성맞

춤이라고 세라피나는 생각했다. 하지만 왠지 에시에게는 낮잠을 잘 시간 따윈 없을 것 같았다. 갈대를 엮어 만든 의자에 옷가지가 걸려 있었다. 밤나무로 만들어진 서랍장은 서랍 두 개가 열려 있었다. 세면대에 놓인 세숫대야에는 물이 얼마간 남아 있었다.

"방이 엉망이라 민망하네요, 아가씨." 에시가 재빨리 바닥에 떨어진 옷가지를 줍고 서랍장 문을 닫았다. "오늘 오후에 킹 부인이 방 검사를 하러 올라올 때 하느님이 저를 좀 지켜 주시길. 하지만 새벽 다섯 시 기상은 때때로 버거울 때가 있다고요. 방 정리를 할 여유까진 없을 때가 많아요."

"괜찮아." 세라피나가 말했다. "내가 자는 곳을 네가 봐야 하는데."

"그 진저리 나는 스크루지 씨랑 같이 밤을 새는 바람에 오늘 아침 내내 눈이 빨갛게 충혈되어 있었어요." 에시가 의자에 걸어 둔 옷가지를 옮기면서 말했다. 그 순간 세라피나의 귀가 번쩍 뜨였다. 스크루지 씨라는 작자가 도대체 누구길래? 그런데 그때 침대 옆 탁자에서 찰스 디킨스가 쓴 소설 《크리스마스 캐럴(A Christmas Carol)》이 눈에 띄었다. 애쉬빌 지역 신문과 성경책 그리고 킹 부인의 주간 일정표로 추정되는 종잇조각과 함께 놓여 있었다. 세라피나는 그제야 일주일만 있으면 크리스마스라는 사실을 깨닫고 살짝 충격을 받았다. 검은 가죽 표지에 금박 글자로 제목이 찍힌 책은 작년에 세라피나가 밴더빌트 씨에게 '빌려서' 읽었던 책과 똑

같아 보였다. *밴더빌트 씨의 책을 훔쳐 읽는 사람이 나뿐만 이 아니었군.* 세라피나 얼굴에 슬며시 미소가 떠올랐다.

에시의 화장대 위에는 머리빗, 머리핀, 조그만 양철통에 든 연고, 레몬 향이 나는 향수병 등 온갖 여성스러운 소품이 널려 있었다. 세라피나는 수십 미터 떨어진 곳에서도 에시에게서 나는 특유의 레몬 향을 맡을 수 있을 것 같았다. 크림색 벽지를 바른 벽에는 에시가 직접 그린 꽃과 단풍잎 그림이 여기저기 붙어 있었다. 세라피나는 빌트모어를 방문한 손님들을 염탐하거나 아니면 최소한 눈앞에 닥친 심문을 걱정해야 한다는 사실을 알면서도 빌트모어의 아주 작은 일부분을 이렇게 가까이에서 난생처음 방 주인의 허락을 받고 구경하는 재미에서 헤어 나올 수가 없었다.

벽 한 면의 정중앙에는 에디슨이 발명한 전구가 설치되어 있었다. 밴더빌트 씨는 전구를 발명한 토머스 에디슨 씨와 친구 사이인 데다가 최신 과학 문물을 사용하길 좋아한다고 뿌듯한 목소리로 이야기하던 아빠가 생각났다.

이 모든 것이 세라피나는 그저 놀랍기만 했다. 에시는 자기만의 전구를 가지고 있었다! 아빠에게 듣기로는 노스캐롤라이나주 서쪽에는 수많은 산마을 사람들이 전기, 중앙난방, 실내 배관도 없는 판잣집이나 통나무집에 살고 있다고 했다. 그중에는 자신만의 전구를 소유하는 건 둘째 치고 구경한 적도 없는 사람이 태반일 것이다. 하지만 에시는 다락방에 둥지를 튼 꼬마 생쥐처럼 여기 빌트모어 대저택 4층에 아늑한 자신만의 공간을 꾸며 놓고 살고 있었다. 아무도 에시를 찾을 수 없을 것만 같았다.

지붕 때문에 경사진 벽면에 난 창문 너머로 황홀한 풍경이 펼쳐졌다. 지하실에 사는 세라피나로서는 이 높이에서 블루리지산맥을 볼 수 있는 기회가 거의 없었다. 저 멀리 다른 봉우리들 사이에서 우뚝 솟은 피스가 봉우리가 세라피나의 눈길을 사로잡았다. 검은 망토를 입은 남자를 무찌르고 며칠이 지난 어느 밤, 세라피나는 브레이든과 함께 지붕에 올라가 승리를 자축했었다. 수많은 별을 머리에 이고 블루리지산맥을 내려다보면서 브레이든이 여기서 30킬로미터나 떨어져 있는 피스가 봉우리도 빌트모어의 영지라고 설명해 주던 것이 생각났다. 브레이든은 꼬불꼬불하고 험준한 산길을 따라 저기까지 말을 타고 가려면 꼬박 하루가 걸리지만 바람에 몸을 싣고 비행하는 매는 날갯짓 한 번이면 순식간에 저기까지 도착할 수 있다며 감탄했었다.

세라피나는 저도 모르게 미소를 지으며 몸을 돌려 에시의 방 안을 휙 둘러보았다. 에시는 그런 세라피나를 흥미로운 눈길로 바라보았다. "이만하면 나쁘지 않죠, 아가씨?"

"전혀 나쁘지 않네." 세라피나가 동의했다. "난 여기가 마음에 들어."

에시가 벽에 걸려 있던 예쁜 베이지색 드레스를 꺼내 들었다. "제가 가진 옷 중에 제일 좋은 옷이에요." 에시가 베이지색 드레스를 세라피나에게 건네며 말했다. "다른 숙녀 분들이 입는 옷에는 비할 바가 못 되지만 말이에요."

"고마워, 에시." 세라피나가 조심스럽게 드레스를 받아 들며 말했다. "이 정도면 완벽해."

세라피나가 옷을 갈아입을 수 있도록 에시가 뒤돌아서서 말했다.

"전 지금은 그냥 객실을 청소하는 하녀지만 언젠가는 꼭 몸단장을 돕는 시녀가 되고 싶어요. 빌트모어를 방문하는 귀부인들 몸단장을 도울 수도 있고 어쩌면 밴더빌트 부인의 시녀가 될 수 있을지도 몰라요. 아가씨도 밴더빌트 부인을 아시지요?"

"응, 알지." 세라피나가 마대 드레스를 벗으면서 대답했다. 맨살이 드러나면서 팔다리에 오스스 닭살이 돋았다. 반쯤은 방 안 공기가 쌀쌀한 탓이었고 반쯤은 긴장한 탓이었다. 방 안에 다른 사람이 있는데 옷을 벗다니 기분이 이상했다.

"당연히 아실 거라 생각했어요. 그럴 줄 알았어요." 에시가 말했다.

세라피나는 지난 몇 주 동안 밴더빌트 부인을 매우 좋아하게 됐다. 함께 나누는 이야기도 즐거웠다. 그런데 요 며칠간 밴더빌트 부인의 모습을 도통 볼 수가 없었다.

"제 친구가 밴더빌트 부인이 설립한 여학교에 다니기 시작했는데 거기서 숫자 계산하는 법이랑 베틀로 천 짜는 법을 배운대요." 에시가 말했다. "밴더빌트 부인은 모든 여자아이가 교육을 받아서 혼자서도 살아갈 수 있는 능력을 키우길 바라세요."

"밴더빌트 부인은 정말 좋은 분 같아." 세라피나가 드레스를 입느라 낑낑거리면서 말했다. 단추랑 졸라매는 끈이 너무 많아서 어떻게 입어야 하는지 헷갈렸다.

"그보다 더 좋을 수 없는 분이시죠." 에시가 말했다. "그 우유 농장 소년 이야기는 들으셨어요? 2주 전에 우유 농장 주인과 큰아들이 정말 크게 아팠거든요. 거의 죽을 정도로요. 그 소식을 들은 밴더빌트 부인이 당분간 가족들이 먹고 살 수 있도록 음식이 든 바구니를 챙겨서 그 집을 직접 방문하셨어요. 거기서 생사를 헤매는 소년을 보시고선 사람들을 시켜 소년을 자기 마차에 태워서 애쉬빌에 있는 병원까지 데리고 가셨대요."

"그 소년은 어떻게 됐어?" 마침내 드레스 입는 법을 알아낸 세라피나가 마지막 단추를 채우면서 물었다.

"여전히 많이 아프대요." 에시가 대답했다. "하지만 잘 치료받고 있다고 들었어요."

"이제 돌아서도 돼." 세라피나가 말했다.

"우아, 아가씨!" 에시가 외쳤다. "정말이지 훨씬 보기 좋네요. 제 말을 믿으세요. 여기 와서 거울 좀 보세요. 그동안 제가 머리를 손질해 드릴게요."

에시는 남들과는 다른 세라피나의 외모에는 그다지 신경을 쓰지 않는 것 같았다. 상처투성이인 얼굴도, 지나치게 커다란 두 눈도, 유난히 솟아오른 광대뼈도 별로 개의치 않았다. 에시는 그저 머리 손질에만 열심이었다. "이 머리카락 좀 보세요!" 에시는 세라피나의 머리카락이 말 안 듣는 명주실이라도 되는 것처럼 이리저리 잡아당기기 시작했다. "시간이 별로 없으니 일단 단정하게만 묶을게요."

에시가 머리를 손질해 주는 동안 세라피나는 거울 속에 비친 자기 모습을 바라보다가 이상한 점을 발견했다. 한 번도 보지 못한 검은색 머리카락이 한 뭉텅이 자라 있었다.

"뭐가 잘못됐나요, 아가씨?" 세라피나가 얼굴을 찡그리자 에시가 물었다.

"내 머리카락은 갈색인데, 검은색이 아니라." 세라피나가 검은색 머리카락을 만지며 말했다. 세라피나의 얼굴에는 혼란스러운 기색이 역력했다.

"잘라 드릴까요, 아가씨? 예전에 절 키워 주신 아줌마의 흰머리를 항상 제가 잘라 드리곤 했거든요. 흰머리는 달빛을 너무 많이 마신 것처럼 길고 빳빳하게 자라서 나오자마자 재빨리 잘라 내곤 했었어요."

"그냥 뽑아 줘." 세라피나가 말했다.

"아플 텐데요, 아가씨. 그러기엔 너무 많아요."

"그냥 잡아서 확 뽑아 버려." 세라피나가 고집을 부렸다. 그렇지 않아도 위층 사람들 눈에 거슬리는 것이 한두 가지가 아닐 텐데 이제 하다못해 머리카락까지 말썽이었다. 세라피나의 몰골은 끔찍했다.

에시는 검은 머리카락을 한 움큼 골라내 힘껏 잡아당겼다.

얼마나 세게 잡아당겼던지 세라피나의 고개가 뒤로 젖혀질 정도였다.

"죄송해요, 아가씨." 에시가 말했다.

"계속해." 세라피나가 말했다. 에시가 검은 머리카락을 뽑는 동안 세라피나는 오늘 새벽에 본 장면에 대해 물어보기로 결심했다. "에시, 귀부인들 몸단장을 돕는 시녀가 되고 싶다고 했잖아. 혹시 최근에 새로 온 소녀의 시중을 든 적 있어?"

"그 영국 소녀 말씀이시군요." 에시가 신음했다. 영국 소녀가 별로 마음에 들지 않는 게 분명했다.

"왜? 마음에 안 들어?" 세라피나가 내심 기뻐하며 물었다.

"전 그런 부류는 눈곱만큼도 신뢰하지 않아요. 고상한 척 화려하게 치장하고선 처음부터 도련님을 노리더라고요."

세라피나는 에시가 하는 말이 무슨 뜻인지 정확하게 알아듣진 못했다. 하지만 온종일 2층과 3층에 있는 방을 돌아다니며 일하는 에시는 자신이 보지 못하는 무언가를 봤을 수도 있다는 생각이 들었다.

"어젯밤에 도착했다는 그 살인 사건 담당 탐정은 어때?" 세라피나가 물었다. "그 탐정도 봤어?"

"아직이요. 하지만 하인 한 명이 그러던데 온갖 이상한 장비로 가득 찬 여행 가방을 잔뜩 들고 왔더래요. 그러고는 하인들을 불러다가 이거 해라 저거 해라 막 부려 먹더래요."

이거 불길한데. 세라피나가 생각했다.

검은 머리카락을 몇 움큼 더 뽑아 낸 에시는 빗을 들고 와서 세라피나의 머리카락을 빗어 주기 시작했다. 누군가에게 빗질을 받는 느낌은 낯설었지만 이상하리만치 좋았다. 빗이 뿌리부터 시작해 엉킨 머리카락을 쓸고 내려갈 때마다, 두피를 부드럽게 훑고 지나갈 때마다 가르랑거리는 소리가 입 밖으로 나오는 걸 참느라 혼이 났다.

"제가 질문 하나 해도 될까요, 아가씨?" 에시가 빗질을 하면서 물었다. "저, 킹 부인은 항상 저희 할 일이나 신경 쓰라고 하시지만요, 모두가 같은 얘기를 하고 있거든요. 도대체 무슨 일이 일어나고 있는 건지 모두가 궁금해하고 있어요."

"무슨 일이 일어나고 있다니?" 세라피나가 어리둥절한 표정으로 물었다.

"밴더빌트 부인 말이에요." 에시가 말했다. "오늘 아침에 식사도 거르시고 방에서 아예 나오질 않으셨어요. 요새 계속 몸이 안 좋으셔서 다들 부인을 못 본 지 꽤 오래됐어요. 무슨 병인지는 몰라도 금방 나으시겠지만 혹시 아가씨께서 따로 들으신 이야기라도 있는지 궁금해서요."

"난 부인이 편찮으신지도 몰랐어." 불안감이 스멀스멀 피어올랐다. 그래서 최근에 밴더빌트 부인이 보이지 않았던 거였다.

"어떤 날은 아주 많이 편찮으신 것 같다가도, 어떤 날은 잠시 괜찮아 보이시고, 왔다 갔다 하세요. 의사 선생님도 계속 들락날락하시고요. 다들 부인이 괜찮으신 건지만 알고 싶어 해요."

“정말로 모르겠어, 에시. 미안해.” 세라피나가 말했다. 밴더빌트 부인이 아프다는 소식에 마음이 한없이 무거워졌다. “하지만 새로운 소식을 듣게 되면 꼭 말해 줄게.”

“그래 주시면 감사하죠.” 에시가 고개를 끄덕이며 말했다. “저도 새로운 소식을 들으면 아가씨께 알려 드릴게요.”

마침내 에시가 빗을 내려놓았다. 에시는 세라피나의 머리카락을 양손에 모아 감싼 다음 둥글게 말아 올려 핀으로 고정시켰다.

“다 됐어요, 아가씨.” 에시가 말했다. “한동안은 이 상태로 유지될 거예요.”

거울 속에는 완전히 다른 소녀가 세라피나를 마주 보고 있었다. 얼굴은 그대로였지만 에시가 빌려준 드레스를 입고 머리를 단정히 말아 올리니 꽤 괜찮아 보였다.

에시가 뿌듯한 듯 미소를 지었다. “이제 어엿한 숙녀가 되셨네요.” 에시는 만족스러운 듯 고개를 끄덕거리며 말했다.

“그런 것 같아.” 세라피나가 믿기지 않는다는 듯이 말하며 에시 쪽으로 돌아섰다.

계단에서 처음 마주쳤을 때 에시가 내미는 손길을 피했던 장면을 떠올리며 세라피나가 살며시 손을 뻗어 에시의 팔을 잡았다. 다른 사람들이 종종 이렇게 상대방의 팔에 손을 올리는 장면을 본 적이 있었다. 세라피나에게는 이런 식으로 다른 사람의 몸에 손을 대는 것이 익숙하지 않았다. 게다가 지금이 이런 행동을 하기에 적절한 순간인지도 확신할 수 없었다. 하지만 그 순간 에시의 얼굴이 환해졌다.

"아, 아가씨, 별일도 아닌걸요. 그저 같은 소녀로서 도와드렸을 뿐이에요. 그게 다예요."

"정말 진심으로 고마워, 에시." 세라피나가 말했다.

그러고 나서 세라피나는 잠시 뜸을 들이다가 마지막으로 한 가지만 더 물어보기로 마음먹었다. "아까 누구나 겁내는 게 하나씩 있다고 했잖아."

"네, 그랬죠. 그런데 왜요?"

"네가 꼭 무언가를 염두에 두고 그 말을 한 것 같아서. 혹시 그 우유 농장 소년처럼 너도 아플까 봐 겁나니?"

"아니에요, 아가씨."

"그럼 뭐야? 넌 뭐가 겁나는 거야?"

"음, 당연히 유령도 무섭고요. 누구나 그렇진 않겠지만. 그리고 죽었다 살아난 사람도 무섭고. 하지만 제일 무서운 건 절 키워 주신 아저씨가 밤이면 모닥불 주위에 저 같은 꼬마들을 앉혀 놓고 해 주셨던 이야기예요."

"무슨 이야긴데?"

"아시잖아요, 바람 한 점 없는 날 갑자기 무언가가 날아간다거나, 뜬금없이 숲속에서 죽은 동물을 발견한다거나 할 때 사람들이 으레 '숲속에 사는 노인이 또 케케묵은 장난을 치는군'이라고 하잖아요."

에시의 이야기를 들으면서 세라피나는 입술이 바짝바짝 타들어 가는 것을 느꼈다. 에시의 목소리에 스민 두려움이 고스란히 전해졌다. "노인이라니?" 세라피나가 물었다.

"아가씨도 아마 들어 보셨을 거예요. 눈에 띄지 않게 숲속을 돌아다니고 안개 속으로 모습을 감췄다가 드러냈다가 하면서 사람들을 길 밖으로 유인해 늪지에서 길을 잃게 만들어 버리는 지팡이 든 노인 말이에요. 가끔 우유가 굳거나 뒤뜰에서 키우던 닭이 죽거나 하면 사람들이 그 노인이 저지른 짓이라고 하잖아요. 절 키워 주신 아저씨는 이야기 들려주길 좋아하셨는데 그 노인 이야기를 들었을 때는 무서워서 까무라칠 뻔했어요. 솔직히 말하면 지금도 무서워요."

"그런데 이야기에 등장하는 노인은 누구야? 어디서 온 사람이야? 원하는 게 뭐래?" 세라피나가 이해가 안 되는 것투성이라는 듯이 질문을 퍼부었다.

에시는 고개를 저으며 어깨를 으쓱했다. "그걸 알면 전 이미 이 세상 사람이 아닐걸요!" 에시가 웃음을 터뜨렸다. "그냥 옛날이야기일 뿐이에요. 그런데 그걸 알면서도 저는 왠지 그 이야기만 들으면 소름 끼치게 무섭더라고요. 밤에 혼자서 숲속에 들어갔다가 지팡이 소리나 바람 소리를 듣는다면 전 꽁무니가 빠져라 집으로 도망 올 거예요. 이 이야기를 재밌게 듣기에는 전 어둠이 너무너무 무서워요. 그래서 전 여기가 좋아요."

"여기가? 왜?" 세라피나가 물었다. 어둠이 무서운 것과 여기가 좋은 것이 어떻게 연결되는지 이해가 되지 않았다.

"실내에 물이 나오잖아요!" 에시가 웃음을 터뜨렸다. "밤마다 깜깜한 집 밖으로 나갈 필요가 없잖아요!"

세라피나도 덩달아 미소를 지었다. 새로 사귄 친구는 어느 모로 보나 낯의 소녀였다. 하지만 에시 워커는 어딘지 모르게 사랑스러웠다.

"어쨌든 아가씨," 에시가 갑자기 진지하게 말했다. "이제는 정말 아가씨는 아래층으로 내려가고 저는 다시 일하러 가야 할 시간이에요. 우리 둘이 여기서 너구리처럼 뭉그적거리고 있다간 개들이 쫓아올 거라고요."

"개라니 무슨 개?" 세라피나가 놀라서 되물었다.

"있잖아요, 너구리 쫓는 사냥개요. 그냥 표현이에요."

"아, 그렇지." 세라피나는 에시 말마따나 세상에는 자신을 겁먹게 하는 게 한두 가지가 아닐지도 모른다는 생각을 했다.

세라피나는 가고 싶지 않은 마음을 뒤로한 채 에시에게 작별 인사를 하고 나왔다. 아래층에 무엇이 기다리고 있는지 아는 마당에 더욱 발길이 떨어지지 않았다. 하지만 새로운 친구가 생겨서 기뻤다.

세라피나는 계단을 다섯 칸씩 날다시피 뛰어 내려갔다. 한 번, 두 번, 세 번, 눈 깜짝할 새에 세라피나는 1층에 다다랐다. 집사 전용 창고 앞에 서 있다가 갑작스런 세라피나의 등장에 놀란 하인을 지나쳐 세라피나는 좁은 통로를 지나 거실을 가로질러 또 다른 복도를 지나 마침내 멈춰 섰다. 세라피나는 숨을 고른 다음 차분히 겨울 정원으로 들어섰다.

겨울 정원에는 키가 큰 야자수와 무화과나무를 비롯해 이국적인 식물이 한가득이었다. 높은 유리 천장을 지탱하는 화려한 대들보 위에 놓인 아치형 돔을 통해 햇살이 쏟아져 내렸다. 실내에는 곳곳에 세라믹으로 만든 섬세한 예술 작품들이 전시되어 있었고, 신사 숙녀들이 앉아서 쉴 수 있도록 등나무로 만든 프랑스제 가구들도 있었다.

세라피나는 심문 전에 혹시 브레이든을 만날 수 있지 않을까 하는 마음으로 저택 중앙에 자리한 이 겨울 정원에 들렀다. 하지만 밤에 순찰할 때 말고는 들어와 본 적이 없는 이 곳에서 무방비 상태로 걸어 다니려니 영 마음이 놓이질 않았다. 세라피나는 숨을 곳을 찾아 계속 두리번거렸다. 언제라도 도망칠 수 있도록 근육이 이리 움찔했다가 저리 움찔했다. 그 순간 영국 소녀와 함께 서 있는 브레이든을 발견했다. 세라피나는 망설였다. 온몸이 긴장감으로 뻣뻣해졌다.

위층 세계에서 나고 자란 두 사람은 이제 승마복이 아닌 평상복을 입고 있었다. 브레이든은 오후에 입는 검은색 외투와 바지를 입고 넥타이를 매고 있었다. 영국 소녀는 허리를 꽉 조이는 코르셋 위로 볼록한 소매 끝에 하늘거리는 시폰이 팔뚝을 덮는 하늘색 드레스를 입고 있었다. 적갈색 땋은 머리는 뒤로 깔끔하게 넘긴 후 동그랗게 말아 나무 비녀로 고정한 뒤, 옆머리는 굵은 소시지 컬을 만들어 한쪽으로 늘어뜨렸다. 그 모양이 어찌나 빈틈없이 완벽하게 구불구불한지 아빠 작업실에 있던 코일 용수철을 연상케 했다. 영국 소녀의 몸치장을 돕는 하녀가 누구인지는 몰라도 불에 달군 아이론으로 머리를 저렇게 마느라 몇 시간을 고생했을 것 같았다. 영국 소녀는 열네 살쯤으로 보였지만 마치 어른이라도 되는 것처럼 굴었다. 달랑거리는 섬세한 은귀걸이에 목에는 카메오 펜던트가 달린 검은색 벨벳 초커를 하고 있었다. 숲을 닮은 초록색 눈을 한 저 영국 소녀에게서 기품이 넘쳐흐른다는 사실만큼은 인정해야 했다.

세라피나는 두 사람에게로 가까이 다가갔다. 심장이 쿵쾅거렸다. 사냥개 무리와 싸우러 갈 때도 심장이 이렇게 쿵쾅대지는 않을 것 같았다.

세라피나는 습관적으로 소리 없이 다가갔다. 두 사람 다 세라피나의 존재를 알아차리지 못했다. 하지만 기디언은 뾰족한 귀를 쫑긋 세우며 경계를 하다가 세라피나를 알아보고는 안심한 듯 다시 귀를 내렸다. 기디언은 반가움의 표시로 꼬리를 마구 흔들었다. 그 모습에 세라피나는 미소를 지었다. 마음 한 켠이 따듯해지는 기분이었다.

영국 소녀는 세라피나 쪽을 바라보고 서 있었지만 세라피나가 두 사람을 향해 정면으로 걸어오기 전까지는 전혀 알아차리지 못했다. 드디어 세라피나를 발견한 영국 소녀가 화들짝 놀라는 모습이 눈에 보였다. 눈은 화등잔만 해지고 고개는 기울어졌다. 겁을 먹은 것 같았다. 하지만 세라피나가 가까이 다가오자 놀라움을 감추고 한층 더 정색을 했다. 영국 소녀는 세라피나를 경멸하는 듯한 눈초리로 쳐다보았다. 마치 이렇게 말하는 것 같았다. *감히 너처럼 입고 다니는 애가 나처럼 입고 다니는 사람에게 다가와?*

이게 마음에 안 들면 내가 원래 입으려던 옷을 보면 아주 기절하시겠네. 세라피나가 속으로 빈정거렸다.

세라피나는 겨울 정원 정중앙에 있는 황동 분수대와 우아하게 늘어선 야자나무 아래 조그만 나무 탁자 위에 놓인 아름다운 명나라 청화백자 사이에서 걸음을 멈추었다. 밴더빌트 씨가 동양으로 여행을 갔다가 이 청화백자를 사서 돌아왔다는 이야기를 엿들은 적이 있었다. 사백 년도 더 된 도자기로 빌트모어 대저택에서 가장 비싼 물건 가운데 하나라고 했다. 세라피나는 사방이 휑한 공간에서 가만히 서 있었다. 그야말로 가만히, 손끝 하나 움직이지 않고 서 있었더니 마치 겨울 정원에 있는 가구가 된 듯한 기분이었다.

마침내 뒤돌아서서 세라피나를 발견한 브레이든의 얼굴이 일순간 환해졌다. 브레이든은 한 치의 망설임도 없이 웃으며 세라피나에게 인사했다. "안녕, 세라피나!"

안도감과 행복감이 세라피나의 온몸을 훑고 지나갔다. "안녕, 브레이든." 이상하게 들리질 않길 바라며 세라피나도 브레이든에게 인사했다.

세라피나를 곧 만날 줄 알고 있었으면서도 브레이든은 너무 반가워했다. 세라피나를 걱정했던 것일까? 아니면 그저 낮 동안에는 세라피나를 위층에서 보기가 힘드니까 지금 이토록 반가워하는 것일까?

"네가……" 세라피나는 운을 떼고서 위층 사람들은 어떻게 말하는지 몰라서 잠시 머뭇거렸다. "네가 보낸 쪽지는 잘 받았어." 세라피나는 최대한 교양 있게 말하면서도 동시에 자신이 이 문제의 심각성을 이해하고 있다는 사실을 분명히 전달하려고 애썼다.

브레이든이 알았다는 듯이 끄덕이더니 세라피나에게로 다

가와 목소리를 낮추어 말했다. "뭐가 우릴 기다리고 있는진 알 수 없지만 조심하는 게 좋을 것 같아."

"그 탐정 이름이 뭐래? 어디서 왔대?" 세라피나가 물었다.

"모르겠어." 브레이든이 대답했다. "어젯밤에 도착했대."

"너희 삼촌은 뭐라고 하셔?"

"만약에 경찰 당국이 수사 결과 토른 씨가 살해된 거라고 결론 내린다면 살인자는 교수형을 당할 거래."

"진짜로 그렇게 말씀하셨다고?" 세라피나가 움찔하면서 되물었다. 그런데 브레이든과 이야기를 하는 내내 뒤통수가 따가웠다. 브레이든이 세라피나를 환한 미소로 반겨 주던 그 순간부터 영국 소녀는 한 걸음 뒤로 물러나 턱을 올린 채 불편한 심기를 드러내고 있었다. 이제 영국 소녀는 조금 떨어진 곳에 조용히 서서 기다리고 있었다. 상황은 점점 더 어색해지고 있었다. 브레이든이 세라피나에게 영국 소녀를 소개해 주는 것이 도리였지만 브레이든은 아예 영국 소녀의 존재 자체를 까먹은 것 같았다. 세라피나는 그 사실이 이렇게 기분 좋을 줄은 전혀 예상치 못했다.

그러다 문득 저 소녀에게는 여기가 얼마나 낯설고 불편할까 하는 생각이 세라피나의 머릿속을 스치고 지나갔다. 빌트모어를 처음 방문한 소녀는 여전히 적응하려고 노력 중이었다. 그런데 여기서 유일하게 아는 소년이 갑자기 등장한 덥수룩한 머리에 여기저기 이빨 자국이 난 부랑자 같은 소녀와 속닥거리느라 자신은 안중에도 없는 것이다. 비록 첫인상은 별로였지만 세라피나는 갑자기 영국 소녀에게 미안한 마음이 들었다.

"아 맞다." 브레이든이 세라피나의 마음을 읽은 듯 자신이 해야 할 일을 기억해 냈다. "세라피나, 여기는……"

그런데 그때 밴더빌트 부인이 계단을 내려와 겨울 정원으로 들어섰다. "아, 다들 여기 있었구나. 잘됐네. 지금 도서관에서 밴더빌트 씨와 탐정님이 기다리고 계시니 함께 가자꾸나."

빌트모어의 안주인은 오후에 입는 드레스 차림이었다. 여전히 우아했고 겉으로는 괜찮아 보였지만 세라피나는 밴더빌트 부인의 상태가 그다지 좋지 않다는 사실을 눈치챘다. 두 뺨은 창백했지만 이마는 붉었다. 몸이 좋지 않은데도 애써 밝은 모습으로 안주인으로서의 역할을 다하려고 애쓰는 것이 눈에 보였다.

"세라피나, 내려가기 전에 소개해 주고 싶은 사람이 있구나." 밴더빌트 부인이 부드러운 손길로 세라피나를 영국 소녀 앞으로 데려갔다. "레이디 로웨나 폭스 펨버튼 양을 소개할게. 아주 멀리서 우리를 방문해 줬단다. 여기 머무는 동안 두 사람이 좋은 친구가 됐으면 좋겠구나. 빌트모어가 집처럼 편하게 느껴질 수 있도록 우리 모두 최선을 다하자꾸나."

"만나서 반갑습니다, 아가씨." 세라피나가 예의를 갖추어 인사했다.

"레이디." 레이디 로웨나가 세라피나를 아래위로 훑어보며 말했다.

"네?" 세라피나가 무슨 말인지 몰라서 되물었다.

"'아가씨'가 아니라 '레이디'라고 불러야지." 레이디 로웨나가 그 특유의 영국 억양으로 세라피나의 잘못을 지적했다.

"알겠어요." 세라피나가 말했다. "영국에서는 그렇게 부르나요? 그럼 저한테도 '레이디'라고 부르실 건가요?"

"당연히 아니지!" 영국 소녀가 얼굴을 붉히며 화를 냈다.

"그만." 밴더빌트 부인이 분위기를 풀어 보려는 듯 두 소녀의 어깨에 손을 올리며 중재에 나섰다. "영국식과 미국식을 적당히 섞은 방법을 곧 찾을 수 있을 거라고 생각해요."

그런데 밴더빌트 부인의 부드러운 손길이 몸에 닿는 순간 세라피나가 어김없이 반사적으로 몸을 뒤로 빼는 바람에 야자수 잎사귀가 뺨에 닿았다. 마치 야자수 잎사귀가 스스로 움직여 세라피나의 머리카락을 건드린 것처럼 보였다. 나무에 사는 뱀 같은 것이 떨어진 줄 알고 깜짝 놀란 세라피나가 몸을 홱 돌렸다. 너무 빨리 움직이는 바람에 세라피나는 그만 뒤에 있던 가구에 부딪치고 말았다.

"어, 거기 조심하렴, 세라피나!" 밴더빌트 부인이 소리를 지르며 세라피나 뒤에 있는 무언가를 향해 손을 뻗었다.

그제야 세라피나는 자신이 부딪친 가구가 명나라 청화백자가 올려져 있던 나무 탁자라는 사실을 알아차렸다. 사백 년 된 청화백자가 기우뚱하더니 탁자 아래로 떨어졌다. 세라피나는 공포에 질려 값비싼 예술품이 딱딱한 타일 바닥으로 추락하는 모습을 지켜보았다. 손을 뻗었지만 이미 늦었다. 청화백자가 쨍그랑 소리와 함께 산산조각 났다. 그 광경에 숨이 멎는 듯했다. 겨울 정원 안에 쨍그랑 소리가 메아리가 되어 울려 퍼졌다. 세라피나의 심장도 덜컹 내려앉았다.

모든 사람의 충격 어린 시선이 산산조각 난 청화백자에서 잠시 머물다 이내 세라피나에게로 옮겨 갔다.

세라피나의 얼굴이 새빨개졌다. 눈에는 눈물이 그렁그렁 차올랐다. "죄송해요, 정말 죄송해요, 밴더빌트 부인." 세라피나가 밴더빌트 부인 쪽으로 몸을 기울이며 말했다. "모르고 그랬어요. 정말 죄송해요."

"접착제로 붙일 수 있지 않을까요?" 브레이든이 무릎을 꿇고 청화백자 조각을 집어 올리며 말했다. 레이디 로웨나 폭스 펨버튼은 경멸스러운 눈초리로 세라피나를 빤히 쳐다보았다. 마치 이렇게 말하는 듯했다. *이 저택은 너 같은 애가 있을 곳이 아니야.*

"조지가 알면 마음이 무너지겠구나." 밴더빌트 부인이 손으로 입을 가린 채 산산조각 난 청화백자를 바라보며 믿을 수 없다는 듯 혼잣말로 중얼거렸다. "그이가 가장 아끼는 것 중에 하난데……."

"정말 죄송해요." 세라피나가 다시 한 번 사과했다. 너무 부끄러워서 심장이 따끔거렸다. "뭐가 어떻게 된 건지 모르겠어요. 저 야자수가 절 공격했어요." 하지만 막상 말을 하고 나니 유치한 변명으로밖에 들리지 않았다. 레이디 로웨나는 상황의 심각성을 인지하고 세라피나를 가만히 쳐다보고만 있었다. 비집고 나오는 미소를 애써 참는 게 눈에 보였지만 그 자리에서 실제 감정을 드러낼 만큼 레이디 로웨나는 어리석지 않았다. 세라피나는 겨울 정원 안에 있는 식물들과 다른 물건들을 둘러보았다. 도무지 이해가 되지 않았다. 평생 동안 이 저택을 구석구석 돌아다녔지만 단 한 번도 무언가를 넘어뜨리거나 망가뜨린 적이 없었다. 그런데 하필 위층 세계로 이제 막 발을 내딛기 시작한 이때에, 밴더빌트 부인에게 감사함을 전해야겠다고 마음먹은 이때에 바보처럼 덤벙대다가 끔찍한 실수를 저지르고 말았다. 세라피나는 당장이라도 지하실로 달려가 울고 싶었다. 수치심을 무릅쓰고 그 자리에서 있는 것만으로도 용기란 용기를 마지막 한 방울까지 쥐어짜야 했다.

마침내 밴더빌트 부인이 조카가 바닥에 무릎을 꿇고 깨진 도자기 조각을 모으고 있다는 사실을 알아차렸다. “브레이든, 그래 봤자 소용없을 것 같구나.”

숙모의 기분이 좋지 않다는 사실을 눈치챈 브레이든이 천천히 도자기에서 손을 뗐다.

“여기서 이럴 시간이 없다.” 밴더빌트 부인이 말했다. “그레이선 탐정께서 너랑 세라피나 두 사람과 이야기하길 기다리고 계신다.”

세라피나는 밴더빌트 부인이 브레이든에게든 누구에게든 그렇게 차갑게 사무적으로 이야기하는 모습을 처음 보았다.

모든 게 다 세라피나 잘못이었다.

"나는 레이디 로웨나와 함께 식물원 산책이나 해야겠구나." 밴더빌트 부인이 말했다. "너는 세라피나와 함께 지금 바로 도서관으로 내려가거라."

하녀장인 킹 부인이 겨울 정원에 들어와 밴더빌트 부인 곁으로 다가왔다. "하녀 하나에게 빗자루와 쓰레받기를 가져와 깨진 도자기를 치우라고 일러두었습니다." 킹 부인의 어조는 차분하고 담담했다. 빌트모어에서 일하는 하인과 하녀를 통틀어 직책이 가장 높은 킹 부인은 그에 걸맞은 존재감을 소유하고 있었다. 킹 부인은 자개 단추와 허리띠가 달린 실용적인 진녹색 드레스를 입고 있었다. 머리카락은 한 올이라도 흘러내릴세라 바짝 당겨 묶은 다음 뒤통수에 동그랗게 쪽을 짓고 있었다.

"고마워요, 킹 부인." 밴더빌트 부인이 말했다. "아이들을 도서관으로 데려가 주세요."

밴더빌트 부인이 세라피나와 브레이든을 가리켜 '아이들'이라고 할 때 레이디 로웨나의 얼굴에 떠오르는 만족스러움을 세라피나는 똑똑히 보았다.

"이쪽으로 오십시오." 킹 부인이 브레이든과 세라피나에게 말했다. 명령을 따르는 일에 익숙한 듯한 목소리였다.

킹 부인은 밴더빌트 씨가 밴더빌트 부인과 결혼하기 전부터 빌트모어에서 일했다. 킹 부인을 따라 현관 로비로 들어서자마자 세라피나의 눈에서 눈물이 뚝 떨어졌다. 눈물을 훔치면서 이럴 때마다 아빠가 했던 말을 떠올리려고 애썼다. *딸아, 그만 훌쩍거리고 정신 똑바로 차려야지.* 아빠 말이 맞았다. 실제로 자신이 연루된 살인 사건을 조사하러 온 탐정에게 심문을 받는 일이니 정신을 똑바로 차려야 했다.

기다란 태피스트리 갤러리를 지나 도서관으로 가면서 세라피나는 킹 부인을 관찰했다. 킹 부인을 이렇게 가까이서 볼 기회는 흔치 않았다.

킹 부인을 볼 때마다 세라피나는 호기심을 느꼈다. 왜냐하면 킹 부인은 세라피나가 빌트모어에서 한 번도 가 본 적이 없는 곳에 살고 있었기 때문이다. 킹 부인은 신비에 싸인 2½층에 머물고 있는 유일한 거주자였다. 세라피나는 층과 층 사이에 어떻게 다른 층이 존재할 수 있는지 정말 신기했다. 하지만 여기 빌트모어에서는 위대한 업적을 이루는 것과 사악한 음모를 꾸미는 것 둘 다 가능하다는 사실을 세라피나는 이미 오래전에 깨달았다. 가령 절대 믿을 게 못 되는 야자수처럼 말이다.

세라피나는 킹 부인이 허리띠에 차고 있는 열쇠 꾸러미에 자꾸만 눈길이 갔다. 커다란 황동 열쇠고리에는 지하실부터 꼭대기 층까지 빌트모어 대저택의 모든 방과 찬장과 비밀 공간을 드나들 수 있는 열쇠가 달려 있었다. 열쇠 꾸러미에서 쨍그랑쨍그랑 열쇠들이 소리를 내며 부딪칠 때마다 세라피나는 눈을 뗄 수가 없었다. 그런데 그때 조그만 무언가가 열쇠 꾸러미에서 열쇠 하나를 쏙 꺼내더니 킹 부인의 드레스

자락을 타고 바닥으로 내려가 순식간에 사라졌다. 재채기하느라 눈 두 번 깜박할 사이에 벌어진 일이었다. 분명 갈색의 살아 있는 무언가였는데 너무 작고 빨라서 세라피나조차도 자세히 보지 못했다. 장담컨대 아무도 보지 못했을 것이다. 하지만 세라피나는 빌트모어의 C.R.C.였다. 방금 그건 정말 정말 조그만 갈색 쥐였다. 가끔 생쥐들은 번개처럼 나타났다가 번개처럼 사라지곤 했다. 그러나 세라피나는 제 눈을 의심했다. 도대체 어떻게 살아 있는 생쥐가 킹 부인의 드레스를 타고 내려올 수가 있지? 더군다나 방금 그 행동은 뭐고? 치즈가 든 찬장 열쇠라도 훔쳐 간 건가?

하지만 당장 더 큰 문제가 눈앞에 있었다. 킹 부인을 뒤따라가면서 세라피나는 브레이든을 흘긋 바라보았다. 입술을 굳게 다문 브레이든의 얼굴에는 걱정이 한가득 서려 있었다. 마치 사형 선고를 받으러 가는 사람 같았다. 세라피나는 기회가 있을 때 지금이라도 뒤돌아서서 도망칠까 생각했다. 마음만 먹으면 킹 부인이 알아차리기도 전에 바람처럼 사라질 수도 있었다. 하지만 불쌍한 브레이든만 남겨 놓고 혼자만 도망칠 순 없었다. 달리 뾰족한 수가 떠오르지 않자 세라피나는 그저 브레이든 옆에서 터벅터벅 걸음을 옮겼다. 포대에 담긴 채 강물에 내던져지기 위해 끌려가는 듯한 기분이었다.

도서관에 들어서자 익숙한 풍경이 펼쳐졌다. 대리석 장식에 섬세한 조각이 돋보이는 나무 책장에는 밴더빌트 씨가 소장한 책 수천 권이 가죽 표지를 입고 즐비하게 늘어서 있었다. 책은 벽을 빙 두르고도 모자라 천장까지 가득 메우고 있었다. 10미터쯤 되는 높은 천장에는 이탈리아풍 천사 그림이 그려져 있었다. 하지만 도서관 안에는 아무도 없었다. 둥그런 황동 램프에는 불이 켜져 있었고 거대한 검정 대리석으로 만들어진 벽난로 안에도 모닥불이 타고 있었지만 도서관은 텅 비어 있었다.

세라피나는 브레이든을 쳐다보았다. 브레이든도 세라피나만큼이나 당황한 듯했다. 그러나 킹 부인은 전혀 당황하지 않았다. 책장을 따라 앞장서서 걸어가 서쪽에 위치한 벽에서 오른쪽으로 꺾은 다음 걸음을 멈추었다. 세 사람은 이제 떡갈나무 판자로 된 벽을 마주 보고 서 있었다. 일 초 남짓 흘렀을까, 세라피나는 그제야 눈앞에 있는 벽이 단순한 벽이 아니라는 사실을 깨달았다. 문이었다. 문 가운데 조각된 그림을 보자 갑자기 불안감이 엄습했다. 망토를 입은 남자가 쉿! 조용히 하라는 듯 손가락 하나를 입에 대고 있었다. 남자의 등에는 칼이 꽂혀 있었고 머리에서는 피가 뚝뚝 떨어지고 있었다.

"이 문으로 들어가시면 됩니다." 킹 부인이 말했다. "두 분을 기다리고 계십니다."

세라피나는 조심스럽게 불빛이 어둑한 방 안으로 걸어 들어갔다. 가죽 가구가 놓인 비좁은 공간이 모습을 드러냈다. 블라인드가 석양빛을 가리고 있었고 어두운 천장에는 박쥐의 날개를 닮은 무늬가 있었다. 그리고 평소에는 다른 서재를 이용하는 밴더빌트 씨가 책상 너머에 앉아 있었다.

세라피나는 오랫동안 빌트모어의 주인인 밴더빌트 씨를 관찰했지만 여전히 그는 수수께끼 같은 사람이었다. 어마어마한 부자였지만 말수가 적고 교양이 있고 학구적인 신사였다. 호리호리한 체격, 가늘고 긴 손가락, 총명하고 짙은 눈동자, 검은 머리카락과 콧수염이 시선을 끌었다.

"방으로 들어오너라." 밴더빌트 씨가 근엄하게 말했다. 기분이 그다지 좋지 않아 보였다.

세라피나와 브레이든은 천천히 방 안으로 들어섰다. 그림자 속에서 미동도 없이 뚫어져라 자신을 관찰하고 있는 한 남자가 시야에 들어왔다. 세라피나는 자기도 모르게 숨을 들이켰다. 심장이 느리고 힘찬 드럼처럼 쿵쿵 뛰기 시작했다. 눈이 방 안의 어둠에 익숙해지자 낯선 남자의 모습이 뚜렷하게 보였다. 예상 밖으로 오늘 새벽에 밴더빌트 씨와 함께 숲 속을 거닐던 그 노인이 아니었다. 어깨까지 닿는 삐죽삐죽 제멋대로인 갈색 머리에 턱에는 짧은 염소수염이 있는 남자가 세라피나를 뚫어져라 쳐다보았다. 과거에는 잘생겼을지 모르겠으나 지금은 수많은 상처가 얼굴을 뒤덮고 있었다. 칼과 발톱에 맞서 치열하게 싸웠던 전투의 기록이 얼굴에 고스란히 남아 있었다. 저토록 많은 전투에서 살아남아 지금 이 자리에 있다는 사실이 놀라웠다. 때 묻고 빛바랜 모직으로 짠 갈색 외투와 어깨를 덮은 망토는 마치 오랜 세월을 길바닥에서 지낸 듯 낡을 대로 낡아 가장자리가 너덜너덜했다.

남자가 세라피나의 얼굴에 난 긁힌 자국과 손에 난 이빨 자국을 쳐다보았다. 그 집요한 시선에 세라피나는 등골이 서늘했다. 온몸의 근육이 긴장해서 씰룩거렸다. 싸우거나 달아나거나 둘 중 하나를 선택해야만 할 것 같았다. 불현듯 챙 넓은 모자를 쓰고 수염이 하얀 남자가 마차에서 내리던 모습, 새하얀 송곳니를 드러내고 달려들던 사냥개 다섯 마리, 마차 안에 앉아 있던 또 다른 검은 그림자가 떠올랐다. 생각만으로도 소름이 끼쳤다.

이 남자는 마차 안에서 세라피나를 봤을까? 만약 봤다고 해도 도망치는 뒷모습밖에 보지 못했을 것이다. 세라피나는 지금 어젯밤과는 완전히 다른 옷을 입고 있었고 머리 모양도 달랐다. 어찌 됐든 남자도 세라피나도 서로의 정체에 대해 확신이 없는 것은 매한가지였다.

남자는 나선형 다리에 사슴뿔 모양 손잡이가 달린 지팡이를 손에 쥐고 있었다. 저 지팡이가 왠지 겉보기보다 훨씬 위험할 것 같다는 느낌이 들었다. 하지만 어젯밤에 봤던 지팡이랑은 달라 보였다. 어쩌면 세라피나의 기억이 틀린 걸지도 몰랐다. 어제 본 지팡이는 기억 속에서처럼 뒤틀린 나무 지팡이였을까 아니면 저 남자가 들고 있는 것과 같은 더 다듬어진, 사슴뿔 손잡이가 달린 나선형 지팡이였을까? 혹시 지팡이가 변신술이라도 부린 걸까?

"앉아라." 밴더빌트 씨가 방 한가운데 놓인 작은 나무 의자를 가리키며 말했다. 세라피나는 저렇게 엄격하고 날카로운 말투로 이야기하는 밴더빌트 씨를 거의 본 적이 없었다. 하지만 그 이유가 세라피나와 브레이든에게 화가 났기 때문인지 아니면 갑작스레 빌트모어에 들이닥친 이 탐정이라는 작자가 반갑지 않아서인지는 알 수 없었다. 밴더빌트 씨는 빌트모어를 방문하는 모든 손님을 환영했다. 손님들이 즐겁게 머물다 갈 수 있는 장소를 제공하는 것이 애초에 이 거대한 저택을 지은 목적이기도 했다. 하지만 정작 조지 밴더빌트 본인은 유흥과는 거리가 먼 사람이었다. 그는 다른 사람들과 어울리기보다는 조용한 방에 혼자 앉아서 책 읽는 것을 더 즐기곤 했다. 그는 독립적인 영혼을 가진 사람이었다. 그런데 지금 길바닥에서 굴러먹던, 탐정이라는 낯선 작자가 살인 사건을 조사하겠다며 갑자기 들이닥쳤다. 밴더빌트 씨는 지금 이 상황이 매우 달갑지 않은 듯했다.

의자 두 개에 나란히 앉아서 세라피나는 브레이든을 곁눈질로 보았다. 브레이든은 두렵고 쓸쓸해 보였다. 킹 부인은 브레이든에게 기디언은 밖에 두고 들어가라고 했다. 항상 곁을 지키던 충견이 없으니 브레이든은 유난히 약해 보였다. 그 모습을 본 세라피나는 이 그레이선 탐정이라는 작자에게 호락호락 당하지 않겠다는 결심을 더욱 굳혔다.

밴더빌트 씨가 세라피나와 브레이든을 바라보며 말했다. "그레이선 탐정님은 토른 씨 실종 사건을 수사하고 계시다. 토른 씨가 스스로 빌트모어를 떠난 게 아니라 여기 머무는 동안 살해당했을 가능성을 염두에 두고 계시다는구나."

"잘 알겠습니다." 브레이든이 애써 침착한 목소리로 대답했다. 하지만 세라피나는 브레이든의 목소리에 묻어나는 떨림을 느낄 수 있었다. 여기서 둘 중 하나라도 실수를 하면 토른 씨 살해 혐의로 체포되거나 기소될 수도 있었다. 세라피나는 덫을 놓고 토른 씨를 유인한 장본인이었다. 브레이든은 토른 씨를 살해하는 데 힘을 보탠 강아지의 주인이었다.

"두 사람 다 탐정님의 질문에 진실하게 대답하길 바란다." 밴더빌트 씨가 말했다.

세라피나는 밴더빌트 씨를 흘긋 쳐다보았다. 어딘지 모르게 날이 선 목소리였기 때문이다. 밴더빌트 씨는 겉으로는 세라피나와 브레이든에게 탐정 수사에 적극 협조하라고 말하고 있었지만 속으로는 눈앞에 있는 이 남자가 거짓과 진실을 가려내는 능력을 지녔을지도 모르니 조심하라고 경고를 보내는 것 같았다.

"그레이선 탐정님." 밴더빌트 씨가 두 사람을 등지고 돌아서서 말했다. "빌트모어에 있는 모든 사람이 기꺼이 수사에 협조할 겁니다. 여기는 제 조카이자 죽은 형의 아들인 브레이든 밴더빌트와 그 친구 세라피나입니다. 벌써 얘기를 나누셨던 다른 사람들과 마찬가지로 브레이든과 세라피나도 토른 씨가 실종되던 날 이곳에 있었습니다. 그러니 수사에 필요하다고 생각되는 질문이 있으면 편하게 하시면 됩니다."

그레이선 탐정은 고개를 끄덕이며 밴더빌트 씨에게 딱딱한 말투로 말했다. "밴더빌트 씨는 여기 계시지 않으셔도 됩니다."

우아, 세라피나는 입안으로 감탄사를 삼켰다. 밴더빌트 씨에게 이 방에서 나가라고 하다니. 밴더빌트 씨에게 나가라고 하는 사람은 *아무도 없다.* 여기는 *그의 집*이니까. 두 사람 사이에 팽팽한 분위기가 감돌았다.

"전 여기 있겠습니다." 밴더빌트 씨가 분명하게 의사를 전달했다.

짧은 기 싸움 끝에 그레이선 탐정은 지금 당장은 빌트모어의 주인과 불필요한 마찰을 일으키지 말자고 결심한 모양이었다. 대신 천천히 세라피나 쪽으로 고개를 돌렸다. 맹세컨대 그가 고개를 돌릴 때 목 관절에서 나는 끼익 소리를 세라피나는 똑똑히 들었다. 그레이선 탐정은 몇 초 동안 세라피나를 유심히 관찰했다. 세세한 부분까지도 하나하나 절대 놓치지 않겠다는 듯 집요한 눈초리였다. 사슴뿔 모양의 지팡이 손잡이를 천천히 휘감아 쥐는 손가락이 세라피나의 눈에 들어왔다. 그레이선 탐정이 마침내 입을 열었다.

"이름이 세라피나라고 했지, 맞나?" 탐정이 물었다.

"네." 세라피나가 대답했다. *당신 이름은 그레이선이고요.* 세라피나는 이렇게 맞받아치고 싶었지만 꾹 참았다. *주인님과 함께 단검처럼 날카로운 이빨을 가진 지저분하고 무식하게 큰 사냥개 다섯 마리 키우시는 분 맞죠?*

"토른 씨를 아나?" 탐정이 물었다.

"네, 압니다." 세라피나가 솔직하게 대답했다. "하지만 직접 얘기해 본 적은 몇 번 안 돼요."

그레이선 탐정이 세라피나를 찬찬히 뜯어보았다. 세라피나에게 말할 때 그는 지팡이인지 막대기인지를 손에 꼭 쥐고 있었다. 그레이선 탐정은 이번에는 천천히 고개를 돌려 브레이든을 바라보았다. "너도 토른 씨를 안다고?"

"토른 씨는 제 친구였습니다." 브레이든이 대답했다. 그 또한 맞는 말이었다.

"토른 씨를 마지막으로 본 게 언제였나?"

"토른 씨가 실종되던 날 밤에 열린 파티에서였습니다." 브레이든이 대답했다. 보아하니 브레이든도 삼촌이 보낸 경고를 알아차린 듯한 눈치였다. 브레이든이 세라피나에게 곁눈질로 의미심장한 눈짓을 보냈을 때 세라피나는 확신할 수 있었다. 그 순간 두 사람 사이에는 이 심문에서 어떤 노선을 취할지에 대한 암묵적인 합의가 오갔다. 탐정에게 유리한 실마리를 주지 말자고, 조심스레 골라낸 진실만을 말하되 그 이상은 절대 말하지 말자고 말이다.

그레이선 탐정은 다시 천천히 세라피나 쪽으로 고개를 돌렸다. "너는? 토른 씨를 마지막으로 본 게 언제였나?"

세라피나가 본 토른 씨의 마지막 모습은 공동묘지에서 이미 숨이 끊어져 피를 흘리며 누워 있던 모습이었다. 다음 순간 토른 씨의 시체는 세라피나의 눈앞에서 점차 썩어 가다가 피 묻은 흙만 남긴 채 완전히 사라져 버렸었다.

"그게 우리 모두가 토른 씨를 마지막으로 본 날이었어요." 세라피나가 말했다. "토른 씨가 실종된 날이요."

"그럼 토른 씨를 마지막으로 본 게 정확히 *몇 시*였나?"

"제가 기억하기론 이미 날이 어둑해진 다음이었어요." 세라피나가 대답했다. *밤 열두 시*라고 하는 것이 더 정확한 대답이었지만 그러지 않았다.

"그럼 네가 여기 빌트모어에서 토른 씨를 마지막으로 목격한 사람 가운데 한 명이로구나."

"그런 것 같아요."

"그럼 네가 마지막으로 봤을 때 토른 씨는 무얼 하고 있던가?"

"제가 여기 빌트모어에서 마지막으로 토른 씨를 봤을 때는 망토를 챙겨 입고 문밖으로 나가고 있었어요."

"토른 씨가 빌트모어 밖으로 나가는 모습을 봤다고?"

"네, 똑똑히요. 문밖으로 달려 나가고 있었어요."

"달려 나가고 있었다고?" 탐정이 놀라서 되물었다.

"네, 달려 나가고 있었어요." *저를 뒤쫓고 있었거든요.* 세라피나가 속으로 대답했다. *그리고 제가 함정을 파고 토른 씨를 죽음으로 이끌었어요.*

탐정의 고개가 다시 브레이든 쪽으로 돌아갔다.

"그럼 너도 그 모습을 봤나?"

"아니요." 브레이든이 대답했다. "전 파티가 끝나고 바로 잠자리에 들었어요."

탐정은 그 말을 믿을 수 없다는 듯 몇 초간 브레이든에게서 시선을 떼지 않았다. 탐정이 다시 입을 열었다. "네가 그 까만 개의 주인인가?" 세라피나는 탐정이 그걸 어떻게 알고 있는지 짐작이 가지 않았다. 심지어 기디언은 이 방에 있지도 않았다.

"네." 브레이든이 머뭇거리며 대답했다.

"그 개는 거의 항상 네 옆에 붙어 있다던데, 그런데 그날 밤 넌 일찍 잠자리에 들었다고 했지. 그럼 그 개의 오른쪽 어깨에 난 상처는 언제 어떻게 다친 거지?"

"전……." 당황한 브레이든이 말을 더듬었다.

"어떻게 다친 거지?" 탐정이 브레이든을 몰아붙였다.

"전 다치는 모습을 직접 보진 못했어요." 브레이든이 정직하게 대답했다.

"그럼 언제 그렇게 된 건가?"

"또 다른 어린이가 실종됐다는 사실을 알아차린 그날 아침에요. 제가 그 아이를 찾아오라고 기디언을 숲속으로 보냈어요." 브레이든이 대답했다.

세라피나는 *또 다른 어린이가 실종됐다*는 브레이든의 대답이 매우 영리하다고 생각했다. 브레이든은 그 실종된 어린이가 *바로 세라피나*라는 사실은 숨겼다. 그날 밤 세라피나는 토른 씨를 함정으로 유인하기 위해 스스로 미끼가 되었다. 세라피나는 *그날 아침*이라는 단어 선택도 마음에 들었다. 브레이든이 가리킨 시각은 밤 열두 시가 지났을 때였으므로 엄밀히 따지면 틀린 말이 아니었다. 하지만 탐정은 브레이든의 말을 듣고 아마 다음 날을 떠올렸을 것이다.

"그럼 그 개가 실종된 어린이를 찾았나?" 탐정이 물었다.

"네, 찾았습니다." 브레이든이 대답했다. 그러고 나서 밴더빌트 씨를 쳐다보며 물었다. "삼촌, 왜 이분이 저한테 기디언에 대해서 이런 질문을 하시는 거예요? 저랑 기디언이 무슨 잘못이라도 했다고 생각하시는 건가요?"

세라피나는 브레이든이 무섭고 당황한 척 연기를 하고 있는 건지 아니면 진짜로 그런 건지 구별할 수 없었다. 하지만 어느 쪽이든 브레이든은 진실해 보였다.

"아니 브레이든, 그럴 리가." 밴더빌트 씨가 탐정을 똑바로 쳐다보며 브레이든을 안심시켰다. "탐정님은 그저 해야 할 일을 하고 계신 것뿐이란다." 밴더빌트 씨는 이 같은 압박적인 심문을 더는 용납하지 않겠다는 뜻을 분명히 전달하고 있었다. "그냥 묻는 말에 솔직하게만 대답하면 된다." 밴더빌트 씨가 했던 말을 되풀이했다. 그 말에 세라피나는 확신할 수 있었다. 밴더빌트 씨는 두 사람을 도와주고 있었다. 밴더빌트 씨는 세라피나와 브레이든의 편이었다. *단어를 신중하게 선택해라.* 밴더빌트 씨는 이렇게 말하고 있었다. 대답하기 곤란한 질문은 피하거나 원래 의도를 교묘히 비껴가는 것이 핵심이었다.

탐정이 다시 끼익 소리를 내며 세라피나 쪽으로 고개를 돌렸다.

"넌 그날 밤 토른 씨에게 무슨 일이 일어났는지 알고 있나?"

도대체 이 질문은 어떻게 거짓말을 하지 않고 넘길 수 있을까? 교수대에 올라 목에 줄이 걸리는 장면이 벌써부터 눈앞에 아른거렸다.

"하느님이 그의 영혼에 안식을 주셨지요." 세라피나가 불쑥 대답했다.

"그럼 넌 토른 씨가 단순히 실종된 게 아니라 죽었다고 생각하는 게로구나?" 탐정이 몸을 앞으로 숙여 세라피나의 눈을 뚫어져라 쳐다보며 물었다.

"네."

"네가 그걸 어떻게 알지?"

"왜냐하면 토른 씨는 돌아오지 않았으니까요."

"하지만 네가 어떻게 토른 씨가 죽었다는 사실을 아냔 말이다. 시체를 보기라도 했나? 어떤 초자연적인 힘이라도 개입됐나?"

그 마지막 질문으로 이 쥐새끼 같은 탐정은 자기 꾀에 자기가 넘어간 꼴이 됐다. 이 사람이 진짜로 찾고 있는 게 뭐지? *초자연적인 힘*이라니 흑마법을 말하는 건가? 숲속에서 본 노인은 사냥개들에게 검은 놈을 찾아내 없애라고 명령했었다. 이 탐정이라는 작자는 단순히 토른 씨를 죽인 살인자를 찾고 있는 것이 아니었다. 이 사람이 찾고 있는 것은 검은 망토였다!

"내 질문에 아직 대답하지 않았다." 그레이선이 세라피나를 압박했다.

"제 생각엔 토른 씨가 어떤 강력한 힘 때문에 놀라서 죽은 것 같아요." 세라피나가 말했다. "산마을 출신이라면 누구나 이 숲속에 수많은 위험이 도사리고 있다는 사실을 알거든요." 세라피나는 에시가 썼던 표현을 떠올리며 말했다. "어쩌면 숲속에 사는 노인이 또 케케묵은 장난을 친 걸지도 모르죠."

그 말에 그레이선의 눈동자가 커다래졌다. "강력한 힘이라니 어떤 힘을 말하는 거냐?"

"숲속에는 착한 힘과 나쁜 힘 이렇게 두 종류의 힘이 있는 것 같습니다."

"그럼 넌 그 힘이 토른 씨를 죽였다고 생각하는 거냐?" 탐정이 세라피나를 다그쳐 물었다.

"그럴지도요." 세라피나가 대답했다. 다만 토른 씨를 죽인 건 나쁜 힘이 아니라 착한 힘이라는 사실은 굳이 말하지 않았다.

밴더빌트 씨가 끼어들었다. "질문이 엉뚱한 방향으로 흘러가고 있는 것 같군요, 그레이선 탐정님. 이제 그만 심문 목록에 있는 다음 사람으로 넘어가시는 게 좋을 것 같습니다만."

"난 이 둘에게 아직 질문이 더 남아 있소." 그레이선이 밴더빌트 씨는 쳐다도 보지 않은 채 신경질적으로 말했다. 그레이선은 점점 자제심을 잃어 가고 있었다. 선량한 시민인 척, 살인 사건을 조사하는 형사인 척 가장하고 왔지만 이제 슬슬 본모습을 드러내고 있었다.

그레이선이 갑자기 주머니에 손을 찔러 넣더니 은색 고리 장식 하나를 꺼냈다. 얽히고설킨 복잡한 가시덤불 모양이 새겨진 은색 고리 장식이었다.

세라피나의 심장이 쿵쾅대기 시작했다. 이제 의심은 확신이 되었다. 저 은색 고리 장식은 검은 망토에 달려 있던 바로 그 장식이었다. 그 말은 곧 이자가 엄마의 굴이 있는 곳까지 실제로 다녀왔다는 뜻이었다. 새로운 두려움이 밀려왔다. 피가 거꾸로 솟는 것 같았다.

"이게 뭔지 알아보겠나?" 그레이선이 물었다.

관자놀이가 세차게 뛰었다. 말이 귀에 잘 들어오지 않았다.

"이게 뭔지 알아보겠나?" 탐정이 다시 물었다.

"옷에서 떨어진 고리 같습니다." 세라피나가 최대한 침착하게, 아무렇지도 않은 척 대답했다.

"그건 내 질문에 대한 대답이 아니잖아!" 탐정이 고함을 질렀다.

"그레이선 씨, 진정하시오." 밴더빌트 씨가 경고했다.

"이게 뭔지 알아보겠나?" 밴더빌트 씨의 경고를 무시한 채 그레이선 탐정이 다시 물었다.

"원래 어디에 달려 있던 건지는 몰라도 지금은 떨어진 고리 장식처럼 보입니다." 세라피나가 대답했다.

"이걸 이전에 본 적이 있나?" 그레이선이 지팡이를 잡은 손에 힘을 주며 다시 물었다. 여차하면 지팡이를 무기처럼 휘두를 기세였다.

엄청난 압박감이 가슴을 짓눌렀다. 하지만 세라피나는 은색 고리 장식을 찬찬히 들여다보는 척했다. 그런데 그때 예전과 다른 점이 눈에 띄었다. 은색 고리 장식에는 가시덤불 뒤로 보이던 조그만 얼굴들이 지금은 사라지고 없었다.

"이런 디자인의 은색 고리 장식은 본 적이 없습니다." 마침내 절반의 진실만을 말할 수 있는 방법을 찾은 세라피나가 대답했다.

그레이선은 한참 동안 세라피나를 쳐다보았다. 마치 속고 있는 걸 알지만 진실을 털어놓게 할 마땅한 질문을 찾지 못한 눈치였다.

"탐정님, 이제 그만 일어나시죠." 밴더빌트 씨가 재촉했다.

"질문이 더 남았다고!" 탐정이 고집을 부렸다. 다분히 공격적인 목소리였고 두 눈은 세라피나에게서 떨어질 줄 몰랐다. "토른 씨가 빌트모어에 머무르는 동안 어느 방에서 지냈는지 알고 있나?"

"3층입니다." 세라피나가 대답했다.

"너도 여기 빌트모어에 사나?"

"네, 그렇습니다."

"다른 하녀들과 함께 4층에서?"

"아니요."

"그럼 넌 밤에 어디서 잠을 자나?"

"전 밤에 잠을 자지 않습니다."

탐정이 뜻밖의 대답에 놀란 듯 잠시 할 말을 잃었다. "잠을 자지 않는다고?"

"전 밤에는 잠을 자지 않습니다."

탐정이 인상을 썼다. "넌 밤에 일하는 하녀인가?"

"아니요."

"그럼 넌 뭐지?"

세라피나가 탐정의 눈동자를 정면으로 바라보며 대답했

다. “전 최고 쥐잡이 책임자입니다. 쥐를 잡는 일을 하지요.”

탐정도 세라피나의 눈동자를 똑바로 마주 보며 말했다.
“그럼 우린 공통점이 있군.”

눈을 마주친 세라피나와 브레이든은 재빨리 밴더빌트 씨의 비밀 공간을 나와 도서관을 가로질렀다.

"우린 저 남자를 멀리해야 돼." 브레이든이 세라피나에게 속삭였다.

"아니, 우린 저 남자를 없애 버려야 돼!" 세라피나가 사납게 대꾸했다. 아직 분이 풀리지 않았는지 세라피나는 숨을 거칠게 씨근거렸다.

"삼촌이 끼어들어서 심문을 중단시키고 우릴 보내 주지 않았다면 거기서 탐정이랑 싸우려고 했어?"

세라피나는 고개를 절레절레 흔들었다. "모르겠어." 두 사람은 현관 로비로 걸어 나갔고 기디언도 그 옆을 따라왔다.

"그 사람 얼굴 봤어? 상처로 뒤덮인?" 브레이든이 말했다.

"너무 무서워! 도대체 뭐랑 싸운 걸까?"

"고개 돌릴 때마다 목에서 삐걱 소리가 나더라." 세라피나가 말했다.

"진짜 싫어. 게다가 질문을 하고 또 하고. 영원히 안 끝나는 줄 알았다니까! 근데 그 사람이 만약에 우리 둘 다 토른 씨의 죽음에 연관되어 있다는 사실을 알아내면 어떻게 할까? 체포하려나?"

"그보다 최악의 일이 벌어질 것 같아, 내 생각엔." 세라피나가 대답했다. "솔직히 그 사람이 주장하는 신분이 진짜인지도 못 믿겠어."

"그게 무슨 말이야?" 브레이든이 놀라서 되물었다. 브레이든은 세라피나의 상처를 가만히 응시했다. "어젯밤 무슨 일이 있었던 거야?"

세라피나는 브레이든과 이야기를 나누고 싶은 마음이 간절했지만 현관 로비에 들어서자 밴더빌트 부인과 레이디 로웨나가 연결 통로로 들어오는 소리가 들렸다.

"하인들 중 한 명이 우리 심문이 끝났다고 보고했나 봐." 브레이든이 중얼거렸다. 세라피나는 과연 그랬을까 의심이 들었다. 풀 죽은 브레이든의 목소리는 슬프게 들릴 정도였다.

"지금 가 봐야 해?" 세라피나가 브레이든을 바라보며 재빨리 물었다. 아마도 그래야 할 것이라고 짐작은 했다.

"이리 와!" 브레이든이 갑자기 세라피나를 반대 방향으로 잡아끌었다.

웃음을 터뜨리며 세라피나는 브레이든과 함께 대층계를 뛰어 올라갔다. 대층계는 위층으로 이어지는 넓고 거대한 나선형 계단이었다. 브레이든이 목적지를 정하고 세라피나를 데려가는 건지 아니면 그냥 도망이 목적인 건지 알 수 없었다. 그런데 3층에 다다랐을 때 세라피나는 둘이 은밀하게 이야기할 만한 장소가 떠올랐다. 브레이든에게 할 말이 산더미였다.

"이쪽이야!" 몇몇 신사 숙녀가 아름다운 차림으로 차를 마시고 있는 거실을 가로질러 달려가면서 세라피나가 소리쳤다.

"안녕하세요, 여러분!" 브레이든이 달리면서 쾌활하게 인사했다.

"좋은 저녁이네요, 브레이든 도련님." 한 신사가 아이 둘과 개 한 마리가 거실을 가로지르는 광경이 그다지 별난 일도 아니라는 듯 아무렇지 않게 인사했다.

"우리 어디로 가는 거야?" 저택 뒤편에 있는 복도 하나를 뛰어 내려가다가 브레이든이 숨을 헐떡이며 물었다.

"곧 알게 될 거야." 세라피나가 대답했다.

복도 끝에 있는 북탑방으로 통하는 꺾인 계단 앞에서 세라피나는 멈춰 섰다. 떡갈나무 벽장 안에는 조그만 황동 조각상 두 개와 책 더미가 놓여 있었다. 첫 번째 황동 조각상은 방울뱀 때문에 놀란 말이었다. 두 번째 황동 조각상은 날렵

하고 다부진 암표범이었다. 귀를 바짝 눕히고 송곳니를 드러낸 암표범의 이빨과 발톱 아래에 정체 모를 야생 동물이 깔려 있었다.

빌트모어에는 유난히 거대한 고양잇과 동물의 조각상과 그림이 많았다. 당구실 벽난로 선반에는 황동 암사자상 두 개가 자리 잡고 있었고, 손님들이 아침 식사를 즐기는 방에 있는 벽난로 선반에는 공격적으로 앞발을 들어 올린 사자상 두 개가 올려져 있었다. 지금이야 바보 같은 생각인 줄 알지만 세라피나는 어렸을 때 저 사자 조각상들을 볼 때마다 숙모와 삼촌이 아닐까 하는 상상을 하곤 했다. 벽에 걸린 밴더빌트 가문의 초상화처럼 말이다. 도서관에는 위풍당당한 증조할아버지 사자 같은 오래된 나무 조각상이 전시되어 있었고 대연회장 기둥 위에 볼록 튀어나온 부분에는 사촌쯤 되어 보이는 사자 얼굴이 조각되어 있었다. 저택 입구에 있는 흉상은 여성의 상반신만 조각된 것처럼 보이지만 매우 자세히 들여다보면 아래쪽은 사자의 하반신이 조각되어 있었다. 그중에서도 세라피나는 이탈리아 정원으로 가는 길목에 놓인, 사자를 등에 업은 여인과 그 옆에 있는 소녀 조각상이 제일 뜬금없다고 생각했다. 심지어 빌트모어 현관문에 있는 초인종도 사자 모양이었다. 세라피나는 가끔 밴더빌트 씨가 고양잇과 동물을 묘사한 작품을 왜 이렇게 많이 수집했을까 궁금했다. 하지만 빌트모어에 있는 고양잇과 동물과 관련된 모든 수집품을 통틀어 세라피나는 맹렬하게 싸우고 있는 이 조그만 황동 암표범 조각상을 가장 좋아했다.

“뭐 해?” 브레이든이 어리둥절한 표정으로 조각품을 바라보며 물었다.

세라피나가 몸을 구부려 벽장 문을 열었다. 그 안에도 밴더빌트 씨의 책이 있었다. 세라피나가 바닥에 엎드려 책을 옆으로 치운 다음 벽장 뒤쪽에 있는 나무판자를 세게 밀었다. 하지만 꿈쩍도 하지 않았다.

“뭐 하는 거야?” 브레이든이 물었다.

“얼른, 나 좀 도와줘.” 세라피나가 말했다. 이내 두 사람은 어깨를 맞대고 나무판자를 밀기 시작했다. 마침내 나무판자가 열리더니 비밀 통로가 모습을 드러냈다.”

“날 따라와.” 깜깜한 통로 안으로 세라피나가 기어 들어가면서 말하는 바람에 목소리가 살짝 메아리를 일으켰다. 이 통로는 몇 년 동안 이용하지 않았지만 세라피나가 어렸을 때는 가장 좋아하던 장소 중에 하나였다.

“난 안 들어갈 거야, 네가……” 브레이든의 말이 끝나기도 전에 이미 세라피나는 앞장서서 통로 안으로 기어 들어갔다.

“세라피나?” 브레이든이 복도에 서서 세라피나를 애타게 불렀다. “알았다고, 나도 간다고.” 세라피나는 어둠 속에서도 브레이든이 돌아서서 기디언을 쓰다듬고 있을 거라고 확신했다. 왜냐하면 다음 순간 부드러운 목소리로 브레이든이 기디언에게 말하는 소리가 들려왔기 때문이다. “넌 여기서 기다려, 기디언.” 브레이든이 말했다. “여긴 강아지가 들어가기에는 별로 좋을 것 같지 않으니까."

혼자만 남겨지기 싫은지 기디언이 낑낑거렸다.

세라피나는 먼지가 풀풀 날리는 어둡고 좁은 통로를 기어서 사다리 맨 아래에 도착했다.

"여기 조심해, 브레이든." 브레이든이 네 발로 뒤쫓아 오는 소리를 들은 세라피나가 속삭임으로 주의를 줬다.

"다 왔다." 세라피나는 사다리를 오르기 시작했다. 보통 사다리처럼 곧은 사다리가 아니라 둥그렇게 굽은 사다리였다. 사다리는 어둠 속으로 이어져 있어서 끝이 보이지 않았다. 사다리를 타고 오른 지 얼마 지나지 않아 주변은 온통 칠흑 같은 어둠으로 휩싸였다. 벽도 없고 천장도 없고 바닥도 없었다. 오직 사다리를 오르고 있는 세라피나와 그 주위를 둘러싼 어둠뿐이었다. 높이 올라가면 올라갈수록 근육이 뻣뻣해지고 살갗이 간질거렸다. 여기서 떨어지면 죽음이었다.

"도대체 여기가 어디야?" 브레이든이 세라피나를 따라 사다리를 올라오면서 소리쳤다. 공간이 워낙 넓다 보니 브레이든의 목소리는 금방 흩어져 조그맣게 들렸다. "여기 너무 깜깜한데!"

"우린 지금 대연회장 천장 위에 있는 다락에 있어."

"맙소사, 너 여기가 얼마나 높은 곳인지는 아는 거야? 그 천장은 높이가 자그마치 20미터라고!"

"알아, 그러니까 떨어지지 않게 조심해." 세라피나가 주의를 줬다. "우리 양쪽이 다 뻥 뚫려 있으니까."

"여긴 어떻게 알았어?"

"난 C.R.C.잖아." 세라피나가 대답했다. "빌트모어의 비밀 공간과 비밀 통로를 속속들이 알아 두는 게 내 임무야."

사다리를 타고 어둠 속으로 올라가면 올라갈수록 대연회장의 둥근 천장을 따라 사다리도 아치형으로 휘어져 있다는 사실을 확실히 알 수 있었다. 마치 나무로 만들어진 거대한 고래 몸속에 있는 갈비뼈를 타고 올라가는 듯한 기분이었다.

마침내 세라피나와 브레이든은 대연회장 천장 위에 격자 모양으로 가로놓인 강철 대들보에 이르렀다. 세라피나는 폭이 10센티미터가 될까 말까 한 대들보 위로 기어 올라가 그 위를 걷기 시작했다. 어둡고 위험한 곳이었다. 한 발짝만 잘못 디뎌도 어둠 속으로 떨어져 죽을 수 있었다. 대연회장 천장 윗부분이 내려다보였다. 하지만 여기 대들보에서 떨어지면 천장에 몸이 부딪쳤다가 둥근 면을 타고 굴러떨어져 어둠 속으로 사라지고 말 것이다.

"아무것도 안 보여!" 브레이든이 좁은 대들보 위를 불안한 자세로 조금씩 조금씩 걸어오면서 투덜거렸다. 빛이라곤 슬레이트 지붕을 덮는 널빤지에 뚫린 아주 작은 구멍에서 새어 들어오는 빛이 전부였다. 세라피나에게는 그만하면 충분했지만 브레이든은 지금 장님이나 마찬가지였다. 세라피나가 오던 길을 되돌아가 브레이든의 손을 잡고 앉기에 적당한 장소까지 이끌어 주었다. 두 사람은 어둠 속에서 대연회장의 둥근 천장을 받치는 대들보에 걸터앉아 허공에 다리를 대롱

대롱 흔들었다.

“뭐, 오후에 차 마시기 좋은 장소네.” 브레이든이 쾌활하게 말했다. “앞이 안 보일 정도로 깜깜한 데다가 살짝만 몸을 움직여도 떨어져 죽겠지만 분위기는 마음에 드네.”

브레이든에겐 보이지 않겠지만 세라피나는 미소 짓고 있었다. 다시 친구와 함께여서 세라피나는 기분이 좋았다. 그러다 문득 세라피나는 진지해졌다. 검은 망토를 입은 남자를 무찌른 뒤로 세라피나는 브레이든에게 아빠가 자신을 어떻게 키우게 됐는지, 엄마가 누구인지 털어놓았다. 그 뒤로 두 사람은 서로 인생의 진실을 공유하는 사이가 되었다.

“브레이든, 할 말이 있어.” 세라피나가 말했다.

그렇게 운을 뗀 세라피나는 삼십 분 동안 어젯밤 있었던 일을 브레이든에게 말해 주었다. 오늘 새벽에 아빠에게도 대충 이야기했지만 브레이든에게는 하나도 빠짐없이 낱낱이 이야기했다. 마침내 친구에게 모든 일을 털어놓을 수 있어서 좋았다. 때때로 브레이든에게 이야기하기 전까지는 모든 게 현실이 아닌 것처럼, 끝나지 않은 것처럼 느껴졌다.

“진짜 소름 끼친다.” 브레이든이 말했다. “거기서 살아 나와서 정말 다행이야, 세라피나.”

세라피나가 고개를 끄덕였다. 정말 가까스로 살아남았다. 집으로 무사히 돌아올 수 있어서 다행이었다.

“그런데 그레이선 탐정이 정말 네가 봤다는 마차에 타고 있던 두 번째 인물일까?” 브레이든이 물었다.

세라피나가 고개를 저었다. "모르겠어. 난 그렇다고 생각하지만 자세히 보진 못했으니까. 빌트모어 마구간에 내가 어젯밤에 봤던 종마와 비슷하게 생긴 말 네 마리가 있더라고. 그 말 주인이 누구인지 알아봐 줄 수 있어?"

"마구간 총책임자인 리날디 씨에게 물어볼게." 브레이든이 말했다. "이 그레이선 탐정이라는 작자가 누구든지 간에 마음에 안 들어. 이제 어떡할 거야? 그 사람이 우리 둘에 대해 캐고 다니는 것만은 막아야 해."

좋은 질문이었다. 세라피나는 곰곰 생각했다. "일단 눈에 띄지 않게 잠잠히 있는 게 좋을 것 같아. 그레이선 탐정이 누군지, 그 정체를 알아내기 전까지는." 세라피나가 말했다. "그 사람이 뭘 하고 다니는지 유심히 감시하자."

"그 사람이 가지고 있던 거 너도 봤지?" 브레이든의 목소리가 높아졌다. "검은 망토에 달려 있던 은색 고리 장식이었어!"

"그 말은 곧 우리 엄마 굴까지 다녀왔다는 건데. 어젯밤에 엄마를 만났으니까 엄마랑 새끼 퓨마들은 무사한 것 같아. 하지만 그레이선 탐정이 엄마랑 새끼 퓨마들을 발견하는 건 시간문제야. 그래서 엄마가 그렇게 불안해하면서 떠난 건지도 몰라."

"그레이선 탐정이 너희 엄마 굴을 발견한다고 해도 목숨이 위험한 건 너희 엄마가 아니라 그레이선 탐정 본인이겠지."

"내가 걱정하는 건 그 끔찍한 사냥개들이야." 세라피나가 말했다. "정말로 인정사정없는 맹수들이었어."

"네가 말한 그 야생 소년은 어떻게 됐을까? 무사히 탈출했을까? 그 소년이 누군지 짐작 가는 거 없어? 정말 열심히 싸워 준 것 같은데."

"모르겠어." 세라피나가 말했다. "하지만 알아내야지. 내 목숨을 구해 줬으니까."

"그 소년이 누군지 수소문해 볼 수 있을 거야." 브레이든이 제안했다. "여기 빌트모어에서 일하는 산마을 사람 중에 누군가는 그 소년에 대해 알지도 모르잖아. 그런데 동물들이 이 숲을 떠나는 이유는 뭘까? 저기 강에서 수년 동안 살아온 수달 가족이 있었는데, 이틀 전에 말을 타다가 어디론가 떠나는 모습을 우연히 봤어. 그것도 온 가족이. 어제 수달들이 살던 굴을 들여다보니까 완전히 떠났더라고. 굴 안이 텅 비어 있었어."

"엄마한테 듣기로는 내가 봤던 달나방이랑 새 말고 다른 동물들도 이 숲을 떠난대. 하지만 이유는 말해 주지 않으셨어."

"심지어 여기 연못에 사는 오리들도 다 떠났어." 브레이든이 말했다.

바로 그때 세라피나는 무슨 소리를 들은 것 같았다. 무언가를 희미하게 긁는 소리 같았다. 세라피나는 소리가 나는 방향으로 몸을 틀었다.

"무슨 일이야?" 브레이든이 물었다.

가만히 귀를 기울였지만 아무 소리도 들리지 않았다.

"아무것도 아니었나 봐." 세라피나가 말했다. 아무래도 그레이선 탐정 때문에 아직 예민한 상태인 것 같았다.

"여기가 숨바꼭질하기에는 명당이네." 브레이든이 만족스럽다는 듯이 말했다. "우리 여기에 더 자주 와야겠어. 여기 숨어 있으면 그레이선 탐정이 아마 우리를 절대 찾지 못할 거야. 근데 이러다 늦겠다. 곧 저녁 식사 시간을 알리는 종이 칠 거야. 난 이제 가 봐야 해."

세라피나는 밴더빌트 가문에서 보낸 초대장을 받은 줄 알고 신이 나서 유난을 떨던 아빠 모습이 떠올랐다. 결국 저녁 식사 초대장이 아니라 심문 소환장이었지만 말이다.

"그래, 이제 그만 가는 게 좋겠다." 세라피나가 힘없는 목소리로 말했다.

"숙모님이 날 찾고 계실 거야." 브레이든이 말했다.

"레이디 로웨나도 널 찾고 있겠지." 세라피나가 말했다.

브레이든이 세라피나의 표정을 살피려는 듯 눈을 가늘게 떴다. "있잖아, 로웨나는 네가 생각하는 것만큼 나쁜 애는 아니야."

"알겠어." 세라피나는 속으로 너무 싫은 티를 냈나 생각하며 대답했다.

"아빠가 출장 다니느라 바쁘셔서 여기 혼자 와 있는 거야." 브레이든이 말했다. "바쁘고 중요한 사람인 건 알겠는데 그래도 그렇지 딸을 아는 사람 하나 없는 이곳에 혼자 내버려 두다니 너무했어."

"그러네." 세라피나가 맞장구쳐 주었다. 두 사람은 어느새 꽤나 친해진 것 같았다.

"로웨나의 엄마는 로웨나가 일곱 살 때 돌아가셨대." 브레이든이 말했다. "로웨나의 아빠는 로웨나에게 별로 관심이 없으시고. 여기 오기 전에 런던에서 로웨나는 거의 밖을 나가지 않았대. 로웨나가 거만해 보인다는 거 나도 알아. 어쩌면 실제로 그럴 수도 있고. 나도 잘 모르겠어. 하지만 모두가 그렇듯이 그 애도 나름대로 고민이 있어."

"그게 무슨 말이야?" 세라피나가 물었다.

"산골짜기에 있는 저택에 오면서 너무 화려한 옷들만 챙겨 온 것 같아 고민이래. 그래서 입을 게 없대. 또 손님들 중에 로웨나의 억양을 두고 수근거리는 사람들이 있어서 그것도 고민인가 봐."

세라피나는 인상을 찌푸렸다. 그 로웨나가 옷차림이랑 억양을 걱정한다고?

"나도 모르겠어." 브레이든이 말했다. "나쁜 사람 같지는 않아. 그냥 여기가 익숙하지 않을 뿐이야. 우리 도움이 필요한 것 같아. 숙모님이 나한테 로웨나의 아빠가 오실 때까지 로웨나를 잘 보살펴 달라고 부탁하셨어. 하지만 그렇다고 해서 우리가 친구라는 사실이 변하는 건 아니잖아."

"이해해." 마침내 세라피나가 대답했다. 실제로도 이해했다. 세라피나가 아는 브레이든은 언제나 친절하고 신사다웠다. "날 잊어버리지나 말아 줘." 세라피나가 옅은 미소를 지었다가 이내 브레이든에게는 자신의 얼굴이 보이지 않는다는 사실을 깨달았다. "세라피나……." 브레이든이 서운하다는 듯 세라피나를 쳐다보았다.

"솔직히 말하면," 세라피나가 말했다. "지난 몇 주 동안 어쩌면 네가 나랑 더는 엮이기 싫은 건 아닐까 하는 생각이 들 때가 있었어."

"그러는 넌?" 세라피나만큼 감정이 격해진 브레이든이 맞받아쳤다. "넌 어떻고? 넌 항상 내가 깨 있을 동안에 자고 밤마다 혼자 나가잖아! 나도 네가 야생 동물 같은 걸로 변해 버린 건 아닐까 하는 생각이 들 때가 있었단 말이야."

그럴 리가. 세라피나의 표정이 시무룩해졌다.

"그러니까, 날 일부러 피한 게 아니라는 거지?" 세라피나가 물었다.

"널 피한다고?" 브레이든이 놀라서 되물었다. "넌 내 유일한 친구나 마찬가지야."

그 말에 세라피나는 미소를 짓다가 소리 내어 짧게 웃었다. "무슨 소리야? 친구 많으면서. 기디언, 세드릭, 말 친구들……."

브레이든이 미소를 지었다. "참, 새로 사귄 친구가 하나 더 있어."

"누군데?"

"얼마 전에 삼촌이랑 굴뚝 바위에 말을 타러 나갔다가 깎아지른 바위 아래에서 날개가 부러진 아름다운 송골매 한 마리를 발견했어. 왜 다친 건진 모르겠어. 사냥꾼이 쏜 총에 빗맞았을 수도 있고 어떤 싸움에 휘말렸을 수도 있고. 아무튼 크게 다쳤더라고. 그래서 겉옷에 싸서 집으로 데려왔어. 케스라는 이름도 지어 줬는데, 진짜 멋있어."

마음속이 몽글몽글 따뜻해지는 것을 느끼며 세라피나가 고개를 끄덕였다. 세라피나가 아는 브레이든은 원래 이런 사람이었다. "빨리 만나고 싶다."

"날개에 붕대를 감아 줬는데, 하루빨리 기운을 차리도록 잘 먹이는 중이야."

"네가 보기엔 시간이 지나면 부러진 날개가 회복되고 다시 날 수 있을 것 같아?"

"아니, 아무래도 힘들 것 같아." 브레이든이 슬픈 목소리로 말했다. "삼촌이 서재에서 조류 도감을 가져다주셨는데, 맹금류의 경우 날개가 접히는 부분 아래쪽을 다치면 가끔 낫기도 하는데 케스처럼 그 위쪽을 다치면 회복이 불가능하대. 케스는 평생 다시 날 수 없을 거야."

"너무 안됐다." 세라피나는 입장을 바꿔서 자신이 만약 매였다면 다시는 하늘을 날 수 없게 되었을 때 얼마나 끔찍한 기분일지 상상해 보았다. 자신이 지닌 한계를 대입해서도 생각해 보았다. "하지만 적어도 케스에게는 너라는 친구가 생겼으니까."

"내가 잘 보살펴 줘야지." 브레이든이 말했다. "송골매는 정말 멋진 새야. 조류 도감을 봤더니 송골매는 원하는 곳이면 어디든 날아갈 수 있대. 송골매의 학명은 팰코 페레그리너스(Falco Peregrinus)인데, 페레그리너스라는 단어는 '방랑자' 또는 '여행자'를 뜻한대. 가끔 송골매는 두 마리씩 짝을 지어 사냥을 하기도 한대. 게다가 지구상에서 가장 빠른 동물이라더라. 과학자들도 송골매가 한 시간에 320미터를 주파할 수 있다고 추정만 하지, 실제로는 너무 빨라서 아무도 정확한 속도를 측정한 적은 없다나 봐."

"굉장하다." 세라피나가 미소를 지으며 맞장구를 쳤다. 세라피나는 브레이든이 새나 다른 동물들에 대해 이야기할 때가 좋았다. *매일이 오늘 같았으면,* 세라피나는 생각했다. 브레이든과 단둘이 어둠 속 비밀 장소에 앉아서 도란도란 이야기하는 이 시간이 너무 좋았다. 브레이든이야말로 세라피나가 평생 꿈꿔 오던 친구였다. 세라피나의 이야기를 열심히 들어주고, 자신의 이야기도 신나게 들려주고, 잠시라도 함께 보내는 시간을 즐거워해 주는 친구.

하지만 더는 시간을 끌 수 없었다. 브레이든 말대로 브레이든은 이제 가 봐야 했다.

세라피나는 다시 어둠 속에서 브레이든의 손을 잡고 대들보를 건너 사다리까지 데려다주었다. 사다리를 타고 내려가다가 브레이든이 잠시 멈추고 세라피나를 올려다보았다. 세라피나는 왜 내려오지 않는지 의아해하는 눈치였다.

"오늘 밤엔 경계를 늦추지 마." 세라피나가 브레이든에게 말했다. "그레이선 탐정이랑 단둘이 남게 되는 상황이 벌어지지 않도록 조심해. 몸조심해야 해."

"너도." 브레이든이 고개를 끄덕이며 말했다. "근데 너도 지금 같이 나가는 거 아니야?"

"너 먼저 가." 세라피나가 말했다. "나는 여기 조금 더 있다 갈게."

브레이든이 다시 사다리를 내려가기 시작했다. 세라피나는 왜 자신이 브레이든을 먼저 보냈는지, 왜 여기 어둠 속에 혼자 남기로 했는지 곰곰 생각해 보았다. 세라피나는 브레이든에게 자신을 친구로 생각하냐며 섭섭함을 털어놓았다. 하지만 반대로 브레이든은 세라피나에게 너야말로 자신을 친구로 생각하냐며 따져 물었다. 어쩌면 브레이든의 주장이 더 일리가 있었다. 밴더빌트 부부도 이제 세라피나의 존재를 안다. 그러니 이제 원하면 얼마든지 숨어 다니지 않아도 되었다. 비록 저녁 식사에 정식으로 초대받진 못했지만 원하면 브레이든과 함께 갈 수도 있었다. 하지만 여전히 세라피나는 그러지 않았다. 왜일까? 세라피나는 어둠 속에 앉아서 오랫동안 생각에 잠겼다. 세라피나는 평생 동안 어둠 속에서 살아왔다. 어둠 속에 있을 때가 제일 편했다.

엄마는 세라피나가 있을 곳은 빌트모어 사람들이 속한 세계라고 말했다. 어쩌면 그 말이 맞을지도 몰랐다. 하지만 그렇다고 해서 세라피나의 본모습이 바뀌진 않았다.

세라피나는 시간 가는 줄도 모르고 어둠 속에 홀로 앉아 이런저런 생각에 잠겼다. 지금쯤 밴더빌트 부부와 브레이든과 손님들은 전부 저녁 식사를 끝내고 잠자리에 들었을 것이다. 지금 이 순간 빌트모어 대저택은 어둠과 정적에 휩싸여 있었다.

세라피나는 평생 동안 낮이든 밤이든 졸릴 때마다 저택 여기저기에서 짧게 낮잠을 잤다. 그래서 세라피나에게 하루하루는 무 자르듯 딱딱 구분되는 시간이 아니었다. 세라피나에게 시간은 물 흐르듯 연속적인 것이었다. 세라피나는 문득 해가 지면 잠자리에 들어서 오래도록 자다가 다음 날 해가 뜨면 일어나는 삶은 어떨까 궁금했다.

지금은 지붕 위에 난 조그만 구멍으로 들어오는 별빛 말고는 사방이 깜깜했다. 하지만 세라피나의 눈에는 별빛으로 가득한 구멍이 또 다른 완전히 새로운 별자리처럼 보였다.

세라피나는 일어나서 다락에 있는 서까래 사이를 걸어 다녔다. 서까래 사이사이에 뚫린 구멍을 피해 깡총깡총 뛰어다녔다. 어둠은 세라피나의 영역이었다.

그런데 그 순간 어디선가 들려오는 이상한 소리에 세라피나는 움직임을 멈추었다.

세라피나는 어둠 속에 서서 가만히 귀를 기울였다.

처음에는 콩닥콩닥 뛰는 자신의 심장 소리밖에 다른 소리는 들리지 않았다. 조금 기다리니 이상한 소리가 또다시 들려왔다.

기다란 발톱이나 손톱으로 벽 안쪽을 느릿느릿 긁어 내리는 듯한 소리였다.

세라피나는 침을 꼴깍 삼켰다.

제대로 들은 게 맞는지 의심이 들 만큼 이상한 소리였다.

뾰족한 지붕마루부터 벽 가장자리까지 주변을 샅샅이 훑어보았지만 수상한 점은 아무것도 발견하지 못했다.

그때 *째깍 째깍 째각* 소리가 들려왔다. 곧바로 쉭쉭거리는 쇳소리가 기다랗게 이어졌다. 목덜미로 뜨거운 숨결이 와닿았다. 까무러치게 놀란 세라피나가 몸을 홱 돌렸다. 그러나 뒤에는 아무도 없었다.

무슨 일이지? 필사적으로 주변을 둘러보았다. 그런데 그때 지붕에 난 구멍으로 들어오던 별빛마저 희미해지기 시작했다.

세라피나는 당혹감에 얼굴을 찌푸렸다.

마치 누군가 일부러 구멍을 막은 것 같았다.

무슨 일이 벌어지고 있는 거지?

무언가가 있었다. 아니 한둘이 아니었다. 무언가 천장을 잔뜩 기어 다니고 있었다.

별안간 사방이 그야말로 칠흑 같은 어둠에 휩싸였다. 세라피나조차 앞이 보이지 않았다.

공포에 질린 세라피나가 대들보 위를 가로질러 사다리 쪽으로 뛰어갔다. 한 발만 잘못 디뎌도 아래로 추락해 목숨을 잃을 수 있었다. 하지만 한시라도 빨리 여기를 빠져나가야 했다.

정체 모를 살아 숨 쉬는 무언가가 천장에서 세라피나의 머리를 마구 강타했다. 세라피나는 한껏 몸을 수그린 채 팔로 머리를 감싸고 계속 달렸다. 또 다른 무언가가 세라피나의 머리 위에 내려와 앉더니 온몸을 비틀며 새된 비명을 질렀다. 세라피나가 머리 위로 손을 뻗어 잡으려고 하자 그 무언가가 세라피나의 손을 콱 물었다. 살갗을 뚫고 날카로운 고통이 온몸으로 퍼졌다. 곧이어 세 번째 무언가가 세라피나의 얼굴로 날아들었다. 그 순간 세라피나는 중심을 잃고 대들보 아래로 추락했다. 세라피나는 끝이 보이지 않는 어둠 속으로 곤두박질쳤다.

공중으로 떨어지면서 세라피나는 무엇이든 붙잡으려고 필사적으로 손을 뻗었다. 겨우 대들보 가장자리를 붙잡아 땅바닥에 추락하는 일을 면할 수 있었다. 세라피나는 어둠 속에서 손가락을 아슬아슬하게 대들보에 걸친 채 허공에 대롱대롱 매달려 있었다. 발아래는 바닥이 보이지 않는 어둠이 세라피나가 얼른 떨어져 들어오길 바라는 듯 아가리를 벌리고 있었다. 차갑고 까끌까끌하고 날카로운 강철 대들보의 모서리에 손가락이 잘려 나갈 것 같은 느낌이 들었지만 놓는 순간 죽음이었다. 그런 세라피나 주위로 정체 모를 생명체 수백 마리가 쇳소리를 내며 검은색 회오리바람처럼 날아들어 공격을 해 댔다. 세라피나는 이를 악물고 다리를 위로 올려 대들보를 껴안았다. 거꾸로 매달린 자세가 되었다. 세라피나는 다시 대들보 위로 몸을 끌어 올린 다음 끊임없이 날아드는 생명체를 피해 몸을 대들보에 바짝 밀착시켰다.

쉿소리가 점점 더 커졌다. 그중 한 마리가 세라피나의 옆머리에 몸을 부딪치더니 발톱으로 세라피나의 머리카락을 붙잡고 날개를 퍼덕였다. 또 다른 한 마리가 얼굴로 날아들었다. 세라피나가 손으로 때려서 쫓아냈다. 등에는 세 마리가 붙어 있었다. 목에 붙은 놈이 세라피나의 살갗을 물었다. 세라피나는 고통과 분노로 비명을 지르며 목에 있는 놈을 손으로 잡아다가 머리로 박치기를 했다. 드디어 세라피나는 손안에 붙들린 시체를 보고 그 정체를 확인할 수 있었다.

세라피나는 제 눈을 의심했다. 도저히 믿을 수가 없었다. 세라피나를 공격한 건 칼새들이었다! 칼새는 여러모로 박쥐를 닮긴 했지만 어엿한 새였다. 털 빛깔이 어둡고 거칠며 쉿소리를 내는 작은 새였다. 칼새들은 땅거미가 질 무렵에는 대부분의 시간을 하늘에서 보냈다. 발톱을 우그릴 수 없기 때문에 착륙을 할 때는 대신 굴뚝이나 동굴 벽에 작고 날카로운 발을 박아서 매달려 있곤 했다. 칼새의 꼬리는 깃털이 아니라 가시였다. 칼새 떼가 다락을 가득 채웠다. 쉿소리를 내는 뾰족뾰족 가시 같은 깃털이 달린 칼새 수천 마리가 대들보와 벽을 뒤덮었다.

별안간 칼새 떼가 내는 쉿소리가 점점 더 높아지더니 일제히 다락 안으로 날아들었다. 소용돌이치는 거대한 구름처럼 칼새 떼가 세라피나의 주위를 둘러싸더니 한꺼번에 공격해 오기 시작했다. 몸을 내던져 작고 뾰족한 발톱으로 매달린 채 날카로운 부리로 쪼아 대며 가시 같은 꼬리로 얼굴을 찌르고 날개로 온몸을 때리고 머리카락을 휘감았다.

수천 마리 칼새 떼가 주변을 완전히 둘러싸니 아무것도 들리지 않고 보이지 않았다. 중심을 잃을 것만 같았다. 세라피나는 몸을 둥글게 말아 얼굴과 머리를 가리고 싶었지만 그랬다가는 끝이었다. 그래서 세라피나는 계속 싸웠다. 팔을 휘두르며 칼새 떼를 끊임없이 쫓았다. 칼새 떼의 공격을 피하려고 눈은 거의 감고 있는 상황에서도 세라피나는 필사적으로 탈출구를 찾아 두리번거렸다. 세라피나와 사다리 사이에 있는 대들보 하나가 보였다. 그리로 몸을 날려 겨우 안전하게 착지했다. 거기서 세라피나는 구름 같은 새 떼를 뚫고 전진했다. 겨우 사다리에 다다른 세라피나가 새들의 공격에 맞서 싸우면서 동시에 쏜살같이 사다리를 타고 내려가기 시작했다.

마침내 벽장 안쪽 나무판자까지 내려온 세라피나가 구르다시피 3층 복도로 나왔다. 숨이 턱 끝까지 차올랐고 공포로 온몸이 떨렸다. 세라피나는 칼새 떼가 뒤따라 나오지 못하도록 재빨리 돌아서서 어깨로 나무판자를 밀어 구멍을 봉쇄했다.

몇 초 동안 세라피나는 숨을 고르며 그 자리에 가만히 누워 있었다. 방금 무슨 일이 일어난 건지 이해해 보려 했다. 아무리 칼새가 밤에 활동하는 이상한 새라지만 보통 사람에게 해를 끼치진 않았다. 해 질 무렵 명랑하게 지저귀며 모기를 쫓아 빌트모어의 지붕 위를 나는 칼새를 세라피나는 수도 없이 보았다. 그런데 이제 와서 한꺼번에 달려들어 세라피나를 공격한 이유가 뭘까? 세라피나는 평생 동안 빌트모어의 비밀 통로를 기어 다니며 살아왔고 칼새들은 언제나 그런 세라피나를 보고서도 내버려 두었다. 왜 갑자기 지금 이런 일이 일어나는 걸까? 저택 전체가 세라피나에게 등을 돌리기라도 한 걸까?

세라피나는 주변을 둘러보았다. 빌트모어는 어둠과 정적에 휩싸여 있었다. 열두 시가 훨씬 지나 있었다. 모두가 깊은 잠에 빠져 있었다.

칼새 떼의 갑작스런 공격으로 아직도 공포가 채 가시지 않았지만 세라피나는 몸을 일으켰다. 잠시 비틀거리며 중심을 잡았다. 세라피나는 머리에 붙어 있는 칼새 깃털과 칼새 시체를 떼어 냈다.

그때 저 멀리서 삐걱거리는 소리가 들려왔다. 칼새 떼의 공격이 다시 시작된 줄 알고 공포에 질린 세라피나가 가만히 기다렸지만 아무 일도 일어나지 않았다.

세라피나는 다시 어둠 속을 걷기 시작했다. 복도를 지나 소파와 의자, 탁자가 놓인 거실을 통과했다. 아까 여기를 지날 때는 몇몇 손님들이 차를 마시고 있었지만 지금은 으스스하리만치 어둡고 고요했다. 마치 모두들 어디론가 사라져 버리기라도 한 것 같았다. 세라피나는 순간 등골이 오싹해짐을 느꼈다. 브레이든이 사라져 버렸다면? 밴더빌트 씨와 밴더빌트 부인과 다른 모든 손님들도 사라져 버렸다면? *모두 다* 사라져 버렸다면 어떡하지? 어쩌면 세라피나가 유일하게 살아남은 생존자일지도 몰랐다. 만약 세라피나만 빼고 빌트모어 대저택에 있는 모두가 죽었다면?

또 다른 소리가 들렸다. 이번에는 삐걱거리는 소리가 아니었다. 발소리였다. 이 저택 어딘가에 누군가가 깨어 있었다. 그 누군가가 그림자 속에 몸을 숨기고 세라피나를 미행하는 듯한 느낌이 들었다.

세라피나는 대층계 꼭대기에 다다랐다. 비스듬히 기울어진 유리창으로 달빛이 폭포처럼 쏟아져 내렸다. 부드러운 나선을 그리며 이어진 널따란 계단과 정교하게 조각된 철제 난간 위로 푸르스름한 은빛이 떨어졌다. 나선형으로 이어지는 계단 중앙에는 철제 샹들리에가 대층계 맨 꼭대기에 있는 돔 지붕에서부터 맨 아래층까지 드리워져 있었다. 세라피나가 계단을 내려가기 시작했다. 달빛 때문에 벽면에 반사된 세라피나의 그림자는 꼭 네발 달린 기묘한 짐승 같았다. 그런데 그때 무언가가 계단을 올라오는 소리가 들렸다.

세라피나는 걸음을 멈추었다. 무슨 소리인지 확실치 않았다. 심장 박동이 빨라지고 호흡이 가빠졌다. 발소리는 작지도 않았고 한두 걸음에서 멈추지도 않았다. 누군가가 계단을 올라오고 있었다. 다가올 싸움에 대비해 근육이 움찔거렸다. 세라피나의 이성이 빌트모어에 머무는 손님이나 하인일지도 모르니 무작정 덤벼서는 곤란하다고 주의를 주었다. 하지만 그때 세라피나의 본능이 말했다. 저 발소리는 인간의 것이 아니었다. 세라피나는 숨을 죽이고 몸을 낮췄다. 언제라도 달려들 수 있도록.

정체가 무엇이든 상대가 대리석 층계를 타닥타닥 걸어 올라오는 소리가 똑똑히 들렸다.

다리가 네 개였다.

발톱도 있었다.

심장이 일정한 속도로 빠르게 뛰었다. 세라피나는 당장이라도 싸울 수 있게 온몸의 근육이 하나하나 깨어나는 것을 느꼈다.

세라피나는 최대한 발소리를 죽여 뒷걸음질로 내려온 계단을 다시 올라갔다.

그러나 상대는 속도를 높여 점점 더 빠르게 다가오고 있었다. 이제 으르렁거리는 소리까지 들릴 정도로 가까워졌다.

벽에 비친 네발 달린 짐승의 그림자는 마치 거대한 거미처럼 보였다.

세라피나가 몸을 돌려 달아나려던 찰나 상대가 계단을 뛰어올라 모습을 드러냈다.

거미가 아니었다.

검정색 개였다.

검정색 개는 잠시 멈추었다가 서서히 세라피나를 향해 다가왔다. 머리를 숙이고 이빨을 드러낸 채 으르렁거렸다. 세라피나가 뒷걸음질 쳤다.

거리가 좁혀지던 그때 세라피나의 눈에 비로소 검정색 개가 또렷하게 보였다. 숲속에서 세라피나를 쫓던 사냥개 중 하나가 아니었다. 다른 개도 아니었다. 다름 아닌 세라피나의 친구 기디언이었다.

세라피나는 안도의 한숨을 내쉬었다. 완전히 마음을 놓은 세라피나는 얼굴 가득 미소를 머금었다. “기디언.” 기디언이 자신을 침입자로 착각했다고 생각하고 반가운 목소리로 기디언을 불렀다.

그런데 기디언이 여전히 송곳니를 드러낸 채 세라피나를 향해 다가왔다. 언제든지 덤벼들겠다는 표시로 꼬리가 뻣뻣하게 말려 있었다. 새로운 공포감이 피어올랐다. 심장이 조여들었다.

“기디언, 나야.” 세라피나가 다시 한 번 말했다. 목소리에는 절박함이 배어 있었다. “이리 와, 기디언. 나라니까.”

그러나 기디언은 세라피나를 알아보지 못했다.

온몸에 피가 거꾸로 솟는 듯했다.

커다란 검정색 도베르만이 뾰족한 귀를 세우고 날카로운 송곳니를 드러낸 채 낮게 으르렁거리며 거리를 좁혀 왔다. 지금까지 들어 본 소리 중에 가장 위협적인 소리였다.

으르렁거리는 소리와 함께 기디언이 공중으로 뛰어올라 세라피나에게 정면으로 달려들었다.

기디언이 세라피나를 바닥에 넘어뜨린 뒤 어깨를 물어뜯었다. 세라피나는 넘어지면서 대리석 바닥에 머리를 심하게 찧고 거의 정신을 잃을 뻔했다. 그러나 재빨리 몸을 비틀어 기디언 밑에서 빠져나왔다.

"그만해, 기디언!" 세라피나가 몸을 빼며 울부짖었다. "기디언, 나야 나! 세라피나!"

그러나 기디언은 또다시 달려들어 팔을 물고 낮게 으르렁거리며 마구 흔들었다. 검은 망토를 입은 남자와 싸웠을 때 말고는 이렇게 난폭한 기디언은 본 적이 없었다. 갑자기 세라피나가 사악한 존재로 변하기라도 한 것처럼 달려들었다.

"기디언, 안 돼! 멈춰!" 세라피나가 기디언의 얼굴에 주먹을 날리며 울부짖었다. 발길질을 하고 비명을 지르며 몸을 비튼 끝에 마침내 기디언에게 물린 팔을 빼냈다. 그러나 기디언은 곧바로 다시 공격해 왔다. 이번에는 다리를 노렸다. 세라피나가 허둥지둥 달아났다. 자세를 낮추고 도망갔지만 어딜 가든 기디언이 끈질기게 쫓아왔다. 기디언은 놀랍도록 빨랐다. 도저히 따돌릴 수가 없었다. 세라피나는 기디언과 싸우고 싶지 않았다. 하지만 기디언은 포기하지 않았다. 기디언이 세라피나를 또 물었다. 날카로운 송곳니가 세라피나의 다리에 박혔다. 엄청난 힘으로 기디언이 또다시 세라피나를 바닥에 쓰러뜨린 다음 목덜미를 향해 달려들었다. 세라피나가 목을 감싸 쥐고 데구루루 굴러서 두 발로 일어났다. 하지만 기디언이 곧장 달려들어 다시 넘어뜨렸다.

세라피나는 친구를 다치게 하고 싶지 않았다. 하지만 죽고 싶은 마음도 없었다. 이대로 계속 버티기란 불가능했다. 그렇다고 맞서 싸울 수도 없었다. 기디언은 훌륭한 전사인 데다가 지금 엄청난 분노에 가득 차 있었다. 이런 모습은 처음이었다. 기디언에게 무언가가 손을 써서 세라피나를 알아보지도 못하는 난폭한 짐승으로 바꾸어 놓은 것 같았다. 지칠 줄 모르는 기디언의 공격에 세라피나는 점점 지쳐 가고 있었다. 이대로는 얼마 버티지 못할 게 뻔했다.

세라피나는 공격을 한 번 더 막아 낸 다음 몸을 돌려 다시 대층계 꼭대기를 향해 죽을힘을 다해 달려갔다.

세라피나의 탈출 시도에 격분한 기디언이 엄청난 속도로 뒤쫓아 왔다. 세라피나가 대층계 난간에 다다른 순간 기디언이 날카로운 이빨로 가득한 입을 활짝 벌리고 공중으로 몸을 날렸다.

기디언이 세라피나를 쿵 들이받았다. 그 충격에 둘은 난간 너머로 공중제비를 돌며 추락했다. 15미터 아래 대리석 바닥을 향해 끝없이 떨어졌다.

세라피나의 몸이 허공을 갈랐다. 지금 이 상황이 믿어지지 않아 마음속에서 비명이 터져 나왔다. 팔다리를 허우적거렸지만 손에 잡히는 것은 아무것도 없었다. 거꾸로 뒤집힌 몸은 빠르게 곤두박질쳤다. 머리 위로 대리석 바닥이 보였다. 옆으로는 4층 높이에 달하는 샹들리에의 동그란 고리 장식이 쏜살같이 스쳐 지나갔다. 대층계 꼭대기 위로 보이는 둥그런 천장이 순식간에 작아졌다.

죽음이 코앞으로 다가왔다. 바닥에 부딪치는 순간 온몸의 뼈가 산산조각 날 것이다. 머리통도 박살 날 것이다. 주위는 온통 피범벅이 될 것이다. 그걸로 끝이겠지.

세라피나가 할 수 있는 일은 아무것도 없었다.

이번에는 살아남기 위해 뛰거나 물거나 비명을 지를 수도 없었다. 목숨을 건질 뾰족한 수가 전혀 떠오르지 않았다. 엄마가 구하러 와 줄 수도 없었다. 아빠가 구하러 와 줄 수도 없었다. 적을 무찌르기 위해 미리 파 놓은 함정도 없었다.

무엇보다 세라피나는 적이 누구인지, 도대체 왜 이러는지조차 알지 못했다. 겁을 먹고 두리번거리는 사이 어느 틈에 하늘에서 내려온 발톱에 채어 목숨을 잃는, 세라피나가 걱정했던 딱 그 상황이었다.

추락하는 순간이 영원처럼 느껴졌다. 일 초가 마치 일 년 같았다. 밤마다 지하실을 돌아다니던 일, 아빠와 닭고기와 옥수수 가루를 먹던 일, 브레이든과 밤하늘에 별을 올려다보던 일이 주마등처럼 눈앞을 스쳐 지나갔다. 결코 풀지 못하고 남겨질 미스터리도 떠올랐다. 왜 동물들이 숲을 떠났을까? 그 수염 난 남자는 누구일까? 왜 야생 소년은 세라피나를 도와줬을까? 빌트모어를 드리울 위험은 어디서, 어떤 모습으로 닥쳐올까?

그때 희한한 일이 일어났다.

전혀 생각지도 못한, 세라피나의 의지와는 상관없이 일어난 일이었다. 그냥 일어난 일이었다. 갑자기 몸이 제멋대로 움직였다. 공중에서 세라피나는 팔을 모으고 척추를 비틀고 다리를 뻗어 거꾸로 떨어지던 몸을 바로잡았다. 그런 다음 몸이 다시 뒤집어지지 않도록 팔을 뻗고 다리를 모았다. 본능이었다. 마치 쥐가 도망가려는 순간 저도 모르게 손이 나갈 때처럼 세라피나의 몸이 머리보다 먼저 반응했다.

바닥과 충돌하는 순간 엄청난 충격이 전해졌다. 하지만 세라피나는 유연한 팔다리의 근육을 이용해 발바닥은 오므리고 손바닥은 활짝 펼친 채 네 발로 다친 곳 하나 없이 바닥에 안전하게 착지했다.

세라피나는 멀쩡하게 두 발로 일어섰다.

그러나 기디언은 아니었다.

바로 옆에서 기디언의 몸이 쿵 하고 바닥에 떨어지는 소리가 들렸다. 눈으로 보진 않아도 알 수 있었다. 강렬한 충격음과 함께 뼈가 으스러지는 소리가 생생하게 들렸다. 바로 뒤따라 기디언의 신음 소리가 들려왔다. 세라피나는 이 싸움도 끝이 났음을 깨달았다.

온몸의 뼈가 으스러진 기디언이 고개를 축 늘어뜨린 채 피를 흘리며 가만히 누워 있었다. 죽은 목숨이나 다름없었다.

브레이든이 화재로 온 가족을 잃은 뒤로도 기디언은 변함없이 브레이든의 곁을 지킨 가장 가까운 친구였다. 브레이든이 산책을 할 때도 나란히 걸었고, 말을 탈 때도 함께 달렸으며, 잠을 잘 때는 문간을 지켰다. 세라피나는 한때 개를 싫어했고 개도 세라피나를 싫어했다. 하지만 기디언은 각별했다. 세라피나와 기디언은 함께 싸웠고 서로를 지켰다. 검은 망토를 입은 남자와 싸웠을 때 기디언 덕분에 세라피나는 목숨을 건졌다. 그런 기디언이 지금 이 차가운 대리석 바닥에 누워 죽어 가고 있었다.

바닥에 떨어진 달빛 위로 그림자 하나가 움직였다. 세라피나는 대충계 옆으로 난 커다란 창문 밖을 지나가는 올빼미나 다른 동물의 그림자겠거니 했다. 세라피나가 돌아서서 위를 올려다보았다. 그곳에는 하얀 잠옷을 입은 로웨나가 서 있었다. 로웨나는 2층에 서서 충격을 받은 얼굴로 세라피나를 내려다보고 있었다. 긴 머리카락을 풀어 헤친 로웨나의 두 눈이 두려움으로 휘둥그레졌다. 로웨나는 손에 쥐고 있던 연필인지 머리핀인지를 세라피나의 눈앞에다가 무기처럼 휘두르기 시작했다.

"로웨나!" 세라피나가 소리를 질렀다. "수의사를 불러와! 당장!"

로웨나는 꿈쩍도 하지 않았다. 피 웅덩이 속에 죽은 듯이 누워 있는 기디언과 그 옆에 손에 피를 잔뜩 묻히고 서 있는 세라피나를 공포에 질린 얼굴로 바라보았다. 세라피나의 말을 전혀 이해하지 못한 표정이었다. 로웨나는 수의사를 부르러 달려가는 대신 천천히 몸을 돌려 브레이든의 방이 있는 쪽으로 걸음을 옮기기 시작했다.

지금 뭘 하려는 거지? 방금 무슨 장면을 봤다고 생각하는 거야?

잠시 후 로웨나가 돌아왔다. 그 뒤를 따라 허둥지둥 뛰어오는 다른 발소리가 들렸다. 그러나 다급한 발소리의 주인은 수의사가 아니었다. 미친 듯이 계단을 뛰어 내려온 사람은 브레이든이었다.

"어떻게 된 거야?" 브레이든이 비명을 지르며 다가왔다. 제정신이 아닌 것 같았다.

기디언이 있는 곳까지 한달음에 달려온 브레이든이 그 옆에 무릎을 꿇고 쓰러지다시피 주저앉았다. "심하게 다쳤잖아!" 브레이든이 울음을 터뜨렸다. "세라피나, 도대체 무슨 짓을 한 거야?"

세라피나는 차마 입을 열 수가 없었다.

죽어 가는 기디언을 부둥켜안은 브레이든의 얼굴이 눈물로 범벅이 됐다. 많은 일을 함께 겪었지만 이렇게 오열하는 브레이든의 모습은 처음이었다. "아, 기디언, 기디언, 제발 죽지 마… 죽지 마… 제발… 안 돼… 나만 두고 떠나지 마."

세라피나의 눈에서도 눈물이 쏟아졌다. 그런데 울음을 참으려고 고개를 젖히니 아까 그 자리에 그대로 서 있는 로웨나가 보였다. 로웨나는 세라피나만 뚫어져라 쳐다보고 있었다. 로웨나는 수의사를 부르러 가지 않았다. 곧장 브레이든에게로 갔다.

로웨나가 천천히 팔을 들어 올려 세라피나를 가리켰다. "내가 봤어." 로웨나가 떨리는 목소리로 말했다. "내가 다 봤어! 저 애가 기디언을 난간 밖으로 집어 던졌어!"

"거짓말이야!" 세라피나가 소리를 질렀다.

한밤중에 벌어진 난데없는 소란에 위층에서 자고 있던 손님들과 하인들이 하나둘 계단으로 쏟아져 나오기 시작했다. 그중에는 밴더빌트 부부도 있었다. 눈앞의 광경에 밴더빌트 씨와 밴더빌트 부인은 커다란 충격을 받았다. 수염이 새하얀 대머리 노인도 지팡이를 짚고 천천히 계단을 내려와 현장을 유심히 살폈다. 오늘 새벽에 밴더빌트 씨와 함께 숲속을 거닐던 바로 그 노인이었다. 킹 부인도 에시를 비롯한 다른 하녀들과 함께 헐레벌떡 달려왔다. 하지만 모두가 어찌할 바를 모르고 허둥댔다.

"수의사를 불러라!" 밴더빌트 씨가 고함을 질렀고 그제야 집사가 수의사를 부르러 달려갔다.

세라피나는 빌트모어에 속한 사람들을 올려다보면서 흐르는 눈물을 훔쳤다. 그때 3층에서 내려다보고 있는 그레이선 탐정이 눈에 들어왔다. 기다란 갈색 머리 때문에 얼핏 모자를 머리에 뒤집어쓰고 있는 것처럼 보였다. 여전히 나선형 사슴뿔 지팡이를 손에 든 채 그레이선 탐정이 세라피나와 울고 있는 브레이든과 그 사이에 피를 흘리며 너부러져 있는 기디언을 내려다보았다. 세라피나는 당장이라도 달려들어 그를 물어뜯고 싶었다. 하지만 그레이선 탐정은 너무나도 익숙한 장면이라는 듯이 세라피나를 의미심장한 눈빛으로 쳐다보고 있었다. 다른 사람들과 달리 그의 표정에서는 두려움을 찾을 수 없었다.

브레이든이 괴로움에 가득 찬 눈으로 세라피나를 올려다보았다. 브레이든의 시선이 세라피나의 얼굴에 흐르는 피와 몸에 난 상처로 향했다. 세라피나와 기디언이 싸운 건 부정할 수 없는 사실이었다. “어떻게 된 거야, 세라피나?” 브레이든이 울면서 물었다. 눈물이 브레이든의 두 뺨을 타고 흘러내렸다.

“나도 모르겠어, 브레이든.” 세라피나가 대답했다.

“거짓말이야.” 계단을 내려온 레이디 로웨나가 브레이든의 뒤에 서서 말했다. “저 애가 기디언과 싸우다가 기디언을 함정에 빠뜨려서 난간 밖으로 뛰어내리게 만들었어.”

“브레이든, 제발 날 믿어. 저 말은 사실이 아니야.” 세라피나가 애원했다. “기디언이 날 공격했어. 우리 둘 다 추락했다고.”

“저 애는 추락하지 않았어.” 레이디 로웨나가 말했다. “떨어졌다면 지금 저렇게 멀쩡하게 우리 앞에 서 있을 수가 없지.”

“기디언은 널 절대 공격하지 않아.” 브레이든이 절망적인 한마디를 내뱉고선 다시 고개를 숙이고 만신창이가 된 기디언을 내려다보았다.

“내, 내가 저지른 일이 아니야!” 세라피나가 말을 더듬었다. 억울함에 눈물이 폭포처럼 쏟아졌다. 세라피나는 거칠게 눈물을 닦았다. 어떻게 이런 일이 일어났는지 이해가 되지 않았다. 대체 왜 내게 이런 일이 일어난 거지? 브레이든만큼은 세라피나를 믿어야 했다. 세라피나가 손을 뻗어 브레이든의 팔을 잡았다.

"브레이든을 내버려 둬! 네가 저지른 짓을 좀 봐!" 로웨나가 세라피나를 막아서며 꽥 소리를 질렀다. 세라피나가 로웨나를 향해 으르렁거린 다음 다시 브레이든에게로 다가갔다.

"맹세해, 브레이든. 내가 저지른 일이 아니야."

브레이든이 절망적인 눈길로 세라피나를 쳐다보았다. "기디언이 너무 심하게 다쳤어, 세라피나."

"여기서 떠나 줬으면 좋겠어." 로웨나가 공포와 분노가 뒤섞인 목소리로 세라피나에게 말했다. "여긴 너처럼 야생적인 애가 있을 곳이 아니야. 네 꼴을 좀 봐! 꼭 무슨 동물처럼! 여긴 네가 있을 곳이 아니야!" 그제야 세라피나는 사방에서 겁먹은 얼굴로 자신을 바라보는 구경꾼들을 발견했다. "어떻게 이런 애랑 한집에서 살 수 있겠어요? 무슨 일이 일어날 줄 알고요! 다음번에는 개로 끝나지 않을 거예요. 분명히 다른 누군가를 또 다치게 할 거라고요!"

"브레이든, 아니야……." 세라피나가 브레이든의 팔을 잡고 사정했다.

저쪽에서 도련님을 보호하기 위해 다가오는 하인 두 명이 세라피나의 시야에 들어왔다.

"브레이든, 제발……."

밴더빌트 씨가 두 사람 곁으로 다가오면서 하인들에게 손짓으로 무언가를 지시했다. 세라피나는 영문도 모른 채 그 모습을 지켜보고만 있었다. 그런데 그때 하인 두 명이 갑자기 뒤에서 세라피나를 붙잡았다. 소스라칠 듯이 놀란 세라피나가 분노와 혼란에 휩싸여 자기도 모르게 위협적인 소리를 냈다. 그리고 몸을 비틀어 하인 두 명 중 한 명의 손을 콱 깨물었다. 순전히 본능에서 나온, 세라피나의 의지와는 전혀 상관없는 본능적인 행동이었다. 세라피나의 이빨이 하인의 손등에 박히면서 피가 흐르기 시작했다. 갑작스런 고통에 하인이 비명을 지르면서 뒤로 펄쩍 물러났다. 그 광경에 주변에 있던 모든 사람들이 겁을 집어먹고 주춤주춤 뒷걸음질을 쳤다. 밴더빌트 부부는 믿을 수 없다는 얼굴로 세라피나를 바라보았다. 로웨나의 말대로 세라피나는 지금 한 마리 야생 동물이나 다름없었다.

수치심과 괴로움이 뒤섞여 눈물이 뺨을 타고 흘러내렸다. 세라피나는 두 발로 벌떡 일어섰다. 그러자 밴더빌트 부부와 손님들이 움찔하며 물러났다. 잔뜩 겁에 질린 사람들을 보고 나니 더 이상 견딜 수가 없어진 세라피나가 그 자리에서 달아나기 시작했다. 현관 로비를 가로질러 사람들 사이를 헤집고 달려 나갔다. 공포에 질린 사람들이 일제히 양쪽으로 갈라졌다. 한 부인은 비명을 질렀다. 세라피나는 현관문으로 뛰쳐나가 깜깜한 어둠 속으로 뛰어들었다. 탁 트인 잔디밭을 가로질러 숲 가장자리까지 달리는 시간이 마치 영원처럼 느껴졌다. 세라피나는 달리고 또 달렸다. 심장이 튀어나올 것 같았지만 멈추지 않았다. 미친 듯이 울면서 그저 숲속을 달리고 또 달렸다. 살면서 이보다 혼란스러웠던 적은 없었다. 세라피나는 이빨로 하인을 물고 사람들에게 으르렁 소리를 냈다. 손에 온통 피를 묻힌 채 덫에 걸린 짐승처럼 사람들을 위협했다.

여긴 네가 있을 곳이 아니야! 달리는 중에도 로웨나의 날카로운 외침이, 엄마에게 들었던 것과 똑같은 말이 머릿속에서 끝없는 메아리가 되어 울렸다. 세라피나는 가는 곳마다 환영받지 못하는 존재였다. 이제는 갈 곳이 아무 데도 없었다.

그중에서도 가장 최악인 것은 기디언에게 심각한 부상을 입히고 브레이든의 마음을 무너지게 만든 것이었다. 유일한 친구인 둘을 배신해 버린 것만 같은 기분이었다.

세라피나는 숲속을 달리고 또 달렸다. 분노가 뒤섞인 뜨거운 눈물이 하염없이 쏟아졌다. 숨이 턱 끝까지 차올랐고 심장은 주체할 수 없는 감정으로 터질 것 같았다. 세라피나는 목적지도 없이 마구 달렸다. 세라피나는 *달아나고* 있었다. 다친 기디언에게서, 괴로움에 몸부림치는 가장 친한 친구에게서, 자신이 저지른 짓에 대한 수치심에서 멀리멀리 달아나고 있었다.

마침내 세라피나는 속도를 늦추고 걷기 시작했다. 여전히 울음이 그치지 않았다. 훌쩍거리며 손등으로 코를 문지른 다음 다시 속도를 내기 시작했다. 거대한 떡갈나무가 가득한 숲속으로 깊숙이 들어갈수록, 빌트모어가 아스라이 멀어질수록 속이 울렁거렸다. 막상 도망치고 나니 자신이 얼마나 큰일을 저지른 건지 실감 나기 시작했다. 아빠와 브레이든, 밴더빌트 씨와 밴더빌트 부인, 에시, 이 밖에도 세라피나가 아는 모든 사람을 뒤로하고 떠나온 것이다. 빌트모어에 있는 모든 사람을 버리고 떠나온 것이다.

아빠에게 미처 작별 인사도 못했다는 생각에 세라피나는 또다시 엉엉 울고 싶어졌다. 세라피나가 저지른 수치스럽고 끔찍한 사건을, 세라피나가 도련님이 애지중지하는 강아지를 다치게 하는 바람에 저택에서 쫓겨났다는 소식을 아빠가 다른 하인들이나 밴더빌트 씨에게서 전해 들을 것을 생각하니 가슴이 무너졌다. 하인의 손을 물었을 때 그 감각이 아직도 이빨에 생생하게 남아 있었다. 사람들을 헤치고 달려 나올 때 공포에 질린 사람들의 표정이 아직도 눈에 선했다. 어쩌면 레이디 로웨나의 말이 맞는지도 몰랐다. 어쩌면 세라피나는 정말로 끔찍한 야생 동물일지도 몰랐다. 문명 세계는 세라피나가 있을 곳이 아닐지도 몰랐다.

하지만 엄마는 숲속도 세라피나가 있을 곳이 아니라고 했다. 그 말이 아직도 마음속에서 메아리쳤다. 세라피나는 맹수와 맞서 싸우기에는 너무 인간에 가까웠다. 너무 느렸고 너무 약했다. *여긴 네가 있을 곳이 아니야, 세라피나.* 엄마는 그렇게 말했다.

숲도, 빌트모어도 세라피나가 있을 곳이 아니었다. 세라피나가 있을 곳은 *어디에도 없었다.*

세라피나는 수십 킬로미터를 정처 없이 걷고 또 걸었다.

속에서는 계속 뜨거운 감정이 치밀어 올랐다. 발아래 협곡에서 반짝이는 불빛 하나를 발견하고서야 세라피나는 호기심에 걸음을 늦추었다. 높은 직사각형 여러 개가 나무 사이로 삐죽 솟아 있었다. 그중에는 희미한 불빛이 점점이 켜진 것도 있었고 불빛 하나 없이 깜깜한 것도 있었다. 그때 갑자기 들려온 호각 소리에 세라피나는 화들짝 놀랐다. 뒤이어 검은색 네모난 상자가 굽이진 산등성이를 따라 줄줄이 지나가는 모습이 눈에 들어왔다. 철로 된 기다란 뱀이 나무 사이로 보였다가 말았다가 했다. 그런데 그 기다란 몸체가 강 위로 세워진 다리를 지날 때 달빛을 머금은 구름 사이로 새하얀 증기가 흩어지는 것이 보였다. 기차다. 세라피나는 생각했다. *진짜 기차야.*

언젠가 아빠에게 석탄을 때서 피스톤으로 움직이는 증기기관차에 관한 이야기를 들은 적이 있었다. 밴더빌트 씨의 할아버지가 미국 전역에 배와 기차를 퍼뜨렸다는 이야기도 들은 적이 있었다. 이렇게 먼 거리에서도 저 거대한 철제 짐승이 지나가자 그 진동이 바로 발아래 땅까지, 그 속도감이 심장까지 전해졌다. 저런 거에 가까이 간다는 건 상상도 할 수 없었다. 하지만 저런 괴물 같은 것에 올라타 기다랗게 뻗은 반짝이는 철도를 따라 먼 길을 여행하는 건 어떤 기분일까 아주 잠시 궁금하기도 했다. 저 아래 애쉬빌이라는 도시는 세라피나에게는 완전히 낯선 세계였다. 사람과 기계와 세라피나가 이해하지 못하는 삶의 방식으로 가득한 곳이었다.

게다가 애쉬빌에서는 전국 어디든 갈 수 있었다. 만약 저쪽 세계에서 사는 삶이 주어졌다면 세라피나는 지금쯤 무엇이 되었을까?

해가 떠올랐고 세라피나는 계속 걸었다. 험준한 바위산을 오르고 또 올랐다. 목이 마르면 개울에서 목을 축였다. 배가 고프면 사냥을 했다. 피곤하면 바위틈에서 잠을 청했다. 세라피나는 겉모습은 그대로였지만 영혼만큼은 뼛속 깊이까지 야생 동물이 되어 갔다.

다음 날 저녁 어스름께, 산봉우리 사이로 잘록하게 들어간 산허리를 지나는데 쌀쌀한 가을 공기를 타고 어디선가 모닥불 피우는 냄새가 풍겼다. 그 냄새에 이끌려 간 곳에는 조그만 통나무집이 옹기종기 모여 있었다. 모닥불 주위로 몇몇 가족이 둘러앉아 버터 바른 옥수수와 가까운 개울에서 잡은 송어를 구워 먹고 있었다. 세라피나는 자기 나이 또래로 보이는 소년 하나가 여동생의 바이올린 연주에 맞추어 밴조(기타와 비슷하지만 머리가 동그랗게 생긴 미국 민속 악기_옮긴이)로 부드러운 선율을 연주하고 있는 모습을 감탄스러운 눈길로 바라보았다. 그 연주에 맞추어 다른 사람들은 부드럽게 노래를 부르며 느릿느릿 춤을 췄다. 그 모습이 마치 마을 바로 옆을 흐르는 잔잔한 강물과 닮아 있었다.

세라피나는 가까이 다가가는 대신 산마을 사람들이 잘 내려다보이는 언덕 위에 자리를 잡고 앉았다. 잠시나마 마음속에 있는 짐을 모두 내려놓고 음악에 귀를 기울였다.

산마을 사람들이 연주하는 모습을 바라보면서 세라피나는 음악에 빠져들었다. 모두가 함께 노래를 따라 부르며 팔짱을 끼고 춤을 췄다. 빠르고 경쾌한 노래가 나오면 모두들 웃음을 터뜨리며 환호성을 질렀다. 하지만 밤이 깊어 갈수록 마음을 부드럽게 어루만지고 영혼의 깊이를 더하는 노래가 연주됐다. 다들 의자 깊숙이 엉덩이를 밀어 넣고 모닥불 주위에 오손도손 모여 앉아 위스키와 사이다를 홀짝이며 이런저런 이야기를 나누었다. 잃어버린 옛사랑에 관한 이야기, 영웅담, 이상하고 음침한 수수께끼에 관한 이야기가 오고 갔다. 그러다가 사람들이 하나둘 통나무집 지붕 아래 침대로 들어가거나 별빛 아래에 누워 잠을 청할 때쯤 세라피나도 자리를 털고 일어나야 할 시간이라는 걸 깨달았다. 오늘 밤 세라피나가 머물 곳은 여기가 아니었다. 세라피나가 잠을 청할 곳은 여기가 아니었다. 타다 남은 모닥불을 뒤로하고 세라피나는 머뭇머뭇 자리에서 일어났다.

세라피나는 다시 길을 떠났다. 그러나 이번에는 속도도 훨씬 느렸고 떠나온 것에 대한 불안감도 훨씬 덜했다. 철쭉과 고산 식물만 자랄 수 있는 험준한 산등성이를 따라 세라피나는 블랙산맥을 타고 올라갔다. 달빛 아지랑이가 산맥을 타고 은빛 파도처럼 넘실거리는 바위 지형을 따라 걸어갔다. 나무 한 그루 없이 헐벗은 고지대를 넘어갔다. 거위 떼가 깜깜한 밤하늘을 가로질러 날아갔다. 세라피나는 들쭉날쭉 굽이진 강물을 따라가다가 폭포를 만났다. 폭포수가 이 바위에서 저 바위로 물방울을 튀기며 저 아래 자욱한 안개 속으로 사라져 보이지 않을 때까지 한없이 떨어졌다.

한참 동안이나 폭포를 바라보다가 다시 걸음을 옮기려던 찰나 세라피나는 건너편 산등성이에서 자신과 평행한 어떤 움직임을 포착했다. 붉은 늑대 한 마리가 빠른 속도로 이동하고 있었다. 붉은 늑대는 길고 늘씬하고 아름다웠다. 붉은 늑대가 가던 길을 멈추고 이쪽을 바라보는 바람에 세라피나는 흠칫 놀랐다. 하지만 다음 순간 세라피나는 붉은 늑대를 알아보았고 붉은 늑대도 세라피나를 알아보았다.

몇 주 전 숲속에서 길을 잃었던 날 강가에서 마주쳤던 바로 그 붉은 늑대였다. 그 이후로 세라피나의 인생에서 너무 많은 일이 일어났다.

세라피나와 붉은 늑대는 서로를 한참 동안이나 바라보았다. 붉은 늑대는 풍성한 적갈색 털에 뾰족한 귀와 놀라우리만치 날카로운 눈동자를 가지고 있었다. 세라피나는 붉은 늑대가 그동안 어떻게 지냈는지 궁금했다. 그날 밤 몸에 난 상처는 이제 다 아물었는지 전보다 훨씬 건강해 보였다.

그 순간 붉은 늑대 뒤로 무언가가 나타났다. 또 다른 붉은 늑대였다. 곧이어 붉은 늑대가 또 나타났다. 얼마 지나지 않아 세라피나의 눈앞에 수많은 붉은 늑대가 모습을 드러냈다. 암컷과 수컷부터 새끼 늑대와 늙은 늑대에 이르기까지 붉은 늑대 무리 전체가 함께 이동하고 있었다. 그런데 몇몇 늑대는 상처를 입은 채 피를 흘리고 있었다. 절뚝거리는 늑대도 있었다. 끔찍한 적을 만나 한바탕 전투를 벌이고 돌아오는 길인 것 같았다. 그날 밤 세라피나와 마주쳤던 붉은 늑대가 무리의 대장이 되어 있었다. 붉은 늑대 무리는 사냥을 나선 것이 아니라 먼 여행길에 오른 것이었다. 고개를 세우고 꼬리를 내린 채 걷는 모습으로 미루어 짐작할 수 있었다. 붉은 늑대 무리도 달나방 무리와 새 떼처럼 이 산을 떠나고 있었다. 영원히.

세라피나가 다시금 붉은 늑대 무리를 바라보았다. 세라피나의 눈에서 슬픔을 읽었는지 무리를 이끌던 어린 붉은 늑대의 얼굴에도 슬픔이 떠올랐다.

마음속 깊은 곳에서 또다시 뜨거운 감정이 치밀어 올랐다. 그날 밤 무리에서 떨어져 홀로 있던 붉은 늑대는 무리를 찾았고 제자리를 찾았다. 붉은 늑대 무리는 함께였다. 싸울 때도 함께였다. 가족이라면 마땅히 그래야 했다. 가족의 의미가 바로 그런 것이었다. 그걸 포기할 순 없었다.

한밤의 공기는 차가웠지만 세라피나의 두 뺨은 뜨겁게 달아올랐다. 세라피나는 빌트모어와 그곳에 있는 사람들을 떠올렸다. 세라피나는 그들을 떠나고 싶지 않았다. 그들에게서 떨어지고 싶지 않았다. 함께이고 싶었다. 세라피나도 늑대 무리이고 싶었고 자랑스러운 일원이고 싶었다. 세라피나도 가족이고 싶었다.

세라피나는 엄마를 떠올렸다. 새끼 퓨마 남매와 갈색 퓨마와 세라피나의 목숨을 구해 준 야생 소년을 떠올렸다. 그들과 함께이고 싶었다. 함께 사냥하고, 함께 달리고, 숲에서 함께 살아가고 싶었다.

그들 모두가 세라피나의 가족이었다. 세라피나도 그들의 가족이었다.

산꼭대기에 오도카니 서서 세라피나는 비로소 무엇을 해야 할지를 깨달았다.

이대로 도망치면 저 멀리 이름 모를 도시나 이름 모를 산꼭대기에 다다른다고 하더라도 결국에는 아무 데도 아닌 곳으로 가는 셈이었다. 돌아갈 가족이 없는 곳은, 함께 살아갈 가족이 없는 곳은 아무 데도 아니었다.

붉은 늑대 무리가 숲속으로 사라지자 세라피나는 서 있던 자갈밭에 그대로 주저앉아 별이 총총한 밤하늘 아래 아득히 뻗은 산등성이를 바라보았다.

무언가 잘못됐다. 직감이었다.

왜 엄마는 세라피나를 돌려보냈을까? 이상했다.

왜 칼새들은 세라피나에게 달려들었을까?

왜 기디언은 세라피나를 공격했을까?

왜 세라피나는 빌트모어에서 도망쳐야 했을까?

왜 늑대들은 보금자리를 버리고 떠나는 걸까?

질문을 하면 할수록 직감은 강해졌다. 언뜻 보기에는 이 모든 일이 완전히 독립적인 사건 같았지만 서로 다 연관되어 있을지도 모른다는 생각이 들었다. 어쩌면 이 모든 질문에 대한 답은 하나일지도 몰랐다.

세라피나는 기디언이 난간에서 떨어진 뒤로 죽었는지 살았는지 알지 못했다. 브레이든이 자신을 용서해 줄지 않을지도 알지 못했다. 하지만 세라피나는 가족을 포기하진 않을 것이다. 가족이라면 어떤 경우라도 함께 있어야 했다. 그 어떤 다툼이나 끔찍한 사건도 가족을 갈라놓을 순 없었다. 아빠는 무언가 고장 나면 고쳐야 한다는 것을 기회가 있을 때마다 몸소 보여 주면서 세라피나를 키웠다. 지금까지 최고 쥐잡이 책임자로 살면서 세라피나가 터득한 교훈은 아직 숨이 붙어 있는 쥐는 끝까지 후려쳐서 목숨을 끊어 놓아야 한다는 것이었다. 세라피나의 사전에 포기란 없었다. 세라피나는 싸울 것이다. 가족들이 이해해 줄 때까지 싸우고 또 싸울 것이다.

세라피나는 이제 이 숲이 무언가 잘못되었다는 사실을 확실히 알았다. 빌트모어도 마찬가지였다. 세라피나는 그게 무엇인지 찾아내 원래대로 되돌려 놓을 작정이었다.

세라피나는 벌떡 일어나 먼지를 털고 산을 내려가기 시작했다.

세라피나는 자신이 해야 할 일이 무엇인지 알고 있었다.

세라피나는 산등성이를 따라 왔던 길을 되짚어 돌아갔다. 바위 사이로 빽빽하게 우거진 덤불을 지나 그레이비어드 산비탈을 내려갔다. 산 아래 숲까지 내려온 세라피나는 잠시 쉬어 갈 때를 빼고는 걸음을 재촉했다. 반드시 엄마를 찾아서 이 산을 침범한 어둠의 힘에 대한 정보를 샅샅이 얻어야 했다. 세라피나는 이미 숲속에서 사냥개 무리와 함께 있던 소름 끼치는 남자를 목격한 데다가 빌트모어에서 그레이선과도 맞닥뜨린 터였다. 이들이 누구 또는 무엇인지는 알 수 없었지만, 정확히 어떤 어둠의 힘을 가지고 있는지는 알 수 없었지만 싸워야 할 상대라는 것만큼은 분명했다.

엄마는 새끼 퓨마 남매를 데리고 천사 조각상이 있는 빈터에 자리한 굴을 버리고 떠났다. 세라피나에게 남겨진 유일한 단서는 엄마가 땅바닥에 갈겨쓴 수수께끼 같은 글귀뿐이었다.

"겨울이든 봄이든 가을이든, 내가 필요하다면 언제든, 기어오르는 곳이 바닥이 되고 비가 벽이 되는 곳으로 찾아오렴." 세라피나가 소리 내어 되뇌었다.

수수께끼가 틀림없었다. 세라피나는 풀 수 있지만 적들은 풀지 못하는 수수께끼. 하지만 세라피나는 혼란스러웠다. 엄마는 세라피나더러 자신을 따라오지 말고 빌트모어로 돌아가라고 했다. 그렇다면 왜 이런 글귀를 남긴 것일까?

산을 내려가다가 세라피나는 늙은 소나무 숲에 이르렀다. 소나무들은 하나같이 썩어 가고 있었다. 곧게 뻗은 두꺼운 몸통은 검은색 이끼로 뒤덮여 있었다. 낮은 나뭇가지는 시들어 있었다. 뿌리는 사악하고 기다란 손가락처럼 땅 위로 제멋대로 뻗어 있었다. 축축한 흙냄새와 부패한 나무 냄새가 코를 찔렀다. 주변이 온통 검은색 소나무 송진으로 끈적끈적거렸다. 다른 식물이라고는 찾아볼 수 없었다. 여기 검은 소나무 숲이 만들어 내는 영원한 그림자 속에서는 다른 어떤 어린나무나 덤불도 살아남을 수 없을 것 같았다. 바닥에도 피처럼 검붉은 뾰족한 솔잎 말고는 아무것도 없었다.

생명을 잃어버린 듯한 이 소나무 숲을 맞닥뜨리자 세라피나는 마음이 불안해졌다. 세라피나는 자세를 한껏 낮추고 정신을 집중해서 칠흑 같은 어둠 속을 바라보았다. 소나무 숲 사이로 난 길이 있는지 아니면 돌아가는 다른 길을 찾아야 하는지 알아내기 위해서였다. 소나무 가지에서 송진이 똑똑 떨어지는 소리가 들렸다. 불길한 기운이 스멀스멀 기어올라왔다. 그 순간 세라피나는 이리저리 뒤엉킨 소나무 뿌리 아래에서 어둡고 괴상한 무언가를 발견했다.

본능이 세라피나더러 당장 몸을 돌려 반대 방향으로 가라고, 여기서 멀어지라고 소리쳤다. 그러나 호기심을 이기지 못한 세라피나가 숨을 깊이 들이마시면서 그 정체 모를 무언가를 향해 서서히 다가갔다.

닳아서 편평해진 네모난 바위처럼 보이는 것 옆에는 낮고 기다란 철제 우리가 땅속에 파묻혀 있었다. 세라피나는 침을 꼴깍 삼켰다. 세라피나는 무엇에 쓰려는 것인지 알아내려고 우리를 찬찬히 살펴보았다. 높이가 0.5미터 남짓한 나지막한 우리였다. 가장자리에 있는 작은 문에는 자물쇠가 달려 있었다. *무언가를 잡아서 가두려는 거구나.* 세라피나가 속으로 생각했다. 동물을 잡아 가두는 우리처럼 보였다. 그때 또 다른 우리가 눈에 들어왔다. 그 옆에는 또 다른 우리가 있었다. 숨을 죽이고 살금살금 걸음을 옮길수록 세라피나는 속이 메스꺼워지는 것을 느꼈다. 그곳에는 수백 개도 넘는 우리가 끝도 없이 늘어서 있었다.

그때 뒤틀린 나뭇가지와 덩굴로 지은 조그마한 오두막 하나가 눈에 들어왔다. 세라피나는 산지기나 사냥꾼이 나뭇가지를 베어 숲속에 얼기설기 지은 오두막을 본 적이 있었다. 하지만 이건 그런 오두막과는 달랐다. 마치 나뭇가지와 덩굴이 그 자리에서 스스로 자라나 벽과 지붕을 만든 듯한 모양새였다. 나뭇가지와 덩굴은 돌연변이 짐승의 은신처같이 부자연스럽게 서로 얽혀 있었다. 소나무에서 나온 끈적끈적한 송진이 그 지붕 위로 똑똑 떨어졌다. 오두막 입구에는 모닥불을 피우고 남은 검게 그을은 나뭇가지가 있었다. 아직 연기가 피어오르는 잿더미 위로 검은색 쇠솥이 놓여 있었다. 수십 마리는 됨 직한 까마귀와 매 시체가 땅바닥에 널브러져 있었다. 하나같이 발톱을 공처럼 우그린 채 죽어 있었다.

세라피나는 팔다리가 덜덜 떨렸다. 심장이 두방망이질 쳤다. 이 으스스한 장소에서 아직 두 눈으로 무언가를 제대로 목격한 것도 아닌데 벌써부터 공포가 밀려왔다. 그러나 밝혀내야 했다. 계속 나아가야 했다.

세라피나는 서서히 오두막 가까이 접근했다. 눈은 크게 뜨고 귀는 쫑긋 세웠다. 똑똑 끊임없이 떨어지는 송진 소리 말고는 다른 어떤 소리도 들리지 않았다.

세라피나는 오두막 안으로 몰래 숨어 들어갔다.

오두막 안은 악취가 진동했다. 철사 꾸러미만 잔뜩 있을 뿐 사람의 흔적은 보이지 않았다. 철사를 절단하는 도구며 장갑 등이 눈에 띄었지만 도무지 용도를 알 수가 없었다. 지저분한 흙바닥에는 동물의 털가죽이 산처럼 쌓여 있었다. 털가죽 더미 속에는 검은색과 갈색 털가죽도 있었고 회색과 흰색 털가죽도 있었다. 죽은 동물 가죽에서 풍기는 끔찍한 냄새에 세라피나는 저도 모르게 입을 꾹 다물고 고개를 돌렸다. 거미가 목덜미를 기어 다니는 듯한 기분이었다.

세라피나는 황급히 오두막에서 나와 주변을 경계했다. 정말이지 한시도 더 머물고 싶지 않은 곳이었다. 서둘러 떠나려던 찰나 어떤 소리가 세라피나의 발길을 잡았다.

무언가가 낑낑대고 있었다.

세라피나가 뒤돌아보았다.

오두막 뒤편으로 우리가 더 있었다. 낑낑대는 소리가 다시 들려왔다. 살려 달라고 애원하는 듯한 구슬픈 울음소리였다.

세라피나는 두리번두리번 주변을 경계했다. 긴장감으로 두 다리가 찌릿찌릿 저렸다. 관자놀이가 팔딱팔딱 뛰었다. 몸의 모든 감각이 여기에 더 머물러선 안 된다고 아우성이었다. 그러나 심장만큼은 소리가 나는 곳으로 가 봐야 한다고 말하고 있었다.

세라피나는 살금살금, 천천히 앞으로 나아갔다. 비어 있는 우리 가운데서 진짜 동물이 갇혀 있는 우리 몇 개를 발견한 세라피나의 얼굴이 경악으로 물들었다.

우리 하나에 갇혀 있는 갈색 털 뭉치가 보였지만 정확히 무슨 동물인지는 알 수 없었다.

세라피나는 더 가까이 다가갔다.

1미터쯤 되는 동그란 털 뭉치가 우리 안에서 오들오들 떨고 있었다.

그때 또다시 낑낑거리는 소리가 들려왔다.

세라피나는 침착하게, 동요하지 않으려고 안간힘을 썼다. 하지만 우리에 갇힌 불쌍한 동물만큼이나 온몸이 심하게 떨리기 시작했다. 도저히 떨림이 멈추질 않았다. 세라피나는 뒤를 돌아보았다. 숲속을 살펴보며 아무도 없는지 확인했다. 여기는 정말이지 끔찍할 정도로 위험한 곳이었다. 소나무 숲은 너무 빽빽했고 위쪽으로 난 나뭇가지는 하나같이 너무 어두워서 밖에서는 아예 보이지도 않는 곳이었다.

세라피나는 엉금엉금 기어서 우리 앞으로 다가갔다.

철창 사이로 우리 안을 들여다보았다.

그리고 마침내 보았다.

우리 안에 갇힌 동물은 세라피나가 지금껏 봤던 동물 중에 가장 아름다웠다. 커다랗고 반짝이는 눈동자에 기다란 수염이 난 어린 암컷 보브캣이었다. 얼굴 양옆으로 삐져나온 군데군데 하얀 무늬가 들어간 복슬복슬한 털이 머리 위로 쫑긋 솟은 끝이 까만 귀까지 촘촘하게 나 있었다. 회색빛이 감도는 갈색 털에 다리와 몸통 군데군데 까만색 줄무늬가 있었다.

하지만 보브캣의 몰골은 그 아름다움만큼이나 처참했다.

탈출하려고 얼마나 필사적으로 철창을 발톱으로 할퀴고 입으로 물어뜯었는지 짐작이 갔다.

세라피나가 다가가자 보브캣은 얌전히 움직이지 않고 그 커다란 눈으로 가만히 쳐다보고만 있었다. 세라피나가 적이 아니라는 사실을 알아차린 듯 보였다.

세라피나는 우리 안에 갇혀 있던 다른 동물들도 발견했다. 마르모트, 고슴도치, 심지어 강에 사는 수달 한 쌍도 있었다. 그중에서도 붉은꼬리매의 몰골이 가장 처참했다. 꼬리는 찢어져 피범벅이었고 탈출을 시도하느라 날개로 철창을 얼마나 때렸던지 깃털도 다 망가져 있었다.

행여나 이곳의 주인이 돌아올세라 세라피나는 재빨리 주위를 둘러보았다. 세라피나가 지금 하려는 일은 세라피나의 권리를 벗어난 일이었다. 하지만 옳은 일을 하려고 할 때 과연 누군가에게 허락을 받아야 할까?

세라피나는 뒤를 살펴본 뒤에 숲속을 훑어보았다. 심장이 어찌나 심하게 쿵쾅대는지 숨쉬기가 곤란할 정도였다.

세라피나는 도망가야 한다는 사실을 알고 있었다. 하지만 차마 이 광경을 나 몰라라 하고 떠날 순 없었다.

세라피나는 보브캣이 갇혀 있는 우리로 다가가 걸쇠를 풀고 문을 열었다.

"빨리 나와." 세라피나가 속삭였다.

보브캣은 주변에 있는 모든 것이 두려운 듯 천천히 우리를 빠져나왔다. 세라피나가 맨손으로 보브캣의 털을 어루만져 주었다. 보브캣은 그 커다란 두 눈으로 세라피나를 바라본 다음 재빨리 숲속으로 도망쳤다. 보브캣은 소나무 숲을 벗어나 안전한 곳까지 달아나고 나서야 다시 몸을 돌려 세라피나를 바라보았다.

고마워. 마치 이렇게 말하는 것 같았다. 마침내 탈출에 성공한 보브캣은 덤불 속으로 모습을 감췄다.

"용기를 잃지 마." 세라피나가 혼잣말로 중얼거렸다. 야생 소년이 세라피나를 도와줬을 때 했던 말이었다. 이유는 알 수 없지만 이 짧은 말이 세라피나에게는 큰 힘이 되었다.

이어서 세라피나는 재빨리 마르모트와 고슴도치와 수달 두 마리도 풀어 주었다. 모두 다 집으로 돌아갈 수 있을 만큼 건강해 보였다. 수달들은 틀림없이 가장 가까운 강으로 가는 길을 알고 있을 것이다. 하지만 붉은꼬리매는 상태가 좋지 않았다. 하늘을 날 수는 있을 것 같았지만 숲속은 이미 해가 저물어 깜깜했다. 밤은 붉은꼬리매의 천적인 큰뿔부엉이가 활동하는 시간이었다.

세라피나는 우리 안으로 손을 뻗어 양손으로 조심스레 붉은꼬리매를 잡고 우리 밖으로 꺼냈다. 붉은꼬리매는 날개를 펼치고 세라피나의 손아귀를 벗어나려고 했다. 세라피나는 붉은꼬리매가 위협적인 소리를 내면서 부리로 자신을 물어뜯을 줄 알았지만 예상은 빗나갔다. 붉은꼬리매는 그 강인한 눈동자로 세라피나를 뚫어져라 쳐다보며 한 발로 세라피나의 손목을 꽉 움켜잡고 있었다. 얼마나 세게 움켜잡았던지 손목을 부러뜨리려는 건가 의심이 될 정도였다. 붉은꼬리매는 세라피나가 자신을 도와주고 싶어 한다는 사실을 아는 것 같았다. 하지만 동시에 남의 손에 제 운명을 맡기고 싶지 않은 것 같았다.

세라피나는 끔찍한 우리를 뒤로하고 부상당한 붉은꼬리매와 함께 소나무 숲을 탈출했다.

마침내 소나무 숲을 빠져나온 세라피나는 속도를 늦췄다. 붉은꼬리매는 여전히 세라피나의 손목에 앉아 있었다. 세라피나는 붉은꼬리매를 빌트모어까지 데려가 브레이든에게 보살펴 달라고 부탁하고 싶었지만 이 상태로는 속도를 내기 힘들었다. 게다가 보아하니 붉은꼬리매도 세라피나 같은 존재에게 실려 가는 기분이 썩 좋지만은 않은 게 분명했다. 세라피나는 덤불이 우거진 안전한 장소를 찾아 붉은꼬리매를 내려 주었다. 동이 틀 때까지 밤 사냥에 나선 부엉이를 피해 여기에 숨어 있으면 될 것 같았다. "여기서 쉬다가 힘차게 날아가렴, 친구야." 세라피나가 속삭였다.

거기서부터 세라피나는 다시 속도를 내기 시작했다. 저 끔찍한 장소에서 최대한 멀리멀리 달아나고 싶었다. 숲속이 생존을 위협하는, 온갖 위험이 도사리고 있는 야생적이고 길들여지지 않은 곳이라는 사실은 익히 알고 있었다. 하지만 도대체 어떤 인간이 저런 식으로 동물들을 유인해 가두어 놓았을까? 왜 동물들을 우리에 가두고 나무 그림자 밑에서 굶주림과 두려움에 몸부림치도록 방치해 두었을까?

숲에서 피어오르는 안개 때문에 길 찾기가 쉽지 않았다. 하지만 세라피나는 최대한 빨리 산을 내려갔다. 심장이 죄어들었다. 어둡고 끔찍한 위험을 가까스로 피했다는 느낌을 지울 수가 없었다.

그때 안개 속에서 무언가가 언뜻 보였다. 멀리서 누군가 숲속을 걷고 있었다. 처음에는 밴더빌트 씨와 함께 숲속으로 걸어 들어가던 그 노인이 아닐까 생각했다. 갑자기 희망이 샘솟았다. 어쩌면 생각보다 빌트모어가 훨씬 가까이 있는지도 몰랐다. 그런데 다음 순간 심장이 쿵 하고 내려앉았다. 세라피나는 가까운 덤불 속에 몸을 숨기고 멀리서 남자를 관찰했다. 남자는 낡고 긴 검은색 외투를 입고 챙이 넓은 모자를 쓰고 있었다. 며칠 전 숲속에서 보았던 수염 난 남자였다! 세라피나는 공포에 질려 털썩 주저앉았다.

세라피나는 가만히 움직이지 않으려고 노력했지만 수염 난 남자를 다시 마주하니 심장이 제멋대로 날뛰었다. 남자의 수염은 짙은 회색이었다. 다른 산마을 남자들처럼 듬성듬성하게 난 하얗고 기다란 수염이 아니라 동물의 털처럼 굵고 구불구불한 수염이었다. 얼굴에는 깊게 패인 주름이 가득했다. 숲속에서 오십 년 넘게 살아온 사람 같았다. 세라피나는 주변에 사냥개 무리가 있나 싶어 살펴보았지만 보이지 않았다. 지난번에 남자가 들고 있던 지팡이도 보이지 않았다. 하지만 세라피나는 알 수 있었다. 그날 밤 보았던 그 남자가 틀림없었다.

세라피나는 바닥에 몸을 납작 엎드린 채 가만히, 숨죽이고 남자를 관찰했다. 남자는 안개 속을 유유히 떠다니는 것처럼 보였다. 안개 속으로 사라지는가 싶으면 다시 나타났다. 멀어지는가 싶으면 다시 가까워졌다. 마치 나무들이 세라피나를 골려 주려고 작정하고 일부러 착시 현상이라도 일으키는 것 같았다. 남자는 사람이 아니라 귀신 같았다. 세라피나의 팔에 소름이 오스스 돋았다. 도망가고 싶었지만 그러다가 들킬까 봐 겁이 났다.

하지만 여기를 벗어나야 했다. 세라피나가 뒤돌아서서 반대 방향으로 달아나려던 순간 남자가 우뚝 제자리에 멈추어 섰다. 남자는 인간이라고는 믿을 수 없을 만큼 빠른 속도로 세라피나가 있는 방향으로 고개를 돌렸다. 그 움직임이 먹잇감을 포착한 올빼미와 흡사했다. 소름 끼치는 은색 눈동자가 정면으로 세라피나를 향했다.

세라피나는 황급히 늙은 무화과나무 뒤로 등을 바짝 붙인 채 수그리고 앉아 몸을 숨겼다. 남자의 고개가 돌아가던 장면이 머릿속에 잔상처럼 남아 등골이 오싹했다.

남자가 빠르게 다가오는 소리가 들렸다.

세라피나는 도망가야 했지만 심장이 조여들고 다리가 옴짝달싹하지 않았다. 날카로운 고통이 기도를 훑고 지나갔다. 마치 누군가 손가락으로 목구멍을 틀어쥔 것 같은 느낌이었다. 온몸이 제멋대로 경련을 일으키기 시작했다. 두려움으로 몸이 떨리는 것과는 달랐다. 공포가 엄습했다. 숨을 쉴 수가 없었다. 비명을 지르려 했지만 목구멍이 막혀 어떤 소리도 내지 못했다.

발소리가 점점 더 빠르게 가까워졌다. 남자가 검정색 긴 외투 자락을 휘날리며 다가오고 있었다. 남자가 걸음을 옮길 때마다 장화가 진흙탕에 파묻히는 듯한 소리가 들렸다. 세라피나는 발밑에 있는 땅과 주변이 갑자기 서늘해진 느낌이 들었다. 고개를 숙이자 땅이 온통 피로 물들어 있었다.

20

세라피나가 벌떡 일어나 달아나려던 순간 남자가 주술 같은 것을 걸었다. 근육이 뻣뻣해졌다. 몸이 뜻대로 움직이지 않았다.

남자가 세라피나를 향해 돌진했다. 세라피나는 피로 흥건한 흙 속에서 나무뿌리가 갑자기 튀어나와 순식간에 팔목을 옭아매는 모습을 공포에 질려 바라보았다. 나무뿌리가 세라피나의 양손을 흙바닥에 단단히 결박했다. 주먹을 휘두를 수 없어진 세라피나는 이제 완전히 무방비 상태였다.

덫에 걸린 밍크처럼 세라피나는 고개를 숙이고 이빨로 나무뿌리를 갉아 끊어 냈다. 그때 또 다른 나무뿌리가 뱀처럼 세라피나의 발목을 휘감기 시작했다. 세라피나가 미친 듯이 발길질을 했다.

언제나 세라피나의 아군이자 은신처였던 숲이 순식간에 적군으로 돌변했다.

남자가 무화과나무 뒤로 다가왔다. 그림자에 가려 얼굴이 보이지 않을 때조차 눈동자만큼은 은색으로 빛났다. 남자가 앙상한 두 손으로 세라피나를 움켜잡았다. 마치 올빼미의 발톱에 붙잡힌 듯한 느낌이었다. 기다란 발톱 같은 남자의 손가락이 세라피나의 살갗을 파고들었다. 세라피나는 거칠게 몸부림을 치며 저항했다. 잠시 손이 풀린 틈을 타 세라피나가 벌떡 일어나 달아나기 시작했다.

세라피나는 죽을힘을 다해 달렸다. 마침내 어느 정도 거리를 벌렸다고 생각하고 뒤를 돌아본 순간 어디선가 *째깍 째깍 째깍* 소리가 들려왔다. 곧이어 왼쪽 어깨 위로 1미터쯤 떨어진 상공에서 끔찍한 비명 소리가 울려 퍼졌다. 그 소리에 너무 놀란 나머지 세라피나가 뒤로 펄쩍 물러났다가 등이 나무에 부딪쳤다. 사악한 얼굴을 한 거대한 흰색 가면올빼미 한 마리가 세라피나의 머리 위로 날아들었다. 세라피나를 뚫어져라 쳐다보는 소름 끼치는 까만 눈동자와 벌어진 부리 사이로 내지르는 울음소리에 온몸의 피가 얼어붙는 것 같았다.

세라피나는 가면올빼미가 쫓아올 수 없도록 복잡하게 뒤엉킨 검은딸기나무 덤불 속으로 뛰어들었다. 매우 영리한 판단이었다고 생각하는 순간 갑자기 가면올빼미는 온데간데없이 사라지고 수염 난 남자가 다시 나타나 검은딸기나무 덤불을 마구 헤치면서 세라피나 쪽으로 다가오기 시작했다. 세라피나는 수염 난 남자의 주문이 여기까지는 미치지 않을지도 모른다는 실낱같은 희망으로 덤불 가장 깊숙한 곳까지 엉금엉금 기어갔다. 그러나 세라피나의 바람과는 달리 검은딸기나무 덤불이 뱀처럼 꿈틀거리며 세라피나의 팔다리와 목을 휘감기 시작했다.

세라피나가 비명을 지르며 덤불을 뿌리치고 검은딸기나무 덤불 반대편으로 기어 나왔다. 덤불을 빠져나오자마자 세라피나는 벌떡 일어나 들판을 가로질러 달리기 시작했다.

세라피나는 몸을 돌려 싸우고 싶었다. 저 끔찍한 남자를 공격하고 싶었다. 하지만 목숨을 건지려면 도망치는 것 말고는 할 수 있는 일이 아무것도 없었다. 세라피나는 미친 듯이 달려 숲을 빠져나왔다. 마침내 벗어났다고 생각했다. 마침내 탈출했다고 생각했다.

세라피나는 뒤돌아보았다. 그런데 남자는 세라피나를 쫓아오고 있지 않았다. 아까 그 자리에 그대로 서 있었다. 남자는 그저 손바닥을 펼쳐 입가에 대고 세라피나가 있는 방향을 향해 입바람을 불었다. 차가운 시체 같은 죽음의 입김이 세라피나를 덮쳤다. 온몸의 피가 빠져나가는 듯한 느낌이었다. 허파가 차갑게 식었다. 근육이 마비됐다. 세라피나가 그 자리에서 쓰러졌다. 시체처럼 축 늘어진 세라피나의 몸이 야트막한 언덕 아래로 굴러떨어져 흙 속에 처박혔다.

온몸이 핏기 하나 없어 차갑고 창백했다. 허파가 더 이상 공기를 빨아들이지 않았다. 심장은 더 이상 피를 펴 올리지 않았다. 머리에 피가 공급되지 않자 더는 아무런 생각을 할 수가 없었다. 세라피나는 죽은 거나 다름없었다. 세라피나는 시체가 되어 땅바닥에 엎어져 있었다.

어느새 다가온 남자가 축 늘어진 세라피나의 몸을 헝겊 인형처럼 집어 올려 오래된 나무 그루터기에 걸쳐 놓았다. 잠시 후 남자가 세라피나를 흙바닥에 질질 끌고 가는 동안 세라피나의 정신이 돌아오기 시작했다. 남자가 걸어 놓은 주술의 효과가 점점 사라져 가는지 팔다리가 다시 따끔거리기 시작했다. 영문은 알 수 없지만 세라피나는 어둠의 주술보다 훨씬 더 강력한 존재임이 분명했다. 허파에 새로운 공기가 들어오면서 가슴께가 간질거렸다. 갑자기 심장 박동이 돌아왔다. 온몸에 따뜻한 피가 파도처럼 넘실거렸다.

"자, 이제 어디 한번 자세히 보자꾸나." 남자가 세라피나를 달빛이 비추는 곳으로 끌어다 놓고 말했다. "도대체 어떻게 생겨 먹었길래 조그만 여자애 주제에 그렇게 내 뒤를 밟은 건지."

남자가 얼굴을 보려고 축 늘어진 세라피나의 몸을 뒤집었다. 세라피나는 공포에 휩싸였지만 잠자코 눈을 감은 채 죽은 척 가만히 있었다.

"아, 그렇군." 남자가 세라피나의 얼굴을 내려다보며 말했다. "또 너였구나. 진작에 알아차렸어야 했는데. 넌 이미 우리에게 눈엣가시야, 안 그러니? 너희 종족들이라면 볼 만큼 봐 와서 알지. 널 이대로 더 자라게 내버려 두면 내 골치만 더 아파질 뿐이라는 걸.”

세라피나는 근육에 다시 힘이 들어가고 입안에 침이 도는 것을 느꼈다. 기회는 단 한 번뿐이었다. 쥐들이 써먹는 수법을 쓸 차례였다. 갑자기 살아난 세라피나가 몸을 비틀어 남자의 오른손을 있는 힘껏 깨물었다.

남자가 반사적으로 손을 뒤로 뺐다. 하지만 세라피나는 한 번에 순순히 놓아주지 않았다. 세라피나의 몸이 들릴 정도로 남자가 팔을 흔들었다. 바로 그 순간 세라피나는 물었던 손을 놓고 허공으로 날아올랐다. 바닥에 사뿐히 착지하자마자 세라피나는 벌떡 일어나 달아나기 시작했다.

세라피나는 수십 킬로미터를 뛰다가 걷다가 뛰기를 반복하며 최대한 멀리멀리 달아났다.

숲속에서 목격한 모든 장면을 곱씹어 보려 했다. 방금 그 남자는 며칠 전 숲속에서 마주쳤던 그 수염 난 남자가 틀림없었다. 남자는 마치 유령처럼 안개 낀 숲속을 떠다녔다. 산마을 사람들이 말하는 숲속의 노인이 바로 이 남자일까? 그는 세라피나를 아는 것 같았다. 세라피나를 가리켜 눈엣가시라고 말했다. 도대체 무슨 일을 말하는 거지? 노리는 게 뭘까? 정말로 검은 망토를 찾고 있는 걸까? 아니면 또 다른 목적이 있는 걸까? 세라피나는 마부 없이 마차를 끌던 종마 네 마리와 느닷없이 자신을 공격했던 칼새 떼와 계단에서 자신을 공격했던 기디언을 떠올렸다. 동물을 조종할 수 있는 능력을 가진 걸까? 남자의 정체가 무엇이든지 간에 그는 손을 이용해 죽음의 주문을 외울 수 있었다. 두 번 다시는 겪고 싶지 않은 경험이었다.

산을 내려올 때만 해도 세라피나의 계획은 엄마를 찾아서 자신이 알고 있는 모든 것을 말해 준 다음에 빌트모어로 돌아가는 것이었다. 하지만 만약 수염 난 남자가 벌써 엄마와 새끼 퓨마 남매를 찾아냈다면? 그래서 벌써 죽이기라도 했다면? 상상조차 끔찍했다. 세라피나는 더 빨리 달렸다. 한시라도 빨리 찾아야 했다.

동이 텄다. 세라피나는 엄마가 어디로 갔을까 고민하면서 걸음을 재촉했다. 그런데 마음속에서는 계속해서 다른 의문들이 고개를 들었다. 엄마는 그 남자가 자신의 영역을 침입했다는 사실을 알고 있었을까? 그래서 세라피나를 안전하게 보호하기 위해 숲에서 쫓아 버렸던 걸까?

세라피나는 엄마가 남긴 글귀를 다시 한 번 곱씹었다.

하지만 도무지 이해가 되지 않았다.

'기어오르는 곳이 바닥이 된다'니 그게 도대체 무슨 말이지?

세라피나는 머리를 굴렸다. "내가 기어오르는 게 뭐지?" 스스로에게 질문해 보았다.

나무 같은 건가? 아니면 마룻바닥?

세라피나는 사냥개 무리와 싸우던 때를 떠올렸다. 나무로 뛰어올라 나뭇가지 위를 달리다가 다시 땅으로 내려와 사냥개들과 한바탕 싸웠다. 그러다 사냥개들이 세라피나를 절벽 아래까지 몰아세웠다.

바로 그 순간 수수께끼의 답이 보일 듯 말 듯했다.

그때 더 이상 물러날 곳이 없어진 세라피나는 사냥개들을 피해 절벽을 타고 올라갔다.

세라피나가 찾고 있는 곳은 바닥이 바위로 된 곳인 것 같았다.

바닥이 바위로 된 방이 무엇일까?

그때 세라피나의 얼굴에 미소가 떠올랐다. 방이 아니었다.

"아, 동굴." 세라피나가 중얼거렸다.

하지만 이 산속에는 동굴이 한두 개가 아니었다. 세라피나는 수수께끼의 다음 부분을 생각했다.

"'비가 벽이 되는'은 또 무슨 뜻이지? 말이 안 되는데."

숲속을 걸으면서 세라피나는 입안으로 '비가 벽이 되는'이라고 계속 되뇌었다.

"어떻게 비가 벽이 될 수 있지?" 세라피나는 혼잣말을 했다. "비는 물이고, 물은 마실 수 있지. 물로 씻기도 하지. 물에서 헤엄도 치고……." 경우의 수는 끝이 없었다.

그리고 의미도 없었다.

물은 어디에나 있었다. 세라피나는 구름을 바라보았다. 물은 심지어 구름 안에도 있었다. 물은 구름 안에 모여 비가 되어 떨어지고 빗물은 땅속으로 스며들었다가 다시 강으로 흘러 들어갔다. 강이라.

언제 강이 벽이 되지?

벽은 수직이었다.

그 순간 세라피나는 나머지 수수께끼의 답을 알아차렸다.

"폭포구나." 세라피나가 만족스러운 목소리로 중얼거렸다. 물이 벽이 되는 곳, 비가 벽이 되는 곳은 바로 폭포였다.

이 산속에는 호수나 연못은 없었지만 폭포는 많았다. 절벽 아래로 굉음과 함께 쏟아지는 거대한 강줄기부터 가장 깊은 숲속을 통과해 흐르는 조그만 실개천까지 산을 살아 움직이게 하는 건 흐르는 물이었다. 산을 지금과 같은 모습과 영혼으로 조각한 것도 흐르는 물이었다. 수많은 바위 아래로 미끄러져 떨어지는 삼중 폭포도 있었고 미끌미끌한 바위를 타고 떨어져 바로 아래에 얼음장처럼 차가운 웅덩이를 이루는 폭포도 있었다. 높은 곳에서 지그재그로 떨어지는 좁은 폭포도 있었고 바위를 둥글게 만드는 낮고 조용한 폭포도 있었다.

그러나 세라피나가 찾는 곳은 폭포로 가려진 동굴이었다. 몇 군데 생각나는 곳이 있긴 했다. 하지만 하나는 너무 습했고 다른 하나는 너무 찾기 쉬운 곳에 있었다. 아무리 생각해도 후미진 조그만 만에 감추어진 폭포가 제일 유력했다. 정말로 엄마가 그곳에 있을까?

알아낼 수 있는 방법은 딱 하나였다. 세라피나는 그 동굴을 향해 걸음을 옮겼다.

"기어오르는 곳이 바닥이 되고 비가 벽이 되는 곳이라니."

세라피나가 걸어가면서 중얼거렸다. 앞뒤가 맞아떨어졌다. 완벽하게 맞아떨어졌다. 드디어 세상에서 앞뒤가 맞는 것을 찾아냈다는 사실에 세라피나는 기분이 좋았다.

몇 시간을 걸어서 세라피나는 목적지에 도착했다. 벌써 해가 중천에 떠 있었다. 세라피나는 혹시 모를 위험을 대비해 조금 거리를 두고 폭포를 자세히 관찰했다. 절벽 가장자리에서 폭포수가 부드럽게 일직선으로 떨어져 내렸다. 세라피나는 폭포가 그 아래 깨끗한 푸른색 물웅덩이에 떨어질 때 나는 냄새를 맡을 수 있었다. 폭포에서 흩어진 물보라가 산들바람을 타고 날아와 세라피나의 뺨을 적셨다.

세라피나는 무엇이 있을지 알지도 못하는데 곧장 폭포 뒤에 있는 동굴로 들어가 보고 싶진 않았다. 몸을 바짝 숙이고 숨을 죽인 채 천천히, 조심스럽게 동굴 입구로 다가갔다.

“네가 오길 기다렸어.” 갑자기 등 뒤에서 웬 남자 목소리가 들려왔다.

소스라치게 놀란 세라피나가 날카로운 쇳소리를 내며 튀어 올랐다가 재빨리 몸을 돌렸다.

두 손과 두 발로 나무 위에 착지한 세라피나가 목소리의 주인공을 내려다보았다.

세라피나는 눈앞의 광경이 믿기지 않아 잠시 눈만 깜박거렸다.

방금 전까지 세라피나가 있던 자리에서 불과 몇 발자국 떨어진 곳에 야생 소년이 태연하게 앉아 있었다.

“나무 오르기 하고 싶어?” 야생 소년이 미소를 지으며 물었다. “아니면 배고파?”

방금 전 느꼈던 두려움이 채 가시지 않은 상태로 세라피나는 소년을 찬찬히 관찰했다. 야생 소년은 신비하리만치 움직임이 느껴지지 않았다. 세라피나는 소년이 다가오는 소리도 듣지 못했고 기척도 느끼지 못했다.

야생 소년은 마르고 근육이 잘 발달한 몸매에 적당히 그을린 구릿빛 피부와 북슬북슬한 검은색 머리카락까지 세라피나가 기억하는 모습 그대로였다. 야생 소년은 맨발에다가 상체는 발가벗은 채로 낡은 바지 한 벌만 입고 있었다.

"이리 와, 뭐 좀 먹자." 야생 소년이 전혀 감정 없는 목소리로 말했다. 그러고 나선 벌떡 일어나 잘 분간도 되지 않는 길을 따라 폭포를 향해 앞장서서 걸어갔다. 소년이 걸음을 옮길 때마다 등 근육이 움직였다.

"기다려." 세라피나가 말했다.

야생 소년이 가던 길을 멈추고 세라피나를 돌아보았다. 황금빛이 감도는 갈색 눈동자가 세라피나를 바라보았다. "나는 웨이사야." 소년이 말했다. "그리고 너는 세라피나지."

"어떻게 날……?" 세라피나가 혼란스러운 듯 입을 뗐다.

"여기 있으면 우린 안전해. 최소한 지금은 말이야." 웨이사가 말했다. "그 남자가 이 장소를 모른다는 것만큼은 확실하거든."

세라피나는 감탄스러운 눈으로 웨이사를 바라보았다. 어떻게 세라피나가 누구인지, 어떤 상황에 처해 있는지 이렇게 잘 아는 거지? 그리고 도대체 '우리'는 누구지?

세라피나의 눈썹이 꿈틀했다. "그럼 그 글귀를 남긴 게 너야?"

"당연하지." 웨이사가 어깨를 슬쩍 들어 올리며 대답했다.

"사냥개들한테서 내 목숨을 구해 준 것도 너고……."

"너 혼자서도 나쁘지 않았어." 야생 소년이 웃으며 말했다. "넌 정말 용감해. 아마 너 혼자서도 살아남았을 거야."

"그날은 정말 고마워." 웨이사가 보여 줬던 용기와 바로 코앞까지 다가왔던 죽음을 떠올리며 세라피나가 진심으로 고마움을 전했다.

"천만에." 웨이사가 대답했다. "서둘러, 눈에 띄지 않는 곳으로 가야 해."

세라피나는 신중해야 한다고 생각하면서도 야생 소년과 함께 있으면 마치 집에 돌아온 것처럼 편안했다. 어느 누구와 있을 때도 느껴 보지 못한 편안함이었다.

세라피나는 나무를 타고 내려가 주변을 살펴본 다음 야생 소년을 따라 폭포 뒤에 있는 동굴로 들어갔다.

귀가 먹먹할 정도로 큰 소리를 내며 쏟아지는 강줄기 뒤로 자리 잡은 동굴은 예전에도 여러 번 보았지만 여기는 유난히 폭포가 부드럽게, 마치 강물처럼 떨어져 내렸다. 햇살이 물줄기를 통과하면서 아른아른 은빛으로 빛나는 벽이 탄생했다.

때때로 세라피나는 온 세상이 빛으로 만들어진 건 아닐까 생각하곤 했다. 구름 사이를 비집고 나온 달빛, 달나방의 날갯짓이 만들어 낸 초록 불빛, 한밤중 강물에 반사된 은빛, 새벽녘 어스름한 푸른빛, 그리고 비가 벽이 되는 곳에서 부서지는 햇빛까지. 물론 어둠이 없다면 빛도 존재할 수 없었고, 바위가 없다면 폭포도 존재할 수 없었다.

동굴 안쪽으로 들어가자 진보라색 자수정 벽이 나타났다. 동굴 입구 쪽으로 다시 돌아가 폭포수 아래를 내려다보자 그야말로 장관이 펼쳐졌다. 폭포수에서 피어오른 아지랑이 사이로 비친 햇살이 동굴 앞에 무지개를 드리운 것이다. 세라피나는 저도 모르게 미소를 지었다.

"이런 광경을 매일 보는 건 아니겠지?" 세라피나가 경이로움이 가득한 목소리로 웨이사에게 말했다.

세라피나는 지금 웨이사에게 묻고 싶은 질문이 너무 많아서 머리가 터질 것 같았다. 하지만 한편으로는 여기에, 안전한 장소에, 잠깐이라도 쉬어 갈 수 있는 곳에 와 있다는 사실에 마음이 평안했다.

세라피나가 다시 몸을 돌려 암석으로 된 동굴 바닥을 바라보았다. 동굴 안에는 살림살이가 그다지 많지 않았다. 하지만 보송보송하고 아늑했다. 담요 몇 개와 약간의 식량과 조그만 모닥불이 눈에 들어왔다.

"고기 익혀서 줄까?" 웨이사가 모닥불 앞에 쪼그리고 앉아 세라피나를 쳐다보며 물었다.

"응, 부탁해." 세라피나가 대답했다. 아까 웨이사가 배고프냐고 물었을 때 대답은 안 했지만 사실 세라피나는 겨울잠에서 막 깨어난 곰만큼이나 배가 고팠다. 그리고 너무 피곤했다.

웨이사가 양손을 동그랗게 말아서 입으로 바람을 불자 타다 남은 모닥불 사이에 숨어 있던 불씨가 되살아났다. 웨이사가 장작 몇 개를 더 집어넣었다.

모닥불이 활활 타오르자 웨이사가 어젯밤 사냥해 온 고기 두 종류를 들어 올려 세라피나에게 보여 주면서 물었다. "토끼도 있고 드러머도 있어."

웨이사가 드러머라고 부른 건 갈색 닭을 닮은 새였다. 빌트모어 사람들은 저것과 비슷하게 생긴 새를 들꿩이라고 불렀다. 날개로 가슴을 두드리는 동작이 유명한 꿩의 한 종류였다. "드러머가 맛있어 보이네." 세라피나가 말했다.

"좋은 선택이야." 웨이사가 동의했다. "닭고기보다 훨씬 맛도 좋아."

동굴 안을 둘러보던 세라피나는 웨이사가 정확히 어디에서 어떻게 사는지가 궁금해졌다. 웨이사는 산마을 출신일까 아니면 야생일까?

"그럼 너도 닭고기를 먹어 봤다는 거네. 그 말은……." 세라피나가 운을 뗐다.

"되도록이면 마을 쪽으로는 안 가려고 하지만 가끔씩 슬쩍해 올 때가 있긴 하지. 네가 궁금한 게 이거라면."

"그럼 여기가 네 집이야?" 세라피나가 물었다.

"아니. 난 여기서 살고 싶었는데 너희 엄마가 그렇게 내버려 두지 않으셨지. 여긴 내 영역이 아니라면서. 여긴 너희 엄마의 영역이니까. 적어도 너희 엄마의 영역이었지. 난 지나가는 길이었고."

"우리 엄마?" 세라피나가 웨이사를 바라보며 물었다.

"너희 엄만 괜찮으셔. 걱정하지 마. 우리 모두 살아남았어."

그 말을 듣는 순간 비로소 안심이 되면서 온몸에 긴장이 풀렸다.

"너희 엄마는 지금 새로운 영역을 찾으러 가셨어." 웨이사가 말했다.

웨이사가 이가 보이지 않게 입술을 안으로 말아 넣더니 목구멍을 긁는 듯한 소리를 세 번 냈다.

그러자 뒤편에서 무언가 바스락거리는 소리가 들려왔다. 세라피나는 고개를 돌렸다. 동굴 안쪽에 있는 바위에 모양이 일정치 않은 조그만 구멍이 뚫려 있는 것을 세라피나는 그제야 알아차렸다. 그 구멍에서 무언가가 꾸물꾸물 기어 나오고 있었다.

구멍에서 조그만 얼룩무늬 털북숭이 머리 하나가 쏙 하고 튀어나와 야옹 하고 울었다. 세라피나의 남동생이었다. 몇 번 꼼지락거리자 몸 전체가 구멍에서 빠져나왔다. 새끼 퓨마는 스스로에 대한 뿌듯함과 세라피나에 대한 반가움이 뒤섞인 듯 가르랑가르랑, 야옹야옹 소리를 내면서 세라피나에게로 타박타박 걸어왔다. 세라피나가 무릎을 꿇고 남동생을 가슴팍으로 당겨 꼭 끌어안고 뺨을 부볐다.

웨이사가 목구멍을 긁는 듯한 소리를 똑같이 세 번 반복했다. 그러자 이번에는 세라피나의 여동생이 기다렸다는 듯이 나와 세라피나에게 돌진했다. 세라피나가 소리 내어 웃음을 터뜨렸다. 양팔로 여동생을 끌어안고 동굴 바닥을 데구루루 굴렀다. 새끼 퓨마 남매가 세라피나에게로 마구 달려들었다.

“너네 여기 있었구나! 다 무사했구나!” 세라피나가 소리쳤다. 행복감에 가슴이 벅차올랐다.

새끼 퓨마 남매는 부드러운 앞발로 세라피나를 꾹꾹 누르기도 하고, 넘어뜨리기도 하고, 팔을 무는 시늉을 하기도 하고, 엎치락뒤치락 힘겨루기를 시도하기도 했다. 그러다가 갑자기 자기들끼리 가짜로 싸우기 시작했다.

그 사이에 웨이사가 들꿩을 다 구웠다. 둘은 모닥불을 가운데 놓고 앉아 식사를 했다. 들꿩은 맛있었다. 세라피나는 새끼 퓨마 남매에게도 고기를 조금 떼어 나누어 주었다.

“너 요리 잘한다.” 세라피나가 웨이사를 바라보며 말했다. 웨이사에게는 이 숲이 곧 집이었다. 웨이사는 사냥을 해서 밥을 먹었고 동굴에서 살았다. 세라피나는 웨이사가 싸울 때 얼마나 용맹했는지를 떠올렸다. 웨이사가 세라피나의 뒤에서 불쑥 나타났을 때 얼마나 기척도 없이 조용했는지를 떠올렸다. 세라피나는 괜한 희망을 품지 않으려고 애썼지만 직감적으로 이미 알고 있었다. 웨이사는 단지 사냥개 무리로부터 자신을 구해 준 평범한 야생 소년이 아니었다. 웨이사는 그냥 사라진 것이 아니었다. 세라피나의 엄마를 찾으러 간 것이었다. 강가에 쓰러져 있던 세라피나에게 다시 돌아와 코로 세라피나를 밀어 엄마 등에 태우고 그 옆에서 나란히 숲속을 달린 것도 웨이사였다. 웨이사가 바로 그 갈색 퓨마였다! 엄마는 바로 웨이사더러 세라피나에게 접근하지 말라고 경고했던 거였다. 세상에는 엄마 말고도 변신할 수 있는 고양잇과 맹수가 더 있었던 것이다!

"네가 그랬잖아, 넌 그냥 지나가는 길이었다고." 세라피나가 물었다. "그럼 넌 어디서 왔어?"

"체로키에서. 여기서 남서쪽에 있는 곳이야."

"네 가족들도 거기에 살아?"

"원래는 그랬지. 지금은 아니지만." 웨이사가 씁쓸한 목소리로 대답했다. 웨이사가 갑자기 일어나더니 세라피나에게서 등을 돌렸다. 잠깐 동안 세라피나는 웨이사가 동굴을 완전히 떠나 버리려는 줄 알고 깜짝 놀랐다.

"내가 괜한 걸 물었나 봐, 미안해." 그러나 이내 웨이사의 가족들에게 무언가 끔찍한 일이 벌어졌다는 걸 짐작하고서 세라피나가 말했다. 그토록 밝고 용감하고 생기발랄했던 웨이사의 얼굴에 먹구름이 잔뜩 드리워졌다.

웨이사가 멈칫하더니 고개를 흔들었다. 말을 꺼내는 일조차 힘들어 보였다. 그러다가 마침내 웨이사가 천천히 입을 열었다. "3주 전이었어. 다 함께 사냥을 마치고 돌아오던 길이었지. 행복하고 안전한 나날이었어. 형이랑 나랑 남동생이랑 여동생은 곧 각자 영토를 찾아 떠날 계획이었지. 그런데 그때 우리 앞에 그 마법사가 나타난 거야. 마법사는 제일 먼저 우리 큰형을 죽였어. 심지어 우리 중에 마법사의 공격을 눈치챈 사람은 아무도 없었어. 아빠는 온 힘을 다해 싸웠지만 결국 돌아가셨어. 엄마도, 남동생 둘도. 여동생은 거의 살릴 수 있었는데……." 웨이사가 말을 멈추고 두 손으로 얼굴을 가린 채 고개를 가로저었다. "우리 모두 힘을 합쳐 싸웠지만, 마법사의 주문은 너무 강했어." 웨이사의 목소리가 갈라졌다.

"정말 안됐다." 부드럽게 위로의 말을 건네는 세라피나의 눈에도 눈물이 그렁그렁했다. 세라피나는 웨이사를 위해서도 의연함을 유지하려고 애썼다. 하지만 고통스러워하는 웨이사를 보니 세라피나의 심장에서 오래된 상처만큼이나 깊은 구멍이 뚫렸다.

"난 도망쳤어." 웨이사가 말했다. 수치심으로 목소리가 떨리고 있었다. "여동생이 눈앞에서 죽었을 때 어찌할 바를 모르겠더라. 아무도 남아 있지 않았어. 맞서 싸울 사람도 더는 없었어. 나도 그냥 죽고 싶었어. 몇 날 며칠을 무작정 달리고 또 달렸어. 그러다 너희 엄마의 영역으로 들어온 거야. 하마터면 너희 엄마 손에 목숨을 잃을 뻔했지."

세라피나가 고개를 끄덕였다. 엄마를 처음 만나던 날 자신을 공격하던 엄마 모습이 떠올랐기 때문이다. "원래 그러셔. 자기 영역은 목숨을 걸고 지키시거든." 세라피나가 말했다.

웨이사도 고개를 끄덕였다. "당연히 그래야지. 우리 엄마도 자기 영역이 있었고 우리 아빠도 자기 영역이 있었는걸. 그리고 형이랑 동생들도 살아 있었다면 자기 영역이 생겼을 거야. 여동생은……."

웨이사가 말을 끝맺지 못했다. 더 이상 말하고 싶지 않은 듯했다.

"그럼 네가 영역을 침범하자마자 우리 엄마가 널 쫓아낸 거네." 세라피나가 일어나 화제를 바꾸며 말했다. "그랬는데도 넌 지금 우리 엄마가 낳은 새끼들을 돌봐 주고 있고."

"내가 흑마법사의 사냥개에게 공격받는 널 도와주는 걸 너희 엄마가 보셨거든. 그리고 어젯밤 흑마법사가 새끼 퓨마들을 공격했을 때 난 너희 엄마 옆에서 함께 싸웠어. 이제 우린 무슨 일이 일어나든 같은 편이 되기로 했어. 우리가 아는 한 여기가 가장 안전한 장소라서 너희 엄마가 앞으로 살 곳을 찾는 동안 난 여기 남아서 새끼들을 지키기로 한 거야. 혼자 가고 싶어 하지 않으셨지만 얘네를 데리고 가면 속도를 낼 수가 없으니까. 게다가 가다가 무엇을 맞닥뜨리게 될지도 모르고."

마음속에서 수많은 질문이 소용돌이치는 가운데 세라피나는 새끼 퓨마 남매를 바라보았다. 둘은 세라피나의 가족이었다. 세라피나와 너무도 많은 면에서 닮았지만 동시에 너무나 다르기도 했다. 새끼 퓨마 남매는 영원한 퓨마였다. 그리고 세라피나는 영원한 인간이었다. 셋은 똑같은 고통 속에 갇혀 있었다. 영원히 태어난 모습 그대로일 수밖에 없는.

"너 되게 힘들어 보인다." 웨이사가 말했다. "그리고 진흙 구덩이를 구르다 온 것 같네. 좀 쉬는 게 좋겠다. 하지만 그 전에 우리가 널 깨끗하게 만들어 줘야겠는걸."

"그게 무슨 말이야?" 세라피나가 웨이사 쪽으로 돌아서며 물었다.

대답을 들을 새도 없이 눈 깜짝할 새에 웨이사가 달려들어 세라피나를 폭포 아래로 떨어뜨렸다. 얼음장처럼 차가운 물에 눈앞이 번쩍하더니 몸이 그대로 곤두박질쳤다.

온몸에 부딪는 폭포수 사이로 떨어지는 순간 심장이 철렁 내려앉는 기분이었다. 몸이 저 아래 바위와 물웅덩이를 향해 거침없이 떨어졌다. 몸이 수면에 닿는 순간 어떤 일이 벌어질지 모르는 데서 오는 두려움으로 세라피나는 심장이 터질 것 같았다.

사냥개 무리를 피해 강을 건넜을 때도 수심이 가장 얕은 부분을 골랐지만 거의 죽을 뻔했다. 세라피나는 물이 깊은 곳에서는 수영을 해 본 적이 없었다. 사실 수영을 할 수 있는지조차 확실하지 않았다. 더군다나 수영을 할 수 있는지 없는지를 이런 식으로 확인하고 싶진 않았다.

그러나 바로 그 순간 온몸이 거대한 물보라를 일으키며 차갑고 깊은 물웅덩이 속으로 첨벙 빠졌다. 살을 에는 듯한 차가움이 온몸을 덮쳤다. 그러나 추락할 때 힘으로 세라피나의 몸은 아래로, 아래로, 한없이 가라앉았다. 물방울이 구름처럼 온몸을 휘감았다. 팔다리를 허우적거렸지만 그럴수록 더 깊이 가라앉았다. 산소가 모자라 숨을 쉴 수가 없었다. 허파가 터질 것 같았다.

그때 손 하나가 나타나 세라피나의 손목을 잡아끌어 올렸다.

수면 위로 고개를 내밀자마자 세라피나는 거칠게 숨을 들이켜고 팔다리를 허우적거리며 첨벙거리기 시작했다. 웨이사가 세라피나의 몸이 물에 뜰 수 있도록 잡아 주었다. “당황하지 마! 내가 잡고 있어!”

“나 수영 못해!” 세라피나가 어푸어푸 소리를 내며 허우적거렸다.

“다리로 물장구를 쳐.” 웨이사의 말을 듣고 세라피나가 빠르게 다리로 물을 밀어내기 시작했다. “좋아, 잘했어. 이제 앞에서 팔도 움직여 봐. 가슴에 바짝 붙이고, 이렇게. 좋아. 이제 팔다리를 같이 움직이는 거야. 제일 빠른 속도로 기어간다고 생각해.”

지금은 웨이사가 시키는 대로 하는 수밖에 별도리가 없었다. “계속 팔다리를 저어!” 웨이사가 명령했다. “잘했어. 이제 널 놓을 테니까 혼자서 해 봐.”

“놓지 마!” 세라피나가 비명을 질렀다.

“자, 이제 놓는다.”

웨이사가 손을 떼자마자 세라피나는 마치 지금 마시는 공기가 마지막이라도 되는 것처럼 겁에 질려 물 밖으로 고개를 내민 채 필사적으로 물장구를 쳤다. 그러나 얼마 지나지 않아 세라피나는 혼자서도 물에 떠 있을 수 있게 됐다. 몸이 가라앉지 않았다! 수영을 할 수 있게 됐다. 세라피나도 이제 수영을 할 수 있게 됐다!

"바로 그거야! 잘하네!" 웨이사가 환호성을 질렀다.

알고 보니 수영은 높은 곳에서 떨어질 때 다치지 않고 착지하는 것과 비슷했다. 세라피나와 그 종족들에게 수영이나 착지는 본능이었다. 의식적으로 생각하지 않아도 몸이 알아서 반응했다. 사실 세라피나가 일부러 기회를 만들어 추락하거나 수영을 하진 않았을 것이다. 하지만 막다른 상황에 처하자 거의 본능적으로 몸이 움직였다. 세라피나는 신이 나서 물웅덩이를 헤엄치고 다녔다. 세라피나도 이제 수영을 할 수 있다!

"너무 추워!" 세라피나가 화내는 건지 웃는 건지 헷갈리는 목소리로 불만을 늘어놓았다.

"계속 헤엄쳐. 익숙해져야지." 웨이사가 물속에서 세라피나 옆을 유유히 헤엄쳐 지나가며 말했다.

세라피나는 물웅덩이를 왔다 갔다 하며 수영을 즐겼다. 피부에 닿는 물의 촉감을 느끼면서 몸을 이리도 뒤집어 보고 저리도 뒤집어 보았다. 부드럽고 두꺼운, 얼음장처럼 차가운 물속을 천천히 날고 있는 듯한 기분이었다.

먼저 수영을 끝마친 웨이사가 물웅덩이에서 나와 강 가장자리에 있는 바위로 올라갔다. 그리고 세라피나에게 손을 내밀었다.

세라피나가 그 손을 잡자 웨이사가 바위 위로 올려 주었다. 두 사람은 나란히 바위를 타고 올라가 동굴로 돌아갔다. 모닥불에 장작개비를 더 던져 넣은 뒤에 따뜻하고 보드라운 새끼 퓨마를 각자 한 마리씩 품에 안고 모닥불 주위에 옹기종기 모여 앉았다.

"나한테 귀띔이라도 해 줬어야지!" 세라피나가 소리를 질렀다.

"그랬으면 네가 과연 스스로 뛰어내렸을까?" 웨이사가 웃음기 가득한 목소리로 되물었다.

"아니!"

"거봐." 웨이사가 얄미운 목소리로 말했다. "장거리 여행에서 강을 건널 일이 생기면 수영을 배워 둔 게 얼마나 잘한 일인지 알게 될 거야."

다시 깨끗해진 상태로 따뜻한 모닥불 앞에 앉아 있으니 기분이 좋았다. 어깨까지 내려온 머리카락이 보송보송하게 말라 갔고 온몸에 기운이 솟았다. 차가운 물에는 기운을 북돋우는 힘이 있는 것 같았다.

잠깐 동안 웨이사와 세라피나는 모닥불을 쬐며 서로의 삶에 대한 이야기를 나누었다. 세라피나는 흑마법사라고 부르던 수염 난 남자는 누구인지, 엄마는 어디로 간 건지, 웨이사에게 물어볼 질문이 산더미였다. 하지만 그렇게 오랫동안 도망 다니고 싸웠으니 지금 이 순간만큼이라도 모든 게 다 괜찮을 거라고 생각하고 싶었다. 이 동굴에 있으니까 아무 일도 없이 평화로운 세상에 세라피나와 웨이사 단 두 사람만 존재하는 것 같은 기분이었다. 세라피나는 웨이사에게 가족들에 대해 더 물어보았다. 웨이사는 가족들 이야기를 할 수 있는 기회가 생겨서 기뻐 보였다. 웨이사는 세라피나에게 빌트모어 생활은 어떤지, 아빠는 어떤 분인지, 세라피나의 어린 시절은 어땠는지 물어보았다. 세라피나는 웨이사에게 브레이든과 기디언에게 일어난 일과 수치심에 휩싸여 빌트모어를 도망쳐 나온 일을 들려주었다. 웨이사에게 마음을 터놓는 건 어렵지 않았다. 웨이사와 이야기하고 나니 심장에 난 상처에 연고를 바른 듯한 기분이었다.

세라피나와 웨이사는 각자 모닥불 반대편에 자리를 잡고 담요로 몸을 말고 누웠다. 세라피나는 마침내 편안한 마음으로 단잠에 빠졌다. 꿈속에서 세라피나는 숲속에 있었다. 크고 아름다운 나무와 흐르는 강과 바위투성이 산과 깊은 골짜기가 있는 숲이었다. 꿈속에서 세라피나는 수영을 했다.

잠시 후 몸을 공처럼 말고 자던 세라피나가 눈을 떴다. 옆에서 곤히 잠든 새끼 퓨마 남매가 눈에 들어왔다. 따듯하고 보드라운 털 뭉치 두 개가 가슴과 다리 사이에 고개를 처박고 단잠에 빠져 있었다. 쌕쌕거리는 숨소리만 들릴 뿐 고요했다.

언제 깼는지 웨이사가 모닥불 너머에서 세라피나를 가만히 바라보고 있었다.

세라피나는 한동안 말없이 가만히 있었다. 웨이사도 마찬가지였다.

마침내 침묵을 깨고 세라피나가 입을 열었다. "넌 집을 떠나 멀리 도망쳐 나왔다고 했잖아. 지금도 도망치는 중이고. 여기 와서도 계속 도망칠 수 있었잖아. 그런데도 남은 이유가 뭐야, 웨이사?"

웨이사가 세라피나에게서 고개를 돌려 폭포를 바라보았다.

"왜 여기 남은 거야?" 세라피나가 다시 물었다. 세라피나의 목소리는 조용하고 상냥했다.

"널 기다렸어." 웨이사가 부드러운 목소리로 대답했다.

세라피나가 눈썹을 들어 올리며 웨이사를 바라보았다. "그게 무슨 뜻이야?"

"벌써 며칠 전에 여기를 지나 떠났어야 했지만 그날 밤 숲속에서 널 보고 난 뒤로……."

"그날 밤 뭐?" 세라피나가 재촉했다. "숲속에서 날 보고 난 뒤로 뭐?"

"널 기다리고 싶었어." 웨이사가 말했다.

"날 기다리고 싶었다니, 그게 무슨 말이야?" 세라피나가 눈을 가늘게 뜨며 물었다.

"너랑 함께 여기를 떠날 수 있지 않을까 생각했어."

웨이사가 진지하게 이야기하고 있다는 게 느껴졌다.

"넌 날 잘 알지도 못하잖아." 세라피나가 말했다.

"네 말이 맞아." 웨이사가 대답했다. "난 널 잘 몰라. 하지만 이제 아는 사람이라곤 너랑 너희 엄마랑 새끼 퓨마들 말고는 아무도 없어."

세라피나는 뭐라고 대답해야 할지 알 수 없었다. 엄마 품을 떠나 자기 영토를 찾는 것은 퓨마의 방식이었고 친구와 가족과 함께 어울려 살길 원하는 것은 인간의 방식이었다.

웨이사를 바라보면서 세라피나는 깨달았다. 웨이사에게는 세라피나가 생각했던 것보다 훨씬 더 많은 계획이 있었다. 웨이사는 지금 세라피나에게 함께 떠나자고 말하고 있었다. 고사리 사이를 달리고 드러머를 사냥하고 물웅덩이에서 헤엄치면서 함께 숲속에서 살자고 말하고 있었다. 웨이사는 다시 세라피나를 만나기를 바라고 있었다. 웨이사는 세라피나를 기다리고 있었다.

세라피나와 웨이사는 한참 동안이나 서로를 바라보았다. 마침내 세라피나가 입을 열었다. "내가 변신 못하는 거 너도 알잖아."

"넌 할 수 있어." 웨이사가 말했다.

"노력해 봤지만 안 되더라."

"넌 단지 네가 되고 싶은 모습을 보지 못하고 있는 것뿐이야."

"무슨 말인지 모르겠어."

“네가 되고 싶은 모습을 마음속에 그리기만 하면 방법은 저절로 알게 될 거야.”

“난 안 될 거야.” 세라피나가 말했다.

“내가 가르쳐 줄게.” 그 말투가 어찌나 자신만만하고 상냥한지, 웨이사 말을 믿지 않으면 안 될 것 같았다.

세라피나가 웨이사에게서 등을 돌려 새끼 퓨마 남매를 꼭 껴안았다. 세라피나는 방금 웨이사가 했던 말을 생각했다. 세라피나 앞에 새로운 길이 열리고 있었다. 생각할수록 엄청난 일이었다. 원래 계획대로 빌트모어로 돌아가는 길이 하나 있었다. 세라피나가 사랑하는 사람들에게로 돌아가는 길이었다. 그러나 갈등과 고통과 불확실성으로 가는 길이기도 했다. 그런데 이 또 다른 길은 웨이사와 함께 새로운 곳으로 가는 길이었다. 어쩌면 영영 돌아오지 못할지도 몰랐다. 아빠와 브레이든이 그립겠지만 새로운 곳에서 새로운 삶을 시작하는 건 어떤 기분일지 궁금했다. 아빠와 브레이든만큼이나 웨이사와도 친해지는 걸까? 새로운 산과 새로운 폭포를 보게 될까? 저 멀리 다른 산에는 여기와 다른 동식물이 살고 있을까? 마침내 내가 있어야 할 곳을 찾게 되는 걸까? 그러면 난 어떻게 될까? 웨이사가 도와주면 정말로 변신하는 법을 배울 수 있을까?

미래를 그려 보면 그려 볼수록 세라피나가 선택할 수 있는 길이 너무나도 많았다. 모든 길이 서로 다 달랐다. 어른이 된다는 건 어떤 길을 선택하느냐의 문제기도 하다는 사실을 세라피나는 깨달았다. 세라피나 앞에는 두 갈래의 갈림길이 있었다. 어떤 길로 가느냐에 따라 완전히 다른 삶이 펼쳐질 것이다.

세라피나는 천천히 두 발로 일어서서 차분히 생각해 보려고 노력했다. 지혜와 용기가 필요했다. 하지만 무엇보다 가슴이 시키는 길을 따라가야 했다.

웨이사와 함께 동굴 안에 서서 세라피나는 흑마법사가 엄마와 새끼 퓨마들을 공격하던 순간을 상상해 보려고 노력했다. 수염 난 남자가 마법의 주문을 외우고 덩굴이 움직였을 것이다. 새끼 퓨마들은 틀림없이 공포에 질렸을 것이다.

"그래서 마법사가 공격했던 걸까?" 세라피나가 웨이사에게 물었다. "새끼 퓨마들을 데려가려고?"

"그 마법사는 모든 동물을 닥치는 대로 잡아들이고 있어." 웨이사가 말했다. "그래서 다들 도망가는 거야. 닥쳐올 위험을 감지한 거지. 그래서 너랑 내가 새끼 퓨마들을 데리고 여기를 떠나야 하는 거고. 세라피나, 네가 충분히 빠르게 이동할 수 있을 만큼 기운을 회복하는 대로 너희 엄마를 찾아서 떠나자."

웨이사의 말은 충격이었다. 세라피나도 엄마를 다시 보고 싶은 마음이 간절했지만 여기를 떠난다고 생각하면 마음이 한없이 아렸다.

"이 어둠에 맞서 싸우는 건 불가능해, 세라피나." 웨이사가 세라피나의 속마음을 눈치챈 듯 경고했다. "우린 이 산을 떠나야만 해."

"하지만 이해가 안 돼." 세라피나가 말했다. "무슨 일이 일어나고 있는 건지 말해 줘. 이게 다 뭐 때문이야? 그럼 엄마는 왜 날 빌트모어로 돌려보낸 거야?"

"너희 엄마는 너와 새끼 퓨마 남매를 이 세상 무엇보다 사랑하셔. 네가 빌트모어에 있는 편이 더 안전할 거라고 판단하셨던 거지. 하지만 틀렸어."

"빌트모어가 위험해?" 세라피나가 놀라서 되물었다.

"다 위험하지만 특히 빌트모어가 제일 위험해."

"뭐라고?" 세라피나가 놀라서 소리를 질렀다. "그럼 가서 도와줘야지, 웨이사."

"그럴 순 없어." 웨이사가 고개를 가로저으며 말했다. "상대는 우리가 알고 있는 것보다 훨씬 강해. 심지어 3주 전 우리 가족을 죽였을 때보다도 지금 훨씬 더 강해졌어. 여기로 오면서 점점 더 많은 힘을 모으고 있는 것 같아. 마법사의 힘은 이 땅과 이 숲과 이 안에 사는 마법으로 조종할 수 있는 사람 그리고 동물들과 연결되어 있어. 그런데 밴더빌트 씨와 그가 소유한 거대한 저택이 마법사가 이 지역을 마음대로 조종하는 걸 가로막고 있어."

"도대체 그 남자의 정체가 뭐야? 누군데 이러는 거야?" 마음속에서 점점 커져 가는 공포를 느끼며 세라피나가 물었다.

"그 남자도 우리 같은 변신술사야. 원할 때마다 하얀 얼굴을 한 올빼미로 변신할 수 있어. 하지만 그 힘을 악한 목적으로 사용하고 있어. 숲을 지배하고 숲속에 있는 동식물과 마법의 힘을 빼앗아 자기 마음대로 조종하려고 하는 거야. 우리 종족은 그 남자를 가리켜 어둠이라고 불렀어. 우리에게 그 남자는 보이지 않는 미래였거든. 변신술사는 그 능력을 대대손손 물려주게 돼. 그런데 그는 거기서 만족하지 못하고 그 능력을 더욱 발전시켰어. 수년 동안 세상을 뒤트는 방법과 저주와 주문을 연구한 거야. 그래서 이 숲속을 마음대로 조종하고 싶어 해. 조그만 생쥐부터 커다란 곰까지 우리 모두를 노예로 만들고 싶어 해. 그중에서도 특히 우리 같은 고양잇과 맹수를 싫어하는데 그 이유는 우리는 마음대로 조종할 수가 없기 때문이야. 우리는 맞서 싸우려 드니까. 그는 자신이 하는 일에 방해가 되는 건 무엇이든지 없애 버릴 거야."

"그럼 그 남자가 빌트모어를 공격하려는 거야?"

"나도 그가 어떤 방법이나 속임수를 쓸지는 모르겠어." 웨이사가 말했다. "그는 흑마법사야. 너나 나처럼 이빨과 발톱으로 싸우지 않아. 정면으로 싸우지 않아. 계략이나 속임수를 써서 목적을 달성하지. 아무런 소리도 내지 않고 날 수 있고 올빼미처럼 볼 수 있고 멀리 안전한 거리에 몸을 숨길 수도 있어. 무기를 만들어서 자신이 가진 힘을 응축시킨 다음에 직접 나서지 않고 다른 악마를 보내지."

세라피나는 방금 들은 이야기를 이해하려고 노력했다. "무기라는 건…… 검은 망토 같은 걸 말하는 거지?"

웨이사가 고개를 끄덕였다. "검은 망토는 흑마법사가 처음으로 흑마법을 응축시켜 만든 영혼을 수집하는 망토야. 이번에는 또 어떤 주술을 쓰려는 건지 알 수 없지만 검은 망토가 망가진 것 때문에 크게 분노한 것 같아. 이 모든 일이 거기서 시작된 거야. 그 마법사가 여기에 온 것도."

"지금 검은 망토를 만든 사람이 살아서 돌아왔다는 거야? 토른 씨가 아니라 *실제로 검은 망토를 만든 사람*이?"

"그는 불사신이야." 웨이사가 말했다.

"이해가 안 돼. 도대체 그 마법사는 어디선 온 건데?"

"우리 아빠 말씀으론 오래전에 이 산에 숲속의 노인이 살았대. 범상치 않은 힘을 가지고 태어났는데 그 힘을 더 개발해서 자유자재로 사용할 수 있게 되길 갈망했대. 그래서 오래된 세계로 떠났고 거기서 죽은 사람과 대화할 수 있는 능력을 가진 주술사들에게 흑마법을 배웠대. 그리고 다시 돌아왔을 때는 엄청난 힘을 가진 마법사가 되어 있었던 거야. 거미가 집을 짓듯이 어두운 동굴 하나를 거처로 삼고 가까운 마을 사람들에게 주술을 걸고 숲속의 동물들을 노예로 삼기 시작했대."

"왜 아무도 그 마법사를 막지 않은 거야?" 세라피나가 웨이사의 말을 잘랐다.

"막으려고 했어. 고양잇과 맹수들이 들고일어나서 한바탕 큰 전투가 벌어졌어. 거의 무찌를 뻔했대. 마법사는 모든 힘을 잃고 유령이 되어 사라졌어. 그동안 여기서 멀리 떨어진 낯선 땅에서 새로운 기술과 힘을 모으고 있었나 봐. 이제 전보다 훨씬 더 강해져서 돌아온 거야. 지금 우리가 이야기하는 이 순간에도 방울뱀처럼 통나무 밑에 숨어서 독을 만들어 내면서 공격할 기회만 노리고 있을 거야."

"그럼 맞서 싸워야지!" 세라피나가 소리쳤다.

웨이사가 번개처럼 빠른 동작으로 세라피나의 어깨를 잡았다. "내 말 잘 들어, 세라피나." 웨이사가 놀라서 동그래진 세라피나의 눈을 정면으로 바라보며 말했다. "마법사는 어둠의 힘을 응축시킨 지팡이를 하나 만들었어. 그 지팡이가 있으면 동물들을 마음대로 조종할 수 있어. 의지와는 상관없이 무엇이든 시키는 대로 하도록 말이야. 그뿐만 아니라 마법사는 이제 혼자가 아니야. 엇비슷한 힘을 가진 또 다른 마법사가 한 명 더 있어. 그 둘이 힘을 합치면 막을 수 없어. 그들은 이 숲과 이 산이 자기들 땅이라고 생각하고 되찾으려고 하고 있어. 더 많은 땅을 차지하면 차지할수록 그들의 힘은 더욱 더 강해질 거야. 그들과 싸워 이기기란 불가능해."

"우리 엄마라면 가능해!" 세라피나는 저도 모르게 소리를 질렀다. 하지만 말을 하면서도 끔찍한 현실을 실감하기 시작했다. "우리 엄마는 이미 마법사와 한 번 싸워 봤잖아. 그러니까…….”

웨이사가 천천히 고개를 끄덕였다.

“그래서 두 번 다시 싸우지 않으시려는 거구나.” 세라피나가 말꼬리를 흐렸다.

“맞아.” 웨이사가 잠시 망설였다.

세라피나가 웨이사를 쳐다보았다. “뭔데? 말해 봐.”

웨이사가 고개를 들어 세라피나와 눈을 맞췄다. “십이 년 전에 흑마법사가 너희 아빠를 죽였어.” 웨이사가 나지막한 목소리로 말했다.

“우리 아빠?” 세라피나가 화들짝 놀라며 되물었다. “진짜 우리 아빠?” 상상도 못한 일이었다. “도대체 어떻게? 왜? 넌 우리 아빠를 어떻게 알아?”

“너희 아빠도 우리와 같은 고양잇과 맹수였으니까. 고양잇과 맹수치고 너희 아빠를 모르는 사람은 없어. 너희 엄마가 이 사실을 숨긴 건 네가 너희 아빠의 발자취를 좇아 똑같은 운명을 맞이하게 될까 봐 겁이 났기 때문일 거야. 하지만 너희 아빠는 위대한 전사셨어. 역대 가장 용맹한 전사이자 가장 강한 지도자셨지. 십이 년 전에 우리 부모님을 비롯해 이 숲에 사는 모든 동물이 너희 아빠 편에 서서 흑마법사를 몰아내려고 힘을 합쳐 싸웠어. 거의 무찌를 뻔했지. 너희 아빠가 그 전투를 이끄셨어. 우리 아빠가 내게 항상 하시던 말씀이 있는데, 사실은 그게 너희 아빠가 항상 하시던 말씀이래.”

“어떤?” 세라피나가 전혀 짐작이 가지 않는다는 투로 물었다. "뭐라고 하셨는데?"

"'용기를 잃지 마!' 우리가 주저할 때마다 너희 아빠는 이렇게 말씀하곤 하셨대. 그 뒤로 우리들 사이에선 이 말이 구호가 됐어. '용기를 잃지 마!'"

"그런데 아빠에게 무슨 일이 생긴 거야?"

웨이사가 안타까움에 고개를 저었다. "너희 부모님은 숲속의 모든 동물을 진두지휘해서 마법사를 공격했어. 그 전투에서 마법사는 치명상을 입고 거의 모든 힘을 잃었어. 거의 무찌를 뻔했지만 죽은 것처럼 보여도 사실은 완전히 죽지 않는 게 흑마법사들의 특징이야. 그의 영혼은 끝까지 살아남아서 우리 눈에 보이지 않는 어둠 속에 숨어 있었던 거야. 전투가 막바지에 이르렀을 때 검은 망토가 너희 엄마를 집어삼키고 너희 아빠를 쓰러뜨렸어. 너희 아빠는 마지막까지 용기를 잃지 않으셨어. 너희 아빠 덕분에 우리 모두는 목숨을 건졌어. 하지만 너희 아빠는 그만 목숨을 잃고 마신 거지."

"뭐라고?" 세라피나가 말했다. "이 이야기가 전부 사실이야? 엄마는 어떻게 나한테 이런 이야기를 단 한마디도 해 주지 않을 수가 있지?"

"널 지키고 싶으셨던 거야, 세라피나. 네가 승산 없는 싸움에 뛰어들길 원치 않으셨던 거야. 빌트모어 안에서는 안전하리라고 생각하셨던 거지. 하지만 거기도 이미 넘어간 게 확실하네. 우리는 이 싸움에서 이길 수 없어."

"그래서 그자가 누구라는 거야, 웨이사?" 세라피나가 다시 물었다. "숲속의 노인이 도대체 누구야? 그레이선 탐정은 누구고? 네가 말한 또 다른 흑마법사야? 아니면 그를 위해 일하는 악마 중 한 명이야?"

"흑마법사가 어떤 모습으로 나타날지 전혀 알 수 없어." 웨이사가 말했다. "하지만 그 흑마법사가 돌아왔다는 건 알아. 누구든지 저항하면 죽임을 당할 거라는 것도. 너희 엄마는 항상 죽을힘을 다해 자기 영토를 지켜 오셨던 만큼 상대가 얼마나 위험한 존재인지도 알기 때문에 여기를 떠나시려는 거야. 그래서 최대한 빨리 새 영토를 찾아 나서신 거고. 스모키산 아주 깊숙이, 낯선 숲으로 들어가셨어. 거기 있는 다른 고양잇과 맹수들과 이야기해 보고 우리가 정착할 새로운 장소를 찾아보신다고 하셨어. 저 멀리 다른 산에서 빛과 자유가 가득한 새로운 영토를 찾아서 잘 지켜야 해. 스모키산은 우리 종족의 마지막 보루야, 세라피나. 살아남은 몇 안 되는 우리가 앞으로 지켜야 할 마지막 고향이야."

세라피나는 홀린 듯이 웨이사의 말을 경청했다. 웨이사가 말하는 위험이 무엇인지 알고 있었다. 세라피나도 흑마법사의 주술을 직접 경험했다. 허파에서 공기가 빠져나갈 때의 느낌이 아직도 생생했다. 게다가 지팡이가 지닌 어둠의 힘도 직접 목격했다. 웨이사를 따라 동생들을 데리고 저 멀리 다른 산에 있는 엄마를 찾아 합류하는 건 생각만 해도 가슴이 설렜다. 하지만 그건 산골짜기에서 봤던 도시나 산비탈을 지나가던 기차나 산등성이를 따라 머나먼 산봉우리로 떠나던 늑대들과 별반 다르지 않았다. 세라피나 앞에는 새로운 길이 여러 개 열렸지만 가슴이 가라고 시키는 길은 따로 있었다. 세라피나는 아빠와 브레이든이 있는 곳으로, 에시와 밴더빌트 부부가 있는 곳으로 돌아가고 싶었다. 빌트모어가 세라피나의 집이었다. 숲속의 노인이 숨을 빼앗고 동물들을 조종할 수 있다면 그가 저지를 수 있는 나쁜 짓에는 끝이 없을 것이다. 세드릭을 조종해 브레이든을 공격할 수도 있었다. 늑대를 조종해 밴더빌트 씨를 살해할 수도 있었다. 흑마법사가 스파이로 몰래 심어 놓은 그레이선은 이미 하수구관을 타고 빌트모어 구석구석을 돌아다니는 쥐새끼처럼 활동을 개시했다. 어쩌면 토른이 검은 망토의 힘을 이용해 아이들의 영혼을 흡수했던 것처럼 그레이선은 웨이사가 말한 지팡이의 힘을 이용해 동물들을 조종하고 있을지도 몰랐다. 그들의 계획이 정확히 무엇인지는 몰라도 막아야만 했다.

"어떻게든 맞서 싸울 수 있는 방법을 알아내야 해." 세라피나가 강하게 말했다. "난 빌트모어 사람들을 배신하지 않을 거야."

"세라피나, 너도 이미 흑마법사의 힘을 봤잖아." 웨이사가 반박했다. "우리가 대적할 수 없는 상대야. 여동생이 내게 작별 인사를 하려던 순간 허파에서 마지막 숨이 빠져나가던 모습을 난 잊을 수 없어. 나랑 새끼 퓨마 남매랑 함께 너희 엄마가 계신 곳으로 가자. 스모키산으로 가면 안전할 거야. 거긴 숲과 계곡과 강줄기가 수백 킬로미터나 뻗어 있는 곳이야."

"미안해, 웨이사." 세라피나가 고개를 저으며 말했다. "난 돌아가야만 해."

"나한테 그랬잖아. 빌트모어 사람들이 거긴 네가 있을 곳이 아니라고 했다며." 웨이사가 세라피나를 설득했다. "그래서 거기서 도망쳐 나온 거라며. 넌 고양잇과 맹수야, 세라피나. 너한텐 이제 우리가 있잖아. 그 사람들은 더 이상 필요 없다고!"

웨이사의 말에 세라피나는 머리를 한 대 얻어맞은 듯했다. 하지만 애써 듣지 않으려고 노력했다. 들을 수가 없었다. 세라피나는 무릎을 꿇고 새끼 퓨마 남매를 꼭 끌어안았다. "나는 두고 너희들끼리 가." 세라피나가 웨이사에게 말했다. "동생들을 잘 부탁해. 넌 원래 계획대로 우리 엄마를 쫓아가."

"세라피나." 웨이사가 다시 한 번 강하게 말했다. "너한테는 이제 그 사람들이 필요하지 않아!"

세라피나의 마음속에서 어떤 감정이 북받쳐 올랐다. 세라피나는 일어나서 웨이사를 껴안았다. 세라피나는 한참 동안이나 웨이사를 꽉 껴안고 있었다. 그리고 마침내 웨이사를 안았던 팔을 풀면서 생각했다. 어쩌면 웨이사를 다시는 볼 수 없을지도 모른다고. "나한테는 그 사람들이 필요해." 세라피나가 입을 열었다. "그리고 무엇보다 그 사람들한테도 내가 필요해."

세라피나는 자신과 같은 종족인 웨이사를 마지막으로 한 번 더 바라보았다. 그리고 뒤돌아서서 빌트모어로 발길을 돌렸다.

"너 혼자 힘으론 빌트모어를 구할 수 없어!" 웨이사가 덤불 속으로 사라져 가는 세라피나의 뒤통수에다 대고 소리를 질렀다.

"난 혼자가 아니야." 세라피나가 혼잣말로 중얼거렸다.

26

동이 트기 직전에야 세라피나는 빌트모어를 둘러싼 캄캄한 숲속에 다다랐다. 하늘이 서서히 밝아 오고 있었다. 차가운 새벽 공기 속에 대지의 숨소리만 들릴 뿐 사방은 바람 한 점 없이 고요했다. 나뭇가지 사이로 기다란 회색 구름 같은 아지랑이가 피어올랐다. 세라피나는 한시라도 빨리 집 안으로 들어가고 싶은 마음에 안달이 났다. 그런데 그때 안개 속에서 누군가가 망토를 뒤집어쓰고 휙 지나갔다. 세라피나는 몸을 낮추고 방금 본 그림자가 누구 혹은 무엇인지 알아내려고 아침 안개 속을 노려보았다. 세라피나가 너무 늦게 온 걸까? 흑마법사가 벌써 도착한 걸까?

회색 수염이 난 남자가 지팡이를 짚고 나무 사이로 천천히 움직였다. 세라피나는 눈을 떼지 않았다. 남자는 안개 속을 떠다니는 것처럼 보였다. 심장이 서너 번 뛸 동안 남자의 모습이 사라졌다가 다시 나타났다. 숲속의 노인인가? 바로 그때 남자가 들고 있던 지팡이로 땅에 구멍을 뚫었다. 그러고 나선 무릎을 꿇고 앉더니 등에 메고 있던 가방에서 조그만 무언가를 꺼내 땅속에 묻었다.

세라피나는 더 가까이 다가갔다. 남자는 망토가 아니라 쌀쌀한 새벽 공기를 막아 줄 가볍고 긴 외투를 입고 있었다. 남자의 얼굴이 또렷하게 보였다. 밴더빌트 씨와 이른 새벽에 숲속을 거닐던 바로 그 낯선 노인이었다. 세라피나가 빌트모어에서 도망치던 날 밤에도 저 노인은 다른 손님들 틈에 섞여 있었다.

세라피나는 노인이 무엇을 하고 있는지 가만히 관찰했다. 5미터쯤 걸음을 옮겨 주위를 둘러본 노인이 무언가를 결심한 듯 다시 무릎을 꿇고 앉았다. 노인이 가방에서 꺼낸 것이 다름 아닌 도토리라는 사실을 알아차리기까지는 조금 시간이 걸렸다. 노인은 나무를 심고 있었다.

그 순간 의식 저편에 가두어 두었던 기억이 갑자기 물밀듯이 터져 나왔다. 노인은 낯선 사람이 아니었다. 세라피나는 노인을 몇 년 전에도 본 적이 있었다. 노인의 이름은 프레더릭 로 옴스테드였다. 빌트모어 대저택의 정원을 설계한 조경 건축가이자 밴더빌트 씨의 가장 가까운 친구 겸 스승이기도 했다. 빌트모어는 옴스테드 씨가 은퇴하기 전에 남긴 마지막 역작이었다. 세라피나는 마지막으로 옴스테드 씨를 보았던 때가 언제였는지를 떠올리려고 기억을 더듬었다. 삼 년 전이었나? 사 년 전이었나? 옴스테드 씨는 지난 몇 년 사이에 무슨 일이 있었나 싶을 정도로 세라피나가 기억하는 모습보다 훨씬 노쇠해 보였다.

세라피나가 갓 빌트모어 영지를 돌아다니기 시작했을 무렵이었다. 옴스테드 씨는 자신이 설계한 대로 빌트모어의 정원을 조성하기 위해 일꾼 수백 명을 진두지휘하곤 했다. 하지만 지금처럼 조용히 홀로 시간을 보낼 때도 많았다. 옴스테드 씨는 아마도 자신을 지켜보는 시선이 있다는 사실은 전혀 눈치채지 못했을 것이다. 손에는 우둘투둘한 지팡이를 짚고 어깨에는 가죽 가방을 둘러메고 옴스테드 씨가 홀로 어디론가 가는 모습을 세라피나는 여러 번 보았다. 아마 그때도 마치 숲의 미래를 설계하는 사람처럼 산으로 들로 다니며 나무를 심었던 것 같다. 옴스테드 씨는 머릿속으로 백 년 뒤를 미리 내다보는 사람 같았다. 일꾼 수백 명을 거느리고 대규모 공사를 진행할 만큼 유명했지만 혼자서 은밀하게 씨앗이나 묘목 심는 일을 즐기곤 했다. 마치 흙을 직접 손으로 만지기 위해서 나무를 심는 것 같았다. 옴스테드 씨는 여기에는 히커리 나무를 심고 저기에는 철쭉을 심었다. 어떤 면으로든 옴스테드 씨는 미래를 내다보는 사람이었다.

그로부터 수년이 지난 지금도 옴스테드 씨가 심었던 어린 나무들이 울창한 숲을 이루는 날은 아득히 멀게만 느껴졌다. 그러나 밴더빌트 씨와 옴스테드 씨가 처음 답사를 왔을 때만 해도 이 지역은 폐허에 가까웠다. 나무는 대부분 잘려 나가고 농경지는 못 쓰게 되고 땅은 아빠의 표현을 빌리자면 벌거숭이와 다름없었다. 아빠는 그렇게 황폐했던 이 지역을 바꾸기로 결심한 사람이 바로 옴스테드 씨와 밴더빌트 씨였다고 세라피나에게 말해 주었다.

옴스테드 씨가 숲속으로 사라졌다. 스쿼터스 클리어링으로 간 것이 틀림없었다. 거기는 빌트모어 소유지를 통틀어 아직 정원도 농장도 숲도 들어서지 않은 몇 안 되는 구역 중 하나였다. 새벽에 이 근처를 배회하는 노인이 옴스테드 씨라는 사실을 알고 나자 세라피나는 안심이 됐다. 하지만 몇 년 동안 보이지 않던 옴스테드 씨가 갑자기 빌트모어를 다시 찾은 이유가 무엇인지 너무 궁금했다. 게다가 옴스테드 씨처럼 느긋하신 분이 왜 갑자기 해가 뜨기도 전에 일어나 저렇게 결연한 표정으로 나무를 심고 있는 걸까?

옴스테드 씨를 뒤로하고 세라피나는 가만히 어둠을 가로질러 빌트모어 정원으로 들어갔다. 연못을 지나 진달래가 줄지어 핀 꽃길을 지나 식물원에 다다랐다. 식물원 지붕을 덮은 수천 개의 유리창 위로 새벽하늘에 뜬 별빛이 반짝이며 부서졌다. 여덟 살 무렵 유리온실에 보일러를 고치러 가는 아빠를 따라갔던 기억이 났다. 아빠가 일하는 동안 세라피나는 이국적인 식물들 사이를 돌아다니며 남아메리카 정글에 사는 재규어 흉내를 내며 놀곤 했었다.

세라피나는 구불구불 미로 같은 떨기나무 정원으로 올라갔다. 겨울 꽃인 개나리재스민이 활짝 피어 사방에 향기가 진동했다. 차갑고 상쾌한 공기, 새빨간 열매가 송이송이 열린 호랑가시나무와 겨우살이(크리스마스 화환을 만드는 주재료_옮긴이), 샛노란 개나리재스민이 올해도 어김없이 크리스마스가 성큼 다가왔음을 알렸다. 하지만 세라피나는 지금 옴스테드 씨와 꽃과 나무, 크리스마스 따위를 신경 쓸 때가 아니라며 마음을 다잡았다. 그레이선과 숲속에서 목격한 어둠의 힘을 막지 못한다면 빌트모어의 존재 자체가 위험해질 수도 있었다.

환기구 안으로 들어간 세라피나는 빌트모어 대저택을 떠받치고 있는 저택 뒤편 주춧돌까지 기어갔다. 그리고 거기서 쇠로 된 격자 모양 덮개를 열고 지하실 복도로 올라섰다. 며칠 만에 돌아온 어둡고 적막한 지하실 복도가 너무나도 반가웠다.

주방에서 나는 빵 굽는 냄새, 세탁실에서 나는 갓 건조된 따뜻한 침대보 냄새, 어릴 때부터 맡았던 다른 모든 냄새가 마음속에 향수를 불러일으켰다.

세라피나는 작업실로 가서 작업대와 도구 선반을 지나 곧장 부품 선반 뒤로 갔다. 언제나처럼 침대 위에서 아빠가 부드럽게 코를 골며 잠들어 있었다. 세라피나는 잠시 보일러 뒤편에 놓인 자신의 침대에서 한숨 자고 일어날까 생각했지만 실행에 옮기진 않았다. 대신 아무런 소리도, 기척도 없이 세라피나는 아빠 옆에 몸을 웅크리고 얌전히 누웠다. 집에 돌아왔다는 사실이 오늘만큼 기뻤던 적은 없었다.

세라피나는 아빠를 깨우지 않았다. 자신이 저지른 짓을 생각하면 여전히 수치스러웠기 때문이었다. 아빠가 일어나 세라피나를 보면 어떤 반응을 보일지 알 수 없었다. 하지만 아빠는 잠든 동안에도 세라피나가 지금 옆구리를 비집고 누워 있다는 사실을 어렴풋이 아는 것 같았다. 세라피나가 여전히 살아 있고 빌트모어와 숲속의 그림자 사이를 돌아다닌다는 사실을 아는 것 같았다. 세라피나가 여전히 아빠를 하늘만큼 땅만큼 사랑한다는 사실을 아는 것 같았다.

잠에서 깬 아빠가 몸을 일으켰다. 아빠는 옆에 누워 있는 세라피나를 발견하고선 이게 꿈인지 생시인지 헷갈리는 듯 눈을 비볐다.

"아빠." 세라피나가 부드러운 목소리로 아빠를 불렀다.

아빠가 두 팔을 뻗어 세라피나를 휙 끌어당겼다. 순식간에 품에 들어온 세라피나를 다시는 놓치지 않겠다는 듯 아빠는 팔에 더욱 더 힘을 주었다. "얼마나 걱정했는 줄 아니." 아빠 목소리에서는 안도감이 배어 나왔다. 세라피나의 심장이 기뻐서 날뛰었다. 마침내 집에 돌아왔다는 게 실감이 났다.

세라피나는 누구도 다치게 할 의도는 없었다며 아빠에게 자초지종을 모두 털어놓았다. 이야기를 다 듣고 난 아빠가 아침을 만들면서 세라피나에게 다정하게 말했다.

"나쁜 일이 생겼을 때는 말이다, 세라야. 그 일이 아무리 부당하고 괴롭더라도 도망쳐선 안 돼." 아빠가 말했다. "그럴 땐 집에 와야지, 딸아. 나한테 와서 그게 뭐가 됐든 얘기를 해야지. 그게 가족 아니냐. 알겠니?"

세라피나가 고개를 끄덕였다. 아빠 말이 맞았다. "알겠어요, 아빠."

아빠와 함께 아침을 먹다 말고 다시 불길한 생각이 서서히 고개를 들었다. "그동안 여기선 무슨 일이 있었는지 말해 주세요, 아빠. 다들 무사한가요? 브레이든은 어때요?"

아빠가 고개를 절레절레 흔들었다. "그 아인 힘든 시간을 겪고 있는 것 같더구나."

"기디언은 죽었나요?" 세라피나가 떨리는 목소리로 물었다.

"그 개는 너무 심하게 다쳐서 수의사도 어떻게 해 줄 수가 없다더라. 고통을 끝내 주기로 결정했는지 어쨌는지는 나도 모르겠다."

세라피나의 얼굴이 순간 새빨개졌다. 세라피나는 입술을 꾹 다물고 쏟아지려는 눈물을 안간힘을 다해 참았다. 세라피나는 숨을 깊이 들이마시고 손으로 얼굴을 가렸다. 잠시 그렇게 있다가 세라피나가 다시 입을 열었다. "다른 사람들은요? 다들 무사한가요?"

"아니, 나쁜 소식이 더 있다." 아빠가 말했다. "네가 없는 동안 마구간 총책임자인 리날디 씨가 세상을 떠났다. 그 사람 참 안됐어."

"무슨 일이 있었던 거예요?" 세라피나가 물었다. "병이 있었던 거예요?"

아빠가 여전히 믿기지 않는다는 듯이 고개를 저으며 말했다. "말발굽에 채어서 죽었다."

세라피나가 놀라서 아빠를 쳐다보았다. "그 검은색 종마 중에 하나가요?"

"어떤 말이 그랬는지는 모르겠다만 사나운 놈이었다더구나. 그 일이 있고 나서 모두가 충격에 빠졌어."

"리날디 씨가 너무 안됐어요." 세라피나가 말했다.

"그건 그렇고, 크리스마스라고 손님들이 몰려와서 밴더빌트 씨가 정신이 없으실 게다."

"밴더빌트 부인은요? 몸은 좀 나으셨대요?"

"어떤 날은 괜찮은지 여기저기 보이더라만 온종일 안 보이는 날도 많다."

"그레이선 탐정은 아직 여기 있나요?" 세라피나가 물었다.

"어제 널 찾으러 여기 지하실에 다녀갔다." 아빠가 말했다.

"그래서 뭐라고 했어요?" 세라피나가 놀라서 물었다.

"네가 영영 사라져 버려서 어딨는지 모른다고 말했다. 사실이기도 했고."

"잘했어요." 세라피나가 말했다. 아빠가 해 줄 수 있는 최고의 대처였다. 그레이선이 세라피나에 대해 아는 것이 없을수록 좋았다. "그 사람이 무슨 말을 하든, 무슨 행동을 하든, 절대 믿지 마세요, 아빠."

세라피나는 아빠가 요새는 무슨 일을 하고 있나 보려고 작업실을 한 바퀴 둘러보았다. "엘리베이터 기어는 원하던 대로 고쳤어요, 아빠?"

아빠가 만족스럽다는 듯이 고개를 끄덕였다. "기어는 완벽하게 고쳤다. 이제 원래대로 아주 잘 돌아가. 그런데 네 쥐새끼들이 또 말썽이구나."

"그게 무슨 말이에요?" 세라피나가 혼란스러운 표정으로 물었다.

아빠가 작업대 하나로 걸어가더니 세라피나에게 검은색 전선 뭉치를 보여 주었다.

"그게 뭔데요?" 세라피나가 아빠에게로 다가가며 물었다.

"저택 전체에 설치된 화재경보기는 전부 한곳에 연결되어 있는데 이게 거기 있던 전선이야. 근데 여기 좀 봐라."

아빠가 보여 준 전선은 언뜻 보면 누가 가위로 자른 것처럼 보였다. 그런데 자세히 보니 조그만 이빨 자국이 보였다. 전선을 갉아 먹은 자국이었다.

"네가 없는 동안 고놈들이 활개를 치고 다닌 모양이야." 아빠가 말했다. "그 몹쓸 쥐새끼들이 피복을 벗겨서 그 안에 들어 있던 구리 전선까지 끊어 놓았지 뭐냐. 내 평생 이런 건 또 처음 본다. 내가 발견해서 고쳤으니 망정이지, 화재 경보 시스템 전체가 먹통이 될 뻔했지 뭐냐. 화재경보기가 고장 났는데 어디서 불이라도 났어 봐라. 불을 제때 못 끄면 걷잡을 수 없이 번졌을 게다. 최악의 상황에는 사람들도 제때 대피하지 못했을 수도 있고."

"제가 다시는 그러지 못하도록 손을 봐 줄게요, 아빠." 세라피나는 고작 며칠 자리를 비웠다고 쥐들이 말썽을 피웠다는 사실에 화가 단단히 났다.

아빠와 밀린 이야기를 하다 보니 세라피나는 부끄러워서 아빠 얼굴을 못 보겠다고 생각했던 자신이 얼마나 바보 같았는지를 깨달았다. 아빠는 혼을 내지도, 화를 내지도 않았다. 그저 세라피나를 사랑하고 걱정하는 마음뿐이었다.

"집에 돌아온 게 며칠 만이냐." 세라피나가 무슨 생각을 하고 있는지 눈치챈 듯 아빠가 물었다. "얼마나 멀리 갔다 온 게냐?"

"블랙산맥까지요." 세라피나가 말했다.

"블랙산맥?" 아빠가 놀라서 되물었다. "그렇게 깊은 산골짜기까지 멀리도 갔구나. 이 계절에 무진장 추웠을 텐데."

"그렇게 춥진 않았어요." 세라피나가 말했다. "관리인 맥나미 씨는 사람들을 데리고 밀렵꾼을 찾으러 숲속으로 들어갔어요?"

아빠가 고개를 끄덕였다. "갔다가 돌아왔지. 여기저기 온갖 발자국만 잔뜩 발견하고 별다른 건 못 찾았다더라."

"위험이 닥쳐오고 있어요, 아빠." 세라피나가 말했다.

"그게 무슨 말이냐?" 아빠가 심각한 표정으로 세라피나를 바라보며 물었다. 한때 아빠는 세라피나가 하는 이야기는 진지하게 듣지 않았지만 지금은 달라졌다.

하지만 세라피나는 아빠의 질문에 대답하기가 얼마나 어려운지를 깨달았다. 보고 들은 모든 것을 말로 설명하기가 쉽지 않았다. "숲속에서 끔찍한 걸 봤어요. 곧 이쪽으로 올 거예요." 세라피나가 말했다. "조심해야 돼요, 아빠. 그리고 뭔가 수상한 걸 보면 바로 저한테 알려 주세요. 아셨죠?"

아빠는 대답이 만족스럽지 않았는지 말없이 세라피나를 빤히 바라보았다. 아빠는 이제 세라피나의 말이라면 진지하게 받아들였다. "꼭 유령이라도 본 사람처럼 말하는구나." 아빠가 조용히 말했다.

"봤어요, 아빠." 세라피나가 말했다. "정말로요."

실제로 유령을 본 건 아니었지만 그렇다고 말하는 것만이 핵심을 전달할 수 있는 유일한 길이었다. 인간인지 유령인지 악마인지 귀신인지 정체는 알 수 없었지만 곧 여기로 들이닥치리라는 것만큼은 분명했다. 게다가 그레이선은 이미 눈앞에서 버젓이 활보하고 있었다. 세라피나가 첫 번째로 해야 할 일은 어떻게든 브레이든의 신뢰를 다시 얻어서 세라피나가 얻은 정보를 공유하고 공격 계획을 짜는 것이었다. 기디언에게 일어난 일을 브레이든에게 뭐라고 설명해야 할지 생각할 때마다 속이 울렁거렸다. 하지만 어차피 해야 할 일이었다.

하인들이 출근하는 소리가 들렸다. 그 소리에 세라피나도 아빠도 이제 일과를 시작할 시간이라는 사실을 깨달았다.

세라피나는 아빠에게 인사를 하고 복도를 걸어 내려갔다.

하인 전용 세면실을 지나는데 열린 문 사이로 세면대 위에 있는 작은 거울에 세라피나의 얼굴이 비쳤다. 세라피나는 힐끗 눈길만 주고 지나쳤다. 그런데 세라피나가 갑자기 걸음을 멈추고 다시 세면실로 돌아가 거울을 보았다. 세라피나는 깜짝 놀랐다.

지난 며칠간 산속을 정신없이 헤매고 다녔으니 에시가 빌려준 드레스가 여기저기 찢어지고 더러워진 건 놀랄 일이 아니었다. 에시에게 사과하고 어떻게든 보상을 해야 했다. 얼굴에 난 온갖 다치고 긁힌 자국과 몇 주 전에 목에 난 끔찍한 상처도 보였다. 꼴이 말이 아니었다. 하지만 세라피나의 걸음을 멈추게 한 건 눈동자였다. 세라피나의 눈동자는 태어날 때부터 지금까지 줄곧 황금빛이 감도는 옅은 호박색이었다. 그런데 지금은 밝은 노란색으로 바뀌어 있었다. 좌절감에 인상이 찌푸려지고 신음 소리가 새어 나왔다. 단순히 특이했던 외모가 누가 봐도 흉측한 몰골로 진화하고 있는 것 같았다.

세면실을 나온 세라피나가 1층으로 올라갔다. 따뜻한 바람이 나오는 온풍기 덮개를 열고 그 안으로 들어가 수직으로 뻗은 관을 타고 2층으로 올라갔다. 저택 끝에 위치한 브레이든의 방으로 가려고 환기구 안을 기어가고 있노라니 몇 주 전 브레이든과 함께했던 모험이 생각났다. 브레이든의 방 책상 아래에 있는 온풍기 입구에 도착한 세라피나는 쇠로 만들어진 온풍기 덮개 사이로 방 안을 들여다보았다.

브레이든을 발견한 세라피나는 가슴이 벅차올랐다. 당장이라도 뛰쳐나가 브레이든과 이야기하고 싶었다. 다시 한 번 자신은 절대 기디언을 다치게 할 의도가 없었다는 사실을 설명하고 싶었다. 그런데 그때 세라피나는 믿을 수 없는 광경을 보았다. 기디언이 브레이든 바로 옆에 누워 있었다. 기디언이 살아 있었다! 도대체 어찌 된 영문인지는 알 수 없었지만 세라피나는 너무 기쁘고 다행스러웠다. 기디언은 브레이든이 마련해 준 부드러운 베개 위에 누워 두 눈을 감고 있었다. 브레이든이 기디언의 머리를 쓰다듬었다. 상태는 여전히 심각해 보였지만 그래도 기디언은 살아 있었다!

"나 여기 있어, 기디언." 브레이든이 부드러운 손길로 기디언의 귀를 어루만지며 속삭였다.

눈시울이 붉어진 세라피나가 재빨리 온풍기 덮개에서 물러나 몇 발자국 뒤로 물러났다. 어둠 속에서 세라피나는 홀로 쭈그리고 앉아 무릎 사이에 얼굴을 묻었다. 조금만 더 오래 둘을 지켜보았다면 아마 그 자리에서 흐느껴 울었을 것이다. 온풍기 구멍에서 들려오는 흐느낌을 반길 사람은 아무도 없을 것이다. 세라피나는 슬프기도 했지만 기디언이 아직 살아 있다는 사실에 마음이 놓였다.

그때 희미한 발소리가 들렸다. 세라피나는 가까운 온풍기 입구로 기어가 복도를 보았다.

누군지는 몰라도 발소리가 멈추었다. 브레이든의 방문 앞에 한 남자가 서 있었다. 뭐 하는 거지?

신발과 양복바지가 보였다. 하지만 온풍기 입구는 바닥과 가까이 붙어 있는 탓에 얼굴은 보이지 않았다. 밴더빌트 씨는 아니었다. 밴더빌트 씨가 신는 구두라면 세라피나가 누구보다 잘 알고 있었다. 세라피나는 바닥에 납작 엎드려 위쪽을 보려고 안간힘을 썼다. 이제 남자가 들고 있는 사슴뿔 손잡이가 달린 나선형 나무 지팡이와 삐죽삐죽한 적갈색 머리카락이 보였다.

갑자기 세라피나는 좁은 환풍기 안이 숨 막힐 듯 갑갑하게 느껴졌다. 숨을 쉴 때마다 허파로 먼지가 잔뜩 들어왔다. 세라피나는 가만있으려고 노력했지만 기다리며 지켜보는 시간이 길어질수록 가슴이 점점 갑갑해졌다.

세라피나는 남자가 브레이든의 방문을 두드릴 줄 알았지만 아니었다.

남자는 방문을 두드리는 대신 방문에 귀를 갖다 대고 소리를 엿들었다.

쥐새끼 한 마리가 브레이든을 염탐하고 있었다.

세라피나는 때를 기다리며 일단 가만히 지켜보았다. 심장이 힘차게, 일정한 속도로 뛰었다. 브레이든이 방에서 나오자 스파이는 재빨리 벽장 뒤 그림자 속으로 몸을 숨겼다.

세라피나는 숨을 죽이고 언제라도 온풍기 덮개를 열고 튀어 나가 공격할 준비를 했다. 그러나 브레이든이 멀어질 때까지 남자는 가만히 숨어만 있었다. 브레이든을 공격하거나 하지 않았다.

그때 세라피나는 소스라치게 놀랐다. 기디언이 브레이든 옆을 걸어가고 있었던 것이다. 느리고 조심스러운 걸음걸이였지만 기디언이 혼자 힘으로 걷고 있었다. 보고도 믿을 수가 없었다. 이게 어떻게 된 일이지? 세라피나가 빌트모어를 떠난 건 불과 며칠 전이었다. 온몸의 뼈가 산산조각 나다시

피 했던 기디언이 어떻게 이렇게 빨리 회복할 수가 있지?

스파이는 브레이든이 사라질 때까지 기다렸다가 몰래 브레이든의 방으로 들어갔다.

저 더러운 쥐새끼 같은 놈이. 속으로 이렇게 생각하면서 세라피나는 침입자를 쫓아 다른 온풍기 입구로 기어갔다.

침입자는 허둥지둥 브레이든의 책상을 뒤지고 옷장 서랍을 열었다. 세라피나는 저러다 갑자기 온풍기 덮개를 열어 보는 건 아닐까, 숨소리가 들리는 건 아닐까 덜컥 겁이 났다. 그러나 세라피나는 섣불리 움직이지 않고 가만히 침입자의 행동을 지켜보았다. 침입자가 몸을 숙여 침대 밑을 살펴보는 순간 그의 옆얼굴에 난 상처가 보였다. 아니나 다를까 침입자는 그레이선이었다.

두려움이 스멀스멀 피어올랐다.

그레이선은 왜 브레이든의 소지품을 뒤지는 걸까? 정말로 토른 씨를 살해한 범인을 찾기 위한 증거를 수집하는 걸까? 아니면 검은 망토의 행방을 알 수 있는 단서를 찾는 걸까?

아니면 브레이든과 이 모든 일 사이에 세라피나가 알지 못하는 어떤 연관이라도 있는 걸까?

그레이선은 승마하기 좋은 길만 브레이든이 따로 표시해 둔 조그만 지도를 발견했지만 찾던 게 아니었는지 실망한 눈치였다. 마침내 그레이선이 브레이든의 방을 떠났다. 세라피나는 안도의 숨을 내쉬었다. 하지만 꾸물거릴 시간이 없었다.

세라피나는 환기구를 타고 1층으로 내려갔다. 때마침 온풍기 덮개 사이로 현관 로비에 드러누워 아침 햇살을 쬐고 있는 기디언이 보였다. 그 옆에는 밴더빌트 씨가 키우는 거대한 세인트버나드인 세드릭도 있었다. 기디언이 여기 있다는 건 브레이든도 멀지 않은 곳에 있다는 뜻이었다. 하지만 들키지 않고 브레이든을 찾는 일은 쉽지 않았다.

현관은 화려하게 차려입고 산책을 나가는 손님들로 북적거렸다. 하인들은 바쁘게 계단을 오르락내리락거렸다. 크리스마스를 앞두고 뉴욕에 사는 밴더빌트 가문 사람들도 지금 막 빌트모어에 도착한 모양이었다. 이리저리 옮겨 다니던 세라피나는 시끌벅적한 하녀 무리를 피하다가 하인 두 명을 스쳐 지나가게 됐다. 그중 한 명은 손에 붕대를 감고 있었다. 며칠 전 세라피나가 손을 깨물었던 그 하인이었다.

오후가 되자 저택은 더 부산스러워졌다. 세라피나는 어쩔 수 없이 2층 남쪽 계단 아래에 있는 비밀 공간에 몸을 숨겼다. 객실 청소 담당 하녀 두 명이 지나가면서 도련님이 남쪽 테라스로 가셨다고 이야기하는 소리가 들렸다. 그 얘기를 듣자마자 세라피나는 곧장 남쪽 테라스로 달려갔다.

세라피나는 옆문으로 몰래 빠져나와 저택 정면에 줄지어 늘어선 기둥 옆을 쏜살같이 달려갔다. 기둥에는 괴상한 동물들이 조각되어 있었다. 집안 곳곳을 장식한 고딕 양식의 동물 조각에 주의를 기울이는 사람은 별로 없었다. 하지만 세라피나는 빌트모어 곳곳에 조각된 용과 키메라, 해마와 바다

뱀, 수염 난 남자와 날카로운 송곳니를 지닌 야수, 날개 달린 소녀, 망토를 뒤집어쓴 정체 모를 인물, 수백 가지 신비로운 상상 속 동물 등을 항상 홀린 듯이 구경하곤 했다. 세라피나는 빌트모어의 조각가들은 도대체 어디서 영감을 얻었는지 늘 궁금했다.

세라피나는 계단 아래 등나무 정자로 뛰어 내려갔다. 등나무 정자는 남쪽 테라스와 나란히 붙어 있었다. 남쪽 테라스는 탁 트인 잔디밭이 펼쳐진 안뜰로 계곡과 산이 어우러진 그림 같은 경관을 자랑했다. 브레이든과 레이디 로웨나가 테라스 안에 단둘이 서서 풍경을 감상하고 있었다. 세라피나는 레이디 로웨나의 아빠가 하루빨리 오셔서 딸을 데려가길 이제나저제나 기다렸지만 보아하니 아직 그런 일은 일어나지 않은 모양이었다.

세라피나는 한시라도 빨리 브레이든과 이야기하고 싶었다. 빨리 숲속에서 보고 들은 것을 알려 주고 싶었다. 하지만 레이디 로웨나 때문에 그럴 수가 없었다. 세라피나는 등나무 정자 옆을 가로질러 반대편 계단으로 뛰어 올라가 테라스를 엿보았다.

레이디 로웨나는 공작새처럼 푸른 산책용 드레스를 입고 있었다. 삼단으로 된 세련된 옷깃에 목에는 까만 레이스 장식이 달려 있었고 옷깃은 로웨나의 탐스럽고 빨간 머리를 받쳐 주듯이 목 뒤쪽으로 빳빳하게 세워져 있었다. 어깨에는 태양을 피하려고 드레스와 맞춘 듯한 양산을 걸치고 있었다.

세라피나는 로웨나를 볼 때마다 꼭 숙녀들이 즐겨 보는 패션 잡지에 나오는 최신 유행복을 그려 놓은 채색화에서 튀어나온 것 같다고 생각했다. 로웨나는 시간대에 따라, 활동에 따라 하루에도 몇 번씩 옷을 갈아입는 것 같았다.

세라피나는 브레이든과 레이디 로웨나가 함께 있는 모습에도 놀랐지만 더 놀라운 광경은 따로 있었다. 가죽 장갑을 낀 브레이든의 왼손에 커다란 매 한 마리가 올라타고 있었다. *쟤가 바로 케스구나. 브레이든이 구조했다던 날개 다친 송골매.*

케스는 감탄을 자아낼 정도로 멋있었다. 날개와 등은 푸르스름한 회색빛이었고 가슴에는 검은색 줄무늬가 있었다. 목은 새하얀데 머리는 대부분 까매서 마치 헬멧과 마스크를 쓰고 공중전을 치르러 나갈 준비를 마친 전투기 조종사처럼 보였다. 하지만 무엇보다 세라피나는 강인해 보이는 케스의 노란 발이 가장 마음에 들었다. 곡선으로 휘어진 기다란 검은색 발톱은 하늘에서 내려와 먹잇감을 낚아채기에 손색이 없어 보였다.

"정말 위협적인 생김새야, 그렇지 않니?" 레이디 로웨나가 브레이든에게 말했다.

저렇게 아름다운 송골매를 보고 저따위 말을 하다니 세라피나는 참을 수가 없었다. 당장이라도 *내가 지금껏 들은 것 중에 제일 멍청한 소리야!*라고 소리를 지르고 싶은 심정이었다. 하지만 그랬다가는 덤불 속에 숨어 있는 모습을 둘 중 한 명에게는 들킬 게 뻔했다.

"내가 보기엔 아름다운데." 브레이든이 차분하게 대꾸했다.

브레이든의 목소리가 평소와는 조금 달랐다. 세라피나는 브레이든이 화를 내거나 짜증을 낼 줄 알았는데 그러지 않았다. 다만 마음이 꼭 딴 데 가 있는 사람 같았다. 그러나 브레이든은 이내 정신을 차렸다.

"자, 케스가 오늘은 무얼 할 수 있나 한번 볼까?" 브레이든은 케스가 아마 다시는 날지 못할 거라고 했었다. 그래서 세라피나는 케스가 햇볕도 쬐고 좋았던 시절을 떠올릴 수 있도록 밖으로 데리고 나온 브레이든이 상냥하다고 생각했다. 그런데 그때 놀랍게도 브레이든이 팔을 내리더니 케스를 하늘로 던져 올렸다. 케스가 날았다. 그뿐만이 아니었다. 환희에 찬 울음소리와 함께 케스는 바람을 타고 날개를 펄럭이며 하늘로 치솟았다. 세라피나는 브레이든의 얼굴에 떠오른 미소를 보았다. 브레이든은 손가락으로 케스를 가리키며 레이디 로웨나에게 신이 나서 매와 송골매에 대한 지식을 늘어놓았다. 케스의 비행 덕분에 브레이든은 순식간에 기분이 좋아진 것 같았다.

케스는 커다란 날개를 꼿꼿이 편 채 긴 꼬리로 방향과 속도를 조정하며 유유히 하늘을 날았다. 여전히 다친 날개를 사리는 모습이 눈에 보였지만 케스는 잠시라도 하늘을 날 수 있다는 사실에 진심으로 행복해하고 있었다. 하지만 세라피나는 어리둥절했다. 고칠 수 없다던 날개를 브레이든은 무슨 수로 낫게 한 걸까?

레이디 로웨나는 아무런 감흥이 없는 눈길로 하늘을 나는 케스를 말없이 바라보았다. 세라피나는 가서 그 눈을 확 할퀴고 싶은 충동이 어느 때보다도 강하게 일었다. 그런데 바로 그 순간 희한한 일이 일어났다. 붉은 여우 한 마리가 계단을 뛰어 올라오더니 세라피나가 숨어 있는 덤불 옆을 지나 남쪽 테라스를 가로질러 브레이든과 레이디 로웨나 쪽으로 타박타박 걸어갔다. 빨간색과 은색이 섞인 털이 아름다웠다. 다리는 까맸고 배는 하얬다. 커다랗고 빨간 꼬리가 탐스러웠다. 귀를 쫑긋 세우고 뾰족한 주둥이를 내민 붉은 여우의 두 눈에는 경계심이 잔뜩 서려 있었다.

붉은 여우를 발견한 레이디 로웨나가 비명을 질렀다. "웬 짐승이야!"

깜짝 놀란 붉은 여우가 멈칫하더니 화려한 드레스를 입은 소녀를 놀라게 해서 미안하다는 듯 몇 미터 떨어진 곳에 가만히 자리를 잡고 앉았다.

그러나 브레이든은 여우를 바라보며 쪼그리고 앉았다. "이리 온, 꼬마야. 우린 나쁜 사람들 아니야." 브레이든이 손을 뻗으며 말했다. "너라면 언제든지 환영이야. 오늘은 별일 없니?"

그러자 붉은 여우가 브레이든에게로 걸어가 그 발치에 앉았다.

세라피나는 감탄 어린 눈길로 이 광경을 지켜보았다. 강아지나 말은 그렇다 치고 브레이든은 어떻게 야생 여우와도 친구가 될 수 있는 거지?

더 자세히 보려고 세라피나는 몇 발짝 더 가까이 다가갔다.

케스는 브레이든과 레이디 로웨나가 서 있는 남쪽 테라스 벽 너머로 날아가 하늘에서 원을 그리며 날고 있었다. 브레이든이 휘파람을 불자 케스가 날개를 기울이더니 브레이든을 바라보았다.

브레이든이 미소를 지었다. "너도 봤어? 우리를 내려다보는 케스 표정 봤어? 진짜 행복한가 봐!"

"뭐, 저게 널 좋아하는 건 틀림없어 보이네." 마침내 레이디 로웨나가 브레이든의 열정에는 못 이기겠다는 듯 두 사람 주위를 빙글빙글 맴도는 케스를 보면서 미소를 지었다.

"암컷이야." 브레이든이 상냥하게 말했다. "이름은 케스고."

브레이든이 레이디 로웨나에게 동물과 친해질 수 있는 방법을 알려 주고 싶어 하는 게 눈에 보였다. 브레이든은 로웨나가 도시에서 왔기 때문에 동물을 대하는 태도가 다를 수밖에 없다는 사실을 이해하는 것 같았다. 세라피나는 자신은 절대 저렇게 못할 텐데, 브레이든은 정말 참을성이 많다고 느꼈다.

"네가 시키는 건 뭐든지 하게 만들 수 있어?" 레이디 로웨나가 물었다. "네가 명령하면 들어?"

"아니." 브레이든이 대답했다. "케스는 내 친구야. 내가 케스를 위해 뭘 해 줄 때도 있고 케스가 날 위해 뭘 해 줄 때도 있고, 그런 거지."

"그렇구나……." 레이디 로웨나가 케스를 올려다보며 생각에 잠겼다. 그러더니 갑자기 호기심이 일었는지 돌아서서 지붕 가장자리를 가리키며 말했다. "저기 지붕에 있는 비둘기 한 마리만 잡아 오라고 시킬 수 있어?"

"저건 모닝 도브(비둘기의 일종으로 '구슬피 우는 비둘기'라는 뜻_옮긴이)야, 비둘기가 아니라." 브레이든이 말했다. 말은 그렇게 하면서 브레이든은 모닝 도브 떼를 한번 쳐다보고 케스를 한번 쳐다보았다. "할 수 있을 것 같은데." 브레이든이 확실하진 않다는 투로 말했다. "하지만 케스 날개에 부담을 주고 싶지 않아. 게다가 케스는 지금 배도 별로 안 고플 거야. 내가 아까 치킨 아라크렘(크림소스에 졸인 닭요리를 뜻하는 불어_옮긴이)을 줬거든. 정말 잘 먹더라."

세라피나가 미소를 지었다. 빌트모어의 프랑스 요리 담당 주방장 코밑에서 요리를 빼돌려 동물 친구에게 몰래 주다니, 브레이든다웠다. 그때 배에서 꼬르륵 소리가 났다. 세라피나는 그 치킨 뭔지 하는 요리를 자기도 사양하지 않고 먹을 수 있는데 하고 생각했다.

"그럼 결국 아무 쓸모가 없다는 거네." 레이디 로웨나가 말했다. "아무런 기술도 가르치지 않았다는 거잖아."

브레이든은 별다른 대꾸를 하지 않고 조용히 무릎을 꿇고 앉아 붉은 여우의 머리와 귀를 쓰다듬었다. 마침내 브레이든도 로웨나의 말에 상처를 받은 것 같았다. “내게 좋은 생각이 있어.” 브레이든이 다시 일어서더니 말했다. “이걸 해 보자.” 브레이든이 몇 발자국 걸어가더니 나뭇가지 하나를 집어 들었다.

“그걸로 뭘 하려고?” 레이디 로웨나가 물었다.

“케스의 날개가 아직 완전히 회복되진 않았지만 조금 놀고 싶어 하는지나 시험해 보자.”

브레이든이 나뭇가지를 하늘로 던져 올리며 길게 휘파람을 불었다.

휘파람 소리와 함께 하늘 높이 날아간 나뭇가지는 단박에 케스의 시선을 사로잡았다. 케스는 날개를 활짝 펴고 미끄러지듯 날아왔다. 그리고 나뭇가지를 향해 엄청난 속도로 수직 낙하했다. 마지막 순간에 케스가 날개를 뒤로 젖히고 발톱을 내밀어 나뭇가지를 잡아챘다.

“케스가 잡았어!” 브레이든이 탄성을 질렀다.

케스의 활약을 눈앞에서 지켜본 세라피나도 짜릿함에 심장이 두근거렸다.

“뭐, 제법이네.” 레이디 로웨나가 말했다.

콧대 높은 아가씨조차 감탄했나 보네. 세라피나가 미소를 지으며 생각했다.

그런데 그때 케스가 레이디 로웨나의 머리 바로 위까지 활강했다.

"저게 지금 뭘 하려는 거야?" 레이디 로웨나가 잔뜩 겁을 집어먹고 양산으로 자기 몸을 방어하며 물었다. "왜 나한테 날아오는 거야? 당장 그만두라고 해!"

케스는 레이디 로웨나의 머리 위로 나뭇가지를 떨어뜨렸다. "도와줘! 저게 날 공격해!" 레이디 로웨나가 비명을 질렀다. 나뭇가지는 양산에 살짝 맞고 튕겨 땅바닥에 떨어졌다. 붉은 여우가 잽싸게 달려들어 나뭇가지를 잡아챈 다음 브레이든에게로 가져다주었다. 마치 셋이서 나뭇가지 주고받기 놀이라도 하는 것 같았다.

"그냥 너랑 놀고 싶어서 그런 거야." 브레이든이 레이디 로웨나를 달랬다.

브레이든은 다시 무릎을 꿇고 여우를 어루만지면서 하늘을 날고 있는 케스에게로 눈길을 주었다. "정말 멋진 새야." 브레이든이 말했다. 브레이든의 목소리에서는 감탄과 함께 왠지 모를 슬픔도 약간 느껴졌다. "날개가 다 나으면 다시 장거리 비행을 할 수 있게 될 거야. 그럼 남아메리카로 다시 갈 수 있겠지. 페루 정글까지 그 먼 길을 날아가다니, 넌 상상이 돼?"

"글쎄, 그렇게 시간과 정성을 쏟아붓고선 놓아주겠다니 말이 되니." 레이디 로웨나가 말했다. "너도 보내고 싶지 않잖아. 도망가지 못하게 밧줄로 단단히 묶어 두는 방법도 있어."

"밧줄로 묶으면 날지 못하잖아." 브레이든이 기겁을 했다.

"그럼 끈이나 철사로 묶든가. 뭐든 통제할 수 있는 걸로.

철사가 딱 좋겠다."

세라피나가 레이디 로웨나의 끔찍한 제안에 경악하고 있을 때 브레이든이 입으로 낮은 새소리를 냈다.

케스가 방향을 바꾸어 브레이든에게로 날아왔다.

"조심해!" 레이디 로웨나가 비명을 질렀다.

그러나 케스는 거의 완벽에 가깝게 브레이든의 팔에 다시 내려앉았다.

"케스는 내 친구야." 브레이든이 말했다. "우정은 세상에서 가장 튼튼한 철사보다도 강해."

붉은 여우가 다시 숲속으로 타박타박 걸어서 모습을 감추었다. 브레이든과 레이디 로웨나도 저택으로 돌아가려고 걸음을 옮겼다. 브레이든의 팔에는 케스가 앉아 있었다. "마구간에 케스를 데려다줄 건데 같이 갈래?"

"당연히 거절할게." 레이디 로웨나가 콧잔등을 찡그리며 말했다.

"그러지 말고 같이 가자." 브레이든이 졸랐다. "내가 케스를 위해 새로 만든 보금자리를 구경시켜 줄게."

"난 그 어떤 마구간이라도 사양하겠어. 내 옷이 더러워질 테니까." 레이디 로웨나가 도도하게 말했다. "난 위층에 가서 등산용 드레스로 갈아입고 올게." 이 말을 남기고 레이디 로웨나는 브레이든과 헤어져 저택 안으로 들어가 버렸다.

세라피나는 마구간으로 향하는 브레이든을 재빨리 좇아갔다. 브레이든과 단둘이 이야기할 수 있길 바랐다. 그런데 막상 브레이든의 뒤를 따라가려니 속이 울렁울렁거렸다. 브레이든에게 무슨 말을 한들 상황이 달라질까? 도대체 어떻게 설명해야 하지? 세라피나가 용기를 쥐어짜느라 망설이는 사이 마구간에서 일하는 사람들이 나오는 바람에 세라피나는 그만 기회를 놓치고 말았다.

몇 분 뒤 해가 기울기 시작할 때쯤 브레이든은 저택 밖에서 레이디 로웨나와 다시 만났다.

세라피나는 그 짧은 시간에 머리부터 발끝까지 완전히 다른 모습으로 등장한 영국 소녀를 보고 깜짝 놀랐다. 머리며 옷이며 장신구까지 모조리 바뀌어 있었다. 빌트모어 영지 안에 있는 숲길을 걸을 때는 테라스에 서 있을 때와는 완전히 다른 옷차림이 필요한 모양이었다.

레이디 로웨나는 런던에 있는 유명 상점에서 그대로 옮겨 온 듯한 등산 복장을 입고 있었다. 몸에 꼭 맞는 단추 달린 재킷에 어두운색 긴치마를 입고 발목까지 오는 가죽 장화를 신고 있었다. 머리에는 아니나 다를까 옷과 맞춘 듯한 모자를 쓰고 손에는 오페라를 볼 때 가져가는 조그만 쌍안경을 들고 있었다. 오늘은 오페라 대신 자연 경관을 자세히 관람하고 싶은 모양이었다. 화려하지만 아무짝에도 쓸모없어 보이는 가죽 장식이 달린 지팡이도 들고 있었다.

브레이든과 레이디 로웨나는 빌트모어 대저택의 드넓은, 완벽하게 손질된 산책로를 나란히 걸어갔다. 옴스테드 씨가 설계한 이 숲길에 딱 어울리는 한 쌍의 신사와 숙녀였다. 빌트모어의 소유지 안에 만들어진 이 산책로는 마치 깊은 숲속에 들어와 있는 듯한 느낌을 주지만 진짜 숲길에 들어갔을 때 마주칠 수 있는 불편함은 전혀 없었다. 세라피나는 들키지 않을 만큼 적당한 거리를 유지하면서 두 사람 뒤를 따라갔다. 머릿속으로는 이제 어떻게 해야 하나 하는 생각뿐이었다. 브레이든과 이야기를 해야 했지만 이번에도 어김없이 레이디 로웨나가 세라피나를 방해했다! 떡갈나무와 단풍나무가 어우러진 숲을 거닐면서 브레이든과 레이디 로웨나는 두런두런 깊은 대화를 나누는 것 같았다. 하지만 세라피나에게는 두 사람의 말소리가 잘 들리지 않았다.

브레이든이 레이디 로웨나와 계속 이야기를 하는 동안 세라피나는 왠지 모르게 등덜미가 자꾸만 오싹오싹했다. 처음에는 레이디 로웨나의 높고 거만한 말투나 지나치게 화려한 모자의 기울기 탓이겠거니 생각했다. 하지만 시간이 지날수록 단순히 그런 문제가 아니라는 사실을 깨달았다.

세라피나는 숲속을 훑어보았다. 근처에 있던 높은 나뭇가지 위에 앉아 있는 검은 그림자 하나가 눈에 들어왔다. 목구멍이 막히는 것 같은 기분이 들었다. 세라피나는 검은 그림자의 정체가 무엇인지는 몰라도 들키지 않으려고 가만히, 미동도 없이 가만히 있었다. 나뭇가지에 가려 잘 보이진 않았지만 그림자 모양으로 추측하건대 올빼미 아니면 다른 커다란 새 같았다. 색깔이나 다른 생김새는 자세히 알 수 없었지만 머리가 둥글고 귀가 삐죽 튀어나오지 않았다는 것만은 알 수 있었다. 올빼미는 당연히 낮에 잠을 잤다. 하지만 저 올빼미는 지금 숲 꼭대기에 앉아 저 아래에 있는 브레이든과 로웨나를 말없이 감시하는 것 같았다.

세라피나는 더 이상 기다릴 수 없다고 생각했다. 로웨나가 있든 말든 개의치 않기로 했다. 브레이든과 이야기를 해야만 했다.

마음을 굳히고 브레이든에게 다가가려고 일어서는데 피 웅덩이 속에 쓰러져 있는 기디언 옆에서 무릎을 꿇고 고통스럽게 울부짖던 브레이든의 모습이 떠올랐다. 세라피나를 향해 빌트모어에서 당장 나가라고 소리를 지르던 로웨나의 모습도 떠올랐다. 하인을 물고 수치심에 도망가던 자신의 모습이 떠올랐다. 부끄러움으로 온몸이 달아올랐다. 다리가 후들거렸다. 하지만 세라피나는 스스로를 밀어붙였다. 덤불 밖으로 나와 브레이든과 로웨나 뒤로 다가간 세라피나가 입을 열었다.

"브레이든, 나야……."

“세라피나…….” 브레이든이 나긋하게 세라피나의 이름을 불렀다. 그뿐이었다. 브레이든은 세라피나에게 가까이 다가오지도, 말을 잇지도 않았다. 마치 숲속에서 발견한 희귀한 동물이 지레 겁을 먹고 달아날까 봐 조심하는 듯한 모양새였다.

세라피나도 움직이지 않았다. “안녕, 브레이든.” 세라피나가 말했다. 목소리가 떨렸다. 그 두 마디 말에 기디언에게 일어난 일로 인해 느꼈던 슬픔부터 그 일에 자신도 책임이 있다는 죄책감, 브레이든이 어떻게 반응할지 모르는 데서 오는 두려움까지 온갖 감정이 실려 있었다.

“돌아왔구나.” 브레이든이 말했다. 놀라움과 희망이 희미하게 뒤섞인 목소리였다. 세라피나는 브레이든이 자신을 미워하고 있지 않다는 사실을 깨달았다. 브레이든은 세라피나를 *그리워하고* 있었다. 세라피나의 바람을 훨씬 뛰어넘는 반응이었다.

세라피나는 스스로 원해서 돌아왔다는 의미로 고개를 끄덕였다. "그날 있었던 일은 전부 유감스럽게 생각해." 세라피나가 말했다.

브레이든이 세라피나 쪽으로 막 다가오려던 순간 그날처럼 브레이든 뒤에 서 있는 로웨나가 보였다. 세라피나는 로웨나가 또다시 화를 내거나 아니면 숲속으로 돌아가라며, 네가 있어야 할 곳은 거기라며 소리를 지를 거라고 생각했다. 하지만 그런 일은 일어나지 않았다. 로웨나의 얼굴은 공포로 하얗게 질려 있었다. "여기서 뭐 하는 거야?" 로웨나가 경계심 가득한 목소리로 물었다. "그런 짓을 저질러 놓고 어떻게 감히 여길 다시 와?"

"로웨나," 브레이든이 손을 들어 로웨나를 달랬다.

"여기선 아무도 널 원하지 않아." 로웨나가 세라피나에게 말했다.

"로웨나, 그만해." 브레이든이 로웨나의 팔을 잡으며 말했다. "네 말이 틀렸어. 여기선 세라피나를 원해."

"고마워." 세라피나가 조그맣게 말했다. 자신이 브레이든에게 이렇게 신뢰를 받아도 될 만한 사람인지 확신은 없었지만 그래도 고마웠다. "기디언에게 무슨 일이 있었던 건지 알 것 같아. 기디언이 왜 날 공격했는지 말이야."

브레이든은 세라피나의 말을 이해하지 못하는 듯했다. "리날디 씨 소식은 들었어?" 브레이든이 절망스러움과 혼란스러움이 뒤섞인 목소리로 세라피나에게 물었다. 목소리가 떨리고 있었다.

"아빠한테 들었어. 말발굽에 채어서 돌아가셨다며. 그 종마들 중에 한 마리가 그런 거야?"

"아니." 브레이든의 목소리에는 수치심이 가득했다. 그 모습이 어찌나 안쓰러운지 세라피나는 다가가 브레이든을 꼭 껴안아 주고 싶은 마음이 들었다. "내 말들 중에 한 마리가 그랬어." 브레이든이 말했다.

"네 잘못이 아니야, 브레이든." 세라피나는 브레이든의 마음이 너무나도 공감이 됐다.

"하지만 걔네를 훈련시킨 사람이 나인걸." 브레이든이 고개를 떨어뜨렸다. "내 말들 중 한 마리가 그런 짓을 저지를 거라고는 정말이지 상상도 못했는데."

"내가 말하려는 게 바로 그거야." 세라피나가 말했다. "네 말이 잘못한 게 아니야. 날 공격했던 것도 기디언이 의도한 게 아니었어. 누군가 동물들을 조종한 거야."

브레이든이 고개를 들었다. "그게 무슨 말이야?"

그때 불쑥 로웨나가 둘 사이에 끼어들었다. "흑마법 얘길 하는 거야. 저 애가 또 우릴 속이려고 하는 거야!"

"세라피나는 우릴 속이려는 게 아니야." 브레이든이 말했다.

"너도 이런 야생 동물 같은 애가 여기 있는 걸 원치 않잖아." 로웨나가 말했다.

"아니, 난 세라피나가 여기 있길 원해." 브레이든이 말했다. "세라피나는 내 친구야."

"하지만 너도 봤잖아." 로웨나가 악을 썼다. "저 애가 사람을 물었다고!"

"내 친구들은 궁지에 몰리면 많이들 그렇게 해." 브레이든이 말했다.

세라피나가 미소를 지었다. 그러나 로웨나는 이해가 되지 않는다는 듯 입을 꾹 다물고 인상을 쓰며 브레이든을 노려보았다. 로웨나는 지금 이 상황을 정말로 이해할 수 없다는 표정이었다. 하지만 어떻게 그럴 수가 있지? 그러기엔 빌트모어에서 끔찍하고 이해할 수 없는 일들이 너무나 많이 일어나고 있었다.

세라피나가 로웨나 쪽으로 돌아섰다. "이 모든 일이 정말 이상하게 보인다는 거 나도 알아, 로웨나." 세라피나가 말했다. "하지만 난 정말 기디언을 해칠 생각이 없었어. 난 절대 기디언이나 브레이든을 해치지 않아. 빌트모어에 있는 그 누구라도 마찬가지야. 물론 너까지 포함해서."

로웨나가 세라피나를 쳐다보았다. 방금 세라피나가 한 말을 곱씹어 보는 듯했지만 여전히 믿지 못하겠다는 표정이었다. 로웨나가 브레이든을 바라보며 말했다. "동물들이 조종을 당하느니 어쩌느니 하는 말이 사실일 리 없어. 흑마법은 존재하지 않아."

"날 믿어." 브레이든이 단호하게 말했다. "가끔은 믿기지 않는 것들이 실제로 존재하기도 해."

"그럼 넌 쟤 말을 믿는다는 거야?" 로웨나가 물었다. 화가 났다기보다는 진심으로 놀란 것 같았다.

"난 믿어." 브레이든이 대답했다. "전부 앞뒤가 맞아."

"너한테는 이 모든 일이 이해가 된다고?" 레이디 로웨나가 도저히 믿을 수 없다는 듯 고개를 흔들며 말했다.

"브레이든과 나는 전에도 이런 일을 함께 겪었어, 레이디 로웨나." 세라피나가 옆에서 거들었다. "우리는 서로를 믿어야 한다는 걸 배웠어."

"설사 말이 안 되는 일이라도 우리 눈으로 본 걸 믿어야 한다는 것도 배웠지." 브레이든이 말했다.

로웨나가 브레이든을 쳐다보았다. "하지만 이게 정말로 네가 원하는 거니, 브레이든? 정말로 이런 꼬질꼬질한 여자애랑 어울리길 원한다는 거야?"

"응, 원해." 브레이든이 한 치의 망설임도 없이 대답했다. "처음부터 세라피나 말을 믿었어야 했어. 세라피나는 나랑 가장 친한 친구야, 로웨나. 하지만 그렇다고 해서 우리가 너와는 친구가 될 수 없다는 뜻은 아냐."

로웨나의 얼굴이 경악으로 물들었다. 로웨나는 몸을 홱 돌려 왔던 길로 되돌아가기 시작했다. 세라피나는 로웨나가 해가 졌는데도 혼자 빌트모어로 돌아가려는 건가 하고 이상하게 생각했다.

그런데 갑자기 로웨나가 걸음을 멈추었다.

세라피나는 처음 본 순간부터 로웨나가 마음에 들지 않았다. 잘 알지도 못하면서 겁을 내는 태도가 싫었다. 로웨나는 세라피나를 잘 알지도 못하면서 제멋대로 단정 지었다. 하지만 지금 저기 길 위에 홀로 선 로웨나를 보고 있노라니 첫인상과는 달리 훨씬 똑똑하고 용감한 소녀가 아닐까 하는 생각이 들었다. 어쩌면 잘 알지도 못하면서 단정을 지은 사람은 로웨나 혼자만이 아닐지도 모른다는 생각이 들었다. 로웨나는 지금 자신이 처한 상황을 이해하려는 듯 모든 걸 처음부터 차근차근 다시 생각해 보는 것 같았다.

이윽고 로웨나가 기나긴 한숨을 내쉬더니 뒤돌아서 세라피나와 브레이든을 바라보았다.

로웨나가 언제나 갑옷처럼 두르고 있던 쌀쌀맞고 남을 깔보는 태도가 약간 무너져 다른 무언가로 바뀌어 있었다. 로웨나의 두 눈에는 세라피나가 예전에는 보지 못했던 진지함이 깃들어 있었다. 로웨나는 포기를 모르는, 자신이 있어야 할 곳이 어딘지 반드시 알아내겠다는 의지로 가득 찬 소녀처럼 보였다. 비로소 로웨나와도 이야기가 통할 것 같았다.

세라피나가 천천히 로웨나에게 다가갔다.

"너랑 내가 아주 많이 다르다는 거 나도 알아." 세라피나가 말했다. "하지만 난 네 적이 아니야."

레이디 로웨나는 아무 대답도 하지 않았지만 처음으로 세라피나의 눈을 바라보며 세라피나의 말에 귀를 기울였다.

"우리 둘 다 서로에게 해서는 안 되는 말도 하고 해서는 안 되는 행동도 했어." 세라피나가 말했다. "하지만 그것보다 훨씬 중요한 문제는 지금 빌트모어가 위험에 처했다는 거야. 흑마법이든 사악한 주문이든 네가 뭐라고 부르든지 상관은 없지만 그건 진짜로 존재해. 그리고 우리는 그걸 막아야만 하고."

로웨나는 몇 초 동안 단 한 마디 말도 없이 세라피나를 뚫어져라 쳐다만 보았다. 세라피나는 로웨나가 자신을 의심하는 건지, 경계하는 건지, 두려워하는 건지, 아니면 속을 들여다보려는 건지 알 수가 없었다. 그런데 그때 로웨나가 입을 열었다.

"너도 알겠지만 넌 꽤 야생적이야."

"넌 옷차림이 너무 화려해." 세라피나가 대꾸했다. "우리 모두 단점이 있어."

레이디 로웨나의 입꼬리가 살짝 말려 올라갔다. 세라피나를 바라보며 로웨나가 보일 듯 말 듯 미소를 지었다. "우리 모두 단점이 있지." 마침내 로웨나가 동의했다.

세라피나와 로웨나가 대화를 나누는 사이 뉘엿하던 해가 나무들 사이로 내려보내던 빛을 거두어 갔다. 세 사람을 둘러싼 세상이 서서히 빛을 잃어 가면서 숲은 구석구석 세라피나에게 익숙한 풍경으로 변해 갔다.

"이제 네가 알아낸 사실을 말해 줘, 세라피나." 브레이든이 말했다. “동물들한테 무슨 일이 일어나고 있는 거야?”

“먼저 기디언 얘기부터 해 봐.” 세라피나가 말했다. “기디언은 어떻게 그렇게 빨리 다시 걸을 수 있게 된 거야?”

"기디언은 여전히 약한 상태야. 하지만 정말 빠른 속도로 회복하고 있어." 브레이든이 세라피나의 물음에 대답했다.

"나도 그런 건 처음 봐." 로웨나가 옆에서 거들었다. "천만다행이다." 세라피나는 안심이 됐다. 하지만 브레이든은 혼란스러운 것 같았다.

"기디언이 피범벅이 되어 바닥에 쓰러져 있는 모습을 봤을 때……." 브레이든이 입을 뗐다. "맹세컨대 난 기디언이 죽은 줄 알았어. 아니면 곧 죽든가. 온몸의 뼈가 부서져 있었고 눈도 감고 있었으니까. 그 옆에 무릎을 꿇고 앉아 마지막으로 작별 인사를 하려고 몸을 숙였어. 기디언의 몸에 손을 댔는데 아무런 움직임도 느껴지지 않는 거야. 내가 너무 늦게 왔구나, 작별 인사도 못했는데 벌써 가 버렸구나 생각했어.

그런데 그때 갑자기 기디언의 심장이 다시 뛰기 시작하는 거야. 몇 초가 지나자 기디언이 눈을 뜨고 이루 말로 설명할 수 없는 표정으로 나를 바라봤어."

세라피나가 침을 꿀꺽 삼켰다. "어떻게 그런 일이 있을 수 있지?"

"모르겠어." 브레이든이 대답했다.

등골이 서늘해지는 것을 느끼며 세라피나가 고개를 들어 나무를 올려다보는 순간 아까 그 올빼미가 날개를 펴고 날아올라 어둠 속으로 사라졌다.

"전에 있었던 일 기억하지, 브레이든? 그 검은 망토 말이야……." 세라피나가 말했다. "그런 일이 또 일어나고 있는 것 같아. 이번에는 검은 망토가 아니라 비슷한 다른 무언가로. 그 수염 난 남자와 또 마주쳤어. 그 남자가 무슨 마법사래. 산마을 사람들은 그 마법사를 숲속의 노인이라고 부른대. 체로키 사람들은 어둠이라고 부르고. 내 생각에 그레이선은 그 마법사가 여기 빌트모어에 보낸 스파이인 것 같아. 아니면 그 마법사가 만들어 낸 악마 중에 하나거나. 아니면 제자일지도. 그건 잘 모르겠어. 하지만 두 사람이 한패인 것만은 확실해. 그레이선을 감시하고 물리칠 방법을 찾아내야 해."

브레이든이 고개를 끄덕였다. "그레이선이 어떤 방에서 묵고 있는지 알아낸 후 그 사람이 방을 비운 사이에 들어가서 뒤져 보자."

“그레이선 탐정을 말하는 거니?” 레이디 로웨나가 불쑥 끼어들었다. “그레이선 탐정이라면 3층에 있는 반다이크 방에 머물고 있어.”

세라피나와 브레이든이 동시에 레이디 로웨나를 쳐다보았다. 적에 대해서 두 사람도 모르는 정보를 로웨나가 알고 있을 줄은 몰랐다.

“그레이선 탐정이 이야기하는 걸 우연히 엿들었어. 오늘 저녁에 나갔다가 내일 아침에나 돌아온다더라.” 로웨나가 말했다.

예상치 못한 로웨나의 활약에 브레이든이 미소를 지었다.

“지금 정확히 무슨 이야기를 하고 있는 건지 자세히 알려주면 내가 더 도움이 될 수도 있을 것 같은데.” 로웨나가 말했다.

“네 말이 사실이라면 넌 이미 충분히 도움이 됐어.” 브레이든이 말했다.

“그런데 잠깐만.” 세라피나가 미심쩍다는 투로 말했다. “그레이선이 정말 오늘 밤에 나간다고 그랬어?”

“그래.” 레이디 로웨나가 자신만만하게 대답했다.

“대체 왜?” 세라피나가 물었다. “하필이면 오늘 밤에 나가는 이유가 뭐래? 저택에서 나가 봤자 사방으로 수십 킬로미터가 정원이랑 산뿐인데.”

“마차를 타고 시내로 갈 거라고 했어.” 로웨나가 말했다. “하지만 난 바로 거짓말인 줄 알아차렸지.”

"정말? 어떻게?"세라피나가 놀라서 되물었다.

"신발이 영 아니었거든. 낡아서 금이 간 진흙투성이 장화를 신고 있었어. 보기만 해도 끔찍하더라. 정신이 똑바로 박힌 사람이라면 그렇게 흉측한 신발을 신고 시내에 나갈 리가 없지."

세라피나가 미소를 지었다. 어쩐지 로웨나가 점점 더 좋아질 것만 같은 예감이 들었다. "눈에 띄는 다른 점은 없었어?"

"글쎄, 단언컨대 옷을 정말이지 형편없이 못 입었어. 다 낡아 빠진, 유행이 한참 지난 외투를 입고 있던데, 누가 그 외투는 십 년 전에나 입던 거라고 말 좀 해 줘야겠더라."

세라피나가 고개를 끄덕였다. 예상했던 대로 옷차림에 대한 지적이었다. 그런데 그때 로웨나가 말을 이었다.

"어제는 글쎄, 그 끔찍한 남자가 장미 정원까지 날 미행했지 뭐야. 내가 모르는 줄 알았겠지만 숙녀가 자신을 따라오는 남자를 눈치채지 못할 리가 없지. 그게 제대로 된 신사든지, 그레이선 탐정 같은 평민이든지 간에 말이야. 브레이든도 아주 유심히 지켜보더라. 세라피나 너도 찾아다니던데, 알고 있었니? 이틀 전에는 나한테 네가 정말 빌트모어를 떠난 거냐고 물어봤어. 밴더빌트 씨와 킹 부인은 요리조리 잘만 피해 다니면서 하인들만 보면 구석으로 몰아넣고 토른 씨라는 사람과 숲속에 있는 천사 조각상에 대해 캐묻고 다니더라. 그게 다 무슨 말인지 나는 모르겠지만 말이야. 매일 밤 저녁 식사 자리에서도 손님들을 불러내 말 그대로 취조를 하질 않나.”

세라피나가 입을 벌리고 레이디 로웨나를 쳐다보았다. 알고 보니 이 소녀는 저택 안에서 떠도는 소문과 비밀 이야기에 관해서라면 모르는 것이 없는, 그야말로 걸어 다니는 백과사전이었다.

레이디 로웨나가 놀란 눈으로 자신을 바라보는 세라피나에게 별일 아니라는 듯이 말했다. “알다시피 여기 혼자 있으려니 심심해서 말이지. 뭐든 마음을 쏟을 취미 하나쯤은 있어야 하지 않겠니, 안 그래?”

“옴스테드 씨는 어때?” 세라피나가 은근슬쩍 로웨나를 떠보았다.

“옴스테드 씨가 이 일이랑 무슨 상관이야?” 브레이든이 물었다.

“옴스테드 씨에 관해선 뭐 특별히 본 거 없어, 로웨나?” 세라피나가 로웨나를 보챘다.

“옴스테드 씨야 뭐, 오후에는 정원에만 틀어박혀 있다가 저녁 식사가 끝나면 도서관에 들어가서 통 나오질 않으시지. 흘러간 세월이 그리운 건지 오래된 그림이나 사진을 보면서 말이야. 하지만 매일 아침 식사 자리에서 밴더빌트 씨가 오늘은 어디로 산책을 가시냐고 물으면 그저 바람 가는 대로 간다고 대답하셔. 하지만 그것도 거짓말이야. 그레이선 탐정처럼.”

“거짓말이라고?” 브레이든이 물었다.

"옴스테드 씨가 밴더빌트 씨한테 거짓말을 한다고?" 세라피나가 물었다.

"응, 그렇다니까. 확실해. 시간을 때울 겸 산책을 나간다고 말씀하시지만 날마다 총알처럼 곧장 같은 방향으로만 가시던걸. 마치 숲속에서 해야 할 임무라도 있는 사람처럼 말이야."

"로웨나야말로 탐정 같네." 브레이든이 이 뜻밖의 반전이 재미나다는 듯 말했다.

로웨나 입에서 나온 이야기를 하나도 빠짐없이 새겨들은 세라피나가 바로 다음 단계에 착수했다. "브레이든, 내가 말했던 종마 네 마리 기억나?"

브레이든이 고개를 끄덕였다. "내가 마구간에 가서 확인해 봤는데 그 종마들은 이미 떠나고 없었어. 마구간에서 일하는 사람들한테 물어보니까 여기에는 아주 짧게 머물렀고 그 뒤로는 본 적이 없대."

세라피나가 인상을 찌푸렸다. "그 주인이 정확히 누군지 알아봐 줄 수 있어?"

"보통은 리날디 씨한테 물어보면 되는데. 부디 하늘에서 평안하시길. 하지만 리날디 씨가 말 주인을 기록해 놓은 장부가 있으니까 돌아가서 한번 확인해 볼게."

"좋아, 부탁할게." 세라피나가 말했다. "그게 이 모든 사건을 하나로 엮어 줄 단서가 될지도 몰라."

"그럼 난?" 레이디 로웨나가 물었다. "브레이든처럼 내게도 할 일을 줘야지.”

세라피나가 로웨나를 바라보았다. 지금 눈앞에 있는 이 소녀가 정말 세라피나가 알던 로웨나가 맞는지 의심스러웠다. 하지만 로웨나는 진심으로 세라피나와 브레이든을 도와주고 싶은 것 같았다.

“스파이 일이라면 자신 있어.” 로웨나가 선수를 쳤다. “뭘 알아봐 줄까?”

세라피나는 로웨나를 얼마큼 신뢰해야 할지 확신이 서지 않았지만 일단 시험 삼아 임무를 하나 맡기기로 했다.

“지금 빌트모어에 머무르고 있는 손님들 명단과 그 손님들이 어느 방에 묵고 있는지 알아봐 줘. 방마다 이름이 있으니까 그걸 알아보면 돼. 그레이선 탐정은 반다이크 방에 머물고 있다고 네가 알려 줬던 것처럼. 그리고 누구든 새로운 손님이 도착하면 바로 알려 줘야 해. 또 저녁 식사 자리에서 무슨 이야기가 오고 갔는지도 알려 줘. 특히 그레이선 씨와 관련된 이야기 위주로 말이야.”

“맡겨만 줘.” 로웨나가 말했다. “이거 흥미진진한데. 나이 든 부인들이랑 앉아서 차나 홀짝이는 것보다 훨씬 재미나는 걸. 우리 비밀 악수도 할 거니?”

“뭘 한다고?” 세라피나가 어리둥절한 표정으로 되물었다.

“있잖아, 진짜 스파이들처럼.”

“그게 뭔지 몰라.” 세라피나가 말했다.

“그럼 암호 같은 건?”

브레이든이 로웨나에게 이런 모습이 있는 줄 몰랐다는 표정으로 세라피나를 바라보며 싱긋 웃었다.

"그래, 암호를 짓는 거 어때, 세라피나?"

"다들 잘 들어." 세라피나가 말했다. "수상한 점을 발견하면, 그러니까 새로운 손님이 왔다든가 아니면 정원에서 정체 모를 그림자를 봤다든가 하면 나한테 바로 알려 줘."

"알겠어." 브레이든이 찬성했다.

"날 믿어도 좋아." 로웨나가 말했다.

"그리고 레이디 로웨나!" 세라피나가 말했다. "이건 중요한 일이야. 우리가 뭘 하고 있는지 아무한테도 말하면 안 돼. 알겠지?"

"알겠어."

"맹세해?"

"맹세할게." 로웨나가 대답했다.

"우리 중에 누구에게든 비상 상황이 발생하면 그 즉시 중앙 시계를 멈춰서 다른 두 사람에게 위험을 알리도록 하자."

브레이든이 좋은 생각이라는 듯 고개를 끄덕였다.

"맙소사, 그건 도대체 어떻게 하는 거니?" 로웨나가 당황하며 물었다.

"마차 차고 안뜰에 가면 커다란 시계가 하나 있어." 브레이든이 설명해 주었다. "톱니바퀴가 맞물려서 돌아가는 시계야. 이 중앙 시계로 저택 전체에 있는 열네 개의 시계가 전부 표준시를 가리키도록 맞출 수 있어. 우리 증조할아버지의 기차역처럼 말이야.”

“그것 참 하인들에게 지각할 구실을 주지 않는 훌륭한 방법인데!” 로웨나가 신이 나서 외쳤다.

그 모습에 세라피나가 고개를 절레절레 흔들었다.

“그럼, 신호는 어떻게 보내면 되는데?” 로웨나가 질문했다.

“마차 차고 3층에 작은 방이 하나 있는데 그 안에 보면 시계 톱니바퀴가 있어.” 브레이든이 설명했다. “손잡이만 당기면 시계가 멈춰. 하지만 아무것도 망가뜨리면 안 돼. 그랬다간 세라피나의 아빠가 엄청 화를 내실 거야.”

“네 삼촌도 엄청 화를 내시겠지.” 세라피나가 덧붙였다. “누군가 신호를 보내면 그 즉시 여기 지붕 위에서 만나자. 하지만 신호는 진짜로 심각한 비상 상황일 때만 사용하는 걸로 하자.”

“지붕 위라고 했니?” 레이디 로웨나가 소리를 질렀다. “나보고 어떻게 지붕 위로 올라가라는 거야?”

“계단으로 4층까지 와서 현관을 가로지른 다음 왼쪽 복도로 걸어 내려와서 두 번째 창문을 타고 올라가면 돼.” 브레이든이 마치 세상에서 가장 간단한 일이라는 듯 친절하게 설명해 주었다.

“기억해. 진짜로 비상 상황이 아니면 시계를 멈추……” 세라피나가 미처 말을 끝맺기도 전에 어두운 숲길을 걸어오는 발소리가 들렸다. 목덜미에 난 솜털이 곤두섰다.

"엎드려!" 세라피나가 레이디 로웨나와 브레이든을 근처에 있던 덤불 속으로 잡아당겼다.

"뭐 하는 거야?" 레이디 로웨나가 투덜거렸다. "내 드레스가 엉겅퀴에 걸리기라도 하면 어쩔 뻔했어!"

"쉬이이잇!" 세라피나가 로웨나를 잡아당겨 바닥에 앉힌 뒤 로웨나의 입을 손으로 막았다.

주변에 있는 나뭇잎을 밝히며 다가오는 횃불이 보였다. 바닥을 밟아 뭉개며 다가오는 무거운 장화 소리가 들렸다.

어두운 그림자 하나가 숲길을 따라 세 사람이 숨어 있는 곳으로 다가오고 있었다. 낡디낡은 긴 외투가 보이자 세라피나의 심장이 죄어들었다. 다음 순간 나선형 지팡이를 손에 든 남자가 시야에 들어왔다. 그레이선이었다! 쥐새끼처럼 영악한 그레이선이었다. 로웨나 말이 맞았다. 그레이선은 저녁에 시내로 나가지 않았다. 대신 세 사람의 뒤를 밟고 있었다!

그레이선이 성큼성큼 빠른 속도로 숲길을 걸어왔다. 상처투성이 얼굴은 살기로 가득했다. 새로운 정보라도 찾아낸 모양이었다. 그레이선은 더 이상 탐문이나 염탐을 하러 가는 길이 아니었다. *살인을 하러 가는 길*이었다. 지팡이를 쥔 손에 힘이 들어갔다. 지팡이는 금방이라도 무시무시한 무기로 변신할 것만 같았다.

세라피나는 적에게 시선을 고정한 채 바닥에 몸을 납작 엎드리고 있는 브레이든을 힐끗 보았다. 레이디 로웨나는 공포에 질려 꼼지락거리기 시작했다. 코르셋으로 꽉 조여 둔 심장이 오르락내리락하는 것이 보였지만 세라피나는 로웨나가 움직이지 못하게 꽉 잡았다. 될 수 있으면 소리를 내지 않으려 했지만 세라피나의 심장도 로웨나 못지않게 빠르고 거칠게 뛰고 있었다. 세라피나는 언제라도 싸울 수 있도록 자세를 가다듬었다. 바짝 긴장한 근육이 금방이라도 달려 나갈 듯 팽팽해졌다.

그레이선과의 거리는 이제 9미터까지 가까워졌다. 세라피나는 이제 그레이선이 발걸음을 옮길 때마다 옷자락이 바스락거리는 소리까지 들을 수 있었다.

이제 6미터 남았다.

그레이선이 공격해 온다면 세라피나는 재빨리 도망칠 수 있을 것이다. 하지만 거추장스러운 드레스를 입은 로웨나는 꼼짝없이 잡히고 말 것이다.

이제 3미터…….

세라피나는 셋 중 하나라도 그레이선에게 모습을 들킨다면 바로 공격하기로 결심했다.

이제 그레이선은 코앞에 있었다. 세라피나는 자세를 낮추고 뛰쳐나갈 준비를 했다.

그러나 아무 일도 일어나지 않았다. 그레이선은 숲길에서 불과 몇 발자국 떨어진 덤불 속에 숨은 세 사람을 발견하지 못하고 그냥 지나쳐 가는 듯했다. 그런데 그때 멀리서 갑자기 짐승 한 마리가 울부짖었다.

까무러치게 놀란 브레이든과 레이디 로웨나가 펄쩍 뛰어올랐다. 둘 다 눈이 화등잔만 해졌다. 세라피나가 두 사람의 팔을 붙잡아 제자리에 앉혔다.

움직이지 마.

짐승이 울부짖는 소리에 그레이선이 우뚝 가던 길을 멈추었다. 이제 세라피나의 귀에 들리는 소리라곤 그레이선의 숨소리와 횃불이 일렁이는 소리뿐이었다. 고사리 덤불 사이로 그레이선을 살피며 세라피나는 숨소리와 움직임이 완전히 잦아들 때까지 심장 박동을 늦추었다. 하지만 세라피나 혼자 그래 봤자 아무 소용이 없었다. 브레이든과 로웨나는 불안에 떨며 한시도 가만있질 못했다. 게다가 두 사람이 입은 옷은 조금만 움직여도 바스락바스락 시끄러운 소리가 났다.

그레이선이 울부짖는 소리를 좇아 고개를 돌렸다. 그레이선의 얼굴에 난 상처는 야생 동물이 할퀸 자국 같았다. 바로 그 순간 횃불에 비친 그레이선의 눈동자가 번쩍 빛났다. 세라피나는 두려움으로 창자가 배배 꼬이는 것 같았다.

세라피나는 길 위에 우두커니 서 있는 그레이선을 가만히 지켜보았다. 그레이선이 또 다른 짐승의 울부짖음이 들려오길 기다리는 듯 고개를 까닥했다. 몇 초나 흘렀을까, 그레이선이 다시 걸음을 재촉하기 시작했다.

마침내 굽이진 길 너머로 그레이선이 모습을 감추었다. 하지만 세라피나는 여전히 그 자세 그대로 움직이지 않았다. 브레이든과 로웨나는 움직이고 싶어 안달이 난 것 같았다. 두 사람은 세라피나처럼 한 자세로 가만히 오랫동안 있는 일에 익숙하지 않았다. 하지만 세라피나는 완전히 안전하다는 확신이 들 때까지 몇 분간 두 사람을 더 붙잡아 두었다.

마침내 세라피나가 친구들을 바라보며 손가락을 입술에 대고 빌트모어를 가리켰다. 그와 동시에 세 사람은 한마디 말도 없이 저택을 향해 뛰기 시작했다.

세라피나는 가뿐히 두 사람을 제칠 수 있었지만 혹시라도 그레이선이 되돌아올까 봐 일부러 맨 뒤에서 달렸다. 가까운 미래에 그레이선과 맞닥뜨리게 되겠지만 지금 당장은 피하고 싶었다. 어두운 숲속에서 준비되지 않은 상태로 혹을 두 명이나 달고 그레이선과 맞붙는 것만큼은 사양하고 싶었다. 그 전에 유리한 전세를 확보할 수 있는 방법을 찾아내야만 했다.

정원 가장자리에 다다르자 저 멀리 빌트모어에서 나오는 불빛이 희미하게 보였다. 너무나도 반가웠다.

"너희도 봤지?" 레이디 로웨나가 저택 옆문으로 달려가면서 자랑스러운 듯이 소리쳤다. "우리가 바로 옆에 있었는데 그냥 지나가더라! 투명 인간이라도 된 줄 알았어! 나 완전 밤도둑 같지 않았니!"

세라피나가 미소를 지었다. 하지만 브레이든은 혼란스러워 보였다. "그레이선 씨는 어디로 가던 길이었을까? 저 숲속에 뭐가 있길래?" 브레이든이 물었다.

"내가 말했잖아. 그 남자를 믿어선 안 된다고." 로웨나가 말했다.

"빨리 저택으로 돌아가자." 세라피나가 잔디밭을 가로지르며 말했다.

"오늘 밤에는 저녁 만찬이 있어." 브레이든이 세라피나가 무슨 생각을 하는지 알아챈 듯 말했다. "그러니 저택 전체가 정신없이 바쁠 거야."

"잠잠해지는 대로, 저녁 식사가 끝나고 모두가 잠자리에 들면 내가 3층으로 가서 그레이선의 방을 뒤져 볼게." 세라피나가 말했다.

세라피나는 브레이든과 로웨나를 옆문으로 데리고 들어갔다. 세 사람은 대층계 아래 그림자에 몸을 숨기고 현관 로비를 바라보았다.

저택 안은 벽난로 선반과 식탁 여기저기에 켜 놓은 촛불로 은은했다. 천국에 들어온 것 같은 착각이 들 정도였다. 대연회장에는 부드러운 바이올린과 첼로 선율만 흐를 뿐 조용했다. 밴더빌트 가문 사람들과 친구들이 모두 한자리에 모여 있는 모습이 보기 좋았다. 세라피나의 눈에는 부인들이 입은 눈부신 드레스가 하나같이 다 예뻐 보였다. 이제 몇 밤만 지나면 크리스마스이브였다.

이십 대 초반으로 보이는 아름답게 차려입은 젊은 부인과 잘생긴 신사 한 쌍이 팔짱을 끼고 나란히 대층계를 걸어 내려왔다. 젊은 신사는 까만 턱시도에 하얀 넥타이를 매고 하얀 장갑을 끼고 있었다. 세라피나는 셔츠와 조끼에 달린 은단추와 주머니 밖으로 늘어뜨린 은시곗줄이 촛불에 반짝이는 모양이 마음에 들었다. 젊은 부인은 풍성한 치맛단에 허리는 잘록하고 어깨 부분은 동그랗게 부풀어 오른 은빛 드레스를 입고 있었다. 부인이 계단을 한 칸씩 내려올 때마다 그 뒤로 기다란 드레스 자락이 스르륵 아름답게 펼쳐졌다. 우아한 흰색 새틴 장갑을 낀 손에는 드레스와 맞춘 듯한 은색 부채가 들려 있었다. 단정하게 올린 머리는 세라피나가 지금껏 보아 온 머리 모양 중에 가장 정교한 아름다움을 뽐냈다.

"저분은 누구셔?" 넋을 놓고 바라보던 레이디 로웨나가 물었다.

"말버러의 콘수엘로 밴더빌트 공작 부인이야." 브레이든이 나지막한 목소리로 대답했다. "그 옆은 남편인 찰스 리처드 존 스펜서-처칠 공작이야. 내 사촌이기도 하고."

세라피나가 미소를 지었다. 저렇게 긴 이름을 브레이든이 어떻게 외우고 있는지 알 수 없었지만 공작 부인은 정말이지 아름다웠다. 세라피나는 콘수엘로 공작 부인이 걸음을 옮길 때마다 손에 든 부채가 흔들리는 모양이 마음에 들었다.

세라피나는 젊은 부부가 우아하게 현관 로비를 가로질러 겨울 정원을 돌아 저녁 식사 장소로 가는 모습을 바라보았다.

대연회장에서는 까만 연미복을 입고 하얀 넥타이를 맨 신사들이 치렁치렁한 드레스를 입은 숙녀들을 에스코트하는 가운데 하인들은 12미터짜리 대형 식탁에 음식을 차리느라 분주했다. 촛불 아래 은접시는 광이 났고 크리스털 유리잔은 빛이 났다. 방금 전까지 깜깜한 어둠 속에 있다가 돌아온 세라피나, 브레이든, 레이디 로웨나에게는 눈이 부실 정도였다.

"너희 둘 다 위층으로 올라가서 얼른 옷 갈아입고 저녁 먹으러 가야겠다." 세라피나가 브레이든과 로웨나에게 속닥거렸다. "오늘 밤에 특히 조심해. 자기 전에 문 잠그는 거 잊지 마. 우리가 아까 얘기했던 정보는 내일 모아 오기로 하고 새로운 단서가 있는지 항상 눈 크게 뜨고 있어."

"알겠어." 브레이든이 대답했다.

"그럴게." 레이디 로웨나도 대답했다.

레이디 로웨나가 먼저 두 사람과 헤어져 대층계를 올라갔다. 세라피나가 그 뒷모습을 바라보았다. 로웨나가 보여 준 의외의 모습에 아직도 놀라움이 가시지 않았다. 로웨나는 세라피나가 생각했던 것과는 완전히 딴판이었다.

"넌 이제 뭘 할 거야, 세라피나?" 레이디 로웨나가 사라지자 브레이든이 물었다.

"난 계속 감시하고 있을게." 세라피나가 대답했다.

"나도 너랑 함께할게." 브레이든이 말했다.

세라피나가 브레이든을 바라보며 말했다. "그러지 않아도 돼, 브레이든. 가서 가족들이랑 저녁 먹고 방에 들어가서 푹 자. 난 집에 왔다는 사실만으로도 기뻐."

"네가 없는 동안 잠이 안 왔는데, 이제는 네가 돌아와서 잠이 오지 않을 것 같아." 브레이든이 말했다.

세라피나가 브레이든을 쳐다보았다. 브레이든의 말이 너무 따뜻해서 마음이 뭉클했다. "고마워, 브레이든." 세라피나가 말했다. "나도 그랬어. 다시는 도망치지 않을게. 약속해."

미소를 지으며 브레이든이 말했다. "삼촌한테 가서 집에 들어왔다고 말씀드리고 올게. 여기서 다시 만나자."

"저녁 만찬은 어쩌고?" 세라피나가 저 멀리 대연회장에 모인 아름답게 차려입은 사람들을 가리키며 물었다.

"너도 갈래?" 브레이든이 세라피나를 초대하듯 손짓하며 물었다. "네가 입을 만한 드레스도 구할 수 있을 거야."

세라피나가 어색한 웃음을 지었다. 또 다른 종류의 두려움이 스멀스멀 피어올랐다. "고맙지만, 난 아직 준비가 안 됐어." 세라피나가 머뭇거리며 말했다.

브레이든이 이해한다는 듯 고개를 끄덕였다. "그럼 넌 저녁은 어떻게 할 거야?"

"아빠가 작업실에서 닭고기를 구워 주실 거야." 세라피나가 대답했다.

"맛있겠다. 너랑 너희 아빠만 입이 하나 더 늘어도 상관없다면." 브레이든이 운을 뗐다.

"그, 그래…… 괜찮을…… 거야." 세라피나가 말을 더듬었다. 아빠랑 둘만 하던 저녁 식사에 브레이든이 함께한다는 생각만으로도 얼떨떨하고 심지어 약간 겁도 났다. "레이디 로웨나는 어쩌고? 네가 저녁 만찬에 빠지면 서운해하지 않을까?"

"아, 레이디 로웨나는 숲속에서나 우리 옆에 붙어 있지 저녁 식사 자리에선 신경도 안 쓸 거야. 거긴 레이디 로웨나의 영역이니까 우리가 없어도 아무 문제없어. 삼촌한테 가서 오늘 저녁 만찬에 빠져도 되냐고 물어보고 올게. 로웨나한테도 연락을 넣어 둘게. 혹시라도 내가 검은 망토 같은 것에 잡아먹혔다고 생각할지도 모르니까."

세라피나가 미소를 지었다. 세라피나가 미처 말리기도 전에 어느새 브레이든은 쪼르르 삼촌에게로 갔다. 몇 마디 나눈 것 같지도 않은데 브레이든은 바로 세라피나에게로 돌아왔다. 작은 실랑이도 없었다.

"앞장서." 브레이든이 히죽 웃으며 말했다. "나 배고파 죽을 것 같아."

세라피나와 브레이든이 나란히 작업실로 걸어 들어오는 모습을 본 아빠는 기절초풍했다. 하지만 이내 재빨리 상황을 수습했다. 아빠는 동그란 작업용 의자를 가져다가 깨끗이 닦아서 브레이든에게 앉으라고 권했다. 닭고기를 썰어 먹을 수 있도록 가장 날카로운 주머니칼을 골라 브레이든에게 건넸다. 심지어 브레이든이 무릎 위에 깔고 식사할 수 있도록 위층에서 쓰는 냅킨과 놀랍도록 비슷한 걸 뚝딱 만들어 냈다. 세라피나는 등을 기대고 편히 앉아 자기 몫의 닭고기를 먹으면서 아빠와 브레이든이 나란히 앉아 이야기를 나누는 모습을 흐뭇하게 지켜보았다.

브레이든은 완벽한 표준어를 구사했고 아빠는 전형적인 산마을 사투리를 썼기 때문에 가끔 세라피나가 나서서 통역사 역할을 해야 했다. 세라피나는 난생처음으로 소속감뿐만 아니라 세상을 하나로 묶어 주는 접착제 역할을 하고 있다는 느낌이 들었다.

저녁을 먹고 나서 세라피나는 브레이든과 미국 어디에서나 친구들끼리 배를 채우고 나면 할 법한 놀이를 하기로 했다. 세라피나는 브레이든을 데리고 쥐 사냥을 나갔다.

"아빠가 그러는데 쥐들이 전선을 갉아 먹었대." 세라피나가 말했다.

"그럼 잡아야지." 브레이든이 따라나섰다.

마지막까지 대연회장에 남아 있던 신사 숙녀들까지 모두 잠자리에 들었다. 하인들이 대연회장을 정리하는 동안 세라피나는 브레이든을 데리고 지하실 뒤편에 있는 방들을 훑었다. 한 시간쯤 지나고 모두가 잠자리에 들면 세라피나는 3층에 있는 그레이선의 방에 몰래 들어가 볼 계획이었다. 하지만 그 전까지는 사냥에 나설 시간이었다. 둘은 예전에 세라피나의 영역이었던 그림자 진 복도와 창고를 샅샅이 뒤졌다. 지하 세계에서만 살던 옛날 기억이 새록새록 떠올랐다.

지난 몇 주 동안 하도 많은 일을 겪었더니 세라피나는 전선을 갉아 먹는 쥐 몇 마리 잡는 일이야 식은 죽 먹기처럼 느껴졌다. 그런데 아무리 돌아다녀도 쥐커녕 쥐 그림자조차 보이지 않았다. 밤이 깊어질수록 세라피나의 당황스러움도 커져만 갔다. 세라피나는 언제나처럼 시각과 청각과 후각을 총동원했지만 쥐는 어디에도 보이지 않았다. 아빠는 분명히 저택 안에 쥐가 있다고 했다. 그리고 세라피나는 빌트모어의 최고 쥐잡이 책임자였다. 세라피나는 마음만 먹으면 쥐를 찾아낼 수 있었다. 하지만 어찌 된 영문인지 오늘 밤은 한 마리도 보이지 않았다.

"나 때문인가?" 브레이든이 물었다. "내가 너무 시끄럽게 다녀서 그런가?"

"아니야, 그런 문제가 아닌 것 같아." 세라피나가 대답했다. "쥐들이 숨어 있을 만한 곳은 죄다 찾아봤잖아. 지하실에 있는데 이렇게 코빼기도 안 비칠 리가 없어."

"그럼 위층으로 가 볼까?"

세라피나가 고개를 저었다. "위층에는 쥐가 없어. 내가 절대 거기까지 가도록 내버려 두지 않거든." 세라피나가 어떻게 해야 할지 모르겠다는 듯 인상을 찌푸렸다.

"너희 아빠가 착각하신 거 아닐까." 브레이든이 말했다.

"그럴지도 모르지." 세라피나가 말했다. "하지만 나도 그 전선을 봤거든. 분명히 쥐가 갉아 먹은 자국이었어."

밤 열두 시가 되자 세라피나와 브레이든은 쥐 사냥을 포기하고 다시 1층으로 올라갔다. 아무도 없었다. 전등과 촛불도 다 꺼져 있었다. 하인들도 위층이나 지하실에 있는 방으로 자러 들어가고 없었다. 악기를 연주하던 사람들도 악기를 챙겨서 집으로 돌아가고 없었다. 대연회장과 1층에 있는 모든 공간이 텅텅 비어 깜깜했다.

"이쪽으로 와." 세라피나가 브레이든에게 따라오라고 손짓하며 어두운 대층계를 살금살금 걸어 올라갔다. "그레이선의 방을 뒤지러 가자."

2층에 다다른 세라피나와 브레이든은 쪼그리고 앉아 계단에 아무도 없는지 확인한 다음 살그머니 3층으로 올라갔다.

3층에 오른 후엔 어둠 속에 쪼그리고 앉아 다시 주위를 살폈다. 그 순간 세라피나는 지금 여기가 기디언과 함께 난간 아래로 추락했던 바로 그 장소라는 사실을 깨달았다. 세라피나는 아무도 없는 깜깜한 응접실을 훑어보았다. 창문으로 비친 달빛이 방 안에 으스스한 그림자를 드리웠다.

등골이 서늘해졌다.

그때 응접실 반대편에서 무슨 소리가 들려왔다.

세라피나와 브레이든은 서로 눈을 마주쳤다. 표정을 보아하니 브레이든도 소리를 들은 것 같았다.

희미해서 무슨 소리인지 분간하기가 어려웠다. 세라피나는 손을 둥글게 말아 귓가에 가져다 댔다.

그때 또다시 소리가 들려왔다.

바로 앞에서 무언가 미끄러져 다가오는 소리가 희미하게 들렸다.

조그만 발이 바닥을 긁는 소리도 들렸다.

세라피나는 소리를 내는 대신 브레이든의 몸에 살짝 손을 얹어 신호를 보냈다. 둘은 발소리를 죽이고 벽에 몸을 바짝 붙인 채 앞으로 나아갔다.

발소리가 멈추면 세라피나와 브레이든도 따라서 멈추었다. 발소리가 다시 들리면 세라피나와 브레이든도 다시 움직였다.

이제 세라피나는 발소리의 주인들이 숨 쉬는 소리, 발톱으로 바닥을 긁는 소리, 꼬리를 끄는 소리까지 들을 수 있었다. 손가락이 떨리고 다리 근육이 조였다. 익숙한 감각이었다.

"쥐야." 세라피나가 브레이든에게 속삭였다.

두 사람은 천천히 그리고 조용히 응접실을 가로질러 북탑과 남탑 사이에 있는 복도로 나갔다. 모퉁이 너머를 응시하던 세라피나는 갑자기 공포심에 사로잡혔다. 복도 끝에는 비밀 통로가 숨겨진 벽장이 있었다. 칼새 떼의 공격을 받았던 다락방으로 이어지는 바로 그 비밀 통로였다.

쥐들이 저 안에 있는 건가?

세라피나는 청각을 곤두세우고 쥐들의 정확한 위치를 파악하려고 애쓰면서 천천히 발을 내디뎠다. 쥐 수백 마리가 무언가를 갉아 먹는 듯한 소리가 들려왔다.

이제 세라피나는 그날 밤 기디언에게 공격을 받았던 바로 그 장소에 서 있었다.

"세라피나……." 브레이든이 잔뜩 겁에 질린 목소리로 세라피나를 불렀다. 브레이든이 떨리는 손으로 앞을 더듬거리다가 세라피나의 팔을 붙잡았다.

바로 그때 세라피나는 보았다. 벽에는 화재경보기가 달려 있었다. 황동으로 된 둥그런 화재경보기는 앞면이 유리로 된 나무 상자 안에 들어 있었다. 오랫동안 그 자리에 있었던지라 화재경보기의 존재가 새삼스러울 건 없었다. 그런데 오늘 밤 그 좁은 나무 상자 안에는 뾰족뾰족한 꼬리를 가진 검은색 털 뭉치들이 잔뜩 들어가 있었다. 이빨로 무언가를 갉아 먹는 소리가 마치 바퀴벌레 수천 마리가 모여 있을 때 나는 소리 같았다. 쥐들이 화재경보기의 전선을 갉아 먹고 있었다.

세라피나는 공포에 질려 그 광경을 바라보았다. 너무나 충격적인 장면에 몸이 움직여지지 않았다. 브레이든이 세라피나의 팔을 꽉 잡았다.

그때 갑자기 모든 소리가 그쳤다.

모든 쥐가 일제히 동작을 멈추고 목을 빼 세라피나를 쳐다보았다.

징그럽게 생긴 거대한 쥐 한 마리가 화재경보기 밖으로 기어 나왔다. 그 뒤를 또 한 마리가 뒤따라 나왔다. 쥐들은 뒷발로 선 채 반쯤 정신이 나간 듯한 표정으로 세라피나를 뚫어져라 쳐다보았다. 그러더니 갑자기 세라피나를 향해 다가오기 시작했다.

세라피나는 눈앞에서 벌어지고 있는 이 광경이 도저히 믿기지가 않았다. 세라피나가 쥐를 사냥해야 하는데 쥐들이 세라피나를 사냥하려 하고 있었다!

이 어이없는 상황에 분노한 세라피나는 저놈들을 어떻게 한꺼번에 잡을까 궁리하며 달려들었다. 그런데 쥐들은 평소와 달랐다. 달려드는 세라피나를 보고도 전혀 겁을 집어먹거나 혼비백산 도망가지 않았다. 오히려 세라피나를 향해 달려들었다.

"세라피나!" 브레이든이 공포에 질려 다급하게 세라피나를 불렀다.

세라피나가 브레이든을 따라 발밑을 내려다보자 끔찍한 광경이 눈앞에 펼쳐졌다. 거미와 지네 수백 마리가 나무판자 사이로 기어 나오고 있었다.

"세라피나!" 브레이든이 다리로 기어오르는 거미들을 미친 듯이 쳐 내며 비명을 질렀다.

째깍 째깍 째깍 어디선가 소름 끼치는 쇳소리가 길게 이어졌다. 목덜미에 느껴지는 뜨거운 숨결에 까무러치게 놀란 세라피나가 황급히 뒤를 돌아보았다. 그러나 불 꺼진 복도 말고는 아무것도 없었다.

"브레이든, 뛰어!" 세라피나가 고함을 질렀다.

둘은 뒤돌아서서 뛰기 시작했다. 응접실을 쏜살같이 가로질러 대층계 아래로 뛰어 내려갔다. 세라피나가 어깨 너머로 힐끗 뒤를 돌아보았다. 쥐 수백 마리가 갈색 양탄자처럼 대층계를 미끄러져 내려왔다. 쥐가 폭포처럼 쏟아져 내렸다. 세라피나는 전속력으로 달렸다. 하지만 브레이든은 세라피나만큼 빨리 달리지 못했다. 쥐 떼가 브레이든을 산 채로 잡아먹을 기세였다.

그런데 세라피나가 브레이든을 기다려 주려고 속도를 늦추는 순간 무언가 번개처럼 옆을 스쳐 지나갔다.

"얼른 와, 굼벵아!" 나선형으로 된 대층계의 난간을 타고 내려가는 브레이든이었다.

쥐 떼가 세라피나의 발목을 타고 맨다리를 기어 올라왔다. 세라피나가 쥐들을 떼어 내려 했지만 소용이 없었다. 그러기엔 숫자가 너무 많았다. 세라피나도 난간으로 뛰어올라 브레이든처럼 난간을 타고 미끄러져 내려가기 시작했다.

마치 절벽 아래로 추락하는 듯한 기분이었다. 세상이 빙글빙글 돌아서 속이 뒤집힐 것 같았다. 세라피나와 브레이든은 아래층에 다다르면 뛰어내려 다음 난간을 타는 식으로 1층까지 내려갔다. 1층에 도착한 세라피나와 브레이든은 난간에서 뛰어내려 지하실로 통하는 계단으로 달음박질했다.

세라피나는 그러면 안 된다는 사실을 알면서도 지하실 계단 맨 아래에서 고개를 돌려 위를 올려다보았다.

쥐들은 사라지고 없었다.

더럽고 끔찍하고 제정신이 아닌 쥐들이 3층부터 세라피나를 쫓아오더니 갑자기 사라져 버렸다.

허공으로 사라졌나? 아니면 벽 속으로 다시 들어갔나? 저 쥐 떼도 일종의 마법인가?

세라피나는 답답하고 화가 나 으르렁거렸다. 세라피나는 최고 쥐잡이 책임자였다! 빌트모어에 쥐가 사는 것은 용납할 수 없었다. 수년 동안 자부심을 갖고 지켜 온 일이었다. 그런데 갑자기 듣도 보도 못한 거대한 쥐가 수백 마리나 떼를 지어 나타난 것이다!

게다가 도대체 언제부터 거미가 벽에서 기어 나와 사람을 공격하게 된 거지? 동물들은 마치 세라피나를 3층에서 내쫓는 것만이 유일한 목적인 것처럼 움직였다.

브레이든이 세라피나 옆에 주저앉아 벽에 등을 기댄 채 거칠게 숨을 몰아쉬었다.

"끝내주는 밤이네!" 브레이든이 고개를 흔들며 소리를 질렀다. "쥐 사냥이 이런 거라면 다음번에는 제발 나는 빼 줘!"

"왜 이래. 잘했으면서." 세라피나가 브레이든의 어깨에 손을 얹으며 말했다.

"이제 우리 어디로 가는 거야?" 브레이든이 자리를 박차고 일어서며 물었다.

"저 위로 다시 올라가야지."

"뭐라고? 제발 아니라고 해 줘." 브레이든이 사정했다.

"쥐 떼가 아직 저 위에 있는지 알고 싶지 않아? 저긴 빌트모어의 대층계라고! 어떻게 저기에 쥐가 있을 수 있지?"

"내가 장담하는데 너도 그렇고 나도 그렇고 언젠가는 이 호기심 때문에 큰코다칠 거야."

"서두르자, 우리 눈으로 확인해야만 해." 세라피나가 말했다.

세라피나와 브레이든은 용기를 그러모아 다시 지하실 계단을 올라갔다. 1층에서 두 사람은 찬찬히 주변을 살핀 다음 대층계를 올려다보았다. 쥐도, 거미도, 지네도 보이지 않았다. 전부 다 흔적조차 없이 사라졌다.

달빛이 대층계를 은색으로 물들였다. 마치 한 번 더 올라오라고 두 사람을 꼬드기는 것 같았다. 하지만 텅 빈 계단에서 느껴지는 불길한 기운에 목덜미에 오스스 소름이 끼쳤다. 세라피나와 브레이든 둘 다 오늘 밤 3층으로 다시 올라갈 일은 없으리라는 사실을 알고 있었다. 지금은 지구상에서 가장 가고 싶지 않은 곳이었다.

"집 안에 저렇게 많은 쥐가 있으면 안 되는 거 아니야?" 브레이든이 속닥거렸다.

"집 안에 쥐가 단 한 마리도 있어선 안 되는 거야!" 저도 모르게 큰 소리를 낸 세라피나가 머쓱해하며 뒷덜미를 문질렀다. "뭔가 잘못됐어, 브레이든."

"네발 달린 더러운 놈들이 너무 많아." 브레이든이 동의했다. "이리 와, 안전한 곳에 가서 좀 쉬자."

둘은 대층계를 피해 뒤 계단을 이용해 2층으로 올라간 다음 살금살금 브레이든의 방으로 들어갔다.

기디언이 문간에서 브레이든을 격하게 반기더니 세라피나에게로 다가와 짧은 꼬리를 흔들었다. 세라피나가 무릎을 꿇고 기디언을 안아 주었다. 세라피나가 머리를 쓰다듬어 주는 동안 기디언은 눈을 감고 있었다. 그 사랑스러운 모습에 세라피나는 마음 한 켠이 따뜻해지는 것을 느꼈다. 기디언이 그 끔찍했던 밤을 전혀 기억하지 못하는 것 같아 다행스러웠다.

브레이든이 침대에서 잠을 자는 동안 세라피나도 따뜻한 벽난로 옆에 기디언과 함께 웅크리고 누웠다. 자신을 보고도 달아나지 않던 쥐 떼가 꿈속에 다시 나오지 않길 바라며 세라피나도 잠깐 눈을 붙였다.

몇 시간 뒤 세라피나가 눈을 떴을 때는 동이 트기 직전이었다. 브레이든과 아빠를 다시 만났고 심지어 레이디 로웨나와도 다시 만났다. 하지만 도자기를 깨뜨리고, 기디언과 싸우고, 하인을 물고, 손님들을 공포에 떨게 만드는 등 이 모든 일이 일어난 뒤인지라 세라피나는 빌트모어 사람들이 자신을 반길지 의문이었다. 그래서 세라피나는 조용히 숨어 다녔다. 하지만 믿어도 될 것 같은 사람이 한 명 더 있었다. 게다가 그 사람의 방은 그레이선 탐정의 방에 숨어들기에 안성맞춤인 길목에 있었다.

세라피나는 뒤 계단으로 단숨에 4층까지 뛰어 올라갔다. 복도를 두리번두리번 살핀 다음 오른쪽에서 세 번째 방으로 숨어들었다.

"세상에나, 아가씨 돌아오셨군요!" 에시가 반가운 얼굴로 세라피나를 맞아 주었다. 하녀복을 산뜻하게 차려입고 하루 일과를 시작할 준비를 마친 에시가 들고 있던 머리빗을 내려놓고 세라피나에게로 달려왔다. "며칠 전에 무슨 일이 있었는지 들었어요. 얼마나 걱정했는 줄 아세요! 어디 있다 오신 거예요?"

"산속으로 도망갔었어." 세라피나가 대답했다.

"그러다 큰일 나요. 아가씨처럼 조그만 분한테는 숲속이 얼마나 위험한데요. 저 산 위에는 흑표범도 살고 있다고요!" 에시가 말했다.

세라피나가 빙긋 웃었다. “그런 건 문제도 아니었어.”

“네? 무슨 일이 있었는데요?” 에시가 세라피나의 팔을 붙잡으며 물었다.

“이젠 괜찮아.” 세라피나는 그렇게 말한 다음 뒤로 한 발짝 물러서서 엉망진창이 된 드레스를 보여 주었다. “네가 빌려준 예쁜 드레스를 내가 이 모양으로 만들어 놨어. 정말 미안해, 에시.”

“아아, 그건 전혀 신경 쓰지 않으셔도 돼요, 아가씨.” 에시가 세라피나를 도로 앞으로 끌어당기며 말했다. “여기 와서 침대에 좀 앉으세요. 궁금한 게 있어서 오신 거잖아요.”

“너 혹시 그레이선 탐정이라는 사람 알아?”

“네, 본 적 있어요.” 에시가 말했다. “밴더빌트 씨와 옴스테드 씨에 대해서 막 여기저기 캐묻고 다니더라고요. 아가씨랑 브레이든 도련님이랑 강아지들에 대해서도요.”

“기디언과 세드릭에 관해서도 물어보고 다녔다고?”

“네, 그랬다니까요! 특히 브레이든 도련님이 키우시는 강아지에 대해 꼬치꼬치 캐물었어요. 이거 하나만큼은 확실히 말씀드릴 수 있어요. 그레이선 탐정이라면 모두가 지긋지긋하게 여기고 있어요.”

어젯밤만 해도 세라피나는 과연 레이디 로웨나를 믿어도 되는 건지 확신이 없었다. 하지만 지금까지 레이디 로웨나가 그레이선 탐정에 대해 했던 이야기는 전부 다 사실이었다.

“혹시 그레이선 탐정이 묵는 방을 청소한 적 있어?” 세라피나가 물었다. 에시의 방에 들른 목적이 바로 이 질문을 하기 위해서였다.

에시가 불평을 늘어놓았다. "그 방 청소 담당이 저랑 매기거든요. 그런데 그레이선 탐정은 도무지 저희에게 기회를 주지 않아요."

"그게 무슨 말이야?"

"항상 방문을 걸어 잠그고는 저희더러 절대 들어오지 말라고 엄포를 놓았거든요. 방 안에 죽은 고양이라도 있는 건지, 원. 저희야 시키는 대로 해야죠, 뭐."

"죽은 고양이라니?" 세라피나가 화들짝 놀라며 되물었다.

"그냥 표현이에요." 에시가 대답했다.

"혹시 마스터키 같은 거 가지고 있어?"

"아니요, 아가씨. 그럴 리가요. 저한테는 그럴 권한이 없어요. 대부분의 손님들은 방문을 걸어 잠그지 않으세요. 그럴 이유가 없으니까요. 하지만 사생활 보호를 원하는 손님이 계시면 지켜 드리는 게 마땅하다고 킹 부인이 말씀하셨어요."

좌절한 세라피나가 고개를 저었다. 또다시 막다른 길에 부딪힌 기분이었다.

"그레이선 탐정은 왜 궁금해하시는 건데요?" 에시가 물었다.

"뭔가 꿍꿍이가 있는 사람인 것 같아서 그걸 좀 알아내려고." 세라피나가 대답했다. 하늘에 맹세컨대 세라피나의 대답에 거짓은 없었다.

"어쨌든 조심하세요." 에시가 목소리를 낮추어 말했다. "제가 보기엔 굉장히 위험한 사람 같아요."

세라피나가 고개를 끄덕였다. 어젯밤 자신을 공격했던 쥐들을 떠올리며 세라피나가 대답했다. "꼭 그럴게." 그때 또 다른 생각이 머리를 스치고 지나갔다.

"그레이선 탐정이 지내는 방은 어디야?" 로웨나가 했던 말이 진실인지 아닌지 확인해 두어서 나쁠 건 없다고 생각한 세라피나가 에시에게 물었다.

"음, 처음에 그레이선 탐정이 여기에 도착하셨을 때는 밴더빌트 부인께서 저희에게 쉐라톤 방을 드리라고 하셨어요. 그런데 그레이선 탐정은 그 방이 마음에 들지 않는다고 하셨어요."

"뭐라고 하면서?"

"제대로 이해한 사람은 아무도 없긴 한데 아무튼 하도 이런저런 불평불만을 늘어놓으셔서 결국 원하시는 다른 방을 드렸어요. 남의 집에 와서 자기가 원하는 방을 내놓으라고 요구하다니, 사람이 어떻게 그렇게 무례할 수가 있나 몰라요!"

"무슨 방을 달라고 했는데?" 세라피나가 물었다.

"3층 계단 끝에 있는 반다이크 방이요."

레이디 로웨나가 알려 준 방 이름과 똑같았다. 그러니 새로운 정보는 아니었다. 그런데 에시가 *3층 계단 끝에 있는 방*이라고 말하는 순간 세라피나의 심장이 두근두근하기 시작했다. 세라피나와 브레이든이 쥐 떼를 맞닥뜨린 바로 그 장소였다. 기디언이 그리고 칼새 떼가 세라피나를 공격했던 바로 그 장소였다. 그 순간 검은 망토를 입은 토른 씨도 같은 방에 머물렀다는 사실이 기억났다.

"오늘 아침에 수세식 화장실에 다녀오면서 보니까, 다른 여자애들이 모여서 그레이선 탐정 이야기를 하고 있더라고요." 에시가 말했다.

"뭐라고 했는데?"

"아시겠지만, 그레이선 탐정이 어제저녁 만찬에 참석하지 않았잖아요. 그건 밴더빌트 씨와 밴더빌트 부인께는 굉장한 실례잖아요. 그것도 모자라 밤늦게 돌아와서는 바로 자기 방으로 올라갔는데, 그레이선 탐정이 지나간 자리마다 진흙으로 엉망진창이 된 거예요. 불쌍한 벳시가 다음 날 아침 킹 부인 눈에 띄기 전에 그걸 다 치운다고 얼마나 고생을 했는지 몰라요. 그런데 거기서 끝이 아니라, 그레이선 탐정이 종을 울리더니 자기 방으로 저녁을 갖다 달라고 했대요. 결국 요리사가 자다 말고 일어나 주방을 다시 열고 음식을 데워서 올려 보냈어요. 그런데 글쎄, 그레이선 탐정이 음식을 가져온 하인한테 방문 앞에다가 음식만 내려놓고 꺼지라고 소리를 질렀다지 뭐예요."

세라피나는 에시의 이야기를 들으면서 놀라움을 감출 수가 없었다. "그럼 그레이선 탐정이 지금 저택 안에 있다는 거네."

"네, 그렇다니까요. 다시 돌아왔어요. 밴더빌트 씨가 그레이선 씨를 쫓아내신다고 해도 전혀 섭섭하지 않을 거예요. 다른 손님들은 하나같이 상냥하고 예의 바른데, 특히 크리스마스 때는 말이에요. 그런데 그레이선 씨는 어떻게 그렇게 무례하고 까다로운지 모르겠어요."

"이것저것 알려 줘서 고마워, 에시." 세라피나가 에시의 팔을 잡으며 말했다. "넌 정말 좋은 아이야. 드레스는 내가 최대한 빨리 어떻게든 갚을게."

"믿어요, 아가씨." 에시가 말했다. "일하러 가기 전에 시간이 조금 남는데, 머리 손질 좀 해 드릴까요? 보니까 고생이 이만저만이 아니셨던 것 같네요."

세라피나가 미소를 지으며 긍정의 의미로 고개를 끄덕였다. "그래 주면 나야 고맙지."

"어떻게 해 드릴까요?" 에시가 세라피나 뒤로 가서 머리카락을 모아 쥐며 물었다.

"혹시 말버러의 콘수엘로 밴더빌트 공작 부인 머리 봤어?" 세라피나가 눈을 반짝이며 물었다.

"맙소사, 아가씨. 그 머리를 하려면 한 시간은 있어야 돼요! 저는 곧 일하러 가야 한다고요!" 에시가 말했다.

"알았어. 그럼 그냥 땋아서 말아 줘." 세라피나가 웃음을 터뜨렸다.

에시의 방을 나온 세라피나가 아래층으로 내려갔다. 숨기 좋은 장소만 골라 이동하면서 오전 내내 분주하게 오가는 사람들을 관찰했지만 수상한 점은 전혀 보이지 않았다. 그레이선 탐정도 아무 데서도 보이지 않았다. 그 쥐새끼 같은 남자는 밖으로 나간 것 같았다. 세라피나는 두 친구가 뭐라도 발견했는지 궁금했다. 어떻게든 그레이선을 단칼에 무찌를 수 있는 계획을 생각해 내야만 했다. 계속 피해 다닐 수는 없었다. 하지만 지금까지 그레이선의 방을 구경조차 하지 못했다. 그레이선 탐정의 방에 들어가려고 할 때마다 매번 끔찍한 일이 일어났다. 뭔가 덫이 필요했다.

그날 오후 세라피나는 빌트모어 가장자리에 있는 땅을 순찰하러 나갔다. 숲속의 노인이 쳐들어올 만한 곳이 있는지 봐 두고 싶었다. 과연 어느 방향에서 어떤 모습으로 나타날까? 아니면 그레이선이 저택 안에서 공격을 하려나?

그때 정원을 함께 거니는 밴더빌트 씨와 옴스테드 씨가 보였다. 세라피나는 서둘러 그 대화를 엿듣기 위해 가까이 다가갔다.

"강가에 나무를 심는 일꾼들은 찾아가 보셨습니까?" 밴더빌트 씨가 옴스테드 씨에게 물었다.

"일이 착착 진행되고 있더군." 옴스테드 씨가 말했다. "쉔크 씨가 땅을 보는 안목이 훌륭해." 쉔크 씨는 빌트모어의 숲을 관리하는 삼림 감독관이었다.

"이제 수십 년만 기다리면 아름다운 숲을 다시 볼 수 있겠어." 옴스테드 씨가 말했다.

두 신사가 짧게 웃음을 터뜨렸다. 하지만 세라피나는 옴스테드 씨의 얼굴과 눈가에 잡힌 주름에서 뭔가 심상치 않은 기운을 읽었다. 레이디 로웨나가 말했던 대로 노인은 밴더빌트 씨에게 무언가를 숨기고 있었다.

"전 그저 일이 계획대로만 진행되었으면 하는 바람입니다." 밴더빌트 씨가 옴스테드 씨와 어깨를 나란히 하고 걸으며 말했다.

"걱정 말게나, 조지. 계획대로 진행되고 있으니 말일세." 옴스테드 씨가 밴더빌트 씨를 안심시켰다. "아무도 예전 모습이 어땠는지 상상도 못할 만큼 아름답게 만들 걸세. 몇 년만 기다리면 자네와 자네 가족과 손님들은 아름다운 자연 경관을 누릴 수 있을 거야."

"고맙습니다, 프레더릭." 밴더빌트 씨가 말했다.

"오래전에 배웠지." 옴스테드 씨가 말을 이었다. "섬세한 월계화든지 10미터짜리 떡갈나무든지 간에 식물을 심고 키우려면 엄청난 인내가 필요하다는 걸 말일세."

"저한테 항상 부족한 거로군요." 밴더빌트 씨가 말했다.

"나도 마찬가지라네." 옴스테드 씨가 맞장구를 쳤다.

세라피나는 옴스테드 씨가 맞장구를 치면서 소리 내어 웃거나 미소라도 지을 줄 알았다. 하지만 아니었다. 이유는 알 수 없었지만 옴스테드 씨의 표정이 어딘지 모르게 어두웠다. 밴더빌트 씨에게 털어놓을 수 없는 속사정이 있는 것 같았다. 세라피나는 왜 하필 이 시점에 옴스테드 씨가 빌트모어에 돌아왔는지 궁금했다.

두 신사가 나누는 대화를 들으면서 세라피나는 자신의 삶에 대해 생각해 보았다. 수년 전에 세라피나는 밴더빌트 씨와 옴스테드 씨가 함께 있는 모습을 자주 보았다. 두 사람은 함께 산책을 하고 나무를 심으면서 마치 숲을 지키는 사람들처럼 각 구역마다 어떤 나무를 심을지, 여기에는 물을 어떻게 끌어오고 저기에는 바람을 어떻게 막을지를 이야기했다. 예전에는 깊게 생각하지 않았는데 최근 들어 지금 누리는 모든 편안함이, 주변에 있는 모든 건물과 기계가 한때는 누군가가 꿈꾸던 것들이라는 사실을 깨닫기 시작했다. 그리 멀지 않은 과거에 이 모든 것들은 누군가의 머릿속에 있는 아이디어에 불과했었다. 밴더빌트 씨의 할아버지가 어렸을 때만 해도 멀리 여행을 가려면 걸어가거나 말을 타야만 했다. 하지만 밴더빌트 씨의 할아버지는 미국 전역을 가로지르는 기차를 꿈꾸었다. 그 기차 덕분에 지금 그의 손자들은 뉴욕부터 여기 노스캐롤라이나주의 깊은 산속까지 자유롭게 오갈 수 있게 됐다. 그리고 그의 손자는 이 산속에 커다란 집을 짓겠다는 자신만의 꿈을 품었다. 에디슨 씨는 깜깜한 밤에 빛을 밝혀 줄 전구를 꿈꾸었다. 엘리베이터와 발전기를 비롯해 세라피나의 아빠가 담당하고 있는 모든 발명품은 한때 누군가가 꾸던 꿈이었다. 하지만 기계를 꿈꾸던 사람들과는 달리 옴스테드 씨는 드넓은 정원과 끝없는 숲을 꿈꾸었다. 옴스테드 씨가 세상에 가져온 건 바로 그런 넓고 푸르른 숲과 정원이었다. 이렇게 시간을 거슬러 올라가다 보면 세라피나는 산도 강도 구름도 심지어 사람도 수백만 년 전 하느님이 꾸던 꿈이 아니었을까 하는 생각이 들었다.

이런 생각이 꼬리에 꼬리를 물다 보면 그 끝은 항상 세라피나 자기 자신에 대한 궁금증으로 이어졌다. *네가 되고 싶은 모습을 마음속에 그려 봐. 그러면 그 방법은 저절로 알게 될 거야.* 웨이사가 폭포 뒤에 숨겨진 동굴에서 했던 말이 떠올랐다. 세라피나는 자신이 위대한 발명가나 건축가가 되지는 않으리라는 사실을 알고 있었다. 하지만 스스로 어떤 사람이 되고 싶은지, 무엇이 되고 싶은지는 알아내야만 했다. 미래의 자기 모습을 머릿속으로 그려야만 했다. 그리고 그렇게 되어야만 했다.

그날 저녁 다시 집에 돌아온 세라피나는 2층 환기구 안에 쪼그리고 앉아서 자신이 할 수 있는 일이 무엇인지 생각했다. 그레이선을 함정에 빠뜨릴 수 있는 방법이 뭐가 있을까? 그레이선의 방에 들어가 보려고 했지만 번번이 실패했다. 그레이선이 어디에 있는지도 알아내지 못했다. 하지만 그레이선에게도 분명히 약점이 있을 것이다.

작전을 짜야만 한다는 생각에 초조해진 세라피나가 환기구 밖으로 기어 나와 브레이든의 방으로 갔다. 방에는 아무도 없었다. 그래서 세라피나는 도서관으로 내려갔다. 언제나처럼 세라피나는 도서관 천장 가까이에 있는 환기구로 기어갔다. 책장을 사다리 삼아 도서관 2층 복도로 내려가려던 순간 발소리가 들렸다. 세라피나는 서둘러 몸을 숨기고 도서관에 누가 들어오는지 보려고 기다렸다.

하지만 아무도 들어오지 않았다.

호기심에 세라피나는 계속 기다렸다. 분명히 발소리를 들었다. 누군지는 몰라도 도서관 문밖에서 걸음을 멈추고 안으로 들어오지 않고 있었다. 기다리는 시간이 길어질수록 호기심도 커져만 갔다. 잘못 들었나?

그 순간 갑자기 누군가가 모습을 드러냈다. 그런데 세라피나의 예상과는 달리 문이 아니라 도서관 안에 있는 거대한 벽난로 선반 뒤에서 누군가가 튀어나왔다. 레이디 로웨나였다! 로웨나는 저택 2층에서 도서관 2층으로 바로 연결된 비밀 통로를 이용한 것 같았다.

세라피나는 나가서 로웨나에게 아는 척을 할까 생각했다. 하지만 로웨나의 움직임이 어딘지 모르게 수상쩍어서 일단 가만히 지켜보기로 했다.

화려한 연분홍색 드레스 자락을 끌면서 로웨나가 정교한 철제 난간을 두른 나선형 계단을 재빨리 걸어 내려갔다. 로웨나는 아무도 없는지 확인하려는 듯 주위를 휘휘 둘러보았다. 그러고 나선 벽난로 쪽으로 쏜살같이 걸어가더니 벽난로 왼편에 호두나무 판자로 이은 벽 앞에 멈추어 섰다.

세라피나도 로웨나를 뒤따라갔다. 그런데 로웨나가 잘 보이는 장소로 이동하기도 전에 금속 톱니바퀴가 돌아가는 소리가 희미하게 들리더니 딸깍하는 소리가 분명하게 들려왔다. 곧이어 경첩 같은 것이 삐걱거리는 소리가 났다. 로웨나가 작은 비밀 금고 같은 것을 찾은 것 같았다. 종이를 부스럭거리는 소리가 들려왔다.

돌돌 말린 종이 뭉치를 든 로웨나가 다시 시야에 들어왔다. 로웨나는 책상 하나로 다가가 종이 뭉치를 펼쳤다. 거리가 멀어서 자세히 보이진 않았지만 무슨 건축 설계도처럼 보였다.

로웨나가 뭘 찾고 있는 거지? 세라피나와 브레이든 두 사람처럼 빌트모어의 구조를 잘 알고 싶어서 공부하는 건가? 아니면 손님들 명단을 알아낸 다음 세라피나가 시킨 대로 누가 어느 방에 묵고 있는지 대조해 보고 있는 중인가? 아무도 없을 때를 틈타서 도서관을 기웃거리는 모양이 수상했다. 그런데 생각해 보니 세라피나 자신도 로웨나와 다를 바 없다는 사실을 깨달았다. 어쩌면 로웨나도 그레이선 탐정에 대해서 나름대로 짚이는 데가 있어서 따로 조사하고 있는 것일지도 몰랐다. 세라피나와 브레이든이 로웨나에게 함께하겠느냐고 물었을 때만 해도 로웨나가 이렇게 적극적으로 나올 줄은 꿈에도 몰랐다. 로웨나는 진심으로 스파이 노릇을 즐기고 있는 것 같았다. 세라피나는 로웨나가 어떤 새로운 사실을 찾아내 알려 줄지 잔뜩 기대가 됐다.

세라피나가 로웨나에게 가서 인사를 해야지 생각하는 순간 태피스트리 갤러리를 지나 도서관으로 다가오는 발소리가 들렸다. 그 소리에 레이디 로웨나가 재빨리 보고 있던 설계도를 벽에 있는 비밀 찬장에 집어넣더니 벽난로 앞에 있는 소파에 앉아 책 읽는 척을 했다.

얘 정말 보통이 아닌걸. 세라피나가 미소를 지으면 속으로 생각했다. 세라피나는 지금껏 생각지도 못했던 수법이었다. 일명 아무 일도 일어나지 않은 척 행동하기 수법.

하인 한 명이 도서관 안으로 들어왔다. "실례합니다, 아가씨." 하인이 살짝 몸을 숙이며 말했다. "평소와 다름없이 오늘도 여덟 시에 저녁 식사가 준비될 예정입니다. 다만 저택에 있는 대부분의 시계가 작동을 멈추는 바람에 저희가 직접 손님들을 찾아뵙고 현재 시각이 일곱 시라고 알려 드리고 있습니다. 지금부터 준비하셔서 저녁 식사를 하러 오시면 될 것 같습니다. 감사합니다."

하인이 전달하는 내용을 듣자마자 온몸이 부르르 떨렸다. 시계가 멈췄다니! 레이디 로웨나는 여기 도서관에 있었다. 그렇다면 시계를 멈춘 사람은 브레이든이라는 뜻이었다! 브레이든이 위험에 처했다!

로웨나도 상황을 이해했는지 곧바로 하인을 지나쳐 도서관을 나갔다.

세라피나도 숨어 있던 곳에서 뛰쳐나가 지붕을 향해 달리기 시작했다.

세라피나는 4층에 있는 창문을 넘어 빌트모어의 지붕으로 기어 올라간 다음 대층계 꼭대기에 있는 돔 위를 허둥지둥 가로질렀다. 비스듬히 기울어진 슬레이트 지붕, 우뚝 솟은 굴뚝과 뾰족한 첨탑, 지붕 가장자리를 수놓은 괴물 석상 사이를 지나갔다. 높이 솟은 지붕 꼭대기는 황동 테두리를 두르고 있었다. 황동 테두리에 조각된 떡갈나무 이파리와 도토리 그리고 조지 밴더빌트의 머리글자가 달빛 아래 번쩍거렸다.

지붕 가장자리에 다다르자 유리로 된 겨울 정원 꼭대기와 빌트모어의 수많은 안뜰과 정원이 한눈에 내려다보였다. 머리 위로는 별이 반짝이는 밤하늘을 이고, 저 멀리 숲을 병풍처럼 두르고 있노라니 지붕 위에서 바라보는 세상은 숨이 막

힐 정도로 근사했다.

이쪽으로 쿵쾅거리며 다가오는 발소리를 듣고 세라피나가 돌아섰다.

"시계가 전부 멈췄어!" 화려한 드레스 차림의 레이디 로웨나가 헉헉거리며 4층 창문 밖으로 몸을 내밀었다.

세라피나가 얼른 달려가 로웨나를 부축했다. 셀 수 없이 많은 실크 장미가 달린 드레스는 어찌나 길고 거추장스러운지, 지붕으로 올라오려는 로웨나의 다리를 이리저리 옭아맸다. 장미꽃이 주렁주렁 달린 치맛단에 다리가 걸려 넘어지는 불상사를 예방하기 위해 두 사람이 힘을 합쳐 풍성한 드레스 자락을 간신히 한쪽으로 밀었다. 세라피나가 조그만 창문으로 로웨나의 몸을 끌어당겼다. 다행히 드레스는 찢어진 곳 없이 멀쩡하게 통과했다.

"거의 다 됐어." 레이디 로웨나가 끙끙거렸다. "조금만 더."

마침내 튕겨 나오다시피 창문을 통과한 로웨나가 지붕 위로 풀썩 쓰러졌다.

"나 여기 있어." 로웨나가 군인처럼 벌떡 일어서며 말했다.

"누군가 시계를 멈췄어!"

"내가 그랬어." 그때 브레이든이 가볍게 창문을 넘어 지붕 위로 올라섰다.

"무슨 일이야?" 세라피나가 물었다. "뭐라도 본 거야?"

"기디언과 세드릭이 실종됐어." 브레이든의 목소리가 갈라졌다.

"그게 무슨 말이야, 실종되다니?" 세라피나가 물었다. 타고나길 떠돌아다니는 걸 좋아하는 개들도 있다고 들었지만 부상을 입은 도베르만과 그렇게 덩치가 커다란 세인트버나드가 동시에 행방불명이라는 사실은 믿기 힘들었다.

"저택을 안팎으로 전부 수색했어. 세드릭은 거의 항상 삼촌 옆에 붙어 있고 기디언도 사라진 적이 없는데 둘을 본 사람이 아무도 없어." 브레이든은 당황한 기색이 역력했다.

세라피나는 침착하게 생각해 보려 했다. 지붕 가장자리로 걸어가 아래를 내려다보았다. 먼저 조각상과 산책로로 가득한 정원을 살펴본 다음 저 멀리 숲까지 훑어보았다.

어두운 소나무 숲 너머에 가려져 있던 그 끔찍한 장소가 머릿속에 떠올랐다.

생각조차 하기 싫었다.

제발 사실이 아니길 바랐다.

하지만 불길한 예감을 떨칠 수가 없었다.

"기디언이랑 세드릭이 어디 있는지 알 것 같아." 세라피나는 말을 하면서도 속이 메스꺼웠다. 세상에서 가장 가고 싶지 않은 곳이었다.

“저희와 만나 주셔서 감사합니다.” 세라피나가 도서관으로 걸어 들어오는 밴더빌트 씨에게 인사했다.

“브레이든에게 들었다. 네가 강아지들의 실종에 관한 중요한 정보를 알고 있다지.” 밴더빌트 씨의 목소리는 심각했다. 세라피나는 밴더빌트 씨가 며칠 전 기디언이 심하게 다쳤던 날 일어난 일로 자신에게 화가 나 있는 건지 아닌지 알 수 없었다. 하지만 실종된 세드릭 때문에 크게 걱정하고 있는 건 분명했다.

“삼촌, 세라피나가 우릴 도울 수 있을 것 같아요. 전 제 목숨을 걸고 세라피나를 믿어요. 기디언과 세드릭의 목숨도 걸 수 있어요. 빌트모어에서 일어나고 있는 이상한 일들, 그러니까 기디언이 세라피나를 공격한 일, 리날디 씨의 죽음, 세드릭과 기디언의 행방불명…… 이 모든 일이 서로 연관되어 있어요.” 브레이든이 말했다.

“어떻게 말이니?” 밴더빌트 씨가 물었다.

“몇 주 전에 아이들이 실종됐을 때 저를 처음 만나셨잖아요.” 세라피나가 입을 열었다.

그렇지 않아도 어두웠던 밴더빌트 씨의 표정이 더 어두워졌다. “그랬지.” 밴더빌트 씨가 세라피나를 쳐다보며 물었다. “이것도 그때와 똑같은 일이니?”

“아니요, 완전히 똑같지는 않아요.” 세라피나가 대답했다. “하지만 그때 제가 믿을 만한다고 생각하셨잖아요.”

“그래, 그랬지.” 밴더빌트 씨가 세라피나를 찬찬히 관찰하며 말했다.

세라피나가 고개를 들어 그 시선을 마주했다. “저는 절대 기디언을 다치게 할 의도가 없었어요. 기디언도 저를 다치게 할 의도가 없었다고 믿습니다. 확실하진 않지만 개들이 어디 있는지 알 것 같아요. 아마 숲속에 있을 거예요. 하지만 그곳에 혼자서는 가고 싶지 않아요. 제 생각엔 수색대를 꾸려서 어른들이 말을 타고 무기를 들고 가는 게 좋을 것 같습니다. 제가 거기까지 안내할게요. 뭐가 됐든 힘을 합쳐서 함께 싸워야 해요.”

밴더빌트 씨가 오랫동안 세라피나를 바라보았다. 세라피나의 말을 듣고 놀란 게 분명했다. 밴더빌트 씨는 세라피나가 얼마나 겁에 질려 있는지 깊이 생각해 보는 것 같았다.

"이게 그렇게 위험한 일인가 보구나." 밴더빌트 씨가 생각에 잠긴 듯 낮은 목소리로 말했다.

여전히 밴더빌트 씨에게서 눈을 떼지 않은 채 세라피나가 고개를 끄덕였다.

밴더빌트 씨는 세라피나가 한 말을 깊이 생각하더니 브레이든을 바라보았다.

"가서 기디언과 세드릭을 데려와야 해요, 삼촌." 브레이든이 말했다. "우리를 안내해 줄 수 있는 사람은 세라피나뿐이에요."

"네가 말하는 곳에 가면 우리가 무엇과 맞닥뜨리게 되는 거니?" 밴더빌트 씨가 세라피나에게 물었다.

"저도 잘 모르겠어요." 세라피나가 말했다. "하지만 그곳에 가면 우리에 갇힌 동물들이 있을 거예요."

"우리?" 밴더빌트 씨의 얼굴이 경악스러움으로 물들었다. "언제 가면 좋겠니?"

세라피나가 침을 꼴깍 삼켰다. "지금 당장 가야 해요." 세라피나는 이렇게 말하면서도 구역질이 날 것처럼 속이 울렁거렸다.

"한 치 앞이 보이지 않을 정도로 깜깜한데." 밴더빌트 씨가 중얼거렸다.

"제 생각엔 기다릴 시간이 없습니다. 제 의심이 맞다면 기디언과 세드릭은 커다란 위험에 처해 있어요. 그 사람이 기디언과 세드릭을 죽일 수도 있어요. 오늘 밤에 가야만 해요.

그리고 한 가지 더 말씀드리자면 수색대는 가장 믿을 수 있는 사람들로만 꾸리셔야 돼요."

"도움을 주고 싶어 하는 사람들은 많다." 밴더빌트 씨가 말했다. "어떤 범죄가 일어나고 있는 거라면 그레이선 탐정도 가겠다고 우길 텐데."

세라피나가 입술을 깨물었다. "그레이선 탐정은 절대 따라와선 안 되는 사람입니다. 그는 위험한 인물인 것 같아요."

밴더빌트 씨가 사물을 꿰뚫어 보는 듯한 그 짙은 눈동자로 몇 초 동안 세라피나를 가만히 응시했다. 마치 세라피나가 한 모든 말을 흡수하고 있는 것 같았다. 세라피나는 밴더빌트 씨의 눈을 마주 보며 대답을 기다렸다.

"알겠다." 밴더빌트 씨가 느리게 고개를 끄덕였다. "네가 말한 대로 하도록 하마."

삼십 분 뒤에 밴더빌트 씨는 약속대로 구조대를 소집했다. 밴더빌트 씨가 직접 선별한 사람 열한 명이 말을 타고 안뜰에 모였다. 세라피나도 추적꾼 두 명과 그들이 데려온 훈련견들 옆에 서 있었다. 어둠 속에서 횃불이 일렁거렸다. 그때 말을 타고 안뜰로 들어서는 브레이든을 보고 세라피나는 가슴이 철렁했다. 하지만 브레이든의 결연한 표정을 보니 말려도 소용없을 것 같다는 생각이 들었다. 레이디 로웨나도 브레이든과 나란히 말을 타고 등장했다. 브레이든 못지않게 결연한 표정이었다. 게다가 온실 속 화초 연기는 집어치운 듯 더 이상 두 다리를 한쪽으로 모은 자세가 아니라 양쪽으로 걸친 채 정식으로 말을 타고 있었다. 차가운 밤공기에 두 뺨이 새빨갰다. 유행하는 승마용 외투를 입고 있었지만 수색하기에 과할 정도는 아니었다. 붉은색 머리카락은 한데 모아서 외투에 달린 모자 안에 집어넣었다. 손에는 가죽 장갑을 끼고 다른 사람들처럼 승마용 지팡이를 들고 있었다. 어느 모로 보나 로웨나도 수색대의 일원이었다. 로웨나가 자신도 따라가겠다고 우겼을 때 세라피나는 놀라지 않았다. 다만 막상 그곳에 도착했을 때 레이디 로웨나가 따라온 걸 후회하지 않길 바랄 뿐이었다.

밴더빌트 씨와 대장 사냥꾼이 모두에게 출발 신호를 보냈다. 말들이 일제히 걸음을 옮기기 시작했다. 막 자정을 넘긴 으슥한 밤, 구름에 가린 희미한 달빛 아래 구조대는 빌트모어를 빠져나왔다.

말을 탄 수색대에게 둘러싸인 채 세라피나는 숲길을 걸었다. 군대를 이끌고 전쟁터로 나가는 장군이 된 것 같았다. 하지만 달그락거리는 말발굽 소리, 쨍그랑거리는 말안장과 고삐 소리, 사람들의 숨소리 등 주위가 너무 시끄러워서 아무 소리도 들을 수가 없었다. 세라피나는 숲속에서 나는 소리를 잘 들을 수 있도록 무리에서 떨어져 앞장서서 걸어가기 시작했다.

세라피나는 무리와 너무 간격이 벌어지지 않도록 조심했다. 저지대와 나뭇가지 사이로 피어오른 아지랑이가 마치 유령처럼 숲속을 떠다녔다. 아지랑이는 춤추듯 바위와 나무 사이사이를 지나가며 세라피나와 수색대 사이의 시야를 가로막았다.

세라피나가 뒤를 돌아보았다. 브레이든과 로웨나, 밴더빌트 씨를 비롯해 수색대는 말 등에 올라탄 채 느슨한 쐐기풀 대형으로 숲길을 가고 있었다. 빌트모어의 주인인 밴더빌트 씨는 자연의 아름다움을 사랑하는 사람이었지만 영혼으로 보나 경험으로 보나 사냥꾼과는 거리가 멀었다. 밴더빌트 씨가 빌트모어의 대장 사냥꾼에게 선두에 서서 수색대를 지휘해 달라고 부탁했다. 대장 사냥꾼은 양옆에 조지 밴더빌트와 브레이든 밴더빌트를 거느리고 맨 앞에서 말을 타고 있었다. 대장 사냥꾼은 풍채가 좋은 남자였다. 목소리는 걸걸했고 위엄이 있었다. 평생을 말안장 위에서 보낸 사람 같았다. 세라피나는 자신의 움직임을 쫓는 대장 사냥꾼의 시선을 느꼈다. 앞장서서 덤불을 헤치고 가는 세라피나에게서 그는 한시도 눈을 떼지 않았다. 길을 아는 사람은 세라피나가 유일했다.

우락부락한 생김새에 두꺼운 외투를 입은 추적꾼 두 명은 거대하고 호리호리한 얼룩무늬 플롯 하운드 여섯 마리를 데리고 걷고 있었다. 플롯 하운드는 1700년대부터 이 산간 지대에서 곰 사냥을 위해 기르던 사냥개였다.

하지만 세라피나가 수색대를 이끌고 동물 우리가 있는 소나무 숲으로 올라갈수록 추적꾼들은 당황하는 기색이 역력했다. 플롯 하운드 여섯 마리도 땅에 코를 처박고 여기저기 킁킁거리면서 어찌할 바를 모르고 불안한 듯이 계속 짖어 댔다. 어떤 냄새를 찾는 대신 플롯 하운드 여섯 마리가 으르렁거리기 시작했다.

“사냥개들을 진정시키시오!” 대장 사냥꾼이 추적꾼들에게 호통을 쳤다.

“제스는 살쾡이라도 본 것처럼 난리고, 백스는 곰이라도 본 것처럼 난리네. 늙은 로머도 저기 언덕에서 평생 맡아 보지 못한 냄새가 나는 것처럼 으르렁거리고.” 추적꾼 한 명이 플롯 하운드들을 가리키며 말했다.

대장 사냥꾼이 세라피나를 힐긋 쳐다보았다.

수색대는 마침내 세라피나가 찾던 소나무 숲에 이르렀다. 하지만 숲이 너무 빽빽하고 나뭇가지가 너무 낮게 드리워서 말을 끌고 지나갈 수가 없었다. 사냥이라면 일가견이 있는 세라피나는 대장 사냥꾼이 수색대에게 말에서 내리라고 명령해야 하는 상황을 가장 싫어하리라는 사실을 잘 알고 있었다. 말에서 내려 걷느니 차라리 돌아가는 길을 택할 것이다. 하지만 세라피나는 알고 있었다. 동물 우리는 소나무 숲 한 가운데에 있었다.

“이 숲을 곧장 가로질러 가야 해요.” 세라피나가 손짓으로 신호를 보내며 말했다.

세라피나에게는 대장 사냥꾼에게 명령을 내릴 수 있는 권한이 없었다. 하지만 사실을 있는 그대로 알려 주어야만 했다. 세라피나는 대장 사냥꾼 옆에서 말고삐를 단단히 틀어쥐고 있는 밴더빌트 씨를 쳐다보았다.

그런데 대장 사냥꾼이 수색대에게 말에서 내리라는 명령을 내리기도 전에 숲속에서 동물 울음소리가 터져 나왔다. 정체 모를 동물이 짖어 대는 소리, 깽깽거리는 소리, 비명을 지르는 소리에 등골이 오싹했다. 사냥개나 늑대 울음소리는 아니었다. 수색대는 공포로 하얗게 질려 주위를 두리번두리번거렸다. 말들도 이리저리 날뛰기 시작했다.

어둠 속에서 번쩍거리는 눈동자 여러 쌍이 사방에서 나타났다. 최소한 오십 개는 넘는 것 같았다.

플롯 하운드 여섯 마리가 사납게 짖어 대며 싸울 준비를 했다.

"모두 제자리에!" 대장 사냥꾼이 빠르게 무너지는 대형을 되돌리려고 다급하게 소리쳤다. "대형을 지켜라!"

어둠 속에서 늑대같이 생긴 동물이 이빨을 드러내며 튀어나와 대장 사냥꾼이 타고 있던 말을 공격했다. 공포에 질린 말이 비명을 지르며 뒷발로 마구 발길질을 했다.

"퇴각하라!" 늑대같이 생긴 것들이 여기저기서 뛰쳐나와 말의 다리를 물고 말 등에 올라탄 수색대를 땅바닥으로 끌어내리려고 달려들자 대장 사냥꾼이 결국 퇴각 명령을 내렸다.

두려움이 폭발했다. 수색대를 급습한 건 개도 아니고 늑대도 아니었다. *코요테였다.* 초자연적 힘이 코요테 수십 마리를 이 숲속으로 불러들인 것이다. 코요테는 원래 이 숲속으로는 얼씬도 하지 않았다. 천적인 늑대가 살기 때문이었다.

세라피나가 공포에 질려 날뛰는 말과 사납게 달려드는 코요테와 비명을 지르는 수색대 사이를 가로질러 브레이든과 로웨나, 밴더빌트 씨 쪽으로 달려갔다. 폭발적인 다리 힘으로 세라피나는 아수라장을 뚫고 앞으로 달려 나갔다. 자세를 낮추고 마구잡이로 달려드는 코요테를 요리조리 피하며 달려 나갔다.

코요테가 추적꾼 두 명을 쓰러뜨렸다. 플롯 하운드 여섯 마리가 맞서 싸웠지만 역부족이었다. 그러기에는 코요테의 숫자가 너무 많았다.

브레이든과 밴더빌트 씨는 말타기에 능숙했고 위험을 예상하고 있었기 때문에 갑작스런 첫 공격에도 말에서 떨어지진 않았다. 하지만 밴더빌트 씨의 말이 이리 날뛰고 저리 날뛰는 바람에 밴더빌트 씨는 말 등에 탄 채로 기절할 뻔했다. 이제는 말들조차 적이 된 것 같았다.

"퇴각하라!" 대장 사냥꾼이 코요테에게 횃불을 휘두르며 고함을 질렀다.

"브레이든, 이쪽으로!" 로웨나가 겁에 질려 허우적거리는 자기 말을 진정시키느라 안간힘을 쓰면서 외쳤다.

"우린 계속 전진해야 해!" 세드릭과 기디언을 구출해 내겠다는 일념으로 브레이든이 소리를 질렀다. 하지만 결국 브레이든도 다른 사람들과 함께 후퇴할 수밖에 없었다.

코요테의 공격으로 말 등에서 떨어진 사람들은 이미 공포에 질려 말을 버리고 달아난 뒤였다. 겨우겨우 말 등에서 떨어지지 않은 사람들도 고삐를 잡아당겨 달아나기 시작했다. 그러나 코요테들은 끈질기게 뒤쫓았다. 거칠게 숨을 몰아쉬며 뒤처진 말들에게 달려들어 다리와 궁둥이를 물고 구석으로 몰아넣었다.

수색대가 혼비백산하여 빌트모어로 달아나는 동안 세라피나는 나무 뒤에 웅크리고 숨어 있었다. 세라피나는 이제 어떻게 해야 할지 판단이 서질 않았다. 깜깜하고 적막한 숲속에 또다시 세라피나 혼자만 남겨졌다. 혼란의 도가니가 안개 너머로 아스라이 멀어지는 모습을 세라피나는 지켜보았다. 절망감이 온몸을 휘감았다. 코요테 수십 마리를 상대로 맞서 싸우기란 불가능했다. 공포에 질린 말과 수색대를 진정시킬 능력도 세라피나에게는 없었다. 브레이든과 로웨나, 밴더빌트 씨의 사라져 가는 뒷모습을 바라보고 있노라니 목이 메었다. 세라피나도 저 뒤를 좇아 집으로 돌아가고 싶은 마음이 굴뚝같았다. 이 무시무시한 곳에 홀로 남겨져 있다는 사실을 깨닫자 두려움이 엄습했다.

하지만 세라피나는 움직이지 않았다.

어둡고 불길한 생각이 마음속에 피어올랐다. 혼자서 기디언과 세드릭을 구할 수 있는 유일한 방법은 코요테 무리가 달아나는 수색대를 뒤쫓느라 멀어진 틈을 타 깜깜한 소나무 숲으로 잠입하는 것뿐이었다. 지금으로선 눈과 귀를 피해 적의 소굴로 몰래 숨어드는 것만이 유일한 희망이었다.

마음속으로 작전을 짜고 있는데 무언가가 세라피나 쪽으로 서서히 다가오는 소리가 들렸다. 처음에는 네발 달린 코요테나 늑대의 발소리인 줄 알았다. 하지만 자세히 들어 보니 앞발 두 개는 더 가벼웠고 조심스러웠다. 뒷발 두 개는 더 무거

웠다. *네발 달린 짐승*의 발소리가 아니었다. 두 손과 두 발을
가진 *인간*의 발소리였다.

덤불 너머로 브레이든의 얼굴이 불쑥 나타났다.

"아아아, 브레이든! 돌아오면 어떡해!" 세라피나가 벌컥 화를 냈다.

"말 등에서 떨어졌어." 브레이든이 진짜라는 듯 말했다.

"거짓말하지 마." 세라피나가 소리를 질렀다. "말에서 한 번도 떨어진 적 없으면서!"

"하지만 코요테들이 공격해 왔다고!"

세라피나가 세차게 고개를 저었다. "아니, 거짓말하지 마. 내가 다 봤어, 브레이든. 너 말에서 떨어진 거 아니잖아!"

"그래 네 말이 맞아." 브레이든이 마침내 인정했다. "수색대에서 떨어져 나왔는데, 내 말이 너무 무서워하면서 여기로 돌아가지 않겠다고 버티더라고. 하지만 널 혼자 남겨 두긴 싫어서 걔는 그냥 수색대 쪽으로 돌려보내고 나만 왔어. 아마 괜찮을 거야."

"내가 걱정하는 건 말이 아니라 너야!" 세라피나가 안절부절못하며 소리쳤다. "다른 사람들이랑 같이 갔어야지."

"너 혼자 이 끔찍한 어둠 속에 남겨 두고 싶지 않았단 말이야."

"어둠은 내가 속한 곳이야. 하지만 넌 아니잖아." 세라피나가 말했다.

브레이든이 소나무 숲을 가리켰다. "내가 어둠 속에서 세라피나 너만큼 잘 볼 순 없지만 내 강아지들이 저기에 갇혀 있다면 당연히 내가 가서 구해 줘야지."

"레이디 로웨나랑 네 삼촌은 어때? 다 무사해?"

"응. 나머지 수색대랑 같이 있어."

"네가 있어야 할 곳은 거기야." 세라피나가 고집을 피우는 브레이든을 화가 나서 노려보았다. 브레이든은 자신이 지금 들어가려는 곳이 어떤 곳인지 전혀 모르고 있었다. 그러나 세라피나는 아무리 말을 해도 브레이든이 듣지 않으리라는 걸 알고 있었다.

"좋아." 마침내 입을 연 세라피나가 브레이든 쪽으로 기어갔다. "같이 들어가자. 하지만 내 옆에 꼭 붙어 있어야 돼. 그리고 절대 아무 소리도 내면 안 돼."

둘은 낮게 드리운 소나무 가지 아래를 네 발로 엉금엉금 기어서 빽빽한 소나무 숲 안으로 들어갔다. 소나무 껍질에서 흘러나온 끈적끈적한 송진이 마치 검은색 피처럼 나무 밑동과 가지와 흙바닥을 뒤덮고 있었다. 송진에서 풍기는 단내가 속이 메스꺼울 정도로 사방에 진동했다. 소나무 위쪽으로 난 가지가 달빛과 별빛을 완전히 차단해 아래쪽은 칠흑 같은 어둠이었다. 세라피나조차 앞을 잘 볼 수가 없었다.

어쩔 수 없이 죽은 나뭇가지에 부딪치지 않으려고 세라피나는 팔을 앞으로 뻗고 걸었다. 하지만 어둠 속에서 손가락에 무언가 부딪칠 때마다 끈적끈적거리는 검은색 송진이 손가락에 묻었다. 금세 손 전체가 미끌미끌하고 끈적끈적한 액체로 뒤덮였다. 손발이 계속 땅바닥에 달라붙었다. 움직일 때마다 쩍쩍 소리가 났다.

브레이든은 지금 장님이나 다름없다는 사실을 알기에 세라피나가 브레이든의 손을 잡아 자기 어깨에 올려놓았다. "내 어깨를 붙잡고 따라와." 세라피나가 속삭였다. 어깨 위에 닿은 브레이든의 손이 부들부들 떨리고 있었다. 한 치 앞도 보이지 않는 상태에서 이 끔찍한 장소를 지나가야 하다니, 브레이든이 지금 얼마나 무서울지 세라피나는 짐작조차 가지 않았다.

두 사람은 송진으로 끈적끈적한 땅바닥을 가로질러 앞으로 조금씩 조금씩 나아갔다. 그때 끔찍한 냄새가 코를 찔렀다. 처음에는 송진이 썩어서 나는 냄새인 줄 알았다. 하지만 이내 세라피나는 이 고약한 냄새의 정체가 동물과 그 배설물이라는 사실을 깨달았다. 냄새는 갈수록 고약해졌다.

그때 앞쪽에서 쉭쉭, 꼬르륵꼬르륵, 부글부글하는 소리가 들려왔다. 저 멀리서 요리할 때 쓰는 듯한 주황색 불빛이 보였다.

"저게 뭐야?" 마침내 앞이 보이기 시작한 브레이든이 눈을 가늘게 뜨며 물었다.

"저기가 바로 우리가 가려는 곳이야." 세라피나가 말했다.

둘은 가느다랗게 피어오르는 연기 속으로 살금살금 기어 들어갔다. 세라피나의 손바닥이 차갑고 편평하고 끈적끈적한 표면에 닿았다. 바위라도 짚은 줄 알고 무심코 아래를 내려다본 세라피나는 잠시 후 깨달았다. 그건 바위가 아니라 묘비였다. 땅속에 파묻힌 묘비는 얼마나 오래되었는지 글씨와 숫자가 다 닳아 없어진 상태였다.

묘비 앞쪽에 시체를 묻는 자리에는 누군가 무덤 속 관을 보호하기 위해 만든 기다랗고 좁은 철제 우리가 땅속 깊이 박혀 있었다. 무덤 속에 설치하는 이 철제 우리의 원래 용도가 도굴꾼이 무덤을 파헤치는 것을 막기 위해서인지 아니면 시체가 무덤 밖으로 걸어 나가는 것을 막기 위해서인지는 알 수 없었지만, 지금 그보다 더 끔찍한 용도로 사용되고 있다는 것만은 분명했다. 철제 우리 끝에는 조그만 문이 달려 있었다. 그 안에는 암사슴 한 마리와 점박이 새끼 사슴 두 마리가 갇혀 있었다. 일어설 힘도 없는지 쭈그리고 앉아서 세라피나를 물끄러미 응시하고 있었다.

오래된 묘비와 무덤 속에 있던 철제 우리 수백 개가 오른쪽에도, 왼쪽에도 끝없이 늘어서 있었다. 며칠 전 밤에 이곳에 왔을 때만 해도 세라피나는 이 철제 우리의 정체가 원래 무덤 안에 있던 관을 보호하던 장치인 줄은 꿈에도 몰랐다. 여기 빽빽한 소나무 숲이 들어선 자리는 전부 공동묘지였던 것이다. 오래전에 버려진 이 공동묘지 위로 소나무가 자라 숲을 이룬 것이었다. 세라피나는 주위를 둘러보았다. 철제 우리 안에는 온갖 동물들이 갇혀 있었다. 어미 사슴과 새끼 사슴 두 마리가 갇혀 있는 우리 옆에는 밍크 한 마리가 탈출구를 찾으려고 이리 뛰고 저리 뛰고 있었다. 브레이든 가까이에 있는 우리에는 조그만 붉은 여우가 갇혀 있었다. 그때 빌트모어에서 보았던 바로 그 붉은 여우였다. 공포에 질려 웅크린 몸을 오들오들 떨면서 붉은 여우가 살려 달라는 듯한 눈빛으로 브레이든을 바라보았다.

"당장 풀어 줘야 해!" 브레이든이 떨리는 목소리로 말했다.

"기다려." 세라피나가 속삭였다. 우리에 갇힌 동물들을 본 세라피나는 적이 멀지 않은 곳에 있다는 사실을 깨달았다. 허락된 시간이 많지 않았다. 둘은 족제비 한 마리와 너구리 가족이 갇혀 있는 우리 사이를 지나 불을 피워 놓은 쪽으로 다가갔다. 세라피나는 주변에 있는 우리를 샅샅이 훑어보았다. 저기 안개 속 어딘가 축 늘어진 소나무 가지 아래 기디언과 세드릭도 갇혀 있을 것이다.

그때 갑자기 브레이든이 세라피나의 어깨를 아플 정도로 꽉 움켜잡았다. 멀리서 다가오는 남자의 그림자를 본 세라피나가 숨을 멈추었다. 장화를 신고 낡디낡은 긴 외투를 입은 남자는 숲속에서 봤던 하얀 수염이 난 바로 그 남자였다. 남자는 한 치의 망설임도 없이 움직였다. 장작개비 몇 개를 불속에 밀어 넣자 공중으로 불꽃이 튀어 올랐다. 나뭇가지에 묻어 있던 송진 때문에 불꽃이 혀를 날름거렸다. 그때 세라피나는 사방에 진동하는 끔찍한 악취의 근원을 발견했다. 남자가 불 위에 커다란 무쇠솥을 올려놓고 무언가를 끓이고 있었다.

세라피나는 온몸에 있는 근육이 부르르 떨리는 것을 느꼈다. 달아나고 싶었다. 그런데 그때 *째깍 째깍 째깍* 소리가 들리더니 어디선가 소름 끼치는 울음소리를 내며 가면올빼미 한 마리가 날아들었다. 세라피나는 가면올빼미의 눈을 피해 브레이든을 바닥으로 잡아당겼다. 소나무 가지 사이로 낮게 날던 가면올빼미가 바닥에 바짝 엎드리고 있는 세라피나와 브레이든 머리 위를 지나 무쇠솥 앞에 서 있는 수염 난 남자에게로 날아갔다. 가면올빼미는 남자의 발치에 구부러진 나뭇가지 하나를 떨어뜨리더니 다시 날아올랐다.

가면올빼미에게 응답이라도 하듯 수염 난 남자가 턱을 치켜들고 소름 끼치는 울음소리를 내질렀다. 그러고 나서 바로 그 *째각 째깍 째깍* 소리와 함께 만족스러운 듯 낮은 쉿소리가 이어졌다. 그제야 세라피나는 깨달았다. 저 올빼미와 수염 난 남자는 단순히 서로 아는 사이가 아니었다. 한쪽이 명령을 하면 따르는 주인과 부하 사이도 아니었다. 저 울음소리에는 그보다 더 끈끈한, 어둡고 소름 끼치는 사랑이 깃들어 있었다.

"그곳을 불살라 버리자꾸나!" 남자가 올빼미를 향해 소리쳤다. 남자의 거칠고 쭈글쭈글한 얼굴이 드러났다. 세라피나는 일찍이 그토록 증오에 사로잡혀 광기와 살기를 내뿜는 얼굴은 본 적이 없었다.

브레이든이 옆에서 오들오들 떨고 있었다. 유령처럼 하얗게 질린 얼굴로 가쁜 호흡을 내뱉고 있었다. 세라피나는 브레이든에게 용기를 주려고 잡은 손에 힘을 주었다.

남자가 몸을 숙여 가면올빼미가 떨어뜨리고 간 나뭇가지를 집어 들었다. 세라피나는 남자가 당연히 그 나뭇가지를 불 속에 집어넣을 줄 알았다. 그런데 다음 순간 믿기지 않는 장면이 펼쳐졌다. 조그만 나뭇가지가 순식간에 튼튼한 지팡이로 변신했다. 웨이사가 말했던 바로 그 어둠의 지팡이였다. 지팡이는 거무죽죽하고 심하게 뒤틀려서 마치 뱀이나 덩굴에 휘감긴 듯한 모양이었다. 지금 이 순간 뒤틀린 지팡이에서는 악마 같은 힘이 뿜어져 나오고 있었다. 심지어 그 힘은 점점 더 커질 것 같아 보였다.

남자의 발밑에는 검은색과 갈색과 흰색이 뒤섞인 동물 가죽이 켜켜이 쌓여 있었다. 무쇠솥 안에 저 가죽을 집어넣어서 무언가 끔찍한 액체를 만들고 있었다. 세라피나는 도대체 저 남자가 어떤 무시무시한 짓을 벌이고 있는지 짐작조차 가지 않았다. 그런데 그때 남자가 뒤틀린 지팡이를 하늘 높이 들어 올려 무쇠솥 안에 담그더니 이해할 수 없는 말을 중얼거렸다. 지팡이를 돌려 가면서 끈적끈적한 액체를 묻히고 또 묻혔다.

한참 뒤 썩은 내가 진동하는 액체를 뒤집어쓴 지팡이를 꺼내 들고선 가까이에 있던 우리 하나로 다가갔다. 지팡이에서 끈쩍끈적한 액체가 뚝뚝 떨어졌다. 남자의 움직임을 좇아 우리로 눈을 돌린 세라피나는 그 안에 갇힌 동물을 보는 순간 경악했다. 기디언이었다! 세라피나의 친구 기디언이 엎드린 자세로 송곳니를 드러내며 으르렁거리고 있었다. 하지만 남자가 다가올수록 기디언의 눈에는 두려움이 차올랐다. 남자가 우리를 향해 뒤틀린 지팡이를 겨누었다. 그러자 우리 문이 벌컥 열렸다. 기디언이 온몸을 떨면서 우리 밖으로 기어나와 남자 쪽으로 다가갔다. *물어, 기디언!* 세라피나는 소리를 지르고 싶었다. *물고 도망쳐!* 하지만 기디언은 그러지 않았다. 남자가 뒤틀린 지팡이를 이용해 기디언을 조종하고 있었다.

세라피나는 브레이든의 입을 막으려고 뒤돌아서서 손을 뻗었다. 하지만 이미 늦었다. 기디언이 지팡이에게 조종당하는 모습을 본 브레이든이 울부짖었다. 수염 난 남자의 고개가 홱 돌아갔다. 은색으로 번쩍이는 남자의 두 눈이 정확히 브레이든을 보고 있었다.

세라피나가 곧바로 공격을 개시했다. 세라피나는 남자에게로 달려들었다. 남자가 손을 들어 주문을 외우는 순간 끝이었다. 기회는 단 한 번뿐이었다.

그러나 이미 늦었다. 남자가 손바닥을 들어 올려 입술에 대고 후 하고 입김을 불었다.

죽음의 숨결이 온몸을 관통했다. 세라피나의 몸이 차갑게 식었다. 근육이 마비되었다. 세라피나가 땅바닥에 풀썩 쓰러졌다.

세라피나 뒤에 있던 브레이든도 쓰러졌다.

호흡을 빼앗기고 심장이 멈추었다. 세라피나는 초점 없는 눈으로 얼굴 반쪽을 흙 속에 묻은 채 시체처럼 엎어져 있었다. 브레이든도 불과 몇 미터 떨어진 곳에 뻣뻣하게 굳은 채로 쓰러져 있었다. 몸이 굳는 순간 공포로 휘둥그레진 눈동자가 그 상태 그대로 세라피나를 바라보고 있었다. 세라피나는 고개를 돌릴 수가 없었다. 칠흑같이 어두운 나무 사이로 저벅저벅 다가온 수염 난 남자의 그림자가 머리 위로 드리웠다.

36

세라피나는 서서히 의식이 돌아오는 것을 느꼈다. 하지만 여전히 눈을 뜰 수도, 몸을 움직일 수도 없었다. 차디찬 흙바닥과 폐 안으로 아주 느리게 공기가 들어왔다 나갔다 하는 것이 느껴졌지만 입 밖으로 아무런 소리도 낼 수가 없었다.

얼굴을 대고 누워 있는 숲 바닥에서 죽은 소나무 이파리와 송진으로 뒤덮인 흙에서 나는 냄새가 코로 들어왔다. 입안에서는 흙 맛이 났다.

세라피나는 옆으로 쓰러져 있었다. 오른팔은 머리 위로 들고 왼팔은 기괴한 각도로 아래쪽에서 꺾인 채 다리는 몸 쪽으로 말려 있었다. 맨살이 드러난 팔다리와 얼굴로 흙 속에서 무언가가 기어 올라오는 느낌이 들었지만 고개를 까딱할 수조차 없었다.

스산한 바람 소리 말고는 아무 소리도 들리지 않았다.

이렇게 죽는 건가? 세라피나가 생각했다. 틀림없이 이대로 끝인 것 같았다. 어둠 속으로 한없이 가라앉는 듯한 느낌이 들었다.

"세라피나!" 귓가에서 누군가 다급한 목소리로 속삭였다. 절대 희망의 끈을 놓도록 내버려 두지 않겠다는 듯한 목소리였다. 목소리의 주인공은 몸도 없었고 얼굴도 없었다. 브레이든의 목소리도 아니었고 아빠의 목소리도 아니었다. 그리고 이내 목소리를 들었다는 의식조차 바람을 타고 사라졌다.

세라피나는 또다시 의식을 잃었다. 다시 깨어났을 때는 시간이 흐른 뒤였다. 시간이 얼마나 흐른 건지는 알 수 없었다. 몇 초가 흐른 건지, 몇 분이 흐른 건지, 아니면 몇 시간이 흐른 건지조차 알 수 없었다.

마침내 눈을 떴다. 하지만 아직 고개는 들 수 없었다. 눈앞에는 거의 검게 변한 땅만 보였다. 그 바로 위에 철창과 철망도 보였다. 다른 우리들 사이로 며칠 전 밤에 빌트모어 안에 있는 호수에서 본 하얀 백조 한 마리가 갇혀 있는 우리가 보였다.

"세라피나!" 아까 그 목소리가 또다시 세라피나를 불렀다.

소리는 백조가 갇혀 있는 우리와 반대편에서 들려오고 있었다.

드디어 고개를 움직일 수 있게 된 세라피나가 느릿느릿 머리를 들었다.

반대편 우리에 갇힌 구릿빛 피부에 부스스한 장발을 한 소년을 보는 순간 세라피나의 가슴이 무너졌다. 우리 안에 갇힌 소년은 너무 작고 연약해 보여서 하마터면 세라피나는 소년을 못 알아볼 뻔했다. 하지만 세라피나를 바라보는 소년의 갈색 눈동자는 여전히 살아 있었다. 소년의 영혼만큼은 우리에 갇혀 있어도 야생 고양이처럼 여전히 용맹스러웠다.

"용기를 잃지 마, 세라피나!" 소년이 말했다.

"웨이사……." 세라피나가 입을 열었지만 목소리가 쩍쩍 갈라져 제대로 나오지 않았다. 세라피나가 몸을 일으키려는 순간 머리가 철창에 쿵 부딪혔다. 수염 난 남자가 다른 동물들과 마찬가지로 세라피나도 무덤 안에 있던 철제 우리에 가둔 것이다.

세라피나는 철창 사이로 목을 빼고 주변을 두리번거렸다. 멀지 않은 곳에서 수염 난 남자가 무언가를 하고 있었다. 수염 난 남자를 보자마자 온몸이 두려움으로 움찔거렸다. 하지만 꼼짝없이 우리에 갇혀 달아날 수가 없었다. 탁탁 소리를 내며 주황색 불꽃이 소용돌이 모양으로 피어올랐다. 가느다랗게 피어오른 연기가 구부러진 나뭇가지 사이로 떠다녔다.

모닥불 위에는 무쇠솥이 놓여 있었다. 남자는 무쇠솥 주변을 서성이며 모닥불에 느릿느릿 땔감을 집어넣었다. 올빼미, 지팡이, 사냥개, 마차, 말, 쥐, 코요테, 따로따로 흩어져 있던 이미지가 한꺼번에 머릿속으로 밀려들었다. 이게 다 무슨 뜻일까? 남자는 뒤틀린 지팡이를 무쇠솥 안에 담갔다 빼기를 끊임없이 반복하고 있었다. 그 안에 무시무시한 힘이라도 불어넣는 것 같았다.

“어떻게 된 거야, 웨이사?” 세라피나가 속삭이는 목소리로 물었다. “어쩌다 여기 갇힌 거야?”

“새끼 퓨마들을 구해야만 했어.” 웨이사가 가라앉은 목소리로 대답했다. 수염 난 남자가 공격해 오자 엄마와 새끼 퓨마 남매에게 도망갈 시간을 벌어 주기 위해 도망치는 대신 몸을 돌려 맞서 싸우는 웨이사의 모습이 상상이 됐다.

물밀듯이 밀려온 감정이 근육 하나하나에 스며들어 약간 기운이 돌았다. 세라피나는 몸을 돌리려고 시도해 보았다.

근처에 있던 우리의 철창 사이로 붉은 늑대 한 마리가 세라피나를 뚫어져라 쳐다보고 있었다. 산등성이에서 봤던 세라피나의 오랜 친구였다. 안전한 고지대로 무리를 이끌고 떠나려던 용감한 시도가 결국 실패로 돌아간 모양이었다. 철창 너머로 세라피나를 바라보는 붉은 늑대의 시선을 마주하자 마음이 한없이 가라앉았다. 세라피나가 늑대에게 해 줄 수 있는 일이 아무것도 없었다. 늑대가 세라피나에게 해 줄 수 있는 일도 아무것도 없었다.

바로 옆에 있는 우리 안에 갇혀 있던 브레이든을 발견한 세라피나는 안심이 됐지만 동시에 가슴이 무너지는 것 같았다. 브레이든의 몸은 팔다리를 축 늘어뜨린 채 엎어져 있었다. 가까스로 관 밖으로 기어 나왔지만 철창에 갇혀 밖으로 나가지 못한 소년의 시체 같았다. 브레이든에게선 생명의 온기라곤 찾아볼 수 없었다. 피부는 창백하고 축축했다. 하지만 크게 뜨고 있는 두 눈에는 당혹감이 서려 있었다.

"나야, 브레이든." 세라피나가 브레이든을 깨우려고 속삭였다. 브레이든이 살아 있다는 것만은 확실했지만 마법사의 주문이 브레이든에게 입힌 타격이 워낙 큰 것 같았다. "일어나! 나야! 세라피나라고!"

그러다 문득 브레이든을 깨워 봤자 무슨 소용이 있을까 하는 생각이 들었다. 이제 무슨 일이 일어날까? 주위에는 온통 우리에 갇힌 동물들뿐이었다. *세라피나도 그중 하나였다.* 철창과 그 사이사이를 막고 있는 철망은 세라피나가 뚫고 나가기엔 너무 튼튼해 보였다. 세라피나는 밀어도 보고 당겨도 보았다. 발로도 차 보고 어깨로도 밀어 보았다. 하지만 소용없었다. 아무리 애를 써도 여기를 빠져나갈 수 없었다.

세라피나는 이제 바닥에 깔린 솔잎을 걷어 내고 땅을 파기 시작했다. 손가락에 피가 날 때까지 땅을 팠지만 아무 소용이 없었다. 관을 보호할 목적으로 만들어진 철창은 땅속 깊숙이 박혀 있었다. 아무리 깊이 파도 관과 썩어 문드러진 시체와 뼈밖에 나오지 않을 것 같았다.

철창과 철창 사이 간격은 어른은 빠져나갈 수 없을 것 같았지만 그래도 꽤 넓었다. 하지만 수염 난 남자는 조그만 동물들도 탈출할 수 없도록 철창 사이사이에 철망을 설치해 두었다. 세라피나가 갇힌 우리도 예외는 아니었다.

“나도 철창 사이로 빠져나가려고 시도해 봤어.” 철망을 살펴보는 세라피나에게 웨이사가 말했다. 웨이사가 있는 힘껏 철망을 발로 차기 시작했다. 꿈쩍도 하지 않았다. 그런데 웨이사의 발길질로 조금 풀린 철망 끝이 눈에 띄였다. 세라피나는 좋은 생각이 떠올랐다.

세라피나는 우리 바닥에 최대한 몸을 밀착했다. 네모난 철망 구멍은 손가락 서너 개가 들어갈 만큼 넓었다. 세라피나는 구멍 하나에 손가락을 집어넣어 철사 한 가닥을 단단히 움켜쥔 뒤 구부렸다가 폈다. 그리고 다시 구부렸다가 폈다. 똑같은 동작을 계속 반복했다.

"뭐 하는 거야?" 웨이사가 속삭이듯 물었다.

세라피나는 대답하지 않았다. 그저 철사 한 가닥을 끊임없이 구부렸다 폈다 할 뿐이었다. 살갗이 까지기 시작했다. 하지만 마침내 철사가 열을 받아 따끈따끈해지기 시작했다. 세라피나는 더욱 속도를 높였다. 어느 순간 철사가 툭 부러졌다. 세라피나가 손으로 철사를 부러뜨린 것이다!

웨이사가 믿을 수 없다는 표정으로 세라피나를 바라보았다. 세라피나는 미소를 감출 수가 없었다. 세라피나는 방금 맨손으로 철사를 끊었다. *마법 같았다.*

세라피나는 곧바로 다음 철사를 구부리기 시작했다. 철사가 손안에서 끊어질 때까지 구부리고 구부리고 또 구부렸다. "고마워요, 아빠!" 세라피나가 혼잣말로 중얼거렸다. 한번에 하나씩 차근차근 철사를 끊어 나가다 보니 철창 사이 구멍이 꽤 커졌다. 세라피나가 그 사이로 몸을 구겨 넣었다. 하지만 빠져나가기엔 너무 좁았다.

"수그려, 세라피나!" 웨이사가 다급하게 속삭였다.

세라피나는 겁먹은 동물처럼 바닥에 있는 흙을 움켜쥔 채 그 자세 그대로 동작을 멈췄다. 또다시 *째깍 째깍 째깍* 소리가 들리더니 날카로운 올빼미 울음소리가 울려 퍼졌다. 가면올빼미가 머리 바로 위를 지나 모닥불 쪽으로 날아갔다. 수염 난 남자가 뒤틀린 지팡이를 하늘로 던져 올렸다. 지팡이는 점점 작아지더니 나뭇가지로 변했다. 가면올빼미는 공중에서 발톱으로 나뭇가지를 낚아채 다시 숲속으로 유유히 사라졌다.

눈으로 보고도 이해할 수 없는 광경이었다. 하지만 여기를 빠져나가야 된다는 생각만큼은 더욱더 강해졌다. 세라피나는 흙 속에 얼굴을 처박고 구멍으로 고개를 드밀었다. 발로 반대쪽 철창을 밀면서 다리와 상체 힘을 이용해 구멍 밖으로 머리를 밀어 넣었다. 구멍이 너무 좁은 탓에 귀가 접히면서 찢어져 피가 났다. 세라피나는 목을 비틀고 다른 뼈와 분리된 쇄골에서 어깻죽지를 구부려 꿈틀거리며 구멍으로 몸을 밀어 넣었다. 머리와 어깨와 팔의 일부를 구멍 밖으로 빼내는 데 성공한 세라피나는 몸 전체를 끌어당기기 위해 손으로 잡을 만한 것을 찾았다. 하지만 주변에는 아무것도 없었다. 손가락으로 흙을 움켜쥐어 봤지만 소용이 없었다. 이제 세라피나는 구멍에 끼인 채 오도 가도 못하는 신세가 됐다.

나뭇가지나 돌멩이처럼 움켜잡을 무언가를 찾아 두리번거리던 세라피나는 어느새 정신을 차린 브레이든을 발견했다. 브레이든은 세라피나를 따라 맹렬하게 철사를 구부렸다 폈다 하고 있었다.

“기다려, 세라피나!” 브레이든이 속삭였다. 하지만 세라피나는 소용없다는 사실을 알고 있었다. 브레이든은 세라피나보다 훨씬 덩치가 컸다. 철망에 구멍을 낸다고 하더라도 브레이든은 철창 사이로 빠져나올 수 없을 것이다.

어떤 방법도 통하지 않았다. 구멍에 끼여서 옴짝달싹 못하는 상황이 공포로 다가오면서 호흡이 가빠지기 시작했다. 심장이 두근거렸다. 정신을 똑바로 차리려고 노력했지만 숨쉬기가 점점 힘들어졌다. 세라피나는 저 멀리에 있는 모닥불을 바라보았다. 수염 난 남자가 이쪽으로 오기 전까지 시간이 얼마나 남았을까?

마침내 브레이든이 철망에 조그만 구멍을 내는 데 성공했다. 하지만 아니나 다를까 브레이든이 통과하기에는 철창 사이 간격이 너무 좁았다. 그런데 브레이든이 구멍 사이로 팔을 빼더니 세라피나에게 손을 내밀었다. 처음에는 그 손을 어리둥절한 표정으로 바라보던 세라피나가 곧 브레이든의 의도를 깨달았다. 세라피나도 우리 밖으로 팔을 뻗었다. 온몸으로 철창을 밀고 또 밀면서 브레이든 쪽으로 손가락을 최대한 멀리 뻗었다. 마침내 허공에서 두 사람의 손이 서로 얽혔다. “잡았다!” 브레이든이 세라피나의 손을 잡으며 말했다. 브레이든이 세라피나를 자기 쪽으로 힘껏 끌어당겼다.

이제 브레이든이 밖에서 세라피나의 팔을 잡아당기는 힘과 세라피나가 안에서 다리로 우리 뒤편을 미는 힘이 합쳐졌다.

꿈틀꿈틀하던 세라피나의 몸이 마침내 구멍 밖으로 완전히 빠져나왔다. 탈출에 성공했다!

세라피나는 재빨리 브레이든이 갇힌 우리로 기어가 자물쇠를 열려고 했다.

"온다!" 웨이사가 겁에 질려 속삭였다.

세라피나는 점점 가까워지는 수염 난 남자의 발소리를 들었다.

가까스로 자물쇠를 여는 데 성공한 세라피나가 브레이든을 우리 밖으로 끌어당겼다. "가서 기디언과 세드릭을 풀어줘!" 세라피나가 낮은 목소리로 브레이든에게 말했다. 그러고 나서 재빨리 웨이사가 갇힌 우리 앞으로 가서 자물쇠를 열었다.

수염 난 남자가 도착하는 건 시간문제였다.

웨이사도 자유의 몸이 되었다. 세라피나가 건너다보니 기디언과 세드릭이 엉덩이를 깔고 앉아서 기대에 찬 눈빛으로 문을 따는 브레이든을 쳐다보고 있었다. 세라피나는 마지막 일분일초까지 탈탈 털어 붉은 늑대가 갇힌 우리 문도 열어주었다. 붉은 늑대가 고마움이 가득 담긴 눈으로 세라피나를 바라보았다. 이제 수염 난 남자가 불과 몇 발자국 떨어진 곳까지 다가왔음을 감지한 세라피나가 전속력으로 달아나기 시작했다.

세라피나와 브레이든과 웨이사와 기디언과 세드릭은 소나무 가지 아래로 몸을 숙이고 달아나기 시작했다.

뒤에서 풀려난 붉은 늑대가 으르렁거리며 수염 난 남자를 공격하는 소리가 들렸다. 그다음에 무슨 일이 일어났는지는 알 수 없었다. 하지만 적어도 늑대는 싸워 볼 기회를 얻었다.

세라피나와 브레이든과 웨이사와 기디언과 세드릭은 소나무 숲을 가로질러 달려 나갔다. 웨이사가 앞장서서 혹시 모를 위험을 살폈다. 어찌 된 영문인지는 알 수 없었지만 기디언은 예전의 힘과 속도를 많이 회복한 것 같았다. 세드릭은 덩치가 커서 장거리 달리기에는 익숙하지 않았지만 뒤처지지 않으려고 혼신의 힘을 다했다. 세라피나는 브레이든이 뒤처지지 않도록 그 옆에서 나란히 달렸다. 마침내 깜깜한 소나무 숲이 끝나고 떡갈나무 숲이 나왔다. 하지만 아무도 속도를 늦추지 않았다. 두려움이 원동력이 되어 다섯은 그렇게 수 킬로미터를 달렸다.

그러나 빌트모어로 가던 중간에 브레이든이 지쳐서 주저앉고 말았다. 세라피나는 십 초쯤 기다렸다가 브레이든을 다시 일으켜 세웠다. "일어나, 브레이든!" 세라피나가 브레이든에게 말했다. "집에 가야 해!"

얼마간 더 달렸지만 브레이든은 결국 또다시 주저앉고 말았다. 브레이든은 더 이상 달릴 힘이 남아 있지 않았지만 포기하거나 나머지 일행에게 속도를 늦춰 달라고 부탁하지 않았다. 브레이든이 세드릭을 불렀다. "친구야, 네 도움이 필요해." 브레이든이 세드릭의 등에 올라탔다.

"달려, 세드릭! 힘을 내! 가자!" 세라피나의 응원과 함께 모두가 다시 달렸다. 구조견으로서 유서 깊은 혈통을 지닌 세드릭은 지금 해야 할 일이 무엇인지 정확히 이해하고 있는 것 같았다. 세드릭은 도련님을 등에 태운 채 처음부터 새로 시작하는 마음으로 달리기 시작했다.

세라피나와 웨이사와 기디언과 브레이든을 등에 업은 세드릭은 히커리와 솔송나무를 지나고 오리나무와 느릅나무를 지나 달리고 또 달렸다. 덤불숲과 들판을 가로지르고 개울과 골짜기를 넘어 달리고 또 달렸다. 난생처음 느껴 본 두려움에 달리고 또 달렸다.

동틀 무렵 마침내 빌트모어 대저택의 희미한 불빛이 시야에 들어왔다. 그제야 끔찍한 곳에서 무사히 벗어났다는 사실을 알 수 있었다. 세라피나가 속도를 늦추고 웨이사를 바라보았다. 거친 숨을 몰아쉬며 둘은 나란히 걷기 시작했다.

“난 빌트모어로 돌아가야 해.” 세라피나가 말했다.

웨이사가 고개를 끄덕였다. “난 너희 엄마와 동생들을 찾아서 무사한지 확인해 보려고.” 웨이사가 세라피나를 붙잡아

세웠다. 웨이사의 눈동자는 새로운 투지로 불타오르고 있었다. "네 말이 맞았어. 우린 이 싸움에서 도망칠 수 없어. 나중에 너랑 다시 합류할게. 용기를 잃지 마, 세라피나."

"용기를 잃지 마, 웨이사." 짧게 포옹을 나눈 뒤 웨이사는 덤불 속으로 사라졌다.

웨이사에게 작별 인사를 하는 세라피나를 지켜보던 브레이든이 말했다. "숲속에서 만났다던 소년이 바로 저 애구나."

"우리 엄마랑 동생들이랑 같이 다녀. 이름은 웨이사야."

"어딘지 모르게 너랑 비슷하네." 브레이든의 목소리는 피곤하고 지쳐 있었지만 다정함이 묻어났다.

"그런 것 같아." 세라피나가 고개를 끄덕였다.

"저 애랑 같이 가고 싶어?" 브레이든이 머뭇거리며 묻더니 저 멀리 보이는 빌트모어 대저택으로 고개를 돌렸다. "여기서부터는 우리끼리도 빌트모어를 찾아갈 수 있을 것 같아."

"아니." 세라피나가 말했다. "난 너랑 집에 가고 싶어."

브레이든이 고개를 끄덕였다. 세라피나와 브레이든은 강아지 두 마리와 함께 다시 가던 길을 재촉했다.

그때 드넓은 잔디밭 너머로 저택 정문 앞에서 빠른 속도로 말을 달리고 있는 사람이 눈에 들어왔다. 말을 탄 사람은 뭐가 그리 급한지 안장 위로 몸을 숙이고 붉은색 긴머리를 휘날리며 엄청난 속도로 말을 달리고 있었다. 말 등에는 레이디 로웨나가 타고 있었다!

로웨나가 말을 달려 마구간 안뜰로 들어갔다.

잠시 후 세라피나와 브레이든이 기디언과 세드릭을 데리고 마구간 안뜰로 들어섰다. 장정 서른 명이 모여 있었다. 말을 탄 사람도 있고 서 있는 사람도 있었다.

"다들 말에 올라타시오." 이미 말 등에 올라타고 있던 밴더빌트 씨가 외쳤다. "다시 숲속으로 들어갈 것이오."

세라피나와 브레이든은 모여 있던 사람들을 둘러보았다. 대부분 처음에 함께 산속으로 들어갔던 수색 대원들이었다. 다들 많이 다친 데다가 지친 기색이 역력했다. 밤새도록 숲속에서 코요테 무리와 한바탕 전쟁을 치렀으니 그럴 만도 했다. 가장 피해가 막심한 건 말들이었고 수색꾼들이 데려간 플롯 하운드도 여섯 마리 중에 단 한 마리만 살아남았다. 대장 사냥꾼이 공포에 질려 온몸을 심하게 떨면서 말에서 내려 땅바닥에 주저앉았다. 간밤에 받은 충격이 컸던지 두 발로 서 있는 것조차 힘들어 보였다. 하지만 수색 대원 대부분은 다른 말로 갈아탄 채 떠날 준비를 하고 있었다. 새로이 합류한 얼굴도 눈에 띄었다.

로웨나도 밴더빌트 씨 바로 옆에서 다른 말로 갈아타고 숲으로 다시 들어갈 준비를 하고 있었다. 머리는 헝클어지고 얼굴에는 긁힌 상처가 가득했다. 로웨나는 지쳐 보였지만 수색을 돕겠다는 의지가 엿보였다.

"얼른요, 서두르세요." 로웨나가 말을 타고 한 바퀴 돌면서 다른 사람들을 재촉했다. "얼른 가서 브레이든과 세라피나를 찾아야 한다고요!"

세라피나의 아빠와 마구간에서 일하는 사람 서너 명과 하인 열두 명도 새로이 수색대에 합류했다.

그런데 말을 돌리던 밴더빌트 씨가 다가오는 브레이든과 세라피나와 개 두 마리를 발견했다.

"하느님 감사합니다." 밴더빌트 씨가 말에서 내려 고삐를 내려놓고 지친 브레이든을 품에 안았다.

"세라피나." 아빠가 달려와 세라피나를 품에 안았다.

"전 괜찮아요, 아빠." 세라피나가 말했다. "다친 데도 없어요."

아빠를 껴안고 있던 세라피나는 로웨나가 말에서 내려 브레이든에게 다가가 포옹하는 모습을 바라보았다. 브레이든이 살아 있어서 안도한 기색이 역력했다. 다른 사람들도 다가와 어린 도련님의 등을 두드리며 반겼다.

밴더빌트 씨가 무릎을 꿇고 세드릭의 목덜미를 쓰다듬었다. "다시 만나 기쁘구나." 이윽고 밴더빌트 씨의 검은 눈동자가 세라피나를 올려다보았다.

"죄송합니다." 수색대를 그런 위험한 곳으로 이끌었다며 밴더빌트 씨가 화를 낼 거라고 생각한 세라피나가 떨리는 목소리로 용서를 구했다. 세라피나와 아빠가 밴더빌트 씨를 바라보고 섰다. 세라피나가 말했다. "정말이지 그런 일이 일어날 줄은 저도 몰랐어요."

"우리 모두 그런 일은 처음 겪었다." 밴더빌트 씨는 세라피나에게 화를 내고 있지 않았다. 밴더빌트 씨의 목소리에서는 진한 공동체 의식이 느껴졌다. 그들은 같은 무리였다. 같은 편이었다.

"코요테들이 광견병이라도 걸렸던 거랍니까?" 아빠가 물었다.

"하느님께 그것만은 아니길 기도하시오." 근처에서 다리를 날카롭게 베인 말을 치료하던 수의사가 끼어들었다. "만약 광견병이라면 사람, 말, 개 할 것 없이 코요테에게 물린 모두가 며칠 내로 죽을 테니 말이오. 우리가 할 수 있는 건 아무것도 없소."

"광견병 같진 않았소." 밴더빌트 씨가 고개를 가로저으며 말했다. "코요테가 오십 마리 정도 있었는데 눈빛이 다분히 의도적이었소."

대장 사냥꾼이 고개를 흔들며 중얼거렸다. "그 짐승들은 악마에 씐 거요." 도저히 믿기지가 않는 듯한 눈빛이었다.

"다시 돌아가야 해요, 삼촌." 브레이든이 말했다.

"돌아간다고?" 밴더빌트 씨가 놀라서 되물었다.

"저 위에 우리 도움이 필요한 동물들이 아직 많아요."

밴더빌트 씨가 고개를 흔들었다. "미안하구나, 브레이든. 지금 당장은 돌아갈 수 없다. 너무 위험해. 모두가 지쳐 있다. 일단 휴식을 취하고 재정비를 하는 게 우선이다."

"정말 끔찍했어요, 삼촌." 브레이든이 밴더빌트 씨에게 수염 난 남자와 우리에 갇힌 동물들에 대해 이야기했다. "세라피나가 저랑 기디언과 세드릭을 구출해 준 덕분에 우리는 도망 나올 수 있었어요."

밴더빌트 씨가 다시 세라피나를 바라보았다. 그 눈빛에서 세라피나는 고마움을 읽었다. 하지만 싸움은 끝나지 않았다.

"그레이선 씨를 찾아야 해요." 세라피나가 말했다. "그레이선 씨가 이 일에 연루되어 있어요."

"처음부터 그 작자가 수상하더라니." 밴더빌트 씨가 말했다. "경찰이라길래 수사를 간섭할 생각은 없었다만, 사설탐정을 고용해서 신원을 좀 조사해 보았다."

"그랬더니요?" 브레이든이 물었다.

"그레이선 씨는 어느 도시나 주에도 소속된 경찰이 아니더구나. 사기꾼이야."

"어쩌실 거예요, 삼촌?" 브레이든이 물었다.

"애쉬빌 경찰서에 연락해 두었다. 당장 와서 체포하라고 말이다. 곧 도착할 거다."

"그레이선 씨는 지금 어디에 있는데요?" 세라피나가 물었다.

"찾아봤는데 저택 안에는 없더구나." 밴더빌트 씨가 대답했다. "하지만 빌트모어 영지 안에 어딘가에는 있을 거다."

"그레이선은 보기보다 훨씬 더 위험한 인물인 것 같습니다." 세라피나가 말했다. "게다가 경찰이 말이나 마차를 타고 온다면 우리와 똑같은 곤경에 처할까 봐 걱정이 됩니다."

밴더빌트 씨가 고개를 끄덕였다. "무기를 든 사람들을 몇 조로 나누어 그레이선을 찾아보도록 하마. 혹시라도 경찰이 도착하면 즉시 거기로 돌아가서 우리에 갇힌 동물들은 풀어 주고 우리는 전부 없애자꾸나. 그때까지는 다들 안전하게 이 저택 안에 머물렀으면 한다."

어른들이 계속 이야기를 나누는 동안 세라피나와 브레이든과 로웨나는 아치형으로 된 마차 출입구 아래 모여 서 있었다.

"어떻게 된 거야?" 로웨나의 목소리가 떨렸다.

"우린 괜찮아." 브레이든이 말했다. "기디언과 세드릭을 구출했잖아. 그게 중요하지."

"걱정돼 죽는 줄 알았어." 로웨나가 브레이든과 세라피나를 바라보며 말했다. 세라피나는 위험과 죽음 앞에 신분의 벽이 무너졌다는 사실을 깨달았다. 모두의 생사가 걸리자 순식간에 모든 사람이 평등해졌다. 세라피나는 보았다. 밴더빌트 씨도, 아빠도, 대장 사냥꾼도, 추적꾼도, 수색 대원들도 모두가 세라피나와 브레이든을 구출하기 위해 엄청난 위험을 무릅쓰고 기꺼이 수색에 동참했다. 이제 보니 레이디 로웨나도 마찬가지였다.

"우릴 도와줘서 고마워, 로웨나." 브레이든이 말했다.

"아빠가 날 여기 빌트모어로 보내시면서 친구를 사귀라고 하셨거든." 레이디 로웨나가 두 사람을 바라보며 희미하게 미소를 지었다. "어쩌면 친구가 생긴 것 같기도 하네."

"같기도 하네가 아니라 우린 친구지." 브레이든이 말했다.

"너희 아버지도 곧 빌트모어로 오실 거래?" 브레이든이 물었다.

"예상보다 빨리 도착하실 것 같아." 로웨나가 말했다. "크리스마스를 여기서 보내실 수도 있을 것 같아."

순간 세라피나는 로웨나의 목소리가 조금 이상하다고 느꼈다. 아빠가 빨리 오셔서 슬픈가? 아니면 걱정이 되나? 알 수가 없었다.

"아빠 보고 싶어?" 세라피나가 물었다.

"사실은," 로웨나가 말했다. "우리 아빤 내가 멍청한 여자애라고 생각하셔."

"그건 절대 사실이 아니야." 브레이든이 말했다.

로웨나가 고개를 저었다. "아니, 사실이야. 아빤 날 별로 인정해 주지 않으셔. 하지만 조만간 어떤 식으로든 인정하실 수밖에 없게 될 거야."

"네가 지난밤에 얼마나 용감했는지 아신다면 아빠가 널 무척 자랑스러워하실 거야." 세라피나가 로웨나의 기운을 북돋아 주려고 말했다.

그런데 로웨나는 이야기하는 도중에 금방이라도 쓰러질 것처럼 위태위태해 보였다. 누적된 피로가 한꺼번에 이 불쌍한 소녀를 덮친 것 같았다. 브레이든이 손을 뻗어 로웨나를 부축해 주었다.

금방이라도 정신을 잃을 것처럼 두 눈을 감은 채 브레이든의 팔을 붙잡고 있던 레이디 로웨나가 마침내 눈을 뜨고 말했다. "좀 피곤하네. 내 방에 가서 목욕하고 깨끗한 옷으로 갈아입어야겠어."

브레이든이 고개를 끄덕였다. "가서 좀 쉬어. 우리도 곧 들어갈 거야. 이제 삼촌이랑 어른들이 알아서 하실 거야."

녹초가 된 진흙투성이 레이디 로웨나가 하녀 두 명의 도움을 받아 천천히 저택 안으로 들어갔다. 세라피나는 로웨나가 믿을 수 없다는 듯 중얼거리는 소리를 들었다. "맙소사, 내 드레스에 흙 묻은 것 좀 봐." 너무 피곤해서 제정신이 아닌 것 같았다.

세라피나는 브레이든 옆에 남았다. 밴더빌트 씨가 아빠를 비롯한 다른 사람들과 이야기하는 모습이 보였다. 어련히 현명한 결정을 내리시겠지 싶었지만 왠지 모르게 찜찜한 기분을 떨칠 수가 없었다. 세라피나를 비롯해 모두가 놓치고 있는 무언가가 있었다. 마치 다른 퍼즐 상자가 하나 더 있는데 다들 그 사실은 꿈에도 모른 채 퍼즐을 거의 다 맞췄다고 착각하고 있는 듯한 기분이 들었다.

마구간에서 일하는 사람들이 안뜰에 있는 벽돌에 묻은 피를 씻어 내고, 하녀들이 저택 입구로 이어지는 계단에 묻은 진흙을 청소하는 모습이 보였다.

"이쪽으로 가자." 세라피나가 브레이든에게 말했다. 둘은 저택 정면을 따라 걷기 시작했다. "무슨 일이 벌어지고 있는 건지 알아내야 해."

"어젯밤 그 남자가 누군지는 모르겠지만 미쳐도 단단히 미친 것 같아." 브레이든이 말했다.

"마치 원한이나 피의 복수에 사로잡힌 사람 같았어."

"그 남자가 어떤 장소를 불살라 버리겠다고 말했어." 브레이든이 말했다.

세라피나도 소름 끼치던 그 말을 기억해 냈다.

"그게 무슨 뜻일까?" 브레이든이 물었다.

"나도 모르겠어." 세라피나가 말했다.

"빌트모어를 불살라 버리겠다는 뜻이었을까?" 브레이든이 물었다.

저택 입구에 이르러 세라피나는 아치형 돌문을 올려다보았다. 수상한 분위기를 풍기는 수염 난 남자가 기다란 창인지 지팡인지 모를 무언가를 휘두르고 있는 모습이 조각되어 있었다.

"모르겠어. 그럴 가능성도 있지. 밴더빌트 가문에 원한을 품고 있는 걸까?" 세라피나가 물었다. "혹시 너희 삼촌을 증오하거나 복수하려는 사람 있어?"

"아니, 없을걸. 삼촌은 좋은 분이셔." 브레이든이 대답했다.

"나도 알아." 세라피나가 말했다. "하지만 우리가 모르는 과거가 있다면? 여기 오시기 전에 뉴욕에서는 어떤 삶을 사셨는지 우리는 모르잖아? 아니면 유럽 여행이나 세계 여행 중에 무슨 일이 있었던 거 아닐까? 그래서 여기 노스캐롤라이나주에 있는 외딴 산속까지 오게 된 것일 수도 있잖아?"

"우리 삼촌이 무언가를 피해서 여기로 도망이라도 왔다는 거야?"

"아니면 *누군가*를 피해서? 그거야 알 수 없지." 세라피나가 말했다.

브레이든이 세라피나를 저택 안으로 잡아끌며 말했다. "내게 좋은 생각이 있어."

세라피나와 브레이든은 피곤하고 꾀죄죄하고 배고팠지만 수수께끼를 푸는 일을 멈출 수가 없었다. 세라피나는 브레이든을 따라 태피스트리 갤러리를 지나 도서관으로 들어갔다.

"뭘 찾으려는 건데?" 세라피나가 도서관에 들어서며 물었다. 밴더빌트 씨의 책들이 과연 도움이 될까 의아했다.

"삼촌은 여기에 여행 기록을 보관해 두셔." 브레이든이 책장 하나로 다가가며 말했다. "어쩌면 단서를 찾을 수 있을지도 몰라."

세라피나도 브레이든 옆으로 가서 단서를 찾는 일을 거들었다. 하지만 정확히 무엇을 찾아야 하는지는 알 수 없었다.

세라피나는 검정색 가죽 표지에 '내가 읽은 책 - G.W.V'라고 적힌 책을 여러 권 발견했다. 책장을 넘기니 밴더빌트 씨가 열두 살이었던 1875년도부터 읽었던 책 제목과 지은이가 하나도 빠짐없이 기록되어 있었다. 밴더빌트 씨가 읽은 책은 수천 권도 넘었다. 영어로 된 책도 있었고 불어로 된 책도 있었고 다른 언어로 쓰인 책도 있었다.

브레이든은 삼촌이 미국을 비롯해 영국, 프랑스, 이탈리아, 중국, 일본 등 다른 여러 나라를 다니면서 작성한 여행 기록을 찾아냈다. 빌트모어에 있는 수많은 예술 작품과 조각과 공예품이 밴더빌트 씨가 여행을 다니면서 수집한 것이라는 사실을 세라피나는 이미 알고 있었다. 사실 세라피나가 박살 낸 도자기가 그중에 하나였다. 그 많은 수집품 가운데 귀신에 씌거나 저주가 걸린 물건이 하나쯤 있을 법도 했다. 그러면 밴더빌트 씨를 겨냥한 피의 복수도 설명이 됐다.

하지만 아무리 생각해도 자꾸 마음에 걸리는 게 하나 있었다. 그 남자를 숲속에서 처음 목격했던 날 밤 세라피나가 받은 첫인상은 뉴욕 출신이나 북부 출신이나 외국인과는 거리가 멀었다. 남자의 피부는 오랜 세월 산에서 부는 바람을 맞은 듯 거칠었고, 콧수염과 턱수염은 여느 산마을 노인들처럼 허옇고 길었으며, 억양에서도 산마을 사투리가 묻어났다. 짧게 마주친 게 다였고 그나마도 공포에 질려서 제대로 살필 겨를도 없었지만 그 남자는 아무래도 여기 애팔래치아 산마을 출신인 것 같았다.

그 남자가 가면올빼미에게 그곳을 불살라 버리자꾸나!라고 외치던 말이 계속 신경에 거슬렸다.

"빌트모어 대저택에 관한 기록을 찾아보자." 세라피나가 말했다.

"우리 삼촌의 여행 기록이 아니라?"

"응. 빌트모어 기록 위주로 살펴보자." 세라피나가 한결 자신만만해진 목소리로 말했다.

"그건 이쪽에 있어." 브레이든이 다른 상자가 있는 곳으로 세라피나를 데려갔다.

종이 더미를 뒤지면서도 과연 이렇게 해서 단서를 찾을 수 있을까 하는 의심이 들었다. 그런데 브레이든이 오래된 사진이 가득 든 상자 하나를 열었다. 세라피나가 상자 쪽으로 몸을 숙였다.

첫 번째 사진에는 잡초만 무성한 땅이 끝도 없이 펼쳐져 있었다. 스무 마리 또는 서른 마리쯤 되어 보이는 당나귀와 땔감을 가득 실은 마차 서너 대와 도끼를 든 도적 떼도 찍혀 있었다. 믿기 어려웠지만 뒷배경에 있는 산을 보니까 여기 빌트모어가 자리한 언덕인 것 같았다. 사진 속 땅은 너무나도 황량했다. 정원도 없고 숲도 없는 황무지였다. 밴더빌트 씨가 몇 년 전에 이 땅을 사들였을 때만 해도 이런 풍경이었던 것이다.

다음 사진은 석공과 벽돌공과 목수를 비롯해 빌트모어의 하층부를 지은 장인 수백 명이 함께 찍은 사진이었다. 남자도 있고 여자도 있었다. 백인도 있고 흑인도 있었다. 미국 사람도 있고 다른 나라 사람도 있었다. 북부 출신도 있고 남부 출신도 있었다. 그리고 여기 산마을 출신도 많았다. 세라피나는 사진 하나에서 아빠를 발견했다. 마음이 따뜻해졌다. 사진 속 아빠는 다른 여러 기계공들과 함께 기중기를 손보고 있었다. 세라피나는 미소를 지었다. 항상 마음속으로는 빌트모어를 지을 때 혼자 일하는 아빠 모습을 상상하곤 했다. 항상 아빠가 혼자 일하는 모습을 보면서 자랐기 때문이었다. 하지만 세라피나는 이제 그게 얼마나 바보 같은 생각이었는지를 깨달았다. 아빠는 육 년 동안 빌트모어를 짓기 위해 열심히 일한 수천 명 중에 한 명일 뿐이었다. 사진을 한 장 한 장 넘길 때마다 아무것도 없던 땅에 빌트모어가 점점 완성되어 가는 모습은 놀라웠다.

단서를 찾으려고 빌트모어에 관한 문서를 뒤적이던 세라피나가 무심코 브레이든 쪽을 바라보았다. 얼마나 피곤했던지 브레이든은 폭신폭신한 의자 위에서 잠들어 있었다. 세라피나는 곤히 자는 브레이든을 깨우지 않고 혼자서 계속 단서 찾기에 열중했다.

"나 배고파." 브레이든이 눈을 뜨자마자 내뱉은 첫마디였다. 둘은 재빨리 주방에 가서 요깃거리를 챙겨 왔다. 하지만 배고픔을 달래고 씻자마자 곧바로 다시 단서 찾기에 몰입했다.

그날 오후 늦게 브레이든이 또 다른 상자를 뒤적이다가 발견한 사진 한 장을 세라피나에게 건넸다. "이것 좀 봐."

사진 속 무언가가 세라피나의 눈길을 사로잡았다. 다른 사진과 마찬가지로 이 사진에도 임시로 설치한 가설물에 올라가 일하는 사람들이 보였고 그 뒤로 반쯤 지어진 빌트모어가 보였다. 사진사가 건축 현장 말고 딱히 무엇을 찍으려 했는지 알 수 없는 사진이었다. 사진 속 일꾼들 중에는 일하는 사람도 있었고 잡담을 나누는 사람도 있었다. 카메라를 쳐다보는 사람도 있었고 쳐다보지 않는 사람도 있었다. 세라피나는 사진을 좀 더 자세히 들여다보았다. 그때 한 남자가 세라피나의 시선을 사로잡았다. 너무 작아서 잘 보이진 않았지만 남자의 얼굴에는 유난히 주름이 많았고 허연 콧수염과 턱수염이 길었다. 긴 외투를 입고 있지도, 지팡이를 들고 있지 않았지만 카메라를 응시하는 두 눈동자가 은색으로 빛나고 있었다. 세라피나가 숲속에서 봤던 그 남자였다. 틀림없었다. 세라피나는 확신할 수 있었다. 그 말은 곧 상대는 숲속을 떠도는 유령이나 악마 같은 존재가 아니라 그냥 인간이라는 뜻이었다. 적어도 빌트모어를 지을 당시에는 평범한 인간이었다는 뜻이었다.

"브레이든, 여기 좀 봐." 세라피나가 사진에 있는 남자를 가리키며 말했다. "이 남자가 누군지 알아내야 해."

"옴스테드 씨께 여쭤봐야겠네." 브레이든이 말했다.

브레이든이 옴스테드 씨를 도서관으로 모시고 들어왔다. 세라피나는 머리가 벗겨지고 수염이 하얗게 센 노인을 유심히 바라보았다.

"내가 두 사람을 어떻게 도와주면 되겠나?" 옴스테드 씨가 나무 지팡이를 짚고 도서관으로 들어서며 말했다. "듣자 하니 어젯밤 여간 고초를 겪은 게 아니던데, 특히 여기 두 사람이."

옴스테드 씨가 이런저런 일을 너무 잘 알고 있다는 사실이 뜻밖이라 브레이든은 얼른 지구본 옆에 서 있는 세라피나를 쳐다보았다.

세라피나는 브레이든에게 천천히 고개를 저어 보였다. *얘기하지 마. 그냥 물어보려던 것만 물어보자.*

"선생님." 브레이든이 입을 열었다. "빌트모어를 지을 때 현장에서 수많은 일꾼을 책임지고 관리 감독하셨잖아요. 저희가 그 당시 사진을 하나 찾았는데 뭐 좀 여쭤보고 싶어서요."

"최선을 다해 보겠네, 브레이든." 옴스테드 씨가 벽난로 앞에 있는 소파에 앉으며 말했다. "여기가 따듯하고 좋아 보이는군."

"여기 저희가 찾은 사진이,"

"따뜻한 차 한잔하고 시작하면 어떻겠나." 옴스테드 씨가 바로 본론으로 들어가려는 브레이든을 말리려는 듯 말했다.

"어……." 브레이든이 세라피나를 흘긋 바라보며 머뭇거렸다. "물론이죠." 결국 브레이든은 벽으로 걸어가 집사를 호출하는 버튼을 눌렀다.

"차를 기다리는 동안 함께 사진을 들여다보면 어떨까요?" 세라피나가 브레이든 손에 들린 사진을 빼앗아 옴스테드 씨에게로 가져갔다.

"물론이죠, 세라피나 양." 옴스테드 씨 입에서 제 이름이 나오자 세라피나가 화들짝 놀랐다. 옴스테드 씨가 자신의 존재를 알고 있으리라고는 생각지도 못했다. 그때 옴스테드 씨가 세라피나더러 여기 와서 앉으라는 듯 바로 옆자리에 있는 쿠션을 톡톡 두드렸다. 예상치 못한 초대에 또 한 번 놀란 세라피나는 옴스테드 씨 옆으로 가서 앉은 다음 사진을 건넸다.

"아, 옛날 사진이로군." 옴스테드 씨가 흥미롭다는 듯이 사진을 바라보며 말했다. 사진을 들고 있는 옴스테드 씨의 손이 떨렸다.

"여기 있는 이 사람 기억나세요?" 세라피나가 손가락으로 사진 속 인물을 가리키며 물었다.

"부르셨습니까?" 단정하게 검은색과 흰색 복장을 갖춰 입은 하인 한 명이 도서관으로 들어서며 말했다.

"옴스테드 씨께 차를 가져다주세요." 브레이든이 말했다.

"바로 준비해서 올리겠습니다." 하인이 방을 나갔다.

세라피나는 사진을 들여다보는 옴스테드 씨의 얼굴을 관찰했다. 처음에는 정원을 설계하고 땅을 조경하고 일꾼을 감독하며 나무 수천 그루와 꽃 수천 송이를 심던 그때 그 시절이 떠오르는 듯 호기심 어린 표정이었다. 그런데 어느 순간 옴스테드 씨의 표정이 바뀌었다. 옴스테드 씨가 사진을 얼굴에 가까이 대고 눈을 가늘게 떴다.

"이걸 사용하세요." 브레이든이 근처에 있던 책상에서 돋보기를 가져와 옴스테드 씨에게 건넸다.

"오, 고맙네, 브레이든." 옴스테드 씨가 돋보기로 사진을 다시 찬찬히 들여다보았다. "그래, 이 친구 기억나는군." 마침내 옴스테드 씨가 말했다.

"누구예요?" 세라피나가 물었다.

얼마 동안 정적이 흘렀다. 옴스테드 씨는 세라피나의 질문에 어떻게 대답해야 하나 생각에 잠긴 듯했다. "음, 여기서 멀지 않은 곳에 있는 땅 이야기부터 해야 할 것 같군요." 옴스테드 씨가 마침내 입을 열었다. "조지 밴더빌트가 어머니랑 여행을 할 때였지. 당시에도 조지는 스물여섯 살의 젊은 청년이었다네. 하루는 산속으로 말을 타고 나갔다가 어느 산봉우리에서 잠시 멈췄는데, 경치가 매우 마음에 들었다더군. 그래서 언젠가는 저기다가 집을 짓고 살고 싶다는 생각을 한 거지. 변호사를 시켜서 그때 봤던 그 땅을 살 수 있는지 알아봤더니 마침 가격도 싸고 땅 주인이 하루빨리 처분하고 싶어 해서 조지가 바로 주변 땅까지 전부 사들인 거야. 수백만 평의 땅을 매입한 조지가 마침내 나를 그때 그 산봉우리로 데려갔지. 거기서 내게 '이제 이 땅을 보시고 제가 지금 하려는 일이 어리석은 짓인지 아닌지 말씀해 주십시오.'라고 하더군."

옴스테드 씨가 그 말이 지금도 떠올리면 재미나다는 듯 미소를 지었다.

"그래서 뭐라고 하셨어요?" 브레이든이 물었다. "어리석은 짓이었나요?"

"글쎄, 현실을 있는 그대로 말해 주었지. 경치는 좋은데 오랜 세월 동안 벌목꾼들이 마구잡이로 나무를 베고 농사꾼들이 휴한기도 없이 농사를 짓는 바람에 토지와 숲이 황폐화되었다고 말이야. 그 일대에 있는 산이 전부 헐벗은 상태였지. 정식 땅 주인이 아닌 무단 점유자들이 땅을 차지하고서 마음대로 나무를 베어 집을 짓고 땔감으로 쓰고 심지어 도시에다가 팔고 있었지. 이 무단 점유자들이 히커리 나무를 수레에 싣고 도시로 나가서 가장 높은 값을 부르는 사람에게 파는 모습을 나는 직접 보았다네. 알겠지만 그때는 목재가 일종의 화폐였는데 이 무단 점유자들은 나무를 훔쳐서 팔다가 더 이상 베어 낼 나무가 남아 있지 않으면 옆에 있던 다른 숲으로 옮겨 가곤 했어. 이 지역에 있는 거의 모든 나무를 베어 내고 숲을 태웠지."

"태웠다고요?" 브레이든이 놀라서 되물었다.

옴스테드 씨가 고개를 끄덕였다. "나무를 모조리 베고 나면 그 땅에다가 소와 돼지를 방목해서 키웠어. 체리, 튤립, 검은 호두, 메뚜기, 자작나무 등 이 산에 없으면 안 되는 것들을 모조리 가축들이 먹어 치웠지. 토지의 지력이 다 소모될 때까지 끊임없이 옥수수와 곡식과 담배 농사를 지었어. 남북 전쟁이 끝나고 목화 농사를 짓던 주에서는 흔한 일이었지. 대부분의 땅이 황폐화된 채 버려졌어."

"그럼 삼촌이 걱정했던 대로 커다란 실수를 저지른 건가요?" 브레이든이 놀라서 물었다. "그 땅을 버리고 지금 여기 숲이 아름답게 우거진 땅에 빌트모어를 지은 거고요?"

브레이든의 질문에 옴스테드 씨가 즐거운 듯 콧수염 아래로 심술궂은 미소를 지었다. "아니란다. 너희 삼촌이 집을 짓고 싶어 했던 언덕은 특히 경치가 아름답고 주변 땅은 지력을 다시 회복할 가능성이 있다고 말해 주었다. 대규모로 숲을 조성하면 잃어버렸던 자연환경을 되살릴 수 있을 거라고 설명했지. 나무 수만 그루를 심고 그 나무가 자라길 기다리려면 엄청난 시간과 돈이 들겠지만 말이다. 전례 없는 대공사가 되겠지만 우리가 해내기만 한다면 남부를 넘어서 미국 전역에서 산림 복구의 좋은 본보기가 될 수 있을 거라고 말했지. 우리는 숲을 베어 내기보다 어떻게 되살리고 보전하는지를 보여 주려고 했단다."

"잠시만요." 브레이든이 끼어들었다. "이해가 안 돼요. 그럼 그때 그 땅이 빌트모어였다는 말씀이세요?"

옴스테드 씨가 미소를 지었다. "넌 지금 너희 삼촌이 말을 타고 건너편 산봉우리에서 집을 짓고 싶다고 생각했던 바로 그 언덕에 서 있는 거란다."

"하지만 여기 이 아름다운 숲과 정원은 그럼……." 브레이든이 말끝을 흐렸다.

"우리가 심었지." 옴스테드 씨가 별일 아니라는 듯 말했다.

세라피나는 홀린 듯이 옴스테드 씨가 들려주는 이야기에 빠져들었다. 빌트모어에 온 지 얼마 안 된 브레이든과는 달리 세라피나는 빌트모어가 완공된 바로 그 순간부터 아빠와 함께 여기서 살았다. 그래서 이 이야기도 이미 알고 있었다. 하지만 또 들어도 좋았다. 옴스테드 씨는 정말 감탄스러울 정도로 넓게, 멀리 내다보고 생각을 했다. 여기 산간 지대를 넘어서 나라 전체를 생각했고, 현재를 넘어서 수십 년 후를 헤아렸다. 거의 대부분의 시간을 앞으로 몇 초 동안 어떻게 하면 살아남을 수 있는지 생각하면서 보내는 세라피나와는 너무도 달랐다. 세라피나는 수십 년 뒤에 땅이 어떤 모습일지를 마음속으로 그릴 수 있다는 게 상상조차 되지 않았다.

그때 세라피나는 옴스테드 씨에게 원래 물어보려고 했던 질문이 떠올랐다.

"그런데 사진 속에 이 남자는 누구예요, 옴스테드 씨?" 세라피나가 물었다.

"아, 그렇지." 옴스테드 씨가 갑자기 진지해졌다. "우리 이야기가 또 거기서 이어진단다. 우리가 땅을 개간하기 시작했던 바로 그해에 나무를 무단으로 베고 파는 일이 주먹구구로 일어나고 있는 게 아니라는 사실을 알게 됐지. 단순히 욕심 많은 개개인이 아무렇게나 나무를 베다 파는 게 아니더구나. 유라이아라는 협잡꾼이 이 모든 불법 행위를 뒤에서 조직적으로 저지르고 있었어. 토지를 무단으로 사용하는 다른 불법 점유자들과 하나도 다를 바 없었지만 더 교활하고 악랄했지. 사람들에게 선심을 쓰는 척하면서 등쳐 먹었지. 돈을 빌려주고 높은 이자를 받아 내곤 했어. 이 지역에서 토지를 무단으로 사용한 사람치고 유라이아에게 빚을 지지 않은 사람이 없을 정도였어. 그래서 다들 유라이아를 두려워했고, 그에게 맞섰던 사람들은 전부 끔찍한 최후를 맞이했단다. 우리가 도착했을 무렵에는 유라이아가 이 지역을 거의 좌지우지하고 있었어. 다른 사람들에게 권력 휘두르는 걸 즐기는 걸 보니 과거에 노예 소유주나 그런 게 아니었을까 싶어. 내 짐작이네만. 아무튼 유라이아는 모든 것을 자기 마음대로 통제하고 싫어 하는 듯 보였어."

"하지만 삼촌이 땅을 사셨잖아요." 브레이든이 혼란스럽다는 듯 말했다.

"그렇지, 조지가 무려 1억 2천5백만 평이 넘는 땅을 사들였지. 그 땅 안에 포함된 카운티(미국의 행정 구역 단위 이름_옮긴이)만도 네 개였단다. 원래 땅 주인에게서 합법적인 절차를 거쳐 구매했지만 이 협잡꾼들에게 그 사실은 전혀 중요하지 않았단다. 유라이아도 마찬가지였지. 수년 동안 나무를 베어 온 이들을 막을 수 있는 사람은 아무도 없었어. 유라이아는 자기가 이 땅의 유일한 주인이라고 생각했어."

이 땅의 유일한 주인이라, 세라피나가 생각했다.

"여기 땅을 개간하고 빌트모어 공사를 시작했을 때만 해도 우리 중 아무도 이 유라이아라는 친구를 상대해야 할 줄은 상상도 못했지. 아무리 유라이아가 이 지역에 있는 토지 무단 점유자들에게 권력을 휘둘러 왔다지만 우린 그저 그 사람도 좋은 시절은 다 끝났네 정도로만 생각했어. 나는 유라이아를 처음 봤을 때 남북 전쟁에서 부상을 입었거나 중병에 걸린 줄 알았지. 상태가 안 좋았거든. 우리에게 거래를 제안할 때 모습이 정말 절박해 보였어. 마치 자신이 건설한 부패한 제국의 마지막 흔적이라도 보존하기 위해선 목숨이라도 내걸 기세였어. 우리는 왜 유라이아가 불법적인 권리를 다 반납하고 떠나지 않는지 이해할 수가 없었지. 사활이라도 걸린 것처럼 굴더군. 어찌 됐든 유라이아는 쉽게 물러날 사람은 아니었고, 결국 진지하게 싸움을 걸어오기 시작하더군.”

“그래서 저희 삼촌은 어떻게 하셨는데요?” 브레이든이 물었다.

“유라이아 같은 작자가 너희 삼촌 근처에 얼씬하도록 우리가 내버려 두지 않았단다. 대신 빌트모어를 관리 감독하는 맥나미 씨, 빌트모어를 건축한 헌트 씨, 그리고 내가 이 불한당 같은 유라이아를 계속 상대해야 했지. 계속 부딪치니까 우리는 유라이아를 피해서 다른 무단 점유자들이랑 직접 협상을 하기 시작했단다. 일자리랑 농사를 지을 땅을 주었고 다들 기뻐하면서 우리 제안을 받아들였단다. 그들 중 대부분이 빌트모어 영지 내에 오두막을 짓고 정착하거나 도시로 나가서 집을 구했지. 하지만 유라이아는 우리를 증오했어. 사사건건 시비를 걸면서 이 땅이 마치 자기 것이라도 되는 것처럼 우리한테 이건 할 수 있고 저건 할 수 없다, 여기는 넘어올 수 있고 저기는 넘어올 수 없다며 간섭했지. 도덕적으로 보나 법적으로 보나 모든 권리가 우리한테 있었기 때문에 그냥 무시하고 내쫓아도 됐지만 난 되도록이면 보상도 넉넉히 해 주려고 했단다. 내가 결코 유라이아를 신뢰한 건 아니었지만 보기보다 훨씬 사악한 사람이란 느낌이 들어 되도록이면 적으로 돌리지 않으려고 애를 썼지. 궁지에 몰린 사람보다 더 위험한 건 없으니까 말이다. 하지만 헌트 씨는 내가 유라이아를 겁내는 걸 이해하지 못했어. 법대로 갚아 줬지. 다시 말해 빈손으로 쫓아내 버렸어. 그 일로 유라이아는 헌트 씨를 증오했어.

"하지만 유라이아와 밴더빌트 씨는 서로 모르는 사이 아니었나요?" 세라피나가 의아하다는 듯 물었다.

"개인적으로는 모르는 사이였지만 유라이아는 당연히 조지의 존재를 알고 있었단다. 유라이아는 그 누구보다 조지 밴더빌트를 싫어했어. 자기에게 닥친 모든 불행의 근원이라고 생각했으니까."

"하지만 그건 우리 삼촌 잘못이 아니잖아요!" 브레이든이 따졌다.

"물론 너희 삼촌 잘못이 아니지." 옴스테드 씨가 동의했다. "하지만 유라이아는 그렇게 생각하지 않았어."

하인이 빌트모어라고 새겨진 은쟁반을 들고 도서관으로 들어왔다. 세라피나와 브레이든은 입을 다물었다. 섬세한 무늬가 그려진 컵 받침과 찻잔, 찻주전자, 찻숟가락, 설탕 그릇, 우유가 차례차례 책상 위에 놓였다. 하인이 김이 모락모락 나는 뜨거운 차를 천천히 찻잔에 따를 동안 도서관 안에는 침묵만이 흘렀다. 마치 시간이 이대로 영원히 흐르지 않을 것 같은 기분이었다. 하인이 자리를 뜨자마자 세라피나가 바로 하던 이야기로 돌아갔다.

"결국 유라이아는 어떻게 됐나요?" 세라피나가 물었다.

옴스테드 씨가 차를 한 모금 마시고 달그락 소리와 함께 찻잔을 받침에 내려놓았다. "하는 일마다 사사건건 부딪치는 바람에 우리 모두 인내심이 바닥나고 말았지. 조만간 폭력

사태로 치닫지 싶었단다. 결국 맥나미 씨가 말을 타고 무장한 경호원 스무 명을 시켜서 유라이아의 손을 결박하고 힘으로 끌어냈지."

"유라이아를 끌고 가서 어떻게 했는데요?" 브레이든이 물었다.

"기차를 태워서 바닷가까지 데려갔어. 배에 태워서 외국으로 보내 버리겠다고 협박하는 얘길 들은 기억이 나는구나. 어찌 됐든 마침내 유라이아가 없어졌다는 사실에 우리 모두 기뻐했지."

"유라이아는 그 일로 분노했겠네요." 세라피나가 말했다.

"분노로는 유라이아의 마음 상태를 설명할 수 없을 것 같구나. 유라이아가 그때 우리한테 어떤 저주를 퍼부었는지는 여기서 굳이 다시 꺼내지 않겠다만, 아무튼 기필코 돌아와서 우리 모두를 죽이겠다고 맹세하더군. '수백 년이 걸리더라도 반드시 돌아와 이 저택을 불살라 버리겠다'고 저주를 퍼부었지."

"잠시만요." 세라피나가 끼어들었다. "유라이아가 정말로 그렇게 말했나요? 불살라 버리겠다고요?" 숨이 턱 막혔다. 세라피나는 이미 답을 알고 있었다. 유라이아의 음성이 귓가에 생생히 들리는 것 같았다.

세라피나는 숨을 삼켰다. 마침내 적의 정체가 드러난 순간이었다. 유라이아라는 이 남자는 웨이사가 말했던 것처럼 변신술사이자 마법사였다. 하얀 얼굴을 한 가면올빼미를 수족처럼 부리는 흑마법사였다. 유라이아의 힘은 이 땅에서 나왔다. 유라이아가 바로 산마을 사람들이 밤마다 모닥불 주위에 둘러앉아 이야기하던 숲속의 노인이었다. 옴스테드 씨가 목격했던 나무를 죽이던 토지 무단 점유자들의 대장이자 사기꾼이었다. 그리고 세라피나의 엄마와 아빠, 다른 고양잇과 맹수들이 십이 년 전에 맞서 싸웠던 바로 그 적이었다. 빌트모어를 짓던 무렵 유라이아는 더 이상 악으로 가득 찬 자신의 영역을 유지할 수 없게 됐다. 하지만 세상 밖으로 쫓겨났을 때 유라이아는 새로이 흑마법을 배워서 서서히 힘을 되찾았다. 고통과 증오를 그 어느 때보다도 강력한 어둠의 힘으로 바꾸었다. 그래서 언젠가 이 산으로 돌아와 빌트모어를 잿더미로 만들고 한때 자신이 장악했던 어둠의 영역을 되찾고야 말겠다고 결심했다.

세라피나는 검은 망토를 입어 봤기 때문에 알았다. 검은 망토는 세라피나를 속이려 했다. 검은 망토는 선한 목적을 위해 만들어졌다고 설득하려 했다. 하지만 그건 사실이 아니었다. 유라이아는 토른 씨를 꾀어내려고 덫을 놓고 빌트모어로 보내 영혼을 흡수하게 만들었다. 힘을 모으게 만들었다. 그리고 이제 유라이아는 뒤틀린 지팡이를 만들어서 동물들을 조종하고 있었다. 유라이아는 사람들과 동물들과 숲과 땅을 지배하고 싶어 했다. 이제 자기 손으로 만들어 낸 악마와 도구를 이용해서 자신의 목적을 이루려 하고 있었다. 유라이아는 세상 만물을 지배하고 싶어 했다.

"괜찮아?" 브레이든이 세라피나의 팔을 잡으며 물었다.

생각에 잠겨 있던 세라피나가 정신을 차리고 눈을 깜박이며 브레이든을 바라보았다. "응, 괜찮아. 미안, 계속해."

"옴스테드 씨," 브레이든이 물었다. "누군가 빌트모어를 불살라 버리는 일이 정말 가능한가요?"

"난 건축가는 아니지만 내가 아는 선에서 말해 줄 순 있단다."

"잠시만요, 옴스테드 씨." 세라피나가 불현듯 머릿속을 스쳐 지나간 생각 때문에 옴스테드 씨의 말을 끊었다. "헌트 씨는 어떻게 됐나요?"

"빌트모어 공사가 막바지에 접어든 해에 완공을 불과 서너 달 앞두고 안타깝게도 세상을 떠나고 말았단다."

"돌아가셨다고요?" 브레이든이 되물었다.

"안타깝게도 그렇단다. 우리 모두 갑작스런 비보에 충격을 받았었지."

"어떻게 돌아가셨는데요?" 세라피나가 물었다.

"처음에는 단순한 감기였는데 점점 심해지더니 나중에는 관절이 부풀어 올랐지. 의사들도 원인을 못 찾았는데 결국 직접적인 사인은 심장 마비인 것 같다더구나."

"감기라고요?" 브레이든이 믿을 수 없다는 듯 되물었다. "처음에는 그냥 감기였다고요?"

세라피나는 새로운 두려움에 사로잡혔다. 아무도 고작 감기 때문에 죽음에 이르진 않았다. 밴더빌트 부인도 지금 헌트 씨와 똑같은 과정을 겪고 있는 걸까? 똑같은 병일까? 유라이아가 빌트모어의 안주인에게도 주문을 외운 걸까?

"빌트모어의 화재 가능성을 이야기해 주려고 하셨잖아요." 브레이든이 옴스테드 씨를 재촉했다.

"너희도 짐작하겠지만 헌트 씨는 빌트모어에 불이 날까 봐 심각하게 걱정했단다. 워낙에 상황 판단이 빠르고 영리한 사람이라 화재를 방지할 수 있는 장치를 다양하게 마련해 놓았지. 먼저 저택의 뼈대를 지을 때 나무보다는 강철 대들보, 벽돌을 많이 사용했어. 그리고 빌트모어를 구조상 크게 독립된 여섯 개의 구역으로 나누어 어느 한 군데에서 불이 나도 번지지 않도록 지었지. 마지막으로 저택 전체에 화재를 감지하는 장치를 설치해 두었단다. 모든 전자 경보 시스템에 연결되어 있지."

옴스테드 씨가 말을 마치자마자 세라피나와 브레이든은 서로를 쳐다보았다. *그럼 그 쥐 떼가…….*

"물론 내가 전문가는 아니지만 말이다." 옴스테드 씨가 말을 이었다. "나는 나무를 심는 사람이지 전기 기술자는 아니니까 말이다. 하지만 이 모든 게 다 최신식이라고 들었던 기억이 나는구나."

"하지만 누군가 고의로 불을 지르면요?" 세라피나가 물었다.

옴스테드 씨가 고개를 가로저었다. "누군가 방화를 시도할 수도 있지. 하지만 헌트 씨 덕분에 성공하긴 어려울 게다. 첫

째로 화재경보기를 망가뜨려야 하고 둘째로 여섯 구역마다 정확히 어디에 불을 질러야 하는지를 알려면 내부 구조를 속속들이 알고 있어야 할 테니 말이다."

"유라이아는 빌트모어의 이런 설계 구조를 전부 알고 있나요?" 브레이든이 물었다.

"그럴 리가. 유라이아는 그런 정보에 접근할 수 있는 권한이 없었어."

"그럼 누군가 알아내려고 마음먹으면 알아낼 수 있는 방법이 있나요?" 브레이든이 물었다.

"글쎄, 알 수 있을 게다. 헌트 씨의 설계도에 다 나와 있을 테니 말이다."

"헌트 씨의 설계도는 어디에 있는데요?" 세라피나가 물었다.

"걱정 말거라." 옴스테드 씨가 대답했다. "아무도 찾을 수 없을 게다. 바로 이 도서관 안에 안전하게 감추어 두었단다."

40

옴스테드 씨가 도서관을 떠난 뒤 브레이든이 세라피나를 쳐다보았다. "이제 어떡하지?"

"넌 우선 삼촌한테 우리가 알아낸 정보를 말씀드려. 난 아빠한테 가서 화재 경보 시스템이 잘 작동하는지 확인할게. 하지만 그 전에 우리가 쥐 떼에게 공격당했던 날 밤 기억나?"

"응. 그레이선의 방을 뒤지려고 했잖아."

"그런데 쥐 떼가 우리를 방해했지." 세라피나가 말했다. "그러고 나서 기디언과 세드릭이 행방불명됐고. 그레이선이 어디로 갔는지는 몰라도 지금 그 방에 몰래 들어가 보려고."

"조심해." 브레이든이 고개를 끄덕이며 말했다. 창밖을 보니 벌써 해가 저물고 있었다. "삼촌이랑 이야기한 후에 로웨나를 찾아볼게. 아마 우리가 어디로 간 건지 궁금해하고 있을 거야."

"어젯밤에 보니까 레이디 로웨나는 정말 용감하더라." 세라피나가 말했다. "네가 가서 로웨나를 데려와. 삼십 분 뒤에 야외 복도에서 만나자."

"좋아." 브레이든이 대답했다.

뒤편 계단을 이용해 3층으로 올라가면서 세라피나는 생각을 정리해 보았다. 유라이아가 흑마법으로 뒤틀린 지팡이를 만들어 빌트모어 대저택과 밴더빌트 가문을 파괴해 버리려는 건 분명했다. 하지만 웨이사가 말했듯이 유라이아는 정면에 나서서 싸움을 걸 인물이 아니었다. 뒤틀린 지팡이를 직접 휘두르지 않을 것이다. 그래서 제자이자 스파이인 그레이선을 보냈을 것이다. 반다이크 방이 있는 복도에 이르러 세라피나는 잠시 걸음을 멈추고 심호흡을 했다. 몇 번이나 이 방에 들어가려고 시도했지만 실패했다. 하지만 이번에는 반드시 들어가고야 말 것이다.

세라피나는 살금살금 복도를 걸어 내려가 반다이크 방문에 귀를 대고 안에서 들려오는 소리에 귀를 기울였다. 아무 소리도 들리지 않았다. 세라피나는 천천히 문손잡이를 돌렸다. 잠겨 있었다. 세라피나는 킹 부인의 열쇠 꾸러미가 있으면 좋겠다고 생각했다.

어쩔 수 없이 세라피나는 복도를 뛰어 내려가 온풍기 덮개를 열고 안으로 들어간 다음 벽을 타고 올라갔다. 시간이 좀 걸리긴 했지만 마침내 세라피나는 그레이선의 방으로 이어진 온풍기 입구를 찾아냈다.

세라피나는 그레이선의 방으로 들어갔다. 마치 용이 살고 있는 동굴로 기어 들어가는 듯한 기분이었다. 하지만 막상 들어가 보니 황금 줄무늬가 들어간 옅은 빨간색 벽지를 두른 우아한 방이었다. 나무 바닥에는 페르시아 양탄자가 깔려 있었고 밤나무로 만든 가구들이 놓여 있었다. 작은 벽난로도 있었다. 벽에는 화가 반다이크가 그린 그림이 여러 점 걸려 있었다. 방이 너무도 평범해서 세라피나는 오히려 놀랐다. 죽은 고양이는 없는 것 같은데, 세라피나가 에시가 말했던 표현을 떠올리며 속으로 중얼거렸다.

하지만 방 안에 아무것도 없진 않았다. 의자 하나에는 낡은 셔츠와 주름진 바지가 걸려 있었다. 바닥에는 가죽으로 된 여행 가방이 세 개 놓여 있었다. 그레이선이 언제 돌아올지 모른다는 불안감에 손바닥이 땀으로 젖었다.

세라피나는 최대한 빨리 방 안을 뒤졌다. 송진이나 그을음이 묻은 신발 혹은 옷가지가 없는지 살펴보았다. 어딘가 불이 매우 잘 붙는 송진이 든 통이 숨겨져 있을 것 같았다. 세라피나는 그 소나무 숲이 단지 유라이아와 그레이선의 은신처가 아니라 빌트모어를 파괴할 계획의 일부라는 생각이 들었다. 아빠는 세라피나에게 불길이 소나무 숲을 지나면 세상에서 제일 뜨거워진다고 했다. 소나무에 묻은 송진에 불이 붙으면 그야말로 숲이 폭발한다고 말이다. 불이 잘 붙지 않도록 설계된 집에 불을 지르기에 그만한 물질이 없을 것 같았다.

아무리 찾아도 보이지 않자 세라피나는 여행 가방 하나를 열었다. 옷밖에 없었다. 다른 여행 가방을 열었다. 역시 아무것도 없었다. 마지막 여행 가방을 열었지만 역시나 아무것도 없었다. 세라피나는 좌절감에 방 안을 멍하니 둘러보았다.

여긴 아무것도 없어.

방만 보면 그레이선 씨는 지극히 평범한 사람 같았다. 초조해진 세라피나가 입술을 깨물었다.

이럴 리가 없는데…….

성냥개비랑 송진은 어디에 있지? 별 모양 마법진과 고대 룬 문자와 사악한 주문은 어디에 있지? 그레이선은 절대 아무도 이 방에 들어오지 못하게 했다던데 여기서 도대체 뭘 하고 있었던 걸까? 칫솔 따위나 숨기려 했던 걸까?

분명히 여기에 뭔가가 있을 텐데…….

세라피나는 여행 가방을 다시 한 번 살펴보았다. 이번에는 이 방과 어울리지 않는 물건이 있나 없나 더 꼼꼼하게 뒤졌다. 그리고 마침내 발견했다. 여행 가방 하나를 자세히 살펴보니 가장자리 부분에 숨겨진 비밀 공간이 있었다.

이제야 뭐가 좀 나오네.

그 안에는 신문 기사를 오려서 모아 둔 뭉치가 들어 있었다. 어떤 기사는 오랜 시간이 지난 듯 가장자리가 너덜너덜했고 어떤 기사는 비교적 최근 것 같았다. 하지만 모두가 귀신이나 기이한 실종 사건이나 섬뜩한 살인 사건에 관한 기사라는 공통점이 있었다. 기사에 나오는 이름과 도시에 밑줄이 그어져 있었다.

무슨 일을 꾸미고 있는 건가요, 그레이선 씨?

신문 기사를 오려 둔 뭉치 말고도 낡아서 너덜너덜해진 미국 지도가 하나 있었다. 신문 기사에 나온 도시가 지도상에 동그라미와 작은 가위표로 표시되어 있었다. 그런데 자세히 보니 가위표가 아니었다. 작은 십자가였다. 게다가 어떤 장소에는 십자가 표시가 하나가 아니었다.

처음 든 생각은 그레이선이 주술적이고 초자연적인 현상에 사로잡혀 있구나 정도였다. 그런데 다음 순간 단순히 그게 다가 아닐 수도 있다는 생각이 들었다. 어쩌면 그레이선이 이 모든 사건의 원인일지도 몰랐다.

그레이선이 가는 곳마다 사람들이 죽는구나.

심장이 두근거리기 시작했다. 세라피나는 다시 신문 기사 뭉치를 훑으며 날짜를 일일이 확인해 보았다. 가장 최근 기사 제목은 몽고메리 토른 씨의 미스터리한 실종 사건이었다.

그레이선은 진짜로 토른 씨의 실종 사건을 조사하러 온 거였어. 그런데 진짜 경찰이 아니잖아. 그럼 왜 온 거지?

신문 기사에는 토른 씨 말고도 익숙한 이름 세 개가 더 나왔다. 조지 밴더빌트와 이디스 밴더빌트와 브레이든 밴더빌트였다.

이거 예감이 좋지 않은데…….

지도상에 표시된 동그라미는 대부분 닳아서 희미했다. 하지만 빌트모어 대저택 위에 그려진 동그라미만 유난히 선명했다. 게다가 그 위에는 십자가 표시도 없었다.

다른 모든 곳에 들렀다가 여기로 온 거구나.

세라피나는 방 안을 둘러보면서 생각에 잠겼다.

방이 너무 휑해서 단서도 거의 없어. 하지만 분명히 뭔가가 있을 텐데…….

세라피나는 일어나서 방 안을 둘러보았다.

보이지 않는 것을 볼 수 있는 방법이 뭐가 있을까?

그때 팔걸이의자 앞 카펫이 약간 탈색되어 있는 것이 눈에 띄었다. 세라피나는 엎드려서 그 부분에 코를 대고 냄새를 맡았다.

신발에서 떨어진 흙이야. 신발 자국이네. 그레이선 씨가 이 의자에 앉았었구나.

세라피나는 몸을 일으켜 팔걸이에 코를 대고 킁킁거렸다. 처음에는 천 냄새 말고는 아무 냄새도 나지 않았다. 그런데 순간 희미하지만 천 냄새와는 완전히 다른 냄새가 코끝을 스쳐 지나갔다.

전에 맡아 본 적이 있는 냄새 같은데…….

부싯돌 냄새가 났다. 희미한 쇠 냄새도 났다. 너무나도 익숙한 냄새였다. 머릿속에 물건 하나가 떠올랐지만 이름이 기억나지 않았다. 작고 반들반들하고 네모난 회색 돌이었는데.

숫돌이다! 아빠가 숫돌이라고 부르던 바로 그 돌에서 나던

냄새다!

아빠가 작업실에서 무디어진 연장을 퍼렇게 날이 설 때까지 숫돌에 갈던 모습을 본 적이 있었다.

세라피나는 침을 꼴깍 삼켰다.

그레이선은 이 의자에 앉아서 무기 같은 걸 날카롭게 갈았던 거야.

심장이 날뛰었다. 허파에 숨이 찼다. 세라피나는 차근차근 생각을 정리해 보았다.

유라이아가 그레이선을 여기로 불러들였어. 하지만 그레이선은 그냥 스파이가 아니야.

그레이선은 암살자야!

그레이선은 단순히 살인 사건을 조사하는 탐정이 아니야. 그레이선이 바로 살인자야!

세라피나는 저도 모르게 다시 한 번 방 안을 둘러보았다. 하지만 이미 찾아볼 만큼 찾아본 뒤였다. 살인 도구는 어디에도 없었다.

살인 도구는 어디에다 숨겨 놓았을까?

그보다 누굴 죽이러 온 거지?

세라피나는 에시와 로웨나에게 들었던 말을 떠올렸다. 그레이선은 토른 씨와 기디언과 브레이든에 관해 여기저기 캐묻고 다녔다고 했다. 그중에 한 명은 이미 죽었고 하나는 사람이 아니라 개였다.

그럼 남은 사람은 한 명뿐이네…….

그때 방 밖에서 소리가 들렸다. 세라피나가 바로 바닥에 엎드려 침대 밑으로 기어 들어갔다.

침대 밑에 숨어서 귀를 기울였다. 심장 박동이 빨라졌다. 숨이 가빴다.

웅성웅성거리는 소리가 들렸다.

복도가 소란스러웠다. 큰일이라도 난 것 같았다.

공포가 밀려들었다. 세라피나는 연기 냄새라도 나나 싶어서 코를 킁킁거렸지만 아무 냄새도 나지 않았다.

세라피나는 재빨리 침대 밑에서 기어 나와 문으로 다가갔다. 에시의 목소리가 들리길래 냉큼 밖으로 나갔다.

“앗, 아가씨, 여기 계셨군요!” 에시가 화들짝 놀라며 말했다. “여기서 뭐 하고 계셨던 거예요?”

“무슨 일이야? 불났어?” 세라피나가 물었다.

“아가씨를 찾고 있었어요.” 에시가 말했다.

“나? 왜?”

“누가 브레이든 도련님에게 아가씨가 심하게 다쳐서 정원에 쓰러져 있다고 했대요. 브레이든 도련님은 지금 아가씨를 찾느라 난리도 아니세요. 저희더러 여기를 살펴보라 하시고선 도련님은 밖으로 나가셨어요.”

“다쳤다고?” 세라피나가 어리둥절한 얼굴로 되물었다. “난 다치지 않았어. 브레이든에게 그렇게 말한 사람이 누구야?”

그때 갑자기 세라피나는 숲속에서 들쥐를 잡았던 날 밤이 떠올랐다. 들쥐가 도망가려 할 때마다 세라피나는 본능 탓에 저도 모르게 손이 먼저 나갔었다. 대층계에서 추락했을 때도 본능 탓에 저도 모르게 네 발로 사뿐히 착지를 했었다. 본능은 강력하고 유용했다. 하지만 본능 때문에 죽을 수도 있었다. 몇 주 전에 세라피나는 빨간 드레스를 입은 연약한 부잣집 소녀인 척 빌트모어의 복도를 걸었다. 그리고 토른 씨의 본능을 이용해 죽음으로 유인하는 데 성공했었다.

하지만 이제 입장이 바뀌었다.

세라피나가 아닌 다른 누군가가 상황을 쥐락펴락하고 있었다.

만약 세라피나가 갑자기 실종되거나 크게 다쳤다는 소식을 들으면 빌트모어에서 제일 먼저 반응할 사람이 누굴까? 세라피나를 구하기 위해 앞뒤 재지 않고 말을 달려 깜깜한 숲속으로 제일 먼저 달려갈 사람이 누굴까?

세라피나는 정원으로 달려 나가 날카로운 칼에 찔려 죽은 브레이든의 시체를 발견하는 상상을 했다.

세라피나가 에시의 팔을 움켜잡았다. "브레이든을 찾아서 데려올게. 하지만 에시 네가 해 줘야 할 일이 있어. 정말 중요한 일이야. 최대한 빨리 아래층으로 내려가서 우리 아빠와 옴스테드 씨 그리고 밴더빌트 씨를 찾은 다음에 저택 설계도에서 화재가 나기 가장 쉬운 곳이 어딘지 확인해 달라고 부탁드려 줘. 그리고 그곳으로 가서 바닥이나 벽에 송진이 묻어 있는지 찾아봐 줘. 송진이 아니더라도 불이 붙기 쉬운 물질이면 뭐든지. 그곳에 보초를 세워야 해. 아무도 불을 지르지 못하게 말이야."

"그렇게 할게요. 지금 바로 갈게요!" 에시가 말했다.

세라피나는 마지막으로 에시의 팔을 잡은 손에 힘을 준 다음 달려 나갔다. 지금 이 순간만큼은 누구 눈에 띄든, 누구 귀에 들리든 개의치 않았다. 세라피나는 미친 듯이 계단을 뛰어 내려갔다. 숨이 턱 끝까지 차올랐다.

현관 로비를 지나는데 저택 앞뜰을 가로지르는 브레이든의 말발굽 소리가 들렸다. 세라피나는 정문을 향해 전속력으로 질주했다. 때마침 브레이든이 눈앞을 지나갔다. 몸을 앞으로 숙이고 말을 달리는 브레이든의 모습은 너무나도 긴박해 보였다. 세라피나는 브레이든이 그렇게 빨리 말을 달리는 모습은 처음 보았다. 그런데 브레이든이 세라피나를 그냥 지나쳐 어둠이 내려앉은 정원으로 곧장 달려가 버렸다.

"브레이든!" 세라피나가 소리를 질렀다. "돌아와! 나 여기 있어! 나 살아 있다고!" 하지만 브레이든은 세라피나의 목소리를 미처 듣지 못했다.

세라피나가 브레이든을 쫓아 달려 나갔다. 그때 가까운 숲속에서 사냥개 한 마리가 울부짖었다. 온몸의 피가 얼어붙는 것 같았다. 두려움이 물밀듯이 밀려왔다. 숲속에서 빌트모어를 감시하던 사냥개가 브레이든을 발견하고 다른 사냥개들에게 공격 신호라도 보내는 것처럼 들렸다.

뒤이어 코요테 한 마리가 울부짖는 소리가 들려왔다. 그 소리에 여기저기 흩어져 있던 코요테 수십 마리가 일제히 응답했다. 모든 소리는 빌트모어의 영지 안에서 들려왔다.

끔찍한 생각이 머릿속을 스쳐 지나갔다. 이 모든 속임수는 단지 검은 망토를 되찾고 빌트모어를 불사르기 위한 것이 아닐지도 몰랐다. 적은 이제 브레이든을 노리고 있었다. 그들이 원하는 건 브레이든이었다. 그리고 이제 브레이든은 적의 아가리 안으로 달려가고 있었다.

저 멀리서 또 다른 소리가 들려왔다. 세라피나가 너무나도 잘 아는 소리였다. 검은색 종마 네 마리가 끄는 마차가 빌트모어 안으로 들어오고 있었다.

적들이 오고 있었다. 적들이 몰려오고 있었다.

그때 저 멀리 정원 가장자리에서 어떤 움직임을 포착한 세라피나는 숨을 삼켰다. 검정색 긴 외투를 입은 검은 그림자가 어둠 속에 몸을 숨기고 있었다. 그레이선이었다. 그레이선이 지팡이를 무기처럼 휘두르고 있었다.

"브레이든!" 세라피나가 비명을 질렀다. 브레이든을 태운 말이 빌트모어의 광활한 정원 속으로 사라졌다. 하지만 브레이든은 너무 멀리 있었다.

그레이선이 브레이든을 쫓아 정원 안으로 숨어들었다. 양손으로 지팡이를 부여잡고 있던 그레이선이 길고 뾰족한 단검을 꺼내 들었다. 저기 있었다. 그레이선이 숨기고 있던 무기가 드디어 모습을 드러냈다! 날카롭게 벼린 칼날이 달빛을 받아 번쩍거렸다. 눈앞에 단검을 휘두르며 그레이선이 정원으로 난 산책로를 따라 브레이든을 쫓아가고 있었다. 그레이선이 브레이든을 죽이려 하고 있었다!

세라피나는 엄청난 속도로 달려 나갔다. 마침내 산책로 안에 들어섰을 때 시야 가장자리로 무언가가 얼핏 스쳐 지나갔다. 하얀 얼굴을 한 가면올빼미 한 마리가 안뜰을 낮게 날아 나무 사이로 사라졌다.

공포로 심장이 조여들었다.

그레이선, 사냥개 다섯 마리, 코요테 수십 마리, 검은색 종마 네 마리, 그리고 저 올빼미까지 한꺼번에 몰려오고 있었다.

덫은 이미 놓였다. 그 덫에 걸린 쥐는 세라피나와 브레이든이었다.

41

브레이든과 그레이선을 뒤쫓아 세라피나는 전력으로 질주했다. 그런데 모퉁이를 도는 순간 전혀 예상치 못한 광경을 맞닥뜨렸다.

그레이선이 길 한가운데 얼음처럼 가만히 서 있었다. 세라피나에게 등을 보인 채 그레이선은 땅바닥을 내려다보고 있었다. 그 앞에 뭐가 있는지는 몰라도 그레이선은 꼼짝없이 갇힌 것 같았다.

"움직이지 마라." 그레이선이 고개를 돌려 세라피나를 보며 말했다. 목소리가 떨리고 있었다.

세라피나는 도대체 이게 무슨 상황인지 이해가 되지 않았다. 그런데 그때 똬리를 튼 채 그레이선 앞을 가로막고 있는 방울뱀 한 마리가 눈에 들어왔다. 거대하고 위협적으로 생긴 방울뱀이었다. 갈색 줄무늬에 길이가 1.5미터 가까이 될 것 같았다. 방울뱀은 삼각형으로 생긴 머리를 치켜들고 검은색 혀를 날름거리며 샛노란 눈동자로 그레이선을 노려보고 있었다.

세라피나는 너무나 혼란스러웠다. 그레이선은 왜 위험을 알려 준 거지?

"절대 움직이지 마라, 세라피나." 방울뱀이 방울 소리를 내기 시작했다. 그레이선이 또다시 경고했다.

그 순간 세라피나는 보았다. 방울뱀은 한 마리가 아니었다. 길 위에도, 주변 잔디밭에도 방울뱀이 널려 있었다. 세라피나가 맨다리를 드러내고 서 있는 곳에서 한 발짝도 안 되는 거리에 치명적인 독을 가진 방울뱀이 공격할 각도를 찾는 듯 고개를 앞뒤로 움직이며 똬리를 틀고 있었다.

그레이선은 한 손에는 지팡이를 들고 다른 한 손에는 단검을 쥐고 있었다.

그레이선이 뒷걸음질을 치려 했다. 그런데 발을 떼자마자 가장 가까이에 있던 방울뱀이 눈 깜짝할 새에 그레이선의 다리에 이빨 자국을 남겼다. 너무나도 순식간에 일어난 일이라 세라피나조차 제대로 보지 못했다. 그레이선이 방울뱀의 공격을 피하려 뒤로 펄쩍 물러났지만 하필이면 또 다른 방울뱀 바로 위에 착지를 했다. 방울뱀이 기다렸다는 듯 입을 벌리고 달려들어 독을 뿜는 송곳니를 그레이선의 종아리 깊숙이 박아 넣었다. 그레이선이 비명을 지르며 홱 몸을 돌리자 세 번째 방울뱀이 허벅지를 물었다. 그레이선이 고통스런 비명을 지르며 비틀거렸다. 손에서 단검이 툭 떨어졌다. 동시에 방울뱀들이 일제히 그레이선에게로 달려들어 얼굴이며 목이며 가슴을 무자비하게 공격했다. 방울뱀의 독이 그레이선의 혈관을 타고 흘러들었다. 그레이선의 팔다리와 온몸이 경련을 일으켰다. 세라피나는 방울뱀을 공격해야 할지 도망가야 할지 판단이 서질 않았다. 그저 눈앞에서 벌어진 끔찍한 광경을 바라보는 것 말고는 아무것도 할 수 있는 일이 없었다.

이제 그레이선은 팔다리를 벌리고 하늘을 향해 똑바로 누워 있었다. 수많은 방울뱀이 그레이선의 몸을 휘감고 있었다. 그레이선의 얼굴이 방울뱀 독 때문에 푸르뎅뎅하게 부어올랐다. 하지만 그레이선은 눈을 크게 뜨고 세라피나를 똑바로 바라보고 있었다.

"그… 여자앤… 보기와는… 다르……" 그레이선의 목소리가 점점 잦아들었다.

"뭐라고요?" 혼란에 빠진 세라피나가 되물었다. "못 알아듣겠어요!"

"도망가!" 그레이선이 숨을 헐떡이며 목소리를 쥐어짰다.

그레이선에게 더 가까이 다가가고 싶었지만 방울뱀이 있어서 불가능했다. 세라피나는 위험하다는 걸 알면서도 대답을 꼭 듣고 싶었다. "당신은 정체가 뭐예요? 지금 누구 얘길 하는 거예요?" 세라피나가 소리쳐 물었다.

하지만 그레이선의 눈은 이제 감겨 있었다. 저세상으로 간 것이다. 세라피나의 눈앞에서 그레이선은 목숨을 잃었다.

세라피나가 뒷걸음질을 쳤다. 거기서 또 한 번 뒷걸음했다. 눈앞에서 벌어진 광경은 충격과 공포 그 자체였다.

세라피나는 줄곧 그레이선이 적이라고 생각해 왔다. 그날 밤 마차에 타고 있던 제2의 인물이라고 생각해 왔다. 유라이아가 보낸 스파이자 암살자라고 생각해 왔다. 그런데 갑자기 왠지 모를 슬픔이 밀려왔다. 일어나지 않을 수도 있었던 일이 일어났고 그 모든 게 자기 탓인 것만 같았다. 세라피나는 땅바닥에 쓰러져 죽은 불쌍한 남자를 내려다보았다. 세라피나가 그레이선을 단단히 오해한 것일까? 그레이선은 마지막에 세라피나를 도와주려는 것처럼 보였다. 세라피나에게 할 말이 있는 것처럼 보였다.

검은 망토에 달려 있던 은색 고리 장식이 죽은 그레이선의 손바닥 위에 올려져 있었다. 세라피나는 가서 그 고리 장식을 가져오고 싶었지만 방울뱀들이 죽은 그레이선의 팔을 칭칭 휘감고 있었다.

눈앞에서 벌어진 장면은 너무나도 끔찍했다. 하지만 세라피나는 애써 잘된 일이라고 스스로를 다독였다. 방울뱀들이 방금 그레이선을 죽였다. 다 끝났다! 적은 죽었다.

하지만 세라피나는 고개를 흔들며 신음했다. 빌트모어 정원에는 방울뱀이 없었다. 방울뱀은 무리를 지어 사냥을 하지도, 떨기나무 정원에 난 산책로에서 사람을 공격하지도 않았다. 초자연적 힘이 방울뱀들을 여기로 불러들인 것이다. 하지만 그레이선이 적이었다면 이 방울뱀들에게 죽임을 당하는 것이 아니라 *조종할 수* 있어야 했다! 퍼즐은 완성되지 않았다. 아직 찾지 못한 퍼즐 조각이 분명히 더 있었다!

바로 그때 등 뒤에서 또다시 *째깍 째깍 째깍* 소리가 들려왔다. 이번에도 어김없이 길고 날카로운 쇳소리가 뒤따랐다. 방울뱀의 방울 소리가 아니라 가면올빼미의 울음소리였다. 세라피나는 목덜미에 닿는 뜨거운 숨결을 느꼈다.

"이번에야말로 널 제거한 줄 알았는데." 등 뒤에서 누군가의 목소리가 들려왔다.

세라피나는 싸울 준비를 하고서 재빨리 뒤를 돌아보았다.

그런데 세라피나의 뒤에 서 있는 사람은 다름 아닌 레이디 로웨나였다. 세라피나는 처음에는 자신이 착각한 줄 알았다. 레이디 로웨나가 손에 나뭇가지 하나를 들고 세라피나 앞에 서 있었다. 마치 나뭇가지 하나로 자기 몸을 지키려는 듯 보였다. 세라피나가 여기서 뭐 하고 있냐고 물으려는데 로웨나가 입을 열었다.

"알겠다. 검은 놈이 여기 있었네." 로웨나의 목소리가 이상했다. 그 말을 듣자 세라피나의 눈길이 저절로 검은 망토에 달려 있던 은색 고리 장식으로 향했다. 은색 고리 장식은 여전히 죽은 그레이선의 손바닥 위에 놓여 있었다.

세라피나의 시선을 쫓던 로웨나의 눈이 휘둥그레졌다. 이

음고 로웨나가 미소를 지었다. “세상에. 고마워. 하마터면 엉뚱한 곳에 둘 뻔했네.”

로웨나가 그레이선의 시체 쪽으로 다가갔다. 그레이선이 방울뱀에게 둘러싸여 땅바닥에 죽어 있는데도 전혀 개의치 않는 것 같았다. 로웨나는 방울뱀 사이로 걸어갔다. 방울뱀들이 고개를 치켜들고 그 샛노란 눈으로 로웨나를 바라보았다. 하지만 방울 소리를 내거나 로웨나를 공격하지 않았다. 로웨나가 몸을 숙여 검은 망토의 은색 고리 장식을 집어 들었다. “이건 내가 가져갈게.” 로웨나가 퉁퉁 부은 채 죽어 있는 그레이선의 얼굴에다가 대고 말했다.

세라피나는 로웨나의 말투가 평소와 다르다는 사실을 눈치챘다. 마치 연기는 이제 지겹다는 듯 도도한 영국 억양은 온데간데없고 일상적이고 짜증 섞인 말투로 변해 있었다.

“여기 그레이선 탐정님이 너무 많은 걸 알아내는 바람에 잠깐 움찔했지 뭐야.” 로웨나가 말했다. “게다가 하마터면 그걸 밴더빌트에게 다 발설할 뻔하지 않았겠어. 스스로를 귀신 쫓는 퇴마사나 정의의 사도쯤으로 생각한 모양이더라고. 바보같이 날 단검으로 죽일 생각을 했지 뭐야.”

그때 갑자기 숲속에서 커다란 울음소리가 터져 나왔다. 사냥개가 울부짖는 소리였다. 그 소리에 세라피나가 놀라 펄쩍 뛰었다. 하지만 로웨나는 전혀 놀라지 않았다.

세라피나가 다시 로웨나를 바라보았다. 로웨나가 들고 있던 작은 나뭇가지는 어느새 울퉁불퉁 뒤틀린 지팡이로 변해 있었다. 바로 그 순간 로웨나가 들고 다니던 승마용 지팡이, 머리에 꽂고 있던 나무 비녀, 남쪽 테라스에서 들고 있던 양산, 숲속에서 들고 있던 등산용 지팡이가 세라피나의 머릿속을 차례로 스쳐 지나갔다. *내 드레스랑 어울린단 말이야!* 로웨나는 그 특유의 도도한 억양으로 고집을 부리곤 했다. 로웨나는 볼 때마다 다른 옷을 입고 있었지만 항상 손에는 나무로 된 긴 물건을 가지고 다녔다.

세라피나는 이제 그레이선이 정원에서 단검으로 몰래 죽이려던 인물이 브레이든이 아니라 로웨나였다는 사실을 깨달았다. 그레이선은 경찰에 소속된 진짜 탐정은 아니었다. 그레이선의 진짜 정체는 기괴한 것들을 사냥하는 퇴마사였다. 그리고 여기서도 제대로 찾아냈던 것이다.

"거기랑 거기." 로웨나가 지팡이로 산책로 두 군데를 가리키며 말했다. 그러자 방울뱀들이 정확히 로웨나가 가리킨 곳으로 스르르 이동했다.

마침내 로웨나가 돌아서서 세라피나를 마주 보았다. "그래, 그때야말로 널 제거했다고 생각했는데."

"정확히 언제를 말하는 건데?" 혼란스러움과 두려움을 애써 감추고 세라피나가 물었다.

"너랑 그 개가 추락했을 때 말이야."

"방울뱀이 여덟 마리는 더 남은 것 같은데." 세라피나가 시선은 로웨나에게 고정한 채 말했다.

"정말이지 짜증 나더라니까."

"솔직히 그때 너 진짜 겁먹은 것 같던데."

"웃기지 마." 로웨나가 세라피나를 노려보았다. "단지 놀랐을 뿐이야. 쪼끄만 게 보기보다 끈질기더라고. 너희 종족이 원래 그렇다는 걸 진작에 알았어야 했는데."

로웨나와 주거니 받거니 하면서도 세라피나는 계속 빌트모어 쪽을 흘긋거렸다. 혹시나 연기나 불꽃이 올라오지 않는지 확인하기 위해서였다. 하지만 세라피나는 바로 후회했다.

"뭘 흘긋대는 거야?" 로웨나가 말했다. "늦었어. 불은 내가 이미 질렀어. 이제 네가 할 수 있는 일은 아무것도 없어. 네 소중한 집은 곧 불길에 휩싸일 거야. 내가 말했지? 언젠가는 우리 아빠에게 자랑스러운 딸이 될 거라고."

세라피나는 달아나려 했지만 발이 움직이지 않았다. 세라피나는 고개를 숙여 아래를 보았다. 놀랍게도 담쟁이덩굴이 빠른 속도로 세라피나의 발목을 옭아매더니 다리를 타고 점점 위로 올라오고 있었다.

미처 담쟁이덩굴을 뜯을 새도 없이 말 한 마리가 산책로를 따라 빠르게 달려오는 소리가 들렸다.

불현듯 빌트모어에 있는, 방울뱀을 보고 놀라 날뛰는 말을 형상화한 황동 조각상이 세라피나의 머릿속을 스쳐 지나갔다.

로웨나가 말발굽 소리가 들려오는 쪽으로 몸을 돌렸다.

말을 탄 브레이든이 길모퉁이를 돌아 달려오고 있었다.

"세라피나, 내가 널 얼마나 찾았는데!"

"브레이든, 도망가!" 세라피나가 있는 힘껏 소리를 지르는 동시에 로웨나가 뒤틀린 지팡이를 하늘 높이 들어 올렸다.

43

방울뱀이 떼로 달려들어 브레이든이 타고 있는 말 다리에 송곳니를 박아 넣었다. 말이 비명을 지르며 뒷발로 일어나 앞발을 마구 내리찍었다. 공포로 눈을 커다랗게 뜬 채 고개를 마구 흔들었다. 브레이든이 말에서 떨어졌다. 땅에 부딪칠 때 뼈가 부러지는 듯한 끔찍한 소리가 났다.

세라피나가 달려가 브레이든을 구해 주려고 했지만 담쟁이덩굴이 발목을 옭아매는 바람에 앞으로 고꾸라졌다.

미친 듯이 담쟁이덩굴을 잡아 뜯었다. 방울뱀 한 마리가 눈앞에서 혀를 날름거리며 방울 소리를 냈다. 방울뱀이 세라피나를 공격하기 일보 직전에 세라피나가 번개처럼 주먹으로 방울뱀의 머리를 내리쳤다. 방울뱀도 빨랐지만 세라피나가 더 빨랐다. 두 번째 방울뱀이 송곳니를 드러내며 달려드는 순간 세라피나가 공중으로 뛰어올라 공격을 피한 다음 방울뱀의 머리통을 박살 냈다.

그러나 방울뱀을 처치하자마자 담쟁이덩굴이 또다시 세라피나의 발목을 옭아맸다. 세라피나가 담쟁이덩굴을 잡아 뜯으며 고개를 들어 올린 순간 빌트모어에서 회색 연기가 뭉게뭉게 피어올랐다. 빌트모어에 불이 났다!

세라피나는 날뛰는 말 밑에서 기어 나오는 브레이든을 보았다. 말은 단순히 방울뱀 때문에 겁을 집어먹은 것 같지 않았다. 말이 갑자기 돌변해 브레이든을 죽이려 하고 있었다. 그 커다란 말발굽으로 바닥을 내리찍을 때마다 땅이 진동했다. 브레이든은 이리 구르고 저리 구르며 필사적으로 말발굽을 피하려 했지만 아슬아슬했다. 한번 찍히면 끝이었다. 브레이든을 구해야 했지만 세라피나가 할 수 있는 일은 아무것도 없었다.

그런데 그 순간 늘씬한 갈색 퓨마 한 마리가 어둠 속에서 튀어나와 말에게 달려들었다. 야수 두 마리가 한 덩어리가 되어 굴렀다. 웨이사가 온 것이다. 갈색 퓨마는 거대한 말에 비해 덩치는 밀렸지만 사자에 비견할 만한 속도와 힘으로 싸웠다. 움직임이 너무 빨라서 흐릿한 갈색 형체로밖에 보이지 않을 때도 있었다.

사냥개 다섯 마리가 싸움에 가세했다. 로웨나가 비틀거리며 일어나려던 브레이든에게로 뒤틀린 지팡이를 겨누었다. 그러자 사냥개 다섯 마리가 달려들었다. 브레이든은 너무도 맥없이 쓰러졌다. 사냥개들이 날카로운 송곳니로 브레이든을 물고 이리저리 끌고 다녔다. 브레이든이 비명을 질렀다.

다리를 휘감고 올라오는 담쟁이덩굴을 마구잡이로 잡아 뜯으며 세라피나는 답답한 마음에 으르렁거렸다. 웨이사의 등장은 세라피나에게 새로운 희망을 주었다. 담쟁이덩굴에서 자유로워지자마자 세라피나는 곧장 브레이든에게로 달려갔다. 브레이든을 물고 있던 사냥개들의 뒷다리를 있는 힘껏 잡아당겼다. 화가 난 사냥개 한 마리가 홱 몸을 돌려 이빨을 드러낸 채 세라피나에게로 달려들었다. 세라피나가 몸을 숙여 공격을 피한 다음 사냥개의 머리를 내리쳤다.

"로웨나에게서 지팡이를 빼앗아!" 세라피나는 브레이든에게 소리를 질렀다. 하지만 브레이든은 여전히 땅바닥에 드러누워 발길질을 하고 비명을 지르며 사냥개들을 상대로 사투를 벌이고 있었다. 사냥개 한 마리가 브레이든의 오른손을 물고 있었다. 다른 한 마리는 왼쪽 손목을 물고 있었다. 또 다른 한 마리는 다리를 물고 있었다. 사냥개들은 단순히 브레이든을 무는 데서 그치지 않고 죽이려고 하고 있었다. 사냥개들이 브레이든을 질질 끌고 갔다. 브레이든은 복잡하게 돌아가는 상황을 이해하는 건 둘째 치고 아예 로웨나를 보지도 못한 것 같았다. 모든 것을 목격한 세라피나조차 상황이 어찌 돌아가고 있는 건지 정확히 파악할 수 없었다. 사냥개들은 충분히 브레이든의 목덜미를 물어뜯어 끝장낼 수 있었다. 하지만 그러지 않았다. 사냥개들이 브레이든을 어디론가 끌고 가고 있었다.

빌트모어 안뜰에서 들려오는 달가닥거리는 종마 네 마리의 말발굽 소리를 듣고서야 세라피나는 상황이 이해되기 시작했다. 사냥개 무리, 뒤틀린 지팡이, 종마 네 마리가 끄는 마차. 유라이아와 로웨나는 세라피나가 죽어서 없어져 주길 바라고 있었다. 그러나 브레이든은 *산 채로* 잡아가길 원했다!

웨이사가 덤불 속에서 튀어나와 지팡이를 휘두르던 로웨나에게 달려들었다. 로웨나가 지팡이로 사냥개 두 마리를 가리키자 사냥개들은 곧바로 웨이사에게로 몸을 던졌다. 갈색 퓨마와 사냥개 두 마리가 날카로운 송곳니와 발톱을 세운 채 격렬하게 맞붙었다.

로웨나가 지팡이로 저 멀리 숲을 가르며 세라피나가 알아듣지 못할 말을 외쳤다. 로웨나가 더 많은 동물을 조종해 이리로 불러들이려 한다는 사실을 눈치챈 세라피나가 로웨나에게로 달려들었다. 로웨나를 무찌를 수 있는 유일한 길은 저 지팡이를 빼앗는 것이었다.

그때 거대한 곰 한 마리가 숲속에서 달려 나왔다. 세라피나는 헉하고 숨을 들이켰다. 보고도 믿기지가 않았다. 흑곰은 원래 조용하고 유순한 동물이었다. 세라피나는 200킬로그램이 훌쩍 넘는 저 야수와 어떻게 싸워야 할지 감조차 잡히지 않았다.

흑곰이 입을 쩍 벌리며 세라피나에게 몸을 날렸다. 첫 번째 공격은 가까스로 피했지만 흑곰은 놀라우리만치 민첩한 동작으로 돌아서서 또다시 돌진해 왔다. 거대한 앞발을 세우고 이빨을 부딪치며 흑곰은 분노로 포효했다. 세라피나는 피하고 또 피했다. 목숨이 달리니까 어찌나 움직임이 빨라지는지, 스스로도 놀라울 지경이었다. 흑곰에게 붙잡히는 순간 끝이라는 사실을 세라피나는 알고 있었다. 세라피나는 이리 뛰고 저리 뛰며, 아래로 숙였다가 옆으로 돌면서 필사적으로 흑곰의 공격을 피했다. 거리가 너무 가까워 털 냄새를 맡을 수 있을 정도였다. 흑곰의 발톱에 빗맞을 때조차 그 어마어마한 어깨 힘에 벼락이라도 맞은 것처럼 엄청난 고통이 갈비뼈 사이를 훑고 지나갔다.

세라피나가 비명을 지르며 흑곰의 공격을 피해 다니는 사이에 사냥개 무리가 브레이든을 질질 끌고 마차로 갔다. 마차를 끄는 검은색 말 네 마리가 로웨나의 명령을 기다리고 있었다. 세라피나는 도대체 무슨 일이 벌어지고 있는 건지 알 수 없었다. 하지만 지금 당장 브레이든을 구하러 가지 않으면 영원히 볼 수 없게 되리라는 것만큼은 알 수 있었다. 하지만 세라피나는 브레이든을 구할 수가 없었다. 자기 자신조차 구할 수가 없었다!

로웨나와 사냥개 다섯 마리가 의식을 잃고 축 늘어진 브레이든의 몸을 검은색 마차 안으로 밀어 넣었다. 브레이든은 이제 보이지 않았다. 검은색 종마 네 마리가 뾰족한 막대기에 찔리기라도 한 듯 히힝 울며 뒷발로 일어섰다. 뜨거운 콧김과 입김이 뿜어져 나왔다. 네 마리 종마는 뒤에 마차를 끌고서 폭발적인 속도로 달려 나갔다. 그 너머로 거대한 연기 구름이 하늘을 가득 메웠다.

세라피나는 눈앞을 가르는 흑곰의 앞발과 날카로운 이빨을 피해 정신없이 이리 구르고 또 저리 굴렀지만 도저히 탈출할 길이 보이지 않았다.

사냥개 무리와 싸우고 있는 웨이사가 눈에 들어왔다. 로웨나는 수많은 동물을 조종할 수 있었지만 웨이사만은 조종할 수 없었다. 웨이사는 영혼의 절반이 인간이었기 때문이었다. 그래서 고양잇과 맹수가 로웨나와 그 뒤틀린 지팡이에게는 특히 위험한 적수였던 것이다.

흑곰이 이번에는 온몸을 날려 공격해 왔다. 세라피나는 옆으로 피해 달아나려고 했다. 흑곰이 홱 몸을 돌려 그 무시무시한 앞발을 휘두르며 달려들자 세라피나는 경사가 가파른 언덕으로 뛰어 올라갔다. 곰은 인간보다 훨씬 빨리 달렸다. 그래서 속도로는 결코 따돌릴 수가 없었다. 곰은 나무를 타는 속도도 엄청나게 빨랐다. 그래서 나무 위로 피신하는 것도 소용없었다. 죽은 척하는 것은 곧 죽음을 의미했다. 세라피나에게는 흑곰에게 타격을 줄 만한 힘도 없었고 발톱도 없었고 무기도 없었다. 세라피나가 가진 건 민첩성과 두뇌뿐이었다. 세라피나는 덤불 속으로 뛰어들었다. 가파른 언덕과 빽빽한 덤불숲이 흑곰에게서 탈출할 수 있는 기회를 만들어 주지 않을까 하는 계산에서였다. 하지만 그런 것쯤이야 흑곰에게는 아무런 문제가 되지 않았다. 흑곰은 단숨에 언덕을 뛰어 올라와 마치 덤불이 처음부터 거기 없었던 것처럼 다 뽑아 버렸다. 이제 흑곰은 주위가 떠나가라 포효하며 세라피나를 향해 돌진했다.

세라피나는 거의 모든 면에서 흑곰에게는 상대가 되지 않는다는 사실을 알고 있었다. 하지만 그때 좋은 생각이 떠올랐다. 그래도 여전히 세라피나가 흑곰보다 뛰어난 점이 몇 가지 남아 있었다.

세라피나는 이리저리 방향을 틀며 달렸다. 예상대로 흑곰은 앞발을 내린 채 네발로 세라피나를 쫓아왔다. 수많은 계단이 보였다. 저 계단을 다 오르기도 전에 흑곰이 뒤에서 세라피나를 덮칠 것이다. 세라피나를 질질 땅으로 끌고 내려와 그 무시무시한 이빨과 발톱으로 잔인하게 난도질할 것이다. 흑곰이 발을 구르며 달려오는 소리와 그 숨소리가 뒤에서 점점 가까워졌다. 공포에 질린 세라피나가 달리면서 어깨 너머로 뒤돌아보았다. 흑곰이 엄청난 속도로 세라피나를 향해 돌진해 오고 있었다. 검정색 털 위로 움직이는 근육이 보였다. 가쁜 숨이 터져 나왔다. 세라피나는 죽을힘을 다해 달렸지만 따라잡히는 건 시간문제였다.

마침내 원하던 지점에 도착한 세라피나가 점프를 했다. *옴스테드 씨, 감사합니다.* 허공을 가르며 세라피나는 속으로 생각했다. 직사각형 모양으로 길게 쭉 뻗은 네모반듯한 이탈리아 정원 자갈밭에 착지를 했다. 자연 지형 깊숙이 위치한 이탈리아 정원은 4미터 높이의 돌담으로 둘러싸여 있었다.

땅에 착지하자마자 세라피나는 주위를 둘러본 다음 고개를 들어 위를 보았다. 흑곰은 멈추지 않았다. 세라피나를 잡아서 죽이겠다는 의지를 불태우며 엄청난 속도로 쫓아와 이탈리아 정원으로 몸을 날렸다. 그 육중한 덩치가 커다란 충격음과 함께 세라피나가 서 있는 바로 옆에 떨어져 부딪치는 순간 세라피나는 재빨리 몸을 피했다. 땅이 흔들렸다. 흑곰은 몸을 일으키자마자 곧바로 그 무시무시한 앞발을 세라피나를 향해 휘둘렀다. 그리고 이내 입을 크게 벌리며 달려들었다. 세라피나는 허둥지둥 이탈리아 정원 담장 옆에 있는 새하얀 대리석으로 만든 그리스 여신상으로 달려가 그 머리 꼭대기까지 기어올랐다.

“옴스테드 씨, 여긴 이탈리아 정원이 아니라, 곰 정원이네요.” 세라피나가 담장 꼭대기로 올라가 손과 발로 매달린 채 혼잣말로 중얼거렸다.

흑곰이 큰 소리로 울부짖으며 세라피나를 뒤쫓아 왔다. 하지만 세라피나처럼 조각상을 타고 담장으로 기어오르려 할 때 그 거대한 앞발의 힘과 육중한 무게를 이기지 못한 그리스 여신상이 산산조각으로 깨지고 말았다. 그 바람에 흑곰이 뒤로 자빠져 나뒹굴었다. 흑곰은 곧바로 두 발로 일어나 고개를 들어 세라피나를 쳐다보며 또다시 포효했다. 하지만 돌로 된 벽을 기어오르지도, 그 위로 뛰어오르지도 못했다. 흑곰은 돌벽을 두른 정원 안으로 뛰어내릴 수는 있었지만 정원 밖으로는 빠져나오지 못했다.

세라피나가 해냈다. 마침내 흑곰을 따돌렸다.

세라피나는 흑곰이 정원 반대편으로 빠져나오는 길을 찾기 전에 서둘러 좁은 돌담 위를 가로질러 달려가 덤불 속으로 사라졌다. 이탈리아 정원을 뒤로하고 세라피나는 떨기나무를 헤치며 아까 그 길까지 달려왔다. 하지만 길은 텅 비어 있었다. 마차는 떠난 지 오래였다. 로웨나가 등장했던 바로 그 순간부터 세라피나의 머릿속은 온통 뒤죽박죽이었다. 로웨나는 정체가 뭐지? 그리고 유라이아는 어디에 있는 거지?

세라피나는 저 멀리 보이는 빌트모어의 지붕을 바라보았다. 순간 가슴이 철렁했다. 빌트모어가 자리 잡은 언덕에는 까만 연기가 자욱했다. 그 연기에 가려 빌트모어가 잘 보이지 않을 정도였다. 마법사의 주술이 빌트모어의 탑과 지붕을 뒤덮고 있는 것처럼 보였다. 로웨나가 지른 불이 번지고 있었다! 세라피나는 당장이라도 저택으로 달려가 도와 달라고 비명을 지르고 싶었지만 그럴 수 없었다. 에시를 믿고 브레이든을 구하러 가야 했다.

마음을 다잡고 세라피나는 로웨나가 브레이든을 데리고 간 방향으로 내달렸다. 하지만 마차를 따라잡을 수 없다는 사실을 세라피나는 알고 있었다. 마차를 끄는 종마들은 빨랐다. 세라피나는 결코 그들을 따라잡지 못할 것이다. 저 멀리서 들려오는 말발굽 소리가 점점 희미해져 갔다.

다시 한 번 세라피나는 약하디약한 두 다리로 낼 수 있는 속도보다 네발로 달릴 때의 그 폭발적인 속도가 간절했다. 눈앞에서 생명을 위협하던 흑곰에게서 벗어나 길을 달리다 보니, 세라피나는 로웨나의 정체를 눈치채지 못했던 자신이 너무나 한심하게 느껴졌다. 스스로에게 화가 나서 견딜 수가 없었다. 세라피나는 바보 같았다. 힘도 약했다. 속도도 느렸다. 길이 아니라 늪을 지나고 있는 것처럼 다리가 점점 무거워졌다.

하지만 어떻게든 브레이든을 구해야만 했다!

빨라지고 싶어. 세라피나는 달리면서도 너무나 답답했다. *강해지고 싶어! 용맹해지고 싶어!*

불현듯 웨이사가 했던 말이 떠올랐다. *네가 되고 싶은 모습을 마음속에 그리기만 하면 방법은 저절로 알게 될 거야.*

세라피나는 퓨마의 모습일 때 엄마를 마음속으로 수도 없이 그려 봤지만 아무 소용이 없었다. 하지만 친구를 싣고 떠나 버린 마차를 따라잡기 위해 어느 때보다도 절박한 심정으로 달리고 있는 지금 갑자기 어떤 기억이 머릿속을 섬광처럼 스쳐 지나갔다.

유라이아가 사냥개들에게 천 조각을 보여 주면서 *검은 놈을 찾아라!*라고 말하던 기억이 떠올랐다.

에시가 세라피나의 머리에서 검은색 머리카락 뭉치를 뽑아 주던 기억도 떠올랐다.

마차를 뒤쫓아 달리는 동안 땅을 박차는 다리와 공기를 들이켜는 허파의 감각이 생생하게 느껴졌다.

로웨나가 *검은 놈이 여기 있었네*라고 말했을 때 로웨나의 시선이 그레이선의 손바닥 위로 향한 건 세라피나의 시선이 먼저 그쪽을 향하고 난 이후였다는 사실이 떠올랐다.

북받치는 감정을 주체할 수가 없었다. 세라피나는 모든 괴로움과 아픔을 잊으려는 듯 달리고 달리고 또 달렸다. 가슴이 뛰었다. 허파로 공기가 들어왔다. 심장으로 피가 흘러들었다. 두 다리에 힘이 들어갔다.

지금까지 변신을 하려고 연습할 때마다 세라피나는 항상 엄마의 모습을 마음속에 그렸다. 하지만 이제야 깨달았다. 세라피나가 마음속으로 그려야 하는 건 엄마의 모습이 아니었다.

달리는 속도가 두 배로 빨라졌다. 이윽고 세 배로 빨라졌다. 근육에 갑작스런 힘이 솟았다. 세라피나는 길을 박차고 숲을 헤치며 달려 나갔다. 전과 비교할 수 없는 속도로 골짜기를 쏜살같이 빠져나왔다.

굽이진 길모퉁이를 도는 순간 저 멀리 마차가 다시 시야에 들어왔다. 달가닥달가닥 말발굽 소리를 내면서 검은색 종마 네 마리가 질주하고 있었다. 단단한 어깨와 뒷다리 근육이 끊임없이 움직였다. 발굽에 박힌 철로 된 편자에서 불꽃이 튀었다.

세라피나는 자신이 마차를 거의 따라잡았다는 사실을 깨달았다. 입에서 나오는 으르렁 소리가 낯설었다. 길고 날카로워진 송곳니가 느껴졌다. 흙을 파고드는 발톱이 느껴졌다. 크고 강해진 허파로 공기가 들어왔다.

심지어 전속력으로 달리고 있는데도 눈과 귀가 앞과 뒤와 주변에 있는 모든 것을 감지하고 있었다.

양옆에서 회색과 갈색이 뒤섞인 무언가가 빛의 속도로 튀어나와 세라피나에게로 달려드는 모습이 보였다. 여간 빠르지 않았다. 꼬리가 길었다. 날카로운 이빨이 번쩍 빛났다. 코요테 수십 마리가 세라피나를 양옆에서 공격했다.

세라피나는 몸을 돌려 싸우고 싶었다. 하지만 그러면 마차를 놓치게 된다. 브레이든을 잃게 된다. 그래서 세라피나는 멈추지 않고 계속 달렸다. 코요테 두 마리가 달려들어 세라피나의 옆구리와 뒷다리를 물고 매달렸다. 세라피나는 순간 휘청했지만 다시 중심을 잡고 계속 달렸다. 하지만 또 다른 코요테가 달려들었다.

갑자기 갈색 형체 하나가 세라피나 옆으로 스쳐 지나가더니 순식간에 코요테 여섯 마리가 길바닥에 나뒹굴었다. 코요테들이 피를 흘리며 고통과 두려움으로 끙끙거렸다. 어느새 엄마가 세라피나 옆을 나란히 달리고 있었다. 엄마가 코요테들을 물리치며 세라피나에게 길을 터 주었다. 엄마가 돌아왔다! 엄마가 가장 가까이에 있던 코요테 위로 뛰어올라 발톱으로 움켜잡고 바닥에 쓰러뜨렸다. 둘은 한 덩어리가 되어 데굴데굴 굴렀다. 세라피나는 계속 달렸다. 이제 속도가 붙었다. 엄마가 다시 나타나 다른 코요테를 끌고 갔다. 또 다른 코요테가 끌려갔다. 어느새 세라피나와 엄마는 나란히 달리고 있었다. 이제 더 이상 훼방꾼은 없었다. 두 마리 고양잇과 맹수가 숲속을 전력으로 질주했다. 코요테들은 따라잡을 수 없는 속도였다.

브레이든을 태운 마차가 막 돌다리를 건너려던 찰나 세라피나가 말들을 뒤에서 덮쳤다. 세라피나는 발톱으로 말들의 살을 찢었다. 말들이 두 다리로 일어서 날뛰었다. 가죽 고삐에 묶인 고개를 뒤로 돌려 세라피나를 물어뜯으려고 입을 벌렸다. 하지만 세라피나의 칼처럼 날카로운 송곳니와 발톱에는 상대가 되지 않았다. 공포에 질린 말 네 마리가 각자 제멋대로 날뛰었다. 마차가 기우뚱하더니 길을 벗어나 골짜기 아래로 굴러떨어졌다. 추락하는 와중에도 뒤엉켜 싸우던 세라피나와 종마 네 마리는 이내 골짜기 바닥에 쿵 하고 떨어졌다.

세라피나는 머릿속으로 그릴 수 있는 모습으로만 변신할 수 있었다.

그리고 마침내 세라피나는 그려 냈다.

검은 놈을 찾아라! 유라이아는 사냥개들에게 이렇게 말했었다. 그러나 유라이아가 찾던 건 검은 망토가 아니었다.

세라피나였다.

유라이아는 세라피나가 자기가 하려는 일에 방해가 되리라는 사실을 알고 있었던 것이다.

종마들을 뒤에서 덮치고 한 덩어리로 엉켜 산골짜기로 굴러떨어지면서 세라피나는 깨달았다. 세라피나의 아빠는 엄마처럼 퓨마가 아니었다.

아빠는 흑표범이었던 것이다.

이제 세라피나도 어엿한 흑표범이 되었다.

모든 것이 선명해졌다. 십이 년 전에 엄마와 아빠는 유라이아에 맞서 치열하게 싸웠다. 아빠가 바로 그 검은 놈이자 숲의 리더였다. 유라이아를 거의 물리칠 뻔했지만 실패했다.

하지만 여기 그의 딸이 마침내 본연의 모습을 되찾았다. 새로운 검은 놈, 그녀의 이름은 세라피나였다.

세라피나가 앞발로 부서진 마차 더미를 치우고 밖으로 나왔다. 손쉽게 커다란 바위 위로 올라선 세라피나는 마차의 잔해 속에서 애타게 브레이든을 찾았다.

그때 마차 파편 사이로 브레이든이 엉금엉금 기어 나왔다. 지치고 혼이 반쯤 나간 듯했지만 여전히 살아 있었다. 브레이든이 고개를 들어 세라피나를 바라보았다. 브레이든의 눈이 휘둥그레졌다. 소스라치게 놀란 표정도 잠시, 세라피나를 알아본 브레이든의 얼굴에 미소가 번졌다. 브레이든은 바위 위에 올라앉은 흑표범이 세라피나임을 바로 알아보았다.

하지만 브레이든은 세라피나에게 말을 걸거나 다가오지 않았다. 대신 마차 더미를 뒤져 뒤틀린 지팡이를 찾아냈다.

"브레이든, 그거 내게 줘." 로웨나가 말했다.

"우린 서로 싸우지 않아도 돼. 네가 말했던 것처럼 우린 친구잖아. 나랑 함께하자. 그럼 이 모든 게 다 끝날 거야."

브레이든이 지팡이의 양쪽 끝을 잡고 무릎에다가 내리쳤다. 하지만 지팡이는 구부러지지도, 부러지지도 않았다.

"넌 그걸 부술 수 있을 만큼 강하지 않아." 로웨나가 브레이든 쪽으로 다가서며 천천히 손을 내밀었다. "그 지팡이를 내게 주기만 하면 돼, 브레이든. 그리고 우리 서로 힘을 합치자. 내가 그걸 어떻게 사용하는지 알려 줄게. 네가 가진 힘과 내가 가진 힘을 합치면 우린 이 숲속에 있는 모든 것을 조종할 수 있어. 아무도 우리를 막지 못할 거야. 고양잇과 맹수들조차."

브레이든이 아무 말없이 로웨나를 쳐다보았다.

"넌 이들과 달라, 브레이든. 너도 알잖아." 로웨나가 말했다. "내가 말했던 끌림을 너도 느끼지 않았니? 넌 이 산속에 온 지 이 년이나 됐지만 아직도 빌트모어가 집처럼 느껴지지 않잖아." 로웨나의 입꼬리가 살짝 올라갔다. "빌트모어엔 온통 인간밖에 없잖아."

마침내 브레이든이 등을 돌렸다. 로웨나를 두고 그냥 걸어가 버릴 것처럼 보였다.

"브레이든, 마지막으로 경고할게." 로웨나의 목소리가 높아졌다.

그런데 그 순간 브레이든이 우뚝 멈추어 섰다. 마치 로웨나 쪽으로 돌아설 것처럼 보였다. 그런데 그 순간 브레이든이 팔을 내리더니 지팡이를 하늘 높이 던져 올렸다.

로웨나가 인상을 찌푸렸다. 브레이든의 행동이 짜증스럽고 동시에 황당하다는 표정이었다. "그래 봤자 다시 떨어질 텐데." 로웨나가 무시하는 듯한 말투로 말했다.

그런데 브레이든이 미소를 짓더니 길게 휘파람을 불었다. "꼭 그렇진 않아." 브레이든이 말했다.

그때 깜깜한 하늘 저편에서 무언가가 날아들었다.

"저게 뭐야?" 로웨나가 놀라서 소리를 질렀다. "너 지금 뭘 한 거야?"

"그냥 친구를 불렀을 뿐이야." 브레이든이 태연하게 말했다. "끈이나 철사에 매이지 않아 자유로운."

송골매 한 마리가 몸을 기울여 미끄러지듯 날아왔다. 송골매는 공중에서 발톱으로 뒤틀린 지팡이를 낚아챘다. 그러고 나서 몇 번 날개를 퍼덕이더니 다시 하늘 높이 치솟았다. 케스였다. 케스는 달빛이 비치는 밤하늘을 힘 하나 들이지 않고 자유롭게 날아다녔다.

"저 새를 당장 이리로 데려와, 브레이든! 네가 지금 무슨 짓을 한 건지 알기나 해?" 로웨나가 고함을 질렀다.

"응, 아마도." 케스를 바라보던 브레이든이 고개를 끄덕이며 다시 로웨나를 쳐다보았다. "분명히 해 두겠는데 난 너랑 함께할 생각이 없어, 로웨나."

"그 말을 후회하게 될 거야." 로웨나가 받아쳤다.

케스의 발톱에 들린 뒤틀린 지팡이가 하늘 너머로 멀리멀리 사라졌다. 그때 숲속에서 사냥개 두 마리가 천천히 모습을 드러냈다. 이제 더 이상 지팡이의 힘에 조종당하지 않는 사냥개들이 머리를 낮추고 송곳니를 드러낸 채 로웨나와 서서히 거리를 좁혔다. 눈동자에는 적의가 가득했다.

"안 돼." 로웨나가 확신이 없는 목소리로 명령하며 사냥개들의 눈앞에다가 맨주먹을 휘둘렀다. "멈춰! 당장 꺼지란 말이야!"

그러나 사냥개들은 멈추지 않았다.

"너흰 이제 자유야! 가!" 로웨나가 고래고래 악을 썼다.

이제 자신의 의지대로 움직일 수 있게 된 사냥개들은 계속 로웨나에게로 다가갔다. 진정한 자유를 되찾은 것이다.

사냥개들이 로웨나에게로 달려들었다. 로웨나의 외침이 비명으로 바뀌었다. 로웨나가 온몸을 비틀며 싸웠다. 사냥개 한 마리가 로웨나의 다리를 물었다. 또 다른 사냥개가 옆구리를 물었다. 세라피나도 가세해 사냥개들 편에서 함께 싸우고 싶은 심정이었다. 하지만 바로 그 순간 시야가 흐려지는가 싶더니 로웨나가 사라졌다.

가면올빼미 한 마리가 날개를 푸드덕거리며 하늘로 날아올랐다. 세라피나가 눈앞에서 벌어진 광경에 놀라 뒷걸음질을 쳤다.

그 순간 갑자기 숲속에서 유라이아를 처음 봤던 날 밤이 떠올랐다. 그날 밤하늘을 날던 올빼미를 단순히 유라이아의 눈과 귀 노릇을 하는 부하 정도로 생각했다. 그런데 그 올빼미가 바로 로웨나였던 것이다! 그날 밤 유라이아는 로웨나에게 모습을 바꿀 수 있는 변신 지팡이를 던져 주었던 것이다.

이제 로웨나는 하늘을 날아 케스를 뒤쫓고 있었다.

그런데 무언가 이상했다. 케스는 여느 송골매처럼 높고 빠르게 날지 않고 길게 뻗은 프렌치브로드강과 들쭉날쭉한 절벽 가장자리를 따라 낮고 느리게 날고 있었다. 뒤틀린 지팡이가 너무 무거운가? 아니면 딴생각이라도 하는 건가?

그때 세라피나는 심장의 피가 얼어붙는 줄 알았다. 낡은 외투를 입은 수염 난 남자가 저 멀리 절벽 위에 나타난 것이다. 달빛에 비친 그의 검은 그림자를 세라피나는 똑똑히 보았다. 목덜미에 난 털이 오스스 일어섰다. 호흡이 가빠졌다. 유라이아였다. 마침내 유라이아가 나타났다. 유라이아가 자신의 뒤틀린 지팡이를 들고 날아가는 송골매와 그 뒤를 바짝 추격하는 가면올빼미를 바라보았다.

그 순간 세라피나는 깨달았다.

세라피나는 전속력으로 달려 나갔다. 낼 수 있는 가장 빠른 속도로 강을 따라 유라이아가 서 있는 절벽 쪽으로 내달렸다. 유라이아가 이제 뭘 하려는지 정확히 알았다. 저기가 세라피나가 있어야 할 곳이었다.

웨이사는 유라이아가 오래된 세계를 여행하는 동안 흑마법을 배웠다고 했다. 그리고 며칠 전 유라이아가 저 가면올빼미를 부르던 장면을 목격했을 때 둘 사이에 단순한 동맹 관계를 넘어선 어둡고 소름 끼치는 애정이 존재한다고 느꼈던 것을 떠올렸다. 그리고 이제 로웨나가 유라이아처럼 올빼미로 변신하는 모습을 보았다. 로웨나는 단순히 빌트모어의 약점을 찾기 위해 유라이아가 보낸 악마가 아니었다. 로웨나는 유라이아를 대신해서 뒤틀린 지팡이를 휘두르는 마법사의 제자가 아니었다. *로웨나는 유라이아의 딸이었다.*

세라피나는 숲속을 뚫고 곧장 유라이아가 서 있는 30미터 높이의 깎아지른 절벽으로 내달렸다. 세라피나의 검은 형체가 어둠과 하나가 되어 질주하는 동안에도 세라피나의 눈은 언제 어디로 사라질지 모르는 마법사에게 고정되어 있었다. 그 순간 유라이아가 희미한 잔상만 남긴 채 사라지고 그 자리에 올빼미 한 마리가 나타났다. 세라피나가 바라던 바였다. 올빼미로 변신한 유라이아가 로웨나와 케스를 향해 날아갔다. 세라피나는 본능에 모든 것을 걸었다. 유라이아는 본능적으로 도둑맞은 지팡이를 되찾아 오기 위해 올빼미로 변신해 딸과 함께 싸울 것이다. 세라피나는 유라이아가 인간의 모습일 때는 손을 사용해 마법의 주문을 외울 수 있기 때문에 도저히 승산이 없다는 사실을 알고 있었다. 하지만 유라이아는 지금 올빼미의 모습으로 케스를 쫓아 강을 따라 절벽 가장자리를 날고 있었다. 세라피나는 처음 경험하는 속도로 달렸다. 노란색 눈은 하늘을 나는 유라이아에게 단단히 고정되어 있었다. 털로 뒤덮인 네 다리로 세라피나는 땅을 박차고 달렸다. 눈앞에 절벽 가장자리가 보였다. 세라피나는 마지막 스퍼트를 끌어 올렸다. 절벽 끝에서 세라피나는 땅을 박차고 공중으로 뛰어올랐다.

타이밍은 완벽했다. 세라피나는 절벽에서 허공으로 10미터쯤 몸을 날렸다. 공중에서 앞발을 들어 올려 하늘을 날고 있던 유라이아를 내리찍었다. 세라피나의 날카로운 발톱이 올빼미의 몸을 발겼다. 깃털이 사방에 흩날렸다. 치명상을 입은 올빼미가 빙글빙글 돌면서 하늘에서 추락했다.

세라피나가 해냈다.

세라피나가 숲속의 남자를 무찔렀다.

세라피나가 적을 죽였다.

긴장이 풀렸다. 행복감이 밀려들었다. 그런데 또 다른 감각이 온몸을 훑고 지나갔다. 30미터 상공에서 세라피나는 추락하고 있었다. 중력이 온몸을 끌어당겼다. 떨어지는 속도가 점점 더 빨라졌다. 척추를 비틀며 몸을 똑바로 세웠다. 곁눈질로 보니 브레이든이 절벽 가장자리에서 추락하는 세라피나를 바라보며 아연실색했다.

끝없는 추락이 이어졌다. 30미터는 세라피나에게도 너무 높았다. 무사히 착지할 수 있을지 없을지 확신할 수 없었다.

하지만 희망이 아예 없진 않았다. 절벽에서 뛰어내릴 때 멀리 도약을 했다는 사실에 세라피나는 마지막 희망을 걸었다.

세라피나의 몸이 강물에 부딪쳤다. 거대한 물보라가 일었다. 엄청난 충격과 함께 순식간에 물이 세라피나의 온몸을 감쌌다. 어두운 강물이 세라피나의 까맣고 거대한 몸을 집어삼켰다. 세라피나는 급류에 휩쓸렸다.

이런 상황에서 어떻게 해야 하는지 세라피나는 알고 있었다. 세라피나는 재빨리 물속에서 팔다리를 휘젓기 시작했다. 보글보글 물방울과 함께 세라피나의 머리가 물 밖으로 쑥 나왔다. 공기를 깊이 들이마신 세라피나가 고개를 흔들어 수염에 붙은 물방울을 털어 낸 다음 긴 꼬리를 이용해 방향을 조정하며 유유히 강가로 헤엄쳐 나왔다.

하얀 깃털이 온통 피로 물든 유라이아의 시체가 강을 둥둥 떠내려가고 있었다. 세라피나는 물에 뛰어들어 저 올빼미를 물어뜯고 짓이겨 두 번 다시 살아나지 못하게 만들고 싶었다. 하지만 빠른 물살에 휩쓸려 유라이아의 시체는 순식간에 사라졌다. 공중에서 날렸던 일격에 만족해야만 했다.

세라피나는 급류를 가르고 헤엄쳐 자갈밭으로 나왔다. 웨이사가 변신한 세라피나를 만나러 터벅터벅 강가를 걸어 내려오고 있었다. 스스로가 아주 만족스러운 듯 웨이사의 발소리가 경쾌했다. 마치 *언젠가는 내가 가르쳐 준 수영 덕분에 네가 목숨을 건질 날이 올 줄 알았지*라고 말하는 듯했다.

고양잇과 맹수 두 마리가 재빨리 절벽을 기어올라 브레이든이 기다리고 있는 곳으로 갔다. 세라피나의 모습이 보이자 그제야 안심한 듯 브레이든이 미소를 지었다. 그런데 그때 브레이든이 어딘가를 가리켰다.

브레이든의 손끝을 좇아 고개를 돌리자 여전히 올빼미의 모습을 한 로웨나가 케스를 공격하고 있었다. 로웨나가 발톱으로 케스를 공격하고 또 공격했다. 로웨나는 유라이아의 죽음을 아는지 모르는지 새로이 싸움에 임하는 것처럼 맹렬하게 케스를 공격했다.

보통 매는 위에서 날아드는 공격을 발톱을 치켜들고 막았다. 하지만 케스는 지금 뒤틀린 지팡이를 움켜쥐고 있어서 제대로 반격할 수가 없었다. 로웨나는 더욱더 무자비하게 공격을 퍼부었다. 마침내 로웨나가 뒤틀린 지팡이를 발톱으로 움켜잡고 케스에게서 다시 빼앗으려고 했다. 하늘의 포식자 두 마리가 공중에서 뒤엉켰다. 날카로운 울음소리가 밤하늘에 울려 퍼졌다. 송골매와 올빼미가 발톱으로 서로를 옭아매고 추락하기 시작했다. 그런데 그때 케스가 다시 하늘로 치솟았다. 그 발톱에는 뒤틀린 지팡이와 그 지팡이를 움켜쥔 로웨나가 매달려 있었다. 케스는 아랑곳하지 않고 힘차게 날개를 퍼덕이며 구름 위로 치솟았다.

"케스가 뭘 하려는 거지?" 브레이든이 고개를 들어 하늘을 바라보며 말했다.

케스는 발톱과 부리로 날개로 끊임없이 공격해 오는 로웨나에게 굴하지 않고 높이, 더 높이 날아올랐다.

이제 케스와 로웨나는 점이 되어 사라졌다. 세라피나조차 볼 수 없었다.

"어떻게 된 거야?" 놀란 브레이든이 물었다.

하지만 세라피나는 대답할 수가 없었다.

하늘 위에서 새 두 마리가 치열하게 싸우는 소리가 들렸다. 올빼미의 날카로운 울음소리와 송골매의 칵칵칵 하고 길게 이어지는 울음소리가 들렸다. 그런데 갑자기 하늘 위가 조용해졌다.

세라피나는 고개를 들어 하늘을 올려다보며 숨을 들이켰다. 마침내 새 한 마리가 모습을 드러냈다. 혼자였다. 발톱에는 뒤틀린 지팡이가 들려 있었다. 세라피나의 심장이 쿵 떨어졌다. 송골매가 아니라 올빼미였다. 로웨나였다. 세라피나는 계속 하늘을 뚫어져라 바라보았지만 케스의 흔적은 어디에도 보이지 않았다. 싸움에서 패배한 듯했다.

올빼미가 이제 이쪽으로 날아오고 있었다. 세라피나는 공포에 질렸다. 로웨나가 다시 인간으로 변신해 뒤틀린 지팡이를 휘두르면 이 전쟁은 다시 시작될 것이다. 로웨나는 숲속에 있는 온갖 동물을 불러 모아 세라피나와 친구들을 공격할 것이다. 유라이아가 딸을 혹독하게 가르친 것이 분명했다. 유라이아는 로웨나를 높이 평가하지 않았을지 몰라도 로웨나는 강력한 마법사로 성장했음이 분명했다.

"어떻게 됐어?" 브레이든이 하늘을 두리번거리며 초조한 목소리로 물었다. "케스는? 로웨나가 케스를 죽인 거야?"

세라피나도 그런 줄 알았다. 그런데 그때 저 멀리 수백 미터 상공에서 조그마한 점 하나가 나타났다. 케스였다. 케스가 가면올빼미는 엄두도 못 낼 만큼 높은 곳에서 힘차게 날고 있었다. 세라피나는 저 위에서 도대체 무슨 일이 있었던 건지 궁금해서 참을 수가 없었다. 그때 케스가 커다랗게 원을 그리더니 수직으로 날아 내려오기 시작했다.

세라피나는 하늘에서 엄청난 속도로 로웨나를 향해 날아가는 케스를 지켜보았다. 로웨나는 아무것도 모르고 있었다. 케스가 몸 옆에 날개를 붙이고 허공을 가로질렀다. 세라피나는 평생 그보다 빠른 움직임은 본 적이 없었다.

"저깄다!" 케스가 로웨나를 공격하기 바로 직전에서야 케스를 발견한 브레이든이 숨을 삼켰다.

케스가 로웨나와 부딪치는 순간 그 엄청난 충격에 깃털이 사방으로 흩어졌다. 그 힘이 세라피나에게도 고스란히 전해졌다. 공중에서 바위 두 개가 부딪쳐 깨지기라도 한 것 같았다. 이윽고 케스가 바람개비처럼 빙글빙글 돌더니 발톱을 세워 로웨나를 또다시 공격했다. 가면올빼미의 새하얀 깃털이 허공에 소용돌이처럼 흩날렸다. 불시의 공격에 로웨나가 정신을 잃고 땅으로 추락했다.

케스의 두 번째 공격과 동시에 로웨나는 뒤틀린 지팡이를 놓쳤다. 지팡이는 빙그르르 돌며 수백 미터 아래로 추락했다. 그때 케스가 급강하해 공중에서 떨어지던 지팡이를 낚아챘다.

세라피나는 의식을 잃고 추락하는 가면올빼미를 눈으로 좇았다. 올빼미가 강 반대편 숲속으로 자취를 감추었다. 아마도 로웨나는 죽은 것 같았다. 하지만 세라피나는 한동안 눈을 떼지 않았다. 혹시라도 가면올빼미가 다시 날아오를까 봐 기다렸다. 하지만 아무 일도 일어나지 않았다.

"저기 좀 봐!" 브레이든이 하늘을 가리키며 소리쳤다.

케스였다. 케스가 브레이든과 세라피나 쪽으로 날아오고 있었다. 낮고 안정적인 자세였다. 케스의 까만 얼굴과 까만 줄무늬가 들어간 하얀 가슴이 보였다. 케스는 로웨나가 흘린 피를 뒤집어쓰고 있었지만 다친 데 없이 강하고 멀쩡해 보였다. 케스가 칵칵칵 하고 경쾌한 울음소리를 내며 머리 위를 날아갔다. 발톱으로는 여전히 뒤틀린 지팡이를 꽉 움켜잡고 있었다.

케스가 절벽 가장자리를 지나 강 위를 비행했다. 뾰족한 날개를 몇 번 푸드덕거리자 하늘 높이 치솟았다.

브레이든이 승리의 나팔을 불듯 케스에게 휘파람을 불었다. 세라피나는 브레이든이 뒤틀린 지팡이를 가져오라고 케스를 부르는 줄 알았다. 그런데 아니었다. 브레이든은 케스에게 작별 인사를 하고 있는 것이었다.

"잘 가, 케스." 브레이든이 다정한 목소리로 말했다. 케스가 언젠가 다시 하늘을 날 수 있게 되길 바랐던 브레이든의 소원이 이루어졌다.

세라피나는 송골매가 미끄러지듯 산골짜기를 가로질러 우뚝 솟은 산봉우리 너머로 날아오르는 모습을 지켜보았다. 케스는 날개를 몇 번 퍼덕이고 꼬리를 몇 번 움직이더니 이내 30킬로미터 떨어진 피스가산 너머로 모습을 감추었다.

밤에만 활동하는 올빼미나 낮에만 활동하는 매와는 달리 케스는 밤낮을 가리지 않고 비행을 하고 사냥을 했다. 케스는 송골매였다. 위대한 하늘의 방랑자였다. 케스는 원하는 곳이면 어디든, 언제든 날아갈 수 있었다.

오늘 밤 케스는 총총한 별빛을 벗 삼아 험준한 남부의 산등성이를 따라 남쪽으로 날아갈 것이다. 페루 정글에 이르기까지 기나긴 여정을 이어 갈 것이다. 가다가 어쩌면 뒤틀린 지팡이를 들끓는 화산에 떨어뜨릴지도 모른다. 아니면 어느 안데스산맥 절벽에 둥지를 틀 때 사용할지도 모른다. 케스가 뒤틀린 지팡이를 어떻게 사용할지는 알 수 없었지만 어쨌든 안녕이었다.

"난 처음에 케스가 강을 따라 왜 그렇게 낮게 나는지 몰랐어." 브레이든이 말했다. "그런데 나중에 기억이 난 거야. 송골매는 때때로 짝을 지어 서로를 도와 가며 사냥을 하기도 한다는 걸. 케스는 세라피나 네가 자기 편이라는 걸 알고 있었던 것 같아."

세라피나는 허파로 깊이 숨을 들이쉬었다. 경이로움과 희망으로 가슴이 부풀어 올랐다.

세라피나는 고개를 들고 허공에다 대고 코를 킁킁거렸다. 연기 냄새가 나지 않았다. 저 멀리 빌트모어가 있는 쪽을 바라보았지만 벽에서 치솟는 불길은 보이지 않았다. 에시가 밴더빌트 씨와 다른 사람들에게 너무 늦지 않게 위험을 알려서 불이 번지기 전에 불길을 잡은 것 같았다. 에시가 해낸 것이다! 빌트모어는 무사했다.

다 끝났다.

세라피나와 친구들이 이겼다.

적은 마침내 죽었다.

덤불 속에서 엄마가 걸어 나왔다. 코요테와 싸우다가 다쳤는지 여기저기 피가 묻어 있었고 다리를 절뚝거렸다. 하지만 엄마는 이겼다. 코요테를 몰아내고 다시 엄마의 영역을 되찾았다. 엄마 등에는 세라피나의 여동생이 엄마의 목덜미에 매달려 꼬물거리고 있었다. 남동생은 엄마 옆에서 의젓하게 걷고 있었다. 온몸에 진흙과 피가 엉겨 붙어 꾀죄죄하긴 했지만 동생들은 살아 있었다.

긴장이 풀리자 피곤이 몰려왔다. 세라피나는 마침내 풀밭에 길고 탄탄한 까만색 몸을 뉘었다. 엄마가 여동생을 바닥에 내려놓고 세라피나에게로 다가왔다. 엄마의 눈에는 세라피나를 향한 사랑과 감탄이 묻어났다. 엄마가 세라피나에게 몸을 부비며 행복하고 자랑스럽다는 듯 목을 긁으며 울었다. 세라피나는 마침내 해냈다. 마침내 완전한 고양잇과 맹수가 되었다. 웨이사가 옆으로 다가와 앉더니 앞발로 장난스럽게 세라피나를 툭툭 쳤다. 마치 *내가 말했지, 넌 할 수 있다고!* 라고 말하는 것 같았다. 고양잇과 맹수들이 마침내 한자리에 모였다. 그리고 앞으로도 여기에 머무를 것이다.

세라피나는 주변을 둘러보았다. 숲과 커다란 강과 부서진 마차 더미가 보였다. 세라피나는 한계에 부딪쳐 좌절하던 기억을 떠올렸다. 살면서 내가 못하는 일을 마주할 때마다 느꼈던 좌절감이었다. 하지만 세라피나는 이제 과거에 어떤 모습이었느냐가 인생의 전부가 아니라는 사실을 깨달았다. 인생은 미래에 어떤 모습이 될 것이냐에 관한 것이기도 했다.

세라피나는 브레이든을 바라보았다. 브레이든은 미소 띤 얼굴로 세라피나와 다른 고양잇과 맹수들과 함께 풀밭에 누워 있었다. 세라피나의 동족들 사이에서 브레이든은 집에 온 것처럼 편안해 보였다.

브레이든이 흑표범이 된 세라피나의 몸에 등을 기대고 누웠다. 브레이든이 입가에 난 상처를 문질러 피를 닦아 내더니 두 눈을 감고 고개를 뒤로 젖혀 세라피나의 까만 털에 머리를 기댔다.

"세라피나 넌 어떻게 생각하는지 모르겠지만," 브레이든이 미소를 머금고 말했다. "우리 이 싸움에 점점 능숙해지고 있는 것 같아."

세라피나는 흑표범의 얼굴이라 브레이든의 미소에 화답할 순 없었지만 마음만은 따뜻해졌다. 세라피나가 꼬리를 흔들며 빌트모어 대저택과 저 멀리 있는 산을 바라보았다. 세라피나는 마침내 해냈다. 마침내 되고 싶은 모습을 마음속에 그리는 데 성공했다. 그리고 그렇게 되었다.

다음 날 아침 인간의 모습으로 작업실 침대에서 깨어난 세라피나는 저택 밖으로 나가 저 멀리 숲을 바라봤다. 그러다 문득 깨달았다. 아침 햇살이 몰고 온 빛을 진정으로 사랑할 수 있는 건 깜깜한 밤의 어둠을 지나왔기 때문이라는 사실을 말이다.

그날 아침 밴더빌트 씨와 브레이든은 빌트모어의 마구간과 농장과 밭에서 일하는 일꾼을 수백 명 가까이 모아서 우리에 갇힌 동물들을 구조하러 산으로 올라갔다. 세라피나와 아빠도 함께 갔다.

수많은 사람과 말이 아무런 어려움 없이 이동했다.

마침내 소나무 숲에 이르렀다. 밴더빌트 씨를 비롯해 말을 타고 온 사람들 모두 말에서 내려 숲으로 걸어 들어갔다.

동물들은 여전히 우리에 갇혀 있었지만 사람의 흔적은 보이지 않았다. 모닥불은 차갑게 식어 재만 남아 있었다. 세라피나는 혹시라도 유라이아가 어젯밤 전투에서 살아남아 여기로 돌아왔을까 봐 조심스럽게 숲속을 훑어보았다. 하지만 아무것도 눈에 띄지 않았다. 유라이아는 정말로 이 세상에서 사라진 것 같았다.

브레이든이 어떤 우리 앞에 무릎을 꿇고 앉아 문을 열어 주었다. 붉은 여우 한 마리가 기어 나왔다. 붉은 여우는 브레이든을 알아보고 바로 다가와 그 무릎 위로 기어올랐다. 브레이든이 붉은 여우를 품에 안고 부드럽게 쓰다듬어 주었다.

"이제 다 괜찮아." 브레이든이 붉은 여우를 어루만지며 말했다. 잠시 후 붉은 여우는 몸과 마음이 어느 정도 회복된 듯 숲으로 걸어 들어갔다.

브레이든이 옆에 있는 다른 우리로 다가가 비버를 풀어 주었다. 우리 문이 열리면 바로 숲속으로 뛰어 들어가는 동물도 있었지만 브레이든의 보살핌이 필요한 동물도 있었다. 브레이든은 그런 동물 옆에 무릎을 꿇고 앉아 혼자 움직일 수 있을 만큼 기력을 회복할 때까지 품에 안고 있었다. 브레이든은 너구리와 보브캣과 수달과 사슴과 백조와 거위와 족제비와 늑대를 풀어 주었다.

동물들이 자유롭고 힘차게 숲속으로 뛰어 들어가는 모습을 보고 있자니 세라피나의 마음에 기쁨이 차올랐다. "용기를 잃지 마." 세라피나는 그 모습을 바라보며 작게 속삭였다.

브레이든이 동물들을 차례로 풀어 주는 동안 세라피나의 아빠와 다른 일꾼들이 지렛대와 줄, 망치 같은 도구로 우리를 다시는 사용할 수 없도록 부수었다.

해가 저물 때쯤이 되어서야 작업이 모두 끝났다. 떡갈나무와 밤나무 숲, 느릅나무와 가문비나무 숲을 지나 빌트모어로 돌아가면서 세라피나는 얼마 사이에 숲의 영혼이 달라져 있음을 느꼈다.

날다람쥐들이 나무와 나무 사이를 바삐 움직였다. 수달들이 개울에서 장난을 치며 놀았다.

"저기 좀 봐, 세라피나!" 브레이든이 신이 나서 세라피나의 팔을 잡으며 말했다.

세라피나는 고개를 들어 브레이든이 가리킨 곳을 바라보았다. 맑고 푸른 하늘에 새 수천 마리가 꼬리에 꼬리를 물고 날아가고 있었다. 브이 자를 그리며 날아가는 거위 떼도 있었고, 길게 줄지어 날아가는 백조와 오리 떼도 있었고, 구름처럼 덩어리 지어 날아가는 여새와 홍관조, 어치 떼도 있었다.

"굉장하지 않아?" 브레이든이 경이로움 가득한 목소리로 물었다. "너랑 같이 이 장면을 볼 수 있어서 정말 좋다. 말로는 다 설명할 수 없을 것 같거든. 평생 이런 장면을 볼 수 있으리라고 상상이나 해 봤어?"

브레이든과 나란히 서서 날아가는 새 떼를 바라보며 세라피나가 미소를 지었다. "아니. 이런 식으로 보게 될 줄은 상상도 못했지."

세라피나는 빌트모어 2층에 있는 루이 16세 방에서 프랑스풍 화장대 앞에 놓인 옅은 빨간색 쿠션 의자에 앉아 있었다. 타원형으로 생긴 아름다운 방 안으로 빛이 쏟아져 들어왔다. 곡선으로 된 하얀 벽에는 빨간색 휘장이 드리워져 있었고 나무 바닥은 황금빛이 감도는 갈색이었다. 에시가 의자 뒤에 서서 세라피나의 머리를 빗질해 주었다.

"머리가 하루아침에 어떻게 이렇게 된 건진 모르겠지만 아름다워요, 아가씨." 에시가 까만색으로 변한 세라피나의 긴 생머리를 빗어 내리며 말했다.

"고마워." 세라피나가 거울 속에 비친 자신의 모습을 바라보며 말했다. 황갈색 머리카락은 흔적조차 없었다. 온통 까만색 머리카락만 남아 있었다. 게다가 예전처럼 부스스하거나 희끗희끗하지도 않았다. 까맣고 부드러운 머리카락에는 반들반들 윤기가 흘렀다.

목과 어깨는 상처투성이였다. 검은 망토를 없애느라 목에 난 찢어진 상처, 팔과 어깨 위에 난 사냥개의 이빨 자국, 로웨나와 싸울 때 새로 생긴 뺨부터 눈 밑까지 길게 이어진 긁힌 상처까지. 하지만 세라피나의 눈에는 상처가 전혀 거슬리지 않았다. 모두 다 용감하게 싸워서 승리한 흔적이었다.

하지만 아직 걱정거리가 하나 남아 있었다. "밴더빌트 부인은 좀 어떠셔?" 세라피나가 물었다.

"어떤 날은 안 좋으시고 또 어떤 날은 반짝 기운이 나시고 그런가 봐요. 올해는 아무도 기대를 안 하고 있긴 하지만, 아시다시피 밴더빌트 부인이 해마다 빌트모어에서 일하는 모든 사람의 아이들에게 크리스마스 선물을 챙겨 주는 걸 워낙 좋아하시잖아요. 그래서 저랑 다른 여자애들을 시켜서 여기저기서 또 온갖 선물을 구해 놓으셨어요. 오늘 아침 내내 부인이랑 저랑 둘이서 선물을 포장해서 크리스마스트리 아래에 놔두었답니다."

"오늘 밤이 무척 기대되겠네." 세라피나가 미소를 지으며 말했다. 밴더빌트 부인이 몸이 조금 나아졌다는 말로 들려 기분이 좋았다.

"진짜 너무 기대돼요, 아가씨. 하지만 어젯밤 한바탕 그 난리를 겪고 나서인지 오늘 밤은 조금 조용하게 보냈으면 싶기도 해요. 안 그러면 산타클로스 할아버지가 지붕 위에서 빌트모어를 한번 내려다보고 그냥 지나치실지도 몰라요."

"다시 한 번 고마워, 에시." 세라피나가 말했다. "네가 수많은 사람의 목숨을 구했어. 빌트모어도 구했고 말이야."

"제가 밴더빌트 씨께 아가씨가 전하라 하신 말씀을 전했을 때 그 표정을 보셨어야 하는데! 밴더빌트 씨가 그렇게 빨리 움직이시는 모습은 처음 봤어요. 아가씨의 아버님이랑 모든 하인과 하녀들, 요리사들, 그리고 손님들까지 불러 모으시더라고요. 전부 다 흩어져서 지하실이랑 부엌이랑 찬장이랑 마구간을 샅샅이 뒤졌어요. 아가씨가 말씀하신 대로 기름을 부은 송진에 벌써 불이 붙어 있더라고요. 누군가 불을 질렀나 본데, 진짜 무서웠어요! 아가씨 아버님이 누군가 화재경보기 전선을 끊어 놓은 걸 보시고서 경보기를 직접 작동시키셨어요. 그러고 나서 소방 호스로 물을 뿌리셨어요. 진짜 덕분에 살았어요. 밴더빌트 씨가 순식간에 사람들을 줄 세워서 물양동이를 나르게 했고요. 모두가 힘을 모아서 정말이지 눈 깜짝할 사이에 불을 껐어요. 그렇지만 하마터면 진짜 큰일이 날 뻔했어요!"

세라피나는 에시의 이야기를 들으면서 미소를 지었다. "네 말이 맞아. 하마터면 진짜 큰일이 날 뻔했어. 하지만 안 났잖아. 네가 우릴 구한 거야."

"제가 아니라 *우리 모두요*. 모두가 함께 힘을 모아 불을 껐어요."

세라피나가 고개를 끄덕였다.

"그런데 아가씨는요?" 에시가 물었다. "어젯밤에는 이상한 일이 진짜 많았어요."

"이상한 일이라니?"

"고양이가 울고 코요테가 울부짖고 말이 날뛰고. 밤새도록 각종 소음에 비명에 난리도 그런 난리가 없었어요. 게다가 누군가 마차를 몰다가 다리 너머로 추락했는지 강가에 아주 박살이 나 있더라고요."

"정말?" 세라피나가 말했다.

"제가 듣기론 밴더빌트 씨가 그 그레이선 씨의 뒷조사를 좀 하셨다더라고요. 알고 보니 전국을 돌아다니면서 귀신 이야기를 조사하는 좀 으스스한 사람이었나 봐요. 완전 사기꾼이었어요. 매기랑 저는 그레이선 씨랑 그 영국 소녀가 그 마차를 타고 같이 도망을 가다가 그렇게 된 거 아닐까 추리하고 있어요. 어젯밤부터 두 사람이 코빼기도 보이지 않더라고요. 물론 아가씨는 저희 추리에 동의하지 않으시겠지만요!"

"아냐, 너네 추리가 맞는 것 같아." 세라피나가 말했다.

하지만 마음속 깊은 곳에서는 그레이선 씨에 대한 연민을 느꼈다. 그레이선 씨의 얼굴에 난 수많은 상처가 떠올랐다. 세라피나의 상처와 다르지 않았다. 단지 그 숫자가 훨씬 더 많을 뿐이었다. 세라피나와 마찬가지로 그레이선 씨도 악마를 물리치는 사람이었다. 하지만 이번에는 악마가 그레이선 씨를 먼저 죽였다. 세라피나는 그레이선 씨도, 로웨나도 잘못 판단하는 실수를 저질렀다. 외모와 옷차림으로 판단한 탓도 있었다. 세라피나는 다음번에는 더 신중해야겠다고 다짐했다.

"그거 아세요?" 에시가 몸을 숙이고 목소리를 낮춰 은밀하게 말했다. "믿기지 않으시겠지만 글쎄, 매기가 어젯밤에 창밖을 보다가 흑표범을 봤다지 뭐예요."

"넌 그 말을 믿어?"

"당연하죠. 저도 예전에 딱 한 번 봤는걸요."

"진짜?" 세라피나가 진짜 놀라서 되물었다.

"그때 제가 다섯 살인가 여섯 살밖에 안 됐을 거예요. 그런데도 진짜 어제 일처럼 생생해요. 제 인생에서 가장 생생한 기억 중에 하나일 거예요. 아줌마랑 아저씨랑 길을 걷고 있었는데요, 커다랗고 새카만 흑표범 한 마리가 저희 앞을 가로질러 지나갔어요. 잠깐 멈춰서 고개를 돌려 저희 쪽을 바라봤거든요. 세상에서 가장 아름다운 노란색 눈을 가지고 있었어요. 하지만 저는 잡아먹히는 줄 알고 공포에 질렸어요. 아저씨가 아니었으면 진짜 잡아먹혔을지도 몰라요. 저는 걸음아 날 살려라 도망치고 싶었거든요. 아마 매디슨 카운티를 반도 넘게 달려갔을 거예요. 그런데 아저씨가 움직이지 못하게 제 어깨를 잡고 그 커다란 고양이를 가만히 뚫어져라 쳐다봤어요. 그랬더니 흑표범이 다시 고개를 돌리고 가던 길을 가더라고요. 아저씨가 보기 드문 종류라고 말씀하셨어요. 검은 놈은 몇십 년에 한 번 나올까 말까 한다면서요. 그러니까 만약 매기가 어젯밤에 검은 놈을 본 게 맞다면 이 지역에 돌아온 게 아닐까 싶어요. 당연히 마주치고 싶진 않지만 한번 보고 싶긴 하네요."

에시의 이야기를 듣던 세라피나의 두 뺨에 눈물이 흘러내렸다. 세라피나가 흐느끼기 시작했다. 에시는 세라피나의 아빠를 만났던 것이다.

"아, 아가씨. 죄송해요." 에시가 사과를 했다. "제가 뭐라고 하던가요? 아가씨를 무섭게 하려던 건 아니었어요! 흑표범은 우리를 해치지 않을 거예요. 알고 보니 아가씨 마음이 엄청 여리시군요, 그렇죠?"

세라피나가 거울에 비친 에시를 바라보며 고개를 가로젓고 눈물을 닦았다. "무서워서 그런 거 아니야." 세라피나가 말했다.

"어젯밤 일은 신경 쓰지 마세요. 아무 일도 아니었을 거예요. 아저씨가 계셨다면 숲속의 노인이 또 장난을 치는구나, 별일 아니다 그러셨을 거예요."

세라피나가 미소를 지으며 고개를 끄덕이고는 탁자 위에 있던 실크 손수건으로 코를 풀었다.

"걱정하지 마세요. 오늘 밤 제가 예쁘게 꾸며 드릴게요." 에시가 세라피나의 머리를 매만지기 시작했다. "지금은 시간도 많으니까요. 그때 그 콘수엘로 밴더빌트 공작 부인이 하셨던 것처럼 올림머리를 해 드릴까요? 그게 요새 엄청 유행이래요."

세라피나가 미소를 지으며 마음속으로 올림머리를 한 자신의 모습을 상상해 보았다. "실은, 나한테 다른 생각이 있어." 세라피나가 에시에게 원하는 머리 모양을 설명해 주었다.

세라피나는 에시랑 이야기하며 함께 보내는 시간이 좋았다. 그러다 보면 왠지 모르게 마음이 편안해졌다. 그런데 그때 에시의 표정이 달라졌다. 간밤에 들었던 설명할 수 없는 여러 사건과 이상한 소리를 다시 떠올린 것 같았다.

"귀신이랑 유령을 믿으세요, 아가씨?" 에시가 물었다.

"나는 *전부* 다 믿어." 세라피나가 지금까지 목격했던 모든 것을 떠올리며 진지하게 대답했다.

"저도요." 에시가 세라피나의 머리카락을 빗으며 말했다.

"에시, 우리가 처음 만났을 때 기억나? 그때 네가 밴더빌트를 찾은 귀부인들의 몸치장을 돕는 시녀가 되고 싶다고 했었잖아." 세라피나가 물었다.

"네, 그랬죠. 그런데 그거 아세요?" 에시가 말했다.

"뭐?" 세라피나가 물었다.

"적어도 오늘 같은 특별한 날 밤에 전 아가씨의 몸단장을 책임지는 시녀랍니다."

"그러네." 세라피나가 고개를 끄덕이며 미소를 지었다. 그리고 손을 뻗어 에시의 손을 꼭 잡았다. "하지만 난 그것보다 더 많은 걸 원하는 거 알지, 에시? 난 너와 친구가 되고 싶어."

에시가 깜짝 놀라며 말했다. "아가씨, 이러시면 곤란해요. 눈물이 날 것 같잖아요."

바로 그때 누군가 문을 똑똑 두드렸다.

"누구세요?" 에시가 문으로 다가가며 물었다. "지금 여자들은 한창 바쁠 시간이라는 걸 모르……." 에시가 벌컥 문을 열자 그곳에는 브레이든이 서 있었다. 갑작스런 도련님의 등장에 에시의 말문이 막히고 말았다.

세라피나가 일어나 브레이든에게로 다가갔다.

브레이든은 양팔에 리본이 달린 커다란 선물 상자를 두 개나 안고 있었다.

"이게 뭐야?" 세라피나가 선물 상자를 바라보며 물었다. 브레이든이 씩 웃었다.

"크리스마스 선물이야. 각자 하나씩 받아." 브레이든이 첫 번째 선물 상자를 세라피나에게 건네주며 말했다. "열어봐."

"진짜?" 세라피나가 물었다.

하지만 세라피나는 브레이든의 대답을 기다리지 않았다. 상자 안에는 겨울에 입는 아름다운 상아색 새틴 드레스가 들어 있었다.

"너무 아름답다, 브레이든." 세라피나가 말했다.

"에시, 너도 받아." 브레이든이 두 번째 선물 상자를 에시에게 건네며 말했다. "세라피나가 네게 진 빚을 대신 갚는 거야."

"세상에, 이것 좀 보세요!" 상자를 열고 그 안에 있던 드레스를 본 에시의 얼굴이 환해졌다. "둘 다 정말 예쁘다." 세라피나가 말했다.

브레이든이 두 사람에게로 가까이 다가와 짐짓 비밀 이야기를 하듯 속닥거렸다. "이건 나랑 우리 숙모랑 에시만 아는 사실인데, 이게 우리가 너한테 주는 세 번째 드레스야, 세라피나. 이번에는 바로 망가지지 않도록 조금 조심해서 입어 줬으면 좋겠어."

"최선을 다해 볼게." 에시가 옆에서 기쁨의 눈물을 훔치는 동안 세라피나가 미소를 지으며 브레이든을 껴안았다.

세라피나와 브레이든은 함께 크리스마스 파티가 열리고 있는 저택 안으로 걸어 들어갔다. 브레이든이 흡연실이 있는 복도까지 세라피나를 에스코트했다. 흡연실은 푸른색 벽지를 두른 화려하게 꾸며진 휴식 공간이었다. 짙은 푸른색 벨벳 의자와 금박을 입힌 가죽 표지를 두른 책들이 가득 꽂힌 책장이 들어선 이곳은 저녁 식사 후에 신사들이 모여 시가를 피우며 사담을 나누는 장소였다. 지금 흡연실 안에는 아무도 없었다. 하지만 브레이든이 이 앞에 멈춰 선 데에는 이유가 있는 것 같았다.

"보여 줄 게 있어. 너도 좋아할 거야." 브레이든이 세라피나의 팔을 잡고 방 안으로 이끌었다. "관리인 한 명이 숲속에서 발견했대. 어떻게 해야 할지 몰라서 박제사에게 가져다줬다나 봐."

세라피나가 흡연실 안으로 걸어 들어가 주변을 둘러보았다. 벽난로 위에 가로놓인 대리석 선반에는 박제된 동물 한 마리가 앉아 있었다. 빌트모어에는 곳곳에 박제된 동물이 많아서 딱히 놀랄 일은 아니었다. 그런데 눈앞에 있는 건 흔하디흔한 꿩을 박제한 것이 아니었다. 가면올빼미였다. 날카로운 발톱으로 구부러진 나뭇가지를 단단히 움켜쥐고 화들짝 놀란 듯 날개를 위로 펼치고 있는 가면올빼미였다. 유난히 충격을 받은 듯한 얼굴이었다.

"아!" 세라피나가 가면올빼미를 보며 감탄했다. 암컷인지 수컷인지는 알 수 없었지만, 어떻게 구분하는지도 알 수 없었지만 그냥 옛 친구이자 적이었던 누군가를 닮았다고 생각하기로 했다. 세라피나는 가면올빼미에게 고개를 까딱하며 인사했다. "안녕, 로웨나. 앗, 미안. 다시 인사할게. 안녕, 레이디 로웨나." 브레이든이 말했다. "이디스 숙모님이 집에 온 것처럼 편하게 대해 주라고 하셨어."

세라피나가 미소를 지으며 올빼미를 바라보았다. "로웨나, 빌트모어에선 언제나 집처럼 편하게 있어도 좋아."

세라피나는 브레이든과 친구들과 함께 힘을 합쳐 로웨나를 무찔렀다는 사실이 기뻤다. 하지만 사실 로웨나가 그렇게 된 것은 아빠인 유라이아 탓이었다. 로웨나의 아빠가 뒤틀린 지팡이로 불쌍한 동물들의 정신을 비틀었던 것처럼 로웨나의 마음도 사악하게 비틀었던 것이다. 세라피나는 로웨나가 아빠의 마음에 드는 딸이 되기를 포기하고 아빠의 복수를 돕는 대신 다른 길을 선택했다면 어땠을까 하는 생각을 떨칠 수가 없었다.

한동안 박제된 가면올빼미를 바라보던 세라피나가 브레이든에게 물었다. "관리인이 찾은 올빼미 시체는 이거 하나래?"

"아무래도 그런 것 같아." 브레이든이 대답했다. "혹시 몰라서 그 관리인에게 사람들을 모아서 숲속이랑 강가를 찾아봐 달라고 부탁했어."

"잘했네." 세라피나가 말했다. "여기 선반에 박제 올빼미가 한 마리가 아니라 두 마리였으면 기분이 훨씬 좋았을 텐데."

브레이든과 세라피나는 흡연실을 나와 대연회장으로 걸어갔다.

대연회장 안으로 들어가기 전에 브레이든이 문 앞에서 잠시 멈춰 서더니 세라피나를 바라보았다.

세라피나는 따듯한 촛불 아래 크리스마스 파티가 열리고 있는 화려한 대연회장 안을 가만히 바라보고 있었다. 드레스를 차려입은 눈부신 부인들과 턱시도를 빼입은 멋진 신사들이 샴페인이 든 기다란 크리스털 잔을 들고 함께 어울려 이야기하며 웃음 지었다. 빌트모어에서 일하는 하인들도 오늘만큼은 한껏 차려입고 일은 모두 내려놓은 채 한결 편안한 표정으로 이 특별한 저녁을 즐기고 있었다.

하인들의 아이들은 크리스마스트리 주변을 서성거리면서

선물을 열어 볼 순간만을 손꼽아 기다리고 있었다. 세라피나는 깜깜한 지하실 계단 아래 쪼그리고 앉아서 다른 아이들과 함께 어울리는 날을 꿈꿨던 어린 시절을 떠올렸다. 오늘 밤은 세라피나가 위층에서 맞이하는 첫 번째 크리스마스였다. 모든 것이 익숙한 만큼이나 낯설었다. 여기가 세라피나가 사는 세상이었다. 여기가 세라피나의 집이었다. 여기 모인 사람들이 멀든 가깝든 세라피나의 가족이었다.

브레이든과 함께 문간에 서서 세라피나는 벽면에 달린 거울로 두 사람의 모습을 바라보았다. 거울에 비친 세라피나와 브레이든은 근사했다. 브레이든은 여느 또래 신사들처럼 까만 턱시도를 입고 하얀 넥타이와 장갑을 하고 있었다. 상처와 멍도 잘 가리고 머리도 단정하게 빗어서 멀끔했다. 브레이든은 더할 나위 없이 행복해 보였다. 대연회장을 밝힌 불빛 아래 브레이든의 갈색 눈동자가 반짝반짝 빛났다.

세라피나는 브레이든이 크리스마스 선물로 준 아름다운 상아색 새틴 드레스를 입고 있었다. 화려한 자수가 들어간 드레스에는 진주가 알알이 박혀 있었고, 가장자리에 술 장식이 달려 있었다. 그 아래로 치맛자락이 폭포처럼 흘러내렸다. 여느 또래 숙녀들처럼 세라피나는 드레스와 색깔이 같은 새틴 장갑을 끼고 반짝이는 구두를 신고 있었다. 하지만 머리를 동그랗게 말아 올린 대연회장 안에 있는 다른 소녀들과는 달리 세라피나는 윤기가 흐르는 칠흑 같은 머리카락을 어깨 아래로 길게 늘어뜨렸다. 게다가 세라피나의 눈동자는 흑표범의 눈동자처럼 샛노랗게 빛났다.

며칠 전 브레이든이 세라피나를 저녁 만찬에 초대했을 때 세라피나는 아직 준비가 되지 않았다며 거절했었다. 지금 브레이든이 세라피나에게 그때와 똑같은 질문을 다시 던졌다.

"준비됐어?" 브레이든이 상냥하게 물었다.

"준비됐어." 세라피나가 대답했다. 두 사람은 나란히 대연회장 안으로 발을 디뎠다.

세라피나는 평생 모든 크리스마스를 지하실의 어둠 속에서 보냈다. 대연회장 안에는 수백 개가 넘는 촛불이 내뿜는 따뜻한 빛이 사람들의 얼굴과 미소를 황금빛으로 물들이고 있었다. 은색 실로 짠 드레스가 크리스마스트리 불빛을 받아 번쩍거렸다. 대연회장 안은 온통 호랑가시나무와 겨우살이와 포인세티아로 꾸며져 있었다. 불꽃이 타닥타닥 소리를 내며 튀는 벽난로 선반에는 양말이 줄줄이 걸려 있었다.

삼림 감독관 스무 명이 벨기에 말이 끄는 짐수레에 10미터가 넘는 거대한 전나무를 싣고 빌트모어 정문까지 왔다. 세라피나의 아빠를 포함해 여러 사람이 달라붙어 밧줄과 도르래를 사용해 거대한 전나무를 대연회장 안으로 옮긴 다음 일으켜 세웠다. 그리고 사다리를 놓고 며칠에 걸쳐서 대연회장 전체가 반짝거릴 때까지 하인들과 손님들은 다 같이 벨벳 리본과 빛나는 방울 장식을 달았다. 이제 크리스마스트리 아래에는 아이들과 빌트모어에서 일하는 사람들에게 줄 크리스마스 선물이 산더미처럼 쌓였다. 인형과 공, 나팔과 종, 기차와 자전거, 하프와 드럼 등 온 세상 장난감을 한자리에 다 모은 것 같았다.

세라피나와 브레이든은 크리스마스트리 옆에 자리를 잡고 섰다. 밴더빌트 씨가 사람들의 이목을 집중시키자 방 안이 순식간에 조용해졌다. 그 모습을 세라피나와 브레이든은 미소를 지으며 바라보았다. "안녕하십니까, 여러분. 아름다운 저녁입니다. 모두들 메리 크리스마스!"

"메리 크리스마스!" 방 안에 있던 모두가 한목소리로 인사했다.

"아시다시피," 밴더빌트 씨가 말했다. "여기 빌트모어에서는 언제나 최신 과학 기술을 발 빠르게 도입하는 일에 자부심을 가지고 있습니다. 그리고 오늘 밤, 1899년 크리스마스를 맞아 다음 세기에 가장 중요한 발명으로 기록될 새로운 기술을 여러분께 소개해 드리고자 합니다."

밴더빌트 씨는 장난기 가득한 눈으로 미소 짓고 있는 열두 명의 하녀들에게 손짓을 했다. 그중에는 에시도 있었다. 하녀들이 바구니를 들고 다니며 크리스마스 파티에 참석한 사람들에게 지팡이 사탕을 나누어 주었다. 그런데 받고 보니 원래 알던 새하얀 지팡이 사탕이 아니었다. 하녀들이 나누어 준 지팡이 사탕에는 비스듬한 빨간색 줄무늬가 들어가 있었다. 방 안에 모여 있던 모든 사람들이 경쾌한 웃음을 터뜨리며 환호성을 질렀다.

밤이 되자 하인들이 온갖 음식을 실어 날랐다. 햄과 구운 칠면조, 크랜베리 소스 등 모두 빌트모어 농장에서 키우고 재배한 것들이었다. 디저트로는 역시 빌트모어 목장에서 짠 우유로 만든 자두 푸딩과 근사한 케이크, 그리고 아이스크림이 나왔다. 빌트모어 과수원에서 딴 사과로 만든 타르트도 있었다.

밴더빌트 씨가 모든 아이들을 벽난로 앞으로 불러 모은 뒤 옴스테드 씨를 설득해 시 한 편을 낭독하게 만들었다. '크리스마스 전날 밤이었다'로 시작하는 시였다.

세라피나와 브레이든도 다른 아이들 틈에 끼여서 넋을 잃고 옴스테드 씨가 읽어 주는 시에 귀를 기울였다.

세라피나는 '온 집 안이 고요했다. 쥐 한 마리조차 움직이지 않았다'라는 구절이 특히 마음에 들었다. 밤에 빌트모어를 돌아다닐 때면 세라피나는 자주 그런 고요함을 느끼곤 했다. 세라피나는 이 구절도 좋았다. '봉긋하게 쌓인 새 눈 위로 달이……' 이 시를 지은 시인은 낮의 언어로 밤의 아름다움을 담아낼 수 있는 방법을 찾은 것 같았다.

이야기를 듣다가 문득 고개를 돌리니 아빠가 세라피나를 바라보고 있었다. 갓 태어난 세라피나를 아빠가 숲속에서 어떻게 찾아냈는지가 떠올랐다. 아빠의 평생 소원은 가족을 꾸리는 것이었다. 세라피나가 아빠의 딸이 되는 것이었다. 오늘 밤 아빠는 그 어느 때보다도 행복하고 편안해 보였다.

세라피나가 일어나서 아빠에게로 다가갔다. "적어도 오늘 밤에는 샐러드가 없었어요, 아빠." 세라피나가 말했다.

"포크 때문에 헷갈릴 일도 없었고 말이다. 이렇게 다행일 데가!" 아빠는 눈을 찡긋하며 세라피나를 두 팔로 꼭 안아 주었다.

잠시 후 세라피나는 밴더빌트 씨와 옴스테드 씨와 총 삼림 감독관인 쉥크 씨가 벽난로 주위에 모여 그들이 설립한 빌트모어 삼림 학교에 관해 이야기하는 것을 엿들었다. 아빠에게 듣기로는 빌트모어 삼림 학교는 미국 최초로 숲을 재건하고 관리하는 방법에 관한 지식을 가르치는 학교라고 했다. 잘은 몰라도 빌트모어에서 미래를 위한 원대한 계획이 탄생하고 있는 것 같았다.

"정말 감사합니다, 프레더릭." 밴더빌트 씨가 옴스테드 씨에게 마음을 담아 말했다. "이토록 기분 좋은 크리스마스 선물이 있을까요! 오늘 아침에 스쿼터스 클리어링에 갔다가 얼마나 놀랐는지 모릅니다. 비밀 유지를 이렇게 잘하시는 분인 줄 미처 몰랐습니다! 그 사이에 일꾼들을 데리고 그렇게 많은 일을 하셨을 줄은 정말 꿈에도 몰랐습니다. 클리어링 전체에 식물을 다 심어 놓으시다니요! 대단하십니다!"

"천만에, 조지." 옴스테드 씨가 새하얀 수염 밑으로 환하게 미소를 지었다. 옴스테드 씨가 눈동자 속에 감추고 있던 비밑은 오랜 벗을 위해 몰래 준비한 깜짝 크리스마스 선물이었던 것이다.

미소가 가득한 옴스테드 씨의 얼굴을 보면서 세라피나는 비로소 깨달았다. 빌트모어에 도착한 순간부터 옴스테드 씨의 표정이 계속 심각해 보였던 까닭은 어떤 사악한 음모를 꾸미고 있었기 때문이 아니라, 이 땅에서 자신이 맡은 일을 마무리할 수 있는 날이 얼마 남지 않았다는 사실을 알고 있었기 때문이라는 것을. 옴스테드 씨는 밴더빌트 씨에게 대대손손 소중히 간직할 만한 정원과 숲을 만들어 주겠다고 했던 약속을 죽기 전에 꼭 지키고 싶었던 것이다. 주름이 깊게 패인 눈과 입에서 세라피나가 보았던 우울함은 어쩌면 이번 방문이 죽기 전에 세상에서 가장 아끼는 장소에서 보내는 마지막 시간이 될지도 모르기 때문이었다. 이번 크리스마스가 빌트모어에서 보내는 마지막 크리스마스가 될지도 모르기 때문이었다. 무엇보다 옴스테드 씨가 올해가 사랑해 마지않는 이 세상에서 보내는 마지막 나날이 될지도 모르기 때문이었다.

세라피나는 벽난로 옆에 있는 옴스테드 씨를 바라보다가 걸음을 옮겼다. 밴더빌트 부인이 세라피나에게로 다가왔다. 미소를 지으며 리본이 달린 조그만 선물 상자를 건넸다.

"네 선물을 아직 열어 보지 않았더구나, 세라피나." 밴더빌트 부인이 다정하게 말했다.

"제 선물요?" 세라피나가 놀라서 되물었다. 재빨리 포장지를 뜯고 조그만 나무 상자의 뚜껑을 열었다. 그 안에는 아름답게 채색된 점박이 재규어 모양의 도자기 인형이 들어 있었다. 그것은 빌트모어를 상징하는 소중한 물건 중 하나였다.

"감사합니다, 밴더빌트 부인." 세라피나가 눈가를 흐르는 눈물을 닦으며 밴더빌트 부인을 올려다보았다. "깨뜨리지 않도록 소중하게 다룰게요."

"그냥 네가 한 모든 일에 고마움을 표시하는 나만의 방식이란다." 밴더빌트 부인이 말했다.

너무 주제넘게 들리지 않길 바라면서 세라피나가 물었다. "그런데 몸은 좀 어떠세요, 밴더빌트 부인?"

"내 걱정은 하지 않아도 돼." 밴더빌트 부인이 세라피나의 어깨를 부드럽게 어루만지며 말했다. "난 괜찮아질 거야." 하지만 정작 그렇게 말하는 순간에도 밴더빌트 부인은 별로 괜찮아 보이지 않았다.

크리스마스 파티가 끝나 갈 때쯤 세라피나는 브레이든과 함께 크리스마스트리 옆에 서 있었다. 둘 사이는 아무런 문제도 없었다. 모든 게 다 제자리로 돌아온 느낌이었다.

"메리 크리스마스, 브레이든." 세라피나가 말했다.

"너도 메리 크리스마스, 세라피나." 브레이든이 말했다. "드디어 집에 돌아와서 기쁘다."

몇 초가 흘렀을까, 호기심을 참지 못한 세라피나가 브레이든에게 물었다.

"있잖아, 네가 기디언과 케스한테 해 준 일 말이야……."

세라피나가 운을 뗐다. "언제부터 그랬어?"

"난 평생 동물을 사랑해 왔어." 브레이든이 말했다. "그런데…… 모르겠어……. 어렸을 때 다리가 부러진 종달새 한 마리를 발견한 적이 있었어. 데려와서 밥도 먹이고 보살펴 줬는데, 며칠 뒤에 다리가 다 나아서 날아갔어. 그때는 나을 때가 되어서 날아갔나 보다 했어. 그런데 송골매랑 기디언을 도와주고 나서 알았어. 어쩌면 난 남들과 조금 다른지도 몰라. 케스의 날개는 나을 수 없는 상태였거든."

"하지만 나았잖아." 세라피나가 브레이든을 바라보며 말했다. "이것도 물어봐야겠어, 브레이든. 네 능력이 사람들한테도 통할까?"

"모르겠어." 브레이든이 말했다.

세라피나가 잠시 침묵했다가 정말로 묻고 싶었던 질문을 던졌다. "이디스 숙모님도 낫게 할 수 있어?"

"그건 내가 낫게 할 수 있는 게 아닌 것 같아." 브레이든이 대답했다.

"그렇구나." 세라피나가 우울한 목소리로 말한 뒤 고개를 떨어뜨렸다.

그러자 브레이든이 미소를 지었다. "삼촌이 방금 말씀해 주셨는데 숙모님은 병에 걸린 게 아니래. 임신하신 거래."

세라피나가 놀라서 브레이든을 쳐다보았다. 충격과 안도감이 동시에 밀려들었다. 밴더빌트 부인은 괜찮을 것이다. 괜찮은 정도가 아니었다. 밴더빌트 부인이 아기를 가졌다니!

정말이지 엄청난 소식이었다.

세라피나가 흐뭇한 미소를 지을 동안에도 브레이든은 세라피나가 아까 던진 질문을 곰곰 생각하고 있었다. 로웨나와 기디언과 케스에게 일어났던 일을 하나하나 곱씹고 있었다.

"솔직히, 내가 가진 힘이 뭔지 나도 잘 모르겠어." 브레이든이 말했다.

세라피나가 빙그레 웃었다. "그걸 아는 사람은 아무도 없어."

세라피나는 빌트모어 대저택 안에 루이 15세 방 발코니에 배를 깔고 엎드려 꼬리를 흔들며 정원에 깔린 드넓은 잔디밭을 물끄러미 바라보았다. 휘영청 떠오른 달이 저 멀리 숲의 머리 위로 은빛을 드리웠다. 아무도 세라피나가 거기 있는 줄 알지 못했다. 세라피나는 밤처럼 새카맸다. 세라피나의 뒤에는 낮에 저택에서 일하는 사람들이 각자 침대에서 곤히 잠들어 있었다.

저 멀리 언덕에서 달빛 사이로 지나가는 늑대들의 그림자가 보였다. 동물들이 돌아오고 있었다. 봄이 되면 노래하는 새들도 돌아올 것이다. 지난 수백만 년간 그래 왔듯이 말이다. 숲에 걸렸던 어둠의 주문은 이제 깨졌다. 뒤틀린 지팡이도 사라졌다.

아름다운 초록색 달나방 한 마리가 날아들었다. 달나방이 지나간 자리마다 초록빛 길이 생겼다. 세라피나는 달나방이 발코니를 넘어 정원으로 날아가는 모습을 지켜보았다. 이렇게 추운 겨울에 달나방이 날아다니나 싶었지만 잠시 집을 떠났던 동물들이 하나둘 돌아오고 있어서 그러려니 했다.

뒷방에는 밴더빌트 부인과 배 속의 아기가 잠을 자고 있었다. 조용하고 규칙적인 심장 박동 두 개가 느껴졌다. 세라피나는 왜 밴더빌트 부인이 아기방으로 꾸미기로 한 이 방에서 초저녁부터 잠을 자고 있는지 알 수가 없었다. 엄마와 아기는 서로 만날 날을 손꼽아 기다리고 있는 듯했다.

세라피나는 정원에 깔린 잔디밭 너머로 언덕을 가만히 바라보았다. 안개 속에 수상한 형체가 있는지, 나무 사이로 정체 모를 그림자가 있는지, 아니면 소리 없이 하늘을 나는 올빼미가 있는지 주의 깊게 살펴보았다.

세라피나는 항상 눈과 귀를 열고 있었다. 세라피나는 밤을 지키는 검은 파수꾼이었다.

언제 어떤 모습으로 나타날지는 알 수 없었지만 언젠가 더 많은 악마가 몰려오리라는 것만은 알 수 있었다.

세라피나는 경계를 늦추지 않겠다고 다짐했다.

세라피나는 언제나 준비가 되어 있겠다고 다짐했다.

밤은 세라피나의 영역이었다. 세라피나 혼자만의 영역이었다.

며칠 전까지만 해도 세라피나는 두 갈래의 갈림길 사이에서 하나를 선택해야만 한다고 생각했다. 숲이냐 집이냐, 산이냐 정원이냐, 둘 중 하나를 선택해야만 한다고 생각했다.

하지만 이제는 밤의 존재가 될 것이냐 낮의 존재가 될 것이냐, 고양잇과 맹수가 될 것이냐 인간이 될 것이냐, 야생으로 살 것이냐 길들여질 것이냐를 선택하지 않아도 된다는 걸 알았다. 세라피나는 둘 다 될 수 있었다. 무엇이든 바라는 대로 살 수 있었다. 최고 쥐잡이 책임자이자 수호자가 될 수도 있었고, 인간이자 표범이 될 수도 있었다. 이 모든 것에 더해 다른 것도 될 수 있었다.

어둡고 사랑스러운 평화가 드디어 세라피나의 마음속으로 흘러들려는 순간 검은 그림자가 저 멀리 나무 사이로 움직이는 모습이 보였다. 누군지는 알 수 없었다. 사람인지조차 확신할 수 없었다. 그런데 정체가 무엇이든 그 그림자가 걸음을 멈추더니 돌아서서 번뜩이는 눈동자로 세라피나를 똑바로 쳐다보았다.

강인한 가슴에서 심장이 쿵쾅거렸다. 세라피나도 그림자를 똑바로 마주 보았다. 근육이 움찔거리고 허파에 공기가 가득 차는 것이 느껴졌다.

세라피나는 네발로 일어나 고개를 돌려 밴더빌트 부인이 안전한지 확인했다. 그러고 나서 다시 고개를 돌렸을 때 그 검은 그림자의 주인은 사라지고 없었다.

세라피나는 소설 속 인물이지만, 이야기에 등장하는 빌트모어 대저택과 역사적 내용들은 실제에 가깝게 묘사하려고 노력했다. 노스캐롤라이나주 애쉬빌에 있는 빌트모어를 방문하면 햇빛이 쏟아지는 겨울 정원, 웅장한 대층계, 화려한 도서관 등 책 속에 나오는 장소를 실제로 구경할 수 있다.

조지 밴더빌트, 이디스 밴더빌트, 빌트모어 대저택의 하녀장 킹 부인, 미국 조경 건축의 아버지 프레더릭 로 옴스테드 등 소설의 등장인물 가운데 상당수는 실존 인물이다. 심지어 세드릭도 조지 밴더빌트가 실제로 키웠던 세인트버나드다.

훗날 조지 밴더빌트가 갑작스레 세상을 떠나고, 부인인 이디스 밴더빌트는 남편의 유지를 이루고자 빌트모어 주변의 산림 대부분을 정부에 팔았다. 정부 차원에서 산림이 보존될 수 있도록 하기 위해서였다. 이곳이 오늘날 피스가 국유림이다. 피스가 국유림은 미국 최초로 나라에서 소유하고 관리하는 산림이 되었다.

빌트모어 대저택과 그곳을 둘러싼 정원과 숲이 지닌 고유한 아름다움을 볼 때마다 나는 인간이 선한 목적을 추구할 때 어떤 힘으로 어떤 꿈을 이룰 수 있는지 확인하는 것 같아 그저 감탄할 수밖에 없다.

이 책을 만드는 데 도움을 주신 분들께 감사 인사를 드리고 싶다.

《세라피나와 검은 망토》를 읽고 입소문을 내 주신 독자 여러분께 감사드린다. 1권에 보내 주신 성원 덕분에 뒷이야기를 들려드릴 수 있는 기회를 얻었다.

편집자 로라 슈라이버와 에밀리 미핸, 에이전트 빌 콘타르디와 마리안 메롤라 그리고 빌트모어 대저택을 관리하는 직원 및 경영진께도 고마움을 전한다. 또한 미국 전역의 교사와 사서, 서점 관계자 분들께도 감사드린다.

마지막으로 두 남동생과 처가 식구를 비롯한 우리 가족에게 고마움을 전한다. 그 누구보다 고마운 사람은 이 이야기의 영감이 되었을 뿐만 아니라 실제로 소설을 창작하고 발전시켜 세상에 나올 수 있도록 도와준 아내와 세 딸이다. W. H. 오든의 말을 빌려 아내와 딸들에게 마음을 전하고 싶다. 당신은 '내 주중의 일과이고 일요일의 휴식이며, 나의 정오, 나의 자정, 나의 말, 나의 노래'였다.

ROBERT BEATTY

다름을 특별함으로 승화시키며 성장하는 주인공들이 건네는 가슴 따뜻한 위로

판타지라는 가장 큰 장르적 특성을 제쳐 두고 볼 때《세라피나와 검은 망토》가 성장 소설을 품은 추리 소설이었다면《세라피나와 뒤틀린 지팡이》는 추리 소설을 품은 성장 소설이라고 할 수 있다.

세라피나 시리즈의 두 번째 이야기《세라피나와 뒤틀린 지팡이》에서는 새로운 인물이 대거 등장하면서 추리 난도가 쑥 올라간다. 한밤중에 마부도 없이 검은 말 네 마리가 끄는 마차를 타고 숲 한복판에 내린 소름 끼치는 한 남자. 그리고 그 마차에 몸을 싣고 빌트모어로 잠입한 안갯속에 휩싸인 또 한 명의 인물. 그날 밤 이후 저택 안팎으로 기이한 사건들이 연달아 발생하고 어둠 속에서 이 모든 광경을 목격한 세라피나는 이들의 행방을 쫓아 고군분투한다. 탐정을 자칭하며 토른 씨 실종 사건을 수사한다는 명목으로 온 저택을 들쑤시고 다니는 그레이선부터 오랜만에 저택을 찾아와 새벽마다 은밀하게 숲속으로 모습을 감추는 빌트모어의 조경 건축가 옴스테드, 그리고 친구라곤 서로가 전부였던 세라피나와 브레이든 앞에 나타난 또래의 웨이사, 에시, 레이디 로웨나까지, 수상한 인물이 한둘이 아니다. 이 중에 빌트모어 대저택을 무너뜨리고자 호시탐탐 기회를 노리는 범인이 있다.

작가가 초반부터 깔아 둔 단서를 차근차근 따라가기만 하면 《세라피나와 검은 망토》에서 검은 망토의 정체를 추리하는 일은 그다지 어렵지 않았을 것이다. 그러나 《세라피나와 뒤틀린 지팡이》에서 범인을 추리하기란 결코 만만치 않다. 늘어난 등장인물만큼 이야기 구성도 훨씬 더 복잡하고 정교해졌기 때문이다. 그만큼 긴박감과 재미도 더 높아졌다.

《세라피나와 뒤틀린 지팡이》는 이야기의 무게 추가 주인공들의 성장 쪽으로 더 기울어져 있다. 아빠와 단둘이서 빌트모어 대저택 지하실이라는 한정된 공간과 밤이라는 한정된 시간을 살아가던 세라피나는 검은 망토를 무찌른 일을 계기로 엄마도 찾고 친구도 사귀며 낮의 세계로 나온다. 그러나 알고 보니 엄마는 숲속에서 인간이 아닌 야생의 삶을 살아가는 존재다. 숲으로 대표되는 밤 또는 야생의 세계와 빌트모어로 대표되는 낮 또는 인간의 세계 사이에서 세라피나는 정체성에 혼란을 느끼며 방황한다.

세라피나가 느끼는 혼란은 다름에서 비롯한다. 세라피나는 '네가 달라서 좋은 것 같아.'라고 말해 준 브레이든 덕분에 용기를 내서 낮의 세계로 나올 수 있었지만 모든 사람이 브레이든처럼 세라피나의 다름을 있는 그대로 포용해 주는 것은 아니다. 빌트모어에서 살기에는 너무나 야생적인, 숲속에서 살기에는 너무나 인간적인 세라피나에게 '여긴 네가 있을 곳이 아니야.'라는 엄마와 레이디 로웨나의 말은 비수가 되어 날아든다. 다름은 소속감 대신 소외감을 불러일으킨다. 그러나 세라피나는 결코 자기 자신을, 그리고 사랑하는 사람들을 포기하지 않는다. 세라피나는 머리로 어떤 사람이 되고 싶은지를 치열하게 고민하고 온몸으로 앞을 가로막는 장애물에 맞서며 가슴이 시키는 길을 따라간다.

성장은 언제나 아픔을 동반한다. 성장은 아픔을 이겨 낸 사람들에게 주어지는 선물이다. 다름이 가져다준 아픔을 특별함으로 승화시키며 성장한 세라피나는 깨닫는다. '아침 햇살이 몰고 온 빛을 진정으로 사랑할 수 있는 건 깜깜한 밤의 어둠을 지나왔기 때문이라는 사실을'(본문 446쪽). 누구나 인생에서 한 번쯤은 깜깜한 밤의 어둠을 지나왔기에, 또 어쩌면 지금 이 순간에도 깜깜한 밤의 어둠을 지나고 있기에 세라피나의 이야기는 우리 모두에게 가슴 따뜻한 위로로 다가온다.

세라피나 시리즈는 컵케이크 같은 소설이다. 마음을 어루만지는 말랑말랑한 머핀 같은 성장 소설 위에 한번 맛보면 멈출 수 없는 달콤한 생크림 같은 추리 소설을 얹고 오감을 자극하는 알록달록한 설탕 가루처럼 역사, 과학, 문학을 넘나드는 흥미로운 지식을 잔뜩 흩뿌려 놓았기 때문이다. 세

딸아이에게 들려줄 이야기를 쓰고 싶었다는 작가의 말이 사실임을 증명하듯 《세라피나와 뒤틀린 지팡이》 속에는 미국 최초 국가 소유 산림인 피스가 국유림의 역사며, 엘리베이터의 작동 원리며, 크리스마스 지팡이 사탕의 유래 등 흥미로운 토막 지식이 군데군데 자연스럽게 녹아 있다. 세상 모든 것이 새로울 아이들에게 세세한 것까지 하나하나 알려 주고 싶은 부모의 마음이 활자 너머로 고스란히 전해진다. 심장을 쫄깃하게 하는 동시에 가슴을 훈훈하게 녹이는 세라피나의 이야기가 모쪼록 많은 분들과 만났으면 하는 바람이다.

2018년 11월 김지연

아르볼 N 클래식

세라피나와 뒤틀린 지팡이

1판 1쇄 인쇄 2018년 11월 20일 | **1판 1쇄 발행** 2018년 12월 10일

글 로버트 비티 | **옮김** 김지연
펴낸이 권준구 | **펴낸곳** (주)지학사
본부장 황홍규 | **편집장** 박미영 | **팀장** 김은영 | **편집** 전해인 문지연 김솔지
디자인 이혜리 | **제작** 김현정 이진형 강석준 | **마케팅** 송성만 손정빈 윤술옥
등록 2010년 1월 29일(제313-2010-24호) | **주소** 서울시 마포구 신촌로6길 5
전화 02.330.5297 | **팩스** 02.3141.4488 | **이메일** arbolbooks@naver.com
ISBN 979-11-6204-040-9 04840
979-11-6204-034-8 04840(세트)
잘못된 책은 구입하신 곳에서 바꿔 드립니다.

이 도서의 국립중앙도서관 출판예정도서목록(CIP)은 서지정보유통지원시스템 홈페이지(http://seoji.nl.go.kr)와 국가자료공동목록시스템(http://www.nl.go.kr/kolisnet)에서 이용하실 수 있습니다.(CIP제어번호: CIP2018037008)

제조국 대한민국 **사용연령** 10세 이상
KC마크는 이 제품이 공통안전기준에 적합하였음을 의미합니다.